낯선 편지

Copyright © POSTCARDS FROM A STRANGER
All Rights Reserved
Korean translation copyright © 2025 by kt millie seojae Co.,Ltd
Korean translation rights arranged with AMAZON CONTENTS SERVICES LLC
through EYA Co.,Ltd.

이 책의 한국어판 저작권은 EYA Co.,Ltd를 통해
AMAZON CONTENTS SERVICES LLC 과 독점 계약한 '㈜kt 밀리의서재'에 있습니다.
저작권법에 의하여 한국 내에서 보호를 받는 저작물이므로
무단전재 및 복제를 금합니다.

Postcards From a Stranger

낯선 편지

Imogen Clark
이머전 클락 장편소설
배효진 옮김

ORIGINALS

한국 독자를 위한 서문

 제 책을 선택해 주셔서 감사합니다. 이 책은 사랑과 희생, 그리고 가족의 의미를 묻는 이야기입니다. 독자 여러분께서 카라의 어머니에게 무슨 일이 일어났는지, 왜 아무도 카라에게 그녀를 둘러싼 과거에 관한 진실을 말하지 않았는지, 이야기의 중심이라고 할 수 있는 그 미스터리에 흥미를 느끼시길 바랍니다.

 저는 가족 관계가 세대를 넘어 개인의 성격부터 대인관계, 정신 건강에까지 영향을 미치는 현상family dynamics에 매력을 느낍니다. 이는 제가 글을 쓰는 데 풍부한 영감의 원천이기도 합니다. 그렇게 탄생한 카라와 애니는 제가 만든 캐릭터 중 가장 용기 있는 인물들입니다.

이 책을 한국 독자들에게 소개하게 되어 정말 기쁩니다. 그 이유 중 하나는 이 이야기가 제 고향인 일클리를 배경으로 하고 있기 때문입니다. 일클리는 영국 북부의 작은 마을로, 양쪽에 야생 황무지가 있는 그림 같은 계곡에 자리 잡고 있죠. 책에서 펼쳐지는 장소들이 생생하게 전달되고, 독자분들이 이 지역에 대해서도 더 깊이 탐구할 수 있기를 기대해 봅니다.

차례

한국 독자를 위한 서문

004

낯선 편지

008

프롤로그

1987년

 툭 하고 우편물이 현관 매트에 떨어진다. 몇 달간 귀를 곤두세우고 있던 터라 그는 소리를 놓치지 않는다. 가서 무엇이 왔는지 확인해야겠지만, 프라이팬 위의 달걀이 거의 완벽에 가까웠다. 지금 불을 끄면 흰자가 살짝 질척일 것이다. 그렇다고 그대로 두고 갔다 오면 노른자가 너무 익어버려서 포크로 톡 터트리는 즐거움을 느낄 수 없게 된다.

 귀를 기울여봐도 아이들의 소리는 들리지 않는다. 위층에 있는 모양이다. 우편물은 조금 있다 확인해도 된다. 어차피 오늘 엽서가 올 거라는 보장도 없다. 그는 다시 달걀에 집중하며 뒤집개를 손에 쥔 채 가장자리가 바삭하게 튀겨지는 것을 지켜본다. 그리고 딱 알맞은 순간에 준비해둔 접시로 옮긴다. 뒤이어 우편물을 가지러 간다.

작은 엉덩이에 축 늘어진 기저귀를 찬 세 살배기 딸이 복도에 서 있다. 아이의 손에 엽서 한 장이 들려 있다.

"아빠." 그를 보자 귀여운 얼굴이 환해진다. "우체부 아저씨가 갖고 왔어요." 아이가 엽서를 내민다. 침팬지가 새끼를 품에 꼭 안고 있는 모습이 그려져 있다. "뭐라고 써져 있어요?" 아이가 그에게 엽서를 건네주며 묻는다.

엽서를 뒤집지만 그는 굳이 내용을 읽지 않는다. 무슨 말이 적혀 있는지는 이미 알고 있다. 늘 똑같으니까.

"전에도 얘기했잖니, 카라." 그가 아이의 물음에 답하지 않고 단호하게 말한다. "우편물에 손대지 말라고. 아빠 거니까." 그는 나머지 우편물을 집어 들고 엽서를 편지 봉투 사이로 감춘다. "이제 오빠한테 가서 아침 다 됐다고 해."

그는 아이가 복도를 따라 아장아장 걸어가는 뒷모습을 바라보며 다시는 이런 일이 없도록 하겠다고 다짐한다.

1장

카라, 2017년

"이젠 정말 나 혼자서는 못 해먹겠어!" 핸드폰에 대고 거의 소리를 지르듯 말한다. 일부러 그런 건 아니다. 목소리가 그냥 그렇게 나와버렸다. 나는 목을 가다듬고 덧붙인다. "도움이 필요하다고."

잠시 소리가 들리지 않게 핸드폰을 손으로 막는다. "아빠, 제발!" 거의 빌 듯이 외친다. "그 딱딱거리는 소리 좀 그만 내요." 아빠는 의아스럽다는 표정으로 나를 쳐다볼 뿐 손을 멈추지 않는다. 쇠숟가락이 나무 식탁을 두들기는 소리가 내 신경을 쉴 새 없이 갉아먹고 있다. 순간 병원에서 들은 조언이 떠올라 다시 한번 숨을 깊게 들이마신다. "부탁할게." 나는 억지로 미소를 지어 보인다.

다시 핸드폰에서 손을 떼고 오빠와 통화를 이어간다.

"저거 들려?" 이쯤 되면 온 세상이 다 들었을 터였다. "아빠가 숟가락으로 식탁 두들기는 소리야. 벌써 한 시간 반째. 그만하라고 해도 들은 척도 안 하고 숟가락도 안 내놔. 오빠, 솔직히 나 이제 더는 버틸 자신이 없어." 눈물이 왈칵 차오르는 것을 느끼지만, 아빠에게 들키고 싶지 않아 입술을 꽉 깨물며 코로 천천히 숨을 들이쉰다. "거기서 조금만 기다려요, 아빠." 나는 최대한 감정을 억누르며 말한다. "마이클 오빠랑 통화 중이니까. 금방 올게요."

혹시라도 아빠가 다칠 만한 칼이나 위험한 물건이 없는지 방을 훑어본 뒤, 아빠의 기름진 머리를 톡톡 토닥이고는 문을 살짝 열어둔 채 복도로 나간다. 숟가락을 내려치는 소리가 계속해서 들려온다.

"너 힘든 거 알아, 카라." 수백 킬로미터는 떨어진 자기 사무실에 태평히 앉아 있는 마이클이 답한다. "나도 당연히 도와주고 싶은데, 지금 상황이 여의치 않다는 거 너도 알잖아…." 그가 말끝을 흐리지만 목소리에서 미안함이라고는 눈곱만큼도 느껴지지 않는다.

"그래, 알지." 내가 쏘아붙인다. "그러니까 매일매일 와서 같이 수발을 들어달라는 게 아니라 그냥 나 혼자서는 더 이상 못 하겠다고. 이제 무리야, 오빠. 아빠 상태가 날이 갈수록 심해지고 있어. 어떨 땐 화가 너무 치밀어 올라서 스스로가 무서울 지경이라니까. 진짜 무슨 짓이라도 저지를까 봐. 혹시 이러다 내가…." 하려던 말을 삼키고 침묵 속에 묵직한 긴장감을 흘려보낸다. 마이클은 아무런 대꾸가 없다.

"간병인을 구해야겠어." 나는 다시 말을 잇는다. "아빠 같은 사람을 전문적으로 보살피는 사람으로. 음, 당장 집에 상주할 필요는 없지만, 적어도 내가 일도 하고 장도 보고, 그, 화장실도 좀 마음 편히 갈 수 있게 낮 동안만이라도 누가 아빠 옆에 있어 줘야 할 것 같아. 아빠한테 그 정도 돈은 있잖아. 아무리 우리가 물려받을 돈이라 해도 이렇게 묵혀두고만 있는 건 말도 안 돼. 그 돈으로 아빠를 돌봐줄 사람을 찾는 게 맞지. 제대로 돌봐줄 사람."

마이클이 여전히 반응이 없자 전화가 끊어진 것이 아닌가 싶은 생각이 든다. "오빠? 듣고 있어?"

"응." 그가 무심한 말투로 대답한다. "그래." 한참을 뜸 들이던 마이클이 마침내 입을 뗀다. "네 판단이 그렇다면 그게 맞겠지. 네가 정말 감당할 수 없고 간병인을 쓰는 것밖에 방법이 없다면 그렇게 해. 사람은 어디서 알아볼 건데?" 그가 묻는다.

"동네에 업체가 하나 있어. 평이 아주 좋더라고." 그 출처가 트위터이며 생판 모르는 사람들이 올린 추천 글이라는 이야기는 굳이 하지 않는다. 마이클의 허락이 떨어졌으니 이제부터 알아보면 된다. "일단 전화해서 상담을 잡아볼게."

핸드폰 너머로 뭐라 뭐라 하는 말소리가 들린다. 누가 들어온 모양이다. 마이클은 곧 관심을 다른 데로 돌릴 것이다. "이제 가봐야겠다." 그가 평소와 다른 사무적인 목소리로 대화를 마무리한다. "그렇게 하고 나중에 어떻게 됐는지 알려줘." 말투만 보면 병든 아버지를 걱정하며 여동생과 이야기를 나누는 것이 아니라 기업 인수 건으로 허세 가득한 고객과 비즈니스 미팅을 하는 것 같다. 전화를 끊으려던 찰나 마이클이 낮게 속삭이며 덧붙인다. "야, 힘내라. 너 잘하고 있어." 통화가 종료된다.

부엌에서는 여전히 시끄러운 소리가 새어 나오고 있지만, 복도에 가만히 서서 숨을 깊이 들이쉬고 내쉬며 생각을 차분히 정리하려 애쓴다. 아빠는 이제 식탁 두들기기를 멈추고 뭔가를 흥얼거리고 있다. 귀 기울여 들어보니 내가 학교에 다닐 때 배웠던 찬송가의 첫 소절이다.

"오, 성도들이… 행진해 들어갈 때…." 마치 얽히고설킨 머릿속이 잠시나마 제자리를 찾아 멜로디가 또렷이 떠오른 것처럼 아빠의 노랫소리가 맑고 선명하다. 그러나 가사는 기억 저편에 있는 듯하다.

"카라!" 아빠가 큰 소리로 나를 부른다. "카라!"

아빠를 돕기 위해 나도 찬송가를 불러보지만, 아빠가 부르다 멈춘 부분에서 똑같이 머리가 새하얘져 그다음 가사가 전혀 생각나지 않는다. 알츠하이머병이라는 건 유전일 수도 있다. 내가 아빠처럼 되면 그땐 누가 날 챙겨줄까.

아빠는 찬송가를 다시 처음부터 부르기 시작한다. "오, 성도들이… 행진해 들어갈 때…." 이내 숟가락이 대열을 맞추지 못하는 신병처럼 노랫말과 완전히 따로 노는 박자로 또다시 식탁을 쉴 틈 없이 두들긴다.

시계를 흘긋 본다. 곧 사회복지사들이 와서 아빠를 주간보호센터로 모셔갈 것이다. 그때까지만 침착하게 기다리면 된다. 사실 오빠를 탓할 수는 없다. 그는 이곳을 빠져나갔고, 이제 런던에서 자리를 잡았다. 무슨 일이 생길 때마다 냅다 달려올 수는 없는 노릇이었다. 오빠는 아빠 문제에 대해 모든 걸 내 몫으로 떠넘겼다. 물론 한 번씩 얼굴이라도 비춰주면 좋았겠지만, 오빠의 입장을 이해하지 못하는 것은 아니다.

결국 여기 남아 안간힘을 쓰며 버티고 있는 건 나인데, 여전히 어린아이처럼 오빠의 허락을 받아야만 할 것만 같다. 아직도 혼자 나아가며 어려운 결정을 내리는 것이 두렵지만 앞으로는 그래야 할 것이다. 오빠는 아빠가 어떻게 되건 신경 쓰지 않은 지 이미 오래니까.

한두 번 와본 게 아닌 듯 익숙하게 문을 두드리는 소리가 난다.

"아빠, 브라이언 씨 오셨어요. 센터 가야지." 그가 내 목소리에 묻어난 안도감을 눈치채지 못하길 바라며 소리친다. "브라이언 씨는 '성도들이' 다음에 오는 가사를 알 수도 있지 않을까요?" 찬송가 멜로디가 여전히 내 머릿속을 맴돈다.

문을 열자 손이 삽처럼 커다랗고, 목소리는 사포같이 거칠며, 키는 작지만 체격이 다부진 브라이언이 우뚝 서 있다.

"들어오세요. 준비가 거의 다 됐어요. 그치, 아빠?" 내가 말한다.

부엌문을 여니 아빠가 싱크대 옆에 서서 우유를 통째로 든 채 바닥에 쏟아붓고 있다. 발치에는 티백이 낙엽처럼 여기저기 흩어져 있다. 아빠는 마치 그림을 막 완성한 어린아이처럼 해맑게 웃어 보인다.

"차." 아빠가 속없이 말한다.

"아이고, 아빠!" 나는 눈앞에 펼쳐진 난장판에 탄식한다. 그러고는 청소하기 힘든 곳까지 우유가 스며들면 곤란하니 어디까지 흘렀는지 얼른 확인한다. 지난번에 비슷한 일이 있었을 땐 고약한 냄새를 빼는 데 몇 주나 걸렸다. "센터에 가면 브라이언 씨가 차 드릴 거예요." 나는 이를 악물고 웃으며 말한다. "어서요. 기다리게 하면 안 되지."

아빠의 손을 꼭 쥔다. 아무런 반응이 없다. 아빠는 우유가 흥건한 바닥을 철버덕거리며 나를 따라온다. 문 앞에 다다르자 브라이언이 그를 넘겨받는다.

"가요, 어르신." 브라이언이 걸걸한 목소리로 말한다. "출발해야죠. 패트리샤 씨도 벌써 차에 타 계신걸요. 오늘 기분이 꽤 좋으신 것 같던데 잘하면 점수 좀 딸 수 있지 않겠어요?"

나는 브라이언을 향해 얼굴을 찌푸린다. 뭐 저런 말을 하나 싶지만 그는 태연하게 윙크할 뿐이다. 하긴 하루를 버티게 해준다면야 무슨 말인들 못 하겠는가. 승합차가 떠나자 나는 대걸레를 들고 우유를 치우기 시작한다.

❖

여자는 동네가 괜찮아 보인다고 생각한다. 여유 있으면서도 지나치게 과시하지는 않는 느낌이다. 주소를 몇 번이고 확인한 후 길을 물어야 하는 일이 없도록 버스 정류장에서부터 걸어왔던 길을 잘 기억해둔다. 남들 눈에 띄어서 좋을 것이 없다. 작은 마을이라 누가 누구를 알지 모르기 때문이다.

눈을 가늘게 뜨고 거리의 집들을 둘러보며 천천히 길을 따라 올라간다. 3번지, 5번지, 7번지…. 심장이 마구 요동친다. 숨을 깊게 들이마시며 몸을 꼿꼿이 세운다.

그녀는 두 집 건너쯤 이르러 걸음을 멈추고 가방을 열어 무언가를 찾는 척하면서 모자챙 아래로 슬쩍 주위를 살핀다. 여기서도 집이 잘 보인다. 손바닥만 한 앞마당에 울타리가 있는 3층짜리 빅토리아풍 타운하우스다. 지금 이곳이 그동안 머릿속에 그려왔던 그들의 집과 비슷한가? 창문이 더럽고 낙엽이 배수구를 막고 있는 것이 눈에 띄지만 커튼은 깔끔해 보인다. 현관 옆에 놓인 항아리 모양의 화분에는 여름꽃들이 때 이른 서리에 갈색으로 시들어 볼품없이 늘어져 있다. 그래도 누가 정성 들여 심을 만큼 신경을 썼었다는 생각이 든다.

막상 여기까지 오니 조금 더 용기가 나는 것 같다. 위층 창문에서 누군가 내다보면 어쩌지? 미소를 지을까, 아니면 손이라도 흔들어볼까?

승합차 한 대가 거리로 들어서더니 가까이 다가오며 점차 속도를 늦춘다. 그녀는 고개를 푹 숙이고 다시 걸음을 옮긴다. 차가 그녀 바로 뒤에 멈추고 운전자가 내리는 소리가 들린다. 그는 차에 탄 사람들에게 뭐라 말하고는 성큼성큼 집 쪽으로 걸어가 현관문을 힘차게 두드린다.

그녀는 걸어왔던 길을 되돌아간다.

2장

  업체에서 보낸 간병인이 오후 2시에 오기로 했고 나는 만반의 준비를 마쳤다. 아빠와 내가 30년 넘게 살아온 이 집은 워낙 크고 내가 청소에 별 취미도 없어서 혼자 관리하기 쉽지 않다. 높은 천장에 창문 틈새로 바람이 숭숭 새며 거미가 숨어들 구석도 넘쳐난다. 솔직히 애정 어린 손길이 닿기는커녕 너저분하게 방치된 느낌에 가깝다. 애초에 정리정돈과는 거리가 멀지만 아빠가 신경 쓰여서 노력이라도 했던 것이다.

  오빠와 내가 어렸을 때 아빠는 꽤 엄격했다. 아마 엄마가 없으니 아이들을 제대로 못 키운다는 말을 듣고 싶지 않아서였기도 하겠지만, 기본적으로 깔끔한 성격이었다. 그러나 아빠의 상태가 악화될수록 나는 집안일을 점점 내팽개치게 되었다. 이제 아빠는 아무리 먼지가 쌓이고 주변이 어수선해도 전혀 눈치채지 못하고, 나도 딱히 개의치 않으니 그럭저럭 잘 굴러가고 있다.

그래도 새로 오는 간병인에게 좋은 인상을 주고 싶은 마음에 청소기와 먼지떨이를 들고 부산스레 움직인다. 무려 창문까지 닦아보지만 햇살이 비치니 반달 모양으로 남은 얼룩이 선명하게 보인다. 부엌에서 상한 우유 냄새가 나긴 해도 간병인이라면 이런 것쯤은 익숙하겠지. 탁자 위에 쌓아둔 웨딩 잡지를 가지런히 정리하며 내가 살림을 얼마나 잘하고 있는지를 보러 오는 게 아니라고 되뇌지만, 아빠를 생각해서라도 집이 최대한 정돈된 모습이었으면 한다.

벽난로 위 시계의 바늘이 2시에 가까워지자 〈메리 포핀스Mary Poppins〉의 한 장면이 절로 떠오른다. 어릴 적 나는 그 영화를 무척 좋아했다. 영화에서처럼 마법 같은 힘을 지닌 보모가 나를 사랑해주길 간절히 바랐다. 그리고 지금도 여전히 갑자기 누군가 나타나 쓴 약도 술술 넘어가게 해주는 메리 포핀스의 설탕 한 스푼으로 모든 문제를 해결해주길 기대한다.

나는 아빠가 주간보호센터에 가 있는 동안 간병인을 만나보기로 했다. 혹시라도 이상한 간병인으로 인해 내가 남의 손에 자신을 떠넘기려 한다는 걸 아빠가 알 필요는 없을 테니 말이다. 물론 진짜로 떠넘긴다는 건 아니지만 왠지 그렇게 느껴진다. 잡지책 사이에 숨겨두었던 업체에서 받은 서류를 다시 꺼낸다. 문서상으로는 A. 파팅턴 씨가 경력도 많고 최근 추천서도 훌륭해서 더할 나위 없이 좋아 보인다. 'A'는 뭘까? 앨리슨? 아니면 애비게일? 기혼이라는 사실도 마음에 든다. 더 노련할 것 같다고나 할까. 터무니없는 생각인 것은 안다. 문득 별다른 이유 없이 나보다 나이가 많았으면 좋겠다는 생각도 든다.

2시 정각이 되자 초인종이 울린다. 불투명한 현관 유리창 너머로 어두운 옷차림을 한 여자가 희미하게 보인다. 모자를 쓰고 있지도, 우산을 들고 있지도 않으니 메리 포핀스는 아닌가 보다. 갑자기 아빠를 포기하는 것 같은 느낌이 송곳처럼 가슴을 찔러 숨이 턱 막혀온다. 나는 문을 열기 전 애써 정신을 가다듬고 죄책감을 꾹꾹 눌러 마음속 깊숙한 곳까지 밀어 넣는다. 물론 아빠가 무척 약해진 상태지만 생판 모르는 이 여자에게 꼭 일을 맡기겠다는 것은 아니다. 그냥 이야기나 한번 나눠보자는 것이다. 조심스럽게 문을 연다.

50대쯤 되어 보이니 일단 조건 하나는 통과다. 그녀는 단정한 남색 맥코트를 입고 팔에는 그와 어울리는 가죽 핸드백을 걸고 있다. 짙은 회색의 뻣뻣한 머리칼은 짧고 깔끔하게 손질한 모습이며 얼굴에는 화장기가 전혀 없다. 굳이 발을 내려다보지 않아도 일하기 편한 신발을 신고 있으리라는 것을 알 수 있다.

"안녕하세요." 나는 최대한 밝게 웃으며 반갑게 맞이한다. "카라라고 합니다. 안으로 들어오시죠."

"안젤라 파팅턴이에요. 잘 부탁드립니다." 그녀가 답한다. 자음을 강하게 발음하는 요크셔 지역 특유의 억양과는 거리가 있지만 어디 출신인지 짐작이 가지 않는다. 아마 남부 지방 어딘가 아닐까. 그녀가 내민 손을 잡으니 서늘하고 매끈한 손에서 힘이 느껴진다. 불현듯 내 손바닥이 약간 축축하다는 것을 깨닫고 손을 홱 빼고 싶은 충동을 간신히 억누른다. 그녀의 손끝이 거칠게 갈라진 내 손을 스친다. 순간 눈이 살짝 커지지만 다행히 아무 말도 하지 않는다.

"아빠는 지금 안 계세요." 나는 그녀가 복도에서 보이는 집 안을 쓱 둘러보는 것을 보고 설명을 덧붙인다. "거의 매일 주간보호센터에 가시거든요. 아빠도 외출하면 좋고 저도 겸사겸사 그 틈에 일을 볼 수 있으니까요. 거기 친구들도 좀 계시고 복지사분들도 잘 챙겨주세요." 삶이 얼마나 고단한지 티를 내려고 얼굴을 찡그리다가 순간 너무 매정하거나 무심해 보이지 않을까 싶어 불안했지만 그녀는 눈치채지 못한 듯하다. "아빠가 없을 때 뵙는 게 낫겠다 싶었어요." 욕하는 것처럼 들리지 않으면서 아빠를 설명할 표현을 고민한다. "아무래도 좀 산만하실 때가 있어서요. 무슨 말씀인지 아시죠?" 내가 묻는다.

"그럼요." 그녀가 다 이해한다는 듯 고개를 끄덕인다. "아버님 상태에서는 당연히 그럴 수밖에요. 아버님 잘못은 아니지만 곁에 있는 사람으로서는 어쩔 수 없이 이런저런 것들이 힘들어지긴 하죠." 마음이 금세 약간 놓인다. 지금껏 내가 겪어온 고생을 알아주니 부담이 조금은 덜어지는 것 같다. "누구나 어려운 순간이 있잖아요." 그녀가 말을 잇는다. "저도 예외는 아니고요. 어떻게 넘기는지가 중요한 거죠. 이쪽으로 가면 되나요?"

그녀가 활짝 웃자 요즘 치과라면 교정을 권하지 않고는 못 배겼을 만큼 앞니가 벌어져 있는 것이 보인다. 안내할 새도 없이 그녀가 거실 문을 벌컥 밀어젖힌다. 평소 같으면 이런 거침없는 태도가 불편했겠지만, 그녀가 소파에 자연스럽게 앉는 모습을 보며 내가 바라던 것이 바로 이런 사람임을 깨닫는다. 나 대신 어른 역할을 해줄 사람 말이다.

"차 한 잔 드릴까요?"

"괜찮아요." 그녀는 손을 내저으며 가볍게 거절한다. "차는 이미 충분히 마셔서요. 이제 아버님에 대해서나 제가 알아두면 좋을 부분에 대해 얘기해주시겠어요?"

정신을 차려보니 어느새 있는 말 없는 말을 전부 털어놓고 있다. 아빠가 언제 무엇을 할지 몰라 답답하고, 끊임없는 질문에 지쳐가고 있으며, 죄책감이 든다는 것까지. 내가 이야기를 쏟아내는 동안 그녀는 마치 다 안다는 것처럼 고개를 끄덕인다. 아마 비슷한 사연을 수도 없이 들었을 것이다. 그러면서 한 번씩 '그런 행동을 보이는군요?' 혹은 '아, 그런 타입이시구나' 같은 추임새를 넣는데, 그 같은 반응에 나는 더욱 안심이 된다. 그녀가 이해해주는 것처럼 느껴질수록 점점 더 자세히 이야기를 늘어놓는다. 결국 아빠에 대한 미안함은 온데간데없이 우리가 어떻게 사는지 있는 그대로 다 말해버린다.

"저도 재택근무를 하고 있어요." 내가 덧붙인다. "그래서 상황이 좀 더 까다롭기도 하고요." 그녀가 탁자 위에 놓인 웨딩 잡지 더미를 쳐다본다. "결혼 준비 중인 건 아니에요. 제가 웨딩드레스 디자이너라서요."

그녀가 고개만 끄덕일 뿐 나에 대해 더 묻지 않자 원래 내 이야기 하는 걸 싫어하는 편인데도 묘하게 아쉽다.

"어쨌든 저희 오빠랑 의논을 해봤거든요." 나는 빠르게 말을 이어간다. "오빠가 지금 런던에 살아서 얼굴을 자주 보진 못하지만요." 이유는 말하지 않는다. 시작도 전에 겁을 줄 수는 없으니까. "그 결과 이제 전문가의 도움이 필요한 때가 왔다는 결론을 내린 거죠. 그래서 여기 오시게 된 거고요."

나는 교장 선생님 앞에 앉은 여학생처럼 살며시 미소를 지으며 의자에 등을 기대다가 내가 얼마나 그녀에게 잘 보이고 싶어 하는지 깨닫는다. 간병을 부탁드리고 싶다고 말하면 훨씬 간단하겠지만, 그래도 확실히 해야 한다. 이건 아빠를 위한 일이다.

"네, 따님께서 괜찮으시다면 저는 바로 시작할 수 있어요." 그녀가 내 생각을 읽은 것처럼 대답한다. "원하시는 시간대도 맞춰드릴 수 있고요." 그녀가 계속 말한다. "급여는 따로 협의해서 저녁 근무도 가능하고, 나중에 필요하면 제가 숙식하면서 밤에도 돌봐드릴 수 있어요. 그러니까 아버님을 호스피스로 보내고 싶지 않다고 하시면요."

누군가 아빠의 죽음에 대해 이토록 담담하게 말하는 것을 듣고 있자니 가슴이 철렁 내려앉고 눈가가 시큰해진다. 하지만 솔직하게 이야기해주는 것이 오히려 위로처럼 다가온다.

"어머, 죄송해요." 내가 힘겹게 눈물을 참는 것을 본 그녀가 사과한다. "힘드신 거 알지만 너무 걱정 말아요. 제가 최대한 그 고통을 덜어드리려고 온걸요."

"감사합니다." 울컥 차오르는 감정을 삼키고 아픔을 누르며 현실적인 이야기로 돌아간다. "아빠가 5년 전에 조기 알츠하이머병 진단을 처음 받았을 때까지만 해도 가끔 혼란스러워하시는 경우가 있긴 했지만 정말 괜찮았거든요. 그런데 요새 들어 상태가 눈에 띄게 빨리 나빠지는 것 같아요. 이젠 혼자 둘 수도 없어요. 어느 순간 정신이 오락가락하다가 금세 또 짜증을 내거나 불안해하시니까요. 난폭하게 구는 경우는 거의 없지만 가끔 거칠어지실 때도 있고요."

갑자기 너무 솔직하게 말해서 그녀가 도망이라도 가면 어쩌나 걱정된다. 그만큼 나에게는 그녀의 도움이 절실하다.

"크게 문제가 되거나 하진 않겠죠?" 내가 급히 묻는다. "거칠어지신다고 한 거요. 사실 정말 드문 일이에요. 한 달에 한 번 있을까 말까. 저를 때린 적은 한 번도 없고요. 주로 물건을 집어 던지세요. 아마 달리 이유가 있다기보다는 그냥 답답해서 그러시는 것 같아요."

그녀는 내가 무슨 말을 하려고 하는지 정확히 알겠다는 듯 고개를 끄덕인다.

"괜찮아요." 그녀가 말한다. "흔히 있는 일인걸요. 약간 겁날 수는 있겠지만 사실 다루는 요령만 알면 문제없답니다. 제가 알츠하이머병 환자를 돌본 경험이 꽤 많거든요. 사랑하는 가족을 모르는 사람의 손에 맡기는 게 얼마나 힘드실지 충분히 이해해요. 하지만 저와도 곧 편해지실 거예요."

미리 외워 온 대사처럼 들리긴 해도 나는 그 자리에서 바로 그녀에게 일을 맡기겠다고 마음먹는다.

"집 좀 둘러보시겠어요?" 내가 묻는다. "집 안 꼴이 엉망이라 죄송해요. 요즘 너무 정신이 없었어서요." 멋쩍게 웃자 그녀가 신경 쓰지 말라는 듯 손사래를 친다. 그녀가 점점 더 좋아진다. "아빠 방은 아직 위층에 있어요." 나는 말을 잇는다. "나중에 계단을 오르기 힘들어지면 여기 아래층 있는 방을 쓰면 돼요. 계단이랑 화장실에 손잡이 설치도 이미 해뒀고요. 한번 쭉 보시고 괜찮다고 하시면 아빠랑도 인사하실 수 있도록 할게요."

그녀는 따뜻하고 환한 미소를 지으며 나를 바라본다.

"아주 좋네요." 그녀가 말한다.

3장

애니, 1969년

애니는 언젠가 프린톤 온 시Frinton-on-Sea로 훌쩍 떠나는 상상을 한다. 에식스주의 그 작고 예쁜 해안가 마을에 실제로 가본 적은 없지만 엄마에게 온 엽서를 보고 풍경이 마음에 들었다. 그 엽서는 몇 주 동안이나 거실 벽난로 위에 놓여 있었기 때문에 애니는 해변을 따라 늘어선 나무 오두막을 오래도록 들여다보며 남몰래 상상의 나래를 한껏 펼칠 수 있었다. 그중에서도 피스타치오 빛깔의 연녹색으로 칠해진 오두막이 가장 좋았다. 그 안으로 들어가면 분홍색 새틴 이불이 깔린 자그마한 침대와 흔들 목마가 놓여 있고 바닷가로 난 창에는 세상과 그녀 사이에 드리울 줄무늬 커튼이 달려 있을 것 같았다. 그녀가 꿈꾸는 완벽한 집이었다.

 엽서는 네모난 시계에 기대어 세워져 있었는데 어느 날 아버지가 엄마와 말다툼을 하던 중 갑자기 그것을 잡아채서 네 조각으로 찢어버렸다. 애니는 아버지를 말리고서 자그마한 침대와 흔들 목마 이야기를 하고 싶었다. 그러나 그냥 찢게 둘 수밖에 없었다. 그녀는 자신의 꿈이 잘디잘게 조각나 쓰레기통 신세가 되기 십상이라는 것을 이미 알아가고 있었다.

 언니 우르슐라에게 집을 나가겠다고 하자 언니는 피식 웃었다. 어떻게 나가겠는가? 갈 곳이 없는데. 애니는 맞받아치며 프린톤 온 시에 있는 해변 오두막에 대해 설명했다. 순간 우르슐라의 얼굴에 어리둥절한 표정이 떠올랐다. 동생은 알고 자신은 들어보지 못한 안전한 곳이 있다고? 하지만 이내 자신이 나이도, 아는 것도 더 많다며 무시했다. 애니는 울분이 치밀어 눈물을 쏟아냈다. 그 후로 애니는 정말 막막하고 힘들어질 때를 대비해 그 해안가 마을을 기억 한편에 고이 간직해두고 다시는 입 밖으로 꺼내지 않았다.

 물론 이제 겨우 열 살인 애니가 집을 나갈 수 있을 리 없다. 그저 허무맹랑한 상상일 뿐이다. 열세 살인 우르슐라는 잘하면 몰래 도망 나갈 수도 있겠지만 애니만큼 간절히 바라지는 않는 듯하다. 집안 분위기가 험악해지면 우르슐라는 자기 방으로 슉 올라가 다시 내려와도 괜찮을 때까지 그림을 그리곤 했다. 시간이 흘러 애니는 그것이 바로 우르술라가 도망치는 방식이며 그림 속 세상이 언니의 도피처임을 이해하게 된다. 그에 반해 애니는 현실에서 벗어나려면 오직 머릿속 상상에 의존할 수밖에 없었다. 그녀는 그 생각들이 간혹 도움이 될 때도 있지만, 사실은 자신을 자꾸만 막다른 길로 끌고 가 결코 발을 들여놓아서는 안 될 어둠 속으로 이끈다는 것을 나중에야 깨닫는다.

지금 애니는 가족들과 함께 사는 이스트 런던의 집 부엌에서 저녁 준비를 위해 감자를 깎고 있다. 감자칼 손잡이에 감겨 있던 끈이 풀려 걸리적거리고 칼날도 무딘 탓에 그녀가 못 보는 사이 누군가 슬쩍 하나씩 더 얹는 것처럼 껍질을 벗겨야 할 감자가 줄기는커녕 오히려 계속 늘어나는 것만 같다. 양푼 속에 손을 집어넣고 흙탕물을 휘저으며 감자를 쫓다가 하나를 번쩍 들어 올린다. 싹이나 녹색으로 변한 부분이 없는지 꼼꼼히 확인하지만 이 녀석은 흠집 하나 없다.

껍질을 막 깎던 차에 현관문이 쾅 하고 닫히는 소리가 들려온다. 부엌 벽에 걸린 시계를 힐끗 올려다본다. 아직 오후 4시 반밖에 되지 않았다. 그가 평소보다 일찍 퇴근한 것이다. 애니는 고개를 숙이고 손놀림을 재촉한다. 그가 집

안을 돌아다니며 현관 테이블 위 그릇에 열쇠를 던져놓고, 코트를 걸고, 거실 문을 여는 소리가 들린다. 이제 곧 부엌으로 들어올 것이다. 그녀는 껍질을 두껍게 깎으면 문제가 되리라는 것을 알면서도 더욱 빠르게 감자칼을 움직인다.

문이 열리고 아버지가 모습을 드러낸다. 키가 작고 체격이 탄탄하며 물결치는 듯한 엷은 갈색 머리카락이 포마드로 단단히 고정되어 있다. 머리부터 발끝까지 허술한 구석이 없는 사람이다.

"우리 딸, 오늘 저녁은 뭐니?" 그가 묻는다.

첫마디를 듣는 순간 일단 오늘은 별일 없이 흘러가겠다고 생각한다. 긴장을 살짝 풀면서도 혹시나 싶어 아버지를 흘끔 살핀다. 그는 담배로 누래진 이가 보이도록 함박웃음을 지으며 문간에 가만히 서 있다.

"달걀이랑 감자튀김이요." 애니가 대답한다. "지금 감자 껍질 까고 있어요."

"그래, 착하네." 그가 말한다. 그 말에 내심 기분이 좋다. 이러니저러니 해도 그녀는 아버지의 칭찬에 목마르다. "네 엄마는?" 그가 전혀 짜증 내는 기색 없이 묻자 그녀는 조금 더 안도한다.

"아직 퇴근 안 하셨어요." 애니가 답한다. "그리고 언니는 가게에 달걀을 더 사러 갔고요."

"그래, 착하구나." 그가 다시 말한다. "네 아빠 차 한 잔만 갖다주렴."

아버지가 하루 일과의 한 부분이 마무리되었음을 알리는 신호로 넥타이를 느슨하게 푼다. 애니가 주전자에 물을 채우려 성급히 칼을 내려놓는 바람에 파란 블라우스에 흙탕물이 튄다. 숨을 헉 들이켜지만 다행히 아버지는 이미 돌아서서 부엌을 나가는 중이라 그녀가 만든 난장판을 보지 못한다. 아직 흙탕물이 스며들지도 않았건만 당황한 머릿속은 얼룩을 지울 방법을 찾느라 분주하다. 차를 가져다줄 때는 카디건을 다시 걸치면 된다. 아버지는 눈치채지 못할 것이다. 제법 무거워진 주전자를 가스레인지 위에 올린다. 조심스레 가스불을 켜는데 다시 현관문이 쾅 닫힌다. 우르술라가 돌아왔다.

"그 못된 구멍가게 늙은이가 나한테 또 금이 간 달걀을 팔려고 했어. 내가 모를 줄 알았나." 우르술라가 부엌에 들어서며 소리친다. "바로 알아챘지. 그래서 이렇게 말해줬어. '제가 어려도 바보는 아니에요. 제일 좋은 달걀로 여섯 알 주세요. 아니면 최소한 안 깨진 걸로요.' 날 엄청 만만하게 봤나 봐."

"아버지 계셔." 애니가 그녀의 열변을 끊으며 진정시키려 하지만 우르술라는 계속해서 투덜거린다. 그녀가 식탁 위에 달걀과 잔돈을 내려놓는다. "오늘은 괜찮으시긴 해."

우르술라는 아버지가 어떻든 알 바 아니라는 듯 어깨를

으쓱하지만, 뒷문 옷걸이에 코트를 걸기 위해 벗는 순간 언니의 얼굴이 미묘하게 일그러진다.

"아직도 아파?" 애니가 낮은 목소리로 묻는다.

우르술라가 인상을 쓰자 애니는 또 큰 소리가 날까 긴장하지만 곧 언니의 표정이 누그러진다.

"그렇게 심하진 않아." 우르술라가 답한다. "그냥 좀 욱신거려."

"엄마한테 말씀드려야 하지 않을까? 뼈가 부러졌으면 어떡해."

우르술라의 표정이 언제 풀렸냐는 듯 순식간에 다시 굳어진다.

"무슨 소용이겠어." 그녀가 프라이팬에서 튀어 오르는 뜨거운 기름처럼 날카롭게 쏘아붙인다. "괜찮아." 다시 차분해진 목소리로 말을 잇는다. "잘못 움직이면 아파서 그렇지, 좀 지나면 나을 거야."

"학교에 얘기할 수도 있잖아." 애니가 고집을 부린다. "윌리엄스 선생님이 힘든 일 있으면 언제든 말하라고 하셨어."

"초등학교 때나 그런 거지. 중학교 올라가면 달라. 아무도 남 일에는 관심 없어. 다들 자기 사정만으로도 바쁘거든. 걱정 마, 애니. 기다리면 낫겠지. 늘 그래 왔잖아. 아버지 눈에만 안 띄면 돼. 넌 감자튀김 계속해. 상은 내가 차릴게."

"아버지가 차 한 잔 달라고 하셨어." 애니가 말한다.

우르술라의 표정이 다시 어두워지고 애니는 언니가 정말 폭발할지도 모른다는 생각에 움찔하지만 그녀는 이내 마음을 고쳐먹는 듯하다.

"내가 갖다드릴게." 그녀가 이를 악물고 말한다.

애니는 탁한 물속에서 반쯤 깎은 감자를 집어 머리를 숙인 채 껍질을 묵묵히 슥슥 벗겨낸다.

4장

카라, 2017년

"그러니까 너한테 필요했던 사람이 그 간병인인 것 같다고?" 그 주 주말, 우리가 즐겨 가는 일클리의 카페에서 커피를 마시며 베스가 묻는다. 가장 친한 친구이자 속마음까지 터놓을 수 있는 친구인 베스는 초등학교 시절부터 언제나 내 곁에 있었다. 우리는 자라면서 크고 작은 장애물을 함께 헤쳐 왔고 내가 가장 많은 추억을 공유하는 사람도 바로 베스다. 흔해빠진 표현이긴 하지만 자매가 없는 나에게 정말 언니 같고 여동생 같은 존재다.

마을 끝자락, 동네 사람들만 찾아올 수 있는 구석진 곳에 자리 잡고 있는 이 카페는 은은한 회색 계열의 감각적인 인테리어에 각양각색의 테이블과 의자가 놓여 있다. 커다란 유리창은 커피 머신에서 나오는 증기와 여자 손님들의 숨결로 늘 김이 서려 있다. 커피 볶는 향과 빵 굽는 냄새가 따스한 공기 중에 사이 좋게 어우러진다.

"응, 그런 것 같아." 나는 간병인의 모습을 떠올리며 대답한다. "경력도 많고 되게 현실적인 성격이신 것 같아. 난 마음에 들어. 꽤 통하기도 하고."

마지막 한 모금을 입에 털어 넣었는데 잔에 남은 커피는 이미 차갑게 식어 있다. 그대로 뱉고 싶지만 참는다.

"그분 이름이 뭐야?" 베스가 묻는다. "계속 '간병인'이라고 부를 수는 없잖아."

"안젤라 파팅턴 씨야." 내가 말한다. "근데 안젤라 씨라고 하기는 좀 그래. 뭔가 아닌 것 같아. 파팅턴 씨도 입에 잘 안 붙고."

"어쨌든 아예 안 부를 수는 없으니까 호칭을 정하긴 해야지." 베스가 코를 찡그린다. "P 선생님 어때? 약간 거리가 있으면서도 이름 전체를 부르는 것만큼 딱딱하진 않은 것 같은데."

나는 그 이름을 몇 번 되뇌며 느낌이 어떤지 확인한다. 입가에 미소가 번진다.

"P 선생님." 내가 말한다. "메리 포핀스 같아. 좋다. 내가 커피를 좀 더 가져올 테니까 이젠 네 얘기 해줘."

나는 빈 잔을 챙겨 카운터로 간다. 자리로 돌아오니 베스는 신발을 벗고 의자 위로 다리를 올린 편한 자세로 앉아 있었다. 그녀는 검은 머리카락이 흘러내려 얼굴이 가려진 채 휴대폰을 들여다보고 있다.

"그렉은 생전 내 문자에 답을 하질 않는다니까. 읽기는 하는 건가 싶을 때도 있어. 그렇게 중요한 내용은 아니긴 해. 죽고 사는 것도 아니고. 근데 문자를 보내도 답장이 안 오면 너무 초조해지고 애가 타."

베스가 마치 바람이 빠져 쪼그라든 풍선처럼 몸을 웅크린다. 그녀의 기운을 다시 북돋아주어야 한다.

"아마 환자랑 있거나 수술 중이겠지." 내가 최대한 명랑하게 말한다.

그렉이 베스를 갖고 노는 것 같은 의심이 든다. 하지만 그가 그런 부류로 보인다 해도 베스에게 말해봐야 별 도움이 되지 않을 것이다. 그녀는 인상을 구기며 나를 향해 눈을 치켜뜬다.

"내가 바보인 줄 알아? 나도 병원에서 일한다고." 베스의 토라진 듯한 반응에 앞으로 그렉과 관련한 문제는 좀 더 신중하게 말해야겠다고 생각한다. 물론 베스는 기분이 금세 풀린다. 그녀가 화제를 돌리자 분위기가 다시 좋아진다.

"그래서 마이클 오빠는 그 간병인, P 선생님이 어떻대?" 베스가 입술을 단단히 붙였다 세게 떼면서 'P'를 강조해 발음하며 묻는다.

"우리 오빠 알잖아." 내가 대답한다. "사실상 나 혼자 알아서 하라고 했지. 간병인을 찾는 데 동의한다고는 했지만 내가 실패했다고 생각하는 것 같아."

조금 전의 분노를 이번에는 오빠에게 표출하며 베스가 발끈한다. "말도 안 돼. 오빠가 정말 그렇게 생각하면 여기 와서 직접 아버님을 모시라고 해. 얼마나 버티나 보고 싶네. 저 멀리 런던에서 말만 하는 건 누가 못 하냐고. 일주일이라도 겪어보면 어떤지 알겠지."

나는 커피잔을 들어 입가에 가져다 대고 입술이 데일 듯 뜨거워질 때까지 잠시 가만히 있는다.

"오빠랑 아버님 사이는 늘 뭔가 좀 그랬던 것 같아."

베스의 말에 나는 등줄기가 서늘해진다. 오랜 친구들은 이게 문제다. 기억력이 너무 좋다.

우리는 별다른 말 없이 편안하게 침묵을 즐기며 커피를 홀짝인다. 뒤쪽에서 커피 머신이 쉬익 소리를 내고 접시와 커피잔이 달그락거리며 부딪치는 소리가 사람들의 잔잔한 대화 소리와 섞여든다.

"주말엔 뭐 해?" 내 물음에 다시 얼굴이 환해진 베스가 답한다. "그렉이랑 여행가." 베스의 검은 눈동자가 반짝이는 것을 보니 이런 게 진짜 사랑임이 느껴진다. "어디로 가는지는 말 안 해줬어." 그녀가 계속 이야기한다. "그냥 예쁘게 입으라고만 하더라."

"그리고 여권도 챙기고?" 내가 묻는다.

베스의 어깨가 살짝 처진다. "여권 얘기는 없어서 아마 필요 없겠거니 하고 있어. 네가 보기엔 어때?"

장단을 맞춰줄 수밖에 없다. "해외가 아니라도 널 데려갈 만한 근사한 곳이 얼마나 많은데."

"그러니까! 어디일지 계속 생각해보는 중이야. 일요일에 근무가 있어서 너무 먼 데는 아닐 텐데 볼턴 애비에 그 전원주택 같은 호텔이 있긴 하지. 스파 있는 데, 알지? 아니면 하로게이트에 부티크 호텔들도 있고." 베스가 입술을 깨문다. "비밀 얘기 하나 해도 돼?"

"베스!" 내가 짐짓 화난 척하며 말한다. "난 네 절친이잖아. 네 비밀은 다 알고 있다고."

그녀는 누가 엿듣고 있기라도 한 것처럼 주위를 살피더니 목소리를 낮춰 속삭인다. "그렉이 프러포즈할 것 같아. 음, 딱히 뭐가 있었던 건 아니지만 그런 느낌이 온다고 할까. 무슨 말인지 알지?"

당연히 내가 알 턱이 없다. 사랑에 빠지면 어떤 느낌인지 전혀 모르면서도 나는 친구를 위해 열심히 고개를 끄덕인다. "그럼 뭐라고 할 거야? 청혼하면?" 나는 베스가 못 보게 탁자 밑에서 손가락을 꼬며 간절히 기도한다.

베스가 눈을 동그랗게 뜨고 나를 쳐다본다. "좋다고 해야지, 당연히!"

5장

애니, 1976년

열일곱 살이던 애니는 스물다섯 살의 조 페런스비를 만난다. 그는 불꽃놀이처럼 그녀의 삶에 뛰어든다. 그와 있으면 심장이 뛰고 손바닥에 땀이 나며 무슨 일이 벌어질지 확신할 수 없다. 이후 애니는 이것이 사실 여러모로 자신이 살아온 삶과 별반 다르지 않다고 생각하지만, 조와 함께라면 언제 터질지 모르는 불꽃이 두렵기보다는 짜릿하고 설렌다. 그의 변덕스러운 성격에 숨이 가쁠 정도로 들뜨고, 그가 어디로 데려가는지는 몰라도 지금껏 있던 곳보다는 나을 거라 믿고 기꺼이 따라간다.

그들은 버스에서 처음 마주친다. 애니는 여성용 장갑을 판매하러 셀프리지스 백화점으로 출근 중이다. 그다지 힘들 것도 없는 단순한 일을 하지만 그녀에게는 썩 만족스러운 직장이다. 남성 셔츠 매장에서 일하는 친구 카트리나가 옆자리에 앉아 있다.

"고개 돌리지 말아봐." 카트리나가 손으로 입을 가리고 속닥거린다. "저기 앉은 남자가 우리 쪽을 계속 쳐다보고 있거든."

애니가 참지 못하고 힐끗 보니 카트리나의 말이 사실이다. 출근하는 여자들과 등교하는 학생들 사이로 그가 바로 눈에 띈다. 바다 위로 나타난 포세이돈처럼 고개를 쭉 빼고 있다. 칼라에 닿을 만큼 길고 어두운 머리칼은 아무렇게나 헝클어져 있고, 아침 8시 30분인데 수염 자국이 거뭇거뭇하다. 그런데도 마치 남들이 모르는 비밀을 혼자만 알고 있는 듯한 자신감이 흘러넘친다.

애니와 눈이 마주치자 그는 고개를 까딱하며 능글맞게 윙크를 한다. 애니는 수줍은 사춘기 여학생처럼 볼을 붉히며 얼른 눈을 내리깐다. 버스가 멈추자 그는 손짓으로 기사에게 인사하며 내리고는 버스가 다시 출발하는 순간 뒤돌아 그녀를 바라본다.

"저 사람 완전히 넘어온 것 같은데?" 카트리나가 키득거리며 듯 말한다.

애니는 대꾸하지 않고 그저 어깨만 으쓱한다. 잠깐 눈길이 스쳤을 뿐 별 의미 없다고 생각하면서도 기억이 가물가

물해질 때까지 그가 윙크를 날리는 장면이 머릿속을 떠나지 않는다.

그로부터 일주일이 지났을 무렵 버스에서 그를 다시 마주치지만, 이번에는 자리에 앉아 짤막한 연필을 입에 문 채 경마 신문에 코를 박고 있다. 그는 애니가 옆을 지나쳐 뒤편에 가서 앉는 동안에도 고개를 들지 않다가 그를 발견한 카트리나가 짐짓 호들갑을 떠는 바람에 무슨 일인가 싶어 그제야 신문에서 눈을 뗀다. 애니가 돌아서서 앉으려던 찰나 그가 그녀를 발견하고 씩 웃어 보이자 숨이 멎는 것만 같다. 그러나 이번만큼은 그의 매력에 휘둘리지 않을 것이다. 애니는 마치 예전에 파티에서 만난 적은 있지만 딱히 이름이 기억나지 않는 사람을 대하는 것처럼 무심하게 고개를 한 번 까닥인다.

그가 신문을 팔에 끼고 자리에서 일어나 흔들리는 버스에 휘청거리며 그녀를 향해 다가온다. 이내 애니가 앉은 좌석 옆에서 자연스럽게 걸음을 멈추더니 통로를 막으며 맞은편 좌석 가장자리에 척 걸터앉는다. 그러자 그의 무릎이 카트리나의 허벅지에 닿는다. 애니는 친구가 다리를 치우지 않는 것을 알아차리고 살짝 짜증이 나지만 그는 카트리나에게 전혀 관심을 보이지 않고 오로지 그녀에게만 시선을 고정한다.

가까이서 보니 그의 눈은 어두운 머리카락에 비해 약간

튀는 옅은 파란색이다. 왠지 조지 베스트George Best*가 떠오른다.

"또 만났네요, 두 분." 그가 입을 연다. "조셉 페런스비라고 합니다."

그는 자신감이 넘쳐흐르는 태도로 손을 내민다. 애니는 그 뻔뻔스러운 모습이 당혹스러워 말문이 막히면서도 자신도 모르게 그에게 점점 끌리는 것을 느낀다. 한 발 물러서 마음을 다잡으려는 순간 카트리나가 잽싸게 끼어든다. "저는 카트리나고 여긴 애니예요."

카트리나가 낯선 남자에게 손을 내준다. 그는 그 손을 잡고 살짝 입을 맞춘다. 애니가 코를 찡그린다. 물론 이 남자가 잘생기기도 했고 학교에서 보던 남자애들보다 훨씬 나이가 많아 보였지만 그래도 이런 행동은 좀 거북하게 느껴진다.

"만나서 반가워요, 카트리나, 애니. 어디 가는 길이세요?"

"출근이요. 옥스퍼드가에 있는 셀프리지스 백화점에서 일하거든요. 애니는 여성용 장갑 매장, 전 남성 셔츠 매장에서 일하죠."

애니가 카트리나를 팔꿈치로 쿡 찌른다. 그녀는 처음 보는 사람에게 너무 많은 이야기를 하는 것 같아 불편하지만

---

* 잘생긴 외모와 출중한 실력을 겸비하여 대중적으로 엄청난 인기를 누렸던 북아일랜드의 전 축구 선수다.

카트리나는 아랑곳하지 않고 신나게 떠벌린다.

"그러시군요." 조셉 페런스비가 앞머리에 가려질 만큼 눈썹을 높이 치켜올린다.

말은 카트리나가 하고 있지만 그는 줄곧 애니만 바라보고 있다. 애니는 눈을 피하고 싶은 마음을 참고 턱을 조금 더 들어 올려 그의 시선을 똑바로 마주한다.

"아, 전 여기서 내려요." 그가 갑자기 자리에서 벌떡 일어선다. 애니는 신경 쓰지 않는 척하지만 그가 성큼성큼 걸어가 버스에서 내리는 뒷모습을 보고 있자니 왠지 아쉬운 마음이 든다. 버스가 다시 움직이기 시작하자 그가 몸을 돌려 그녀를 향해 경례를 한다.

"자기 잘난 맛에 사나 봐." 애니는 아무 관심 없는 척 카트리나에게 말한다.

"은근히 매력 있긴 하던데." 카트리나가 대꾸한다. "그 사람 눈 봤어? 빠져들 것 같더라."

"됐어. 무슨 《재키Jackie》*에나 나올 법한 소리 하고 있네." 애니는 타박하면서도 친구의 말뜻을 정확히 이해한다.

일주일 뒤 애니가 일하는 곳에 그가 나타난다. 한가한 날이라 애니는 꼭 해야 되는 것도 아니지만 그저 시간을 때

---

* 1970년대 영국에서 가장 많이 팔린 청소년 잡지로, 패션·뷰티나 가십 등을 다루어 십 대 소녀들에게 큰 인기를 얻었다.

우기 위해 진열대 위의 먼지를 털고 있다. 다른 것은 건드리지 않고 오로지 먼지만 털겠다는 일념으로 장갑 사이사이를 깃털 먼지떨이로 훑는다. 시간이 어찌나 안 가는지 혹시 시계가 멈춘 것은 아닌지 확인해본다.

처음 그 소리를 들었을 때는 무심히 넘겼다. 그러나 두 번째로 같은 소리가 들리자 그녀는 비로소 고개를 들고 주위를 살핀다.

"쉬잇—."

어디서 가스가 새는 듯한 소리다.

"쉬잇—."

그때 그가 눈에 들어온다. 기둥 뒤에 숨어 고개만 빼꼼히 내밀고 있다.

"쉬잇—. 애니."

그는 정말 위험에라도 처한 것처럼 다급한 손짓으로 그녀를 부른다. 파트장을 슬쩍 돌아보니 손님을 응대하느라 정신이 없어 애니는 그에게 몇 걸음 다가간다.

"여기서 뭐 하는 거예요?" 낮게 속삭여도 들릴 만큼 가까워지자 그녀가 묻는다.

"당신 보러 왔죠." 그가 대답한다.

"지금은 얘기 못 해요. 파트장님한테 들키면 큰일 나요."

그는 금세 풀이 죽는다.

"그렇지만 여기까지 산 넘고 물 건너 곰이랑 싸우면서

힘들게 온 건데요…."

"알았어요, 알았어." 그녀가 말한다.

바보 같은 사람이지만 웃지 않으려 해도 이상하게 자꾸만 웃음이 나오게 하는 무언가가 있다.

"손님인 척해요." 그녀가 속닥거린다. "그렇게 기둥 뒤에 숨어 있지 말고요." 그러고는 약간 더 큰 소리로 묻는다. "찾으시는 것 있으세요?"

지금껏 보여준 자신만만한 모습과 달리 그가 예상치 못한 상황에 당황한 것 같아 애니가 물꼬를 터준다.

"장갑 보러 오신 거죠? 여자 친구분 선물이신가요?"

"어, 네." 그가 답한다.

"여자 친구분은 어떤 스타일을 좋아하세요?" 애니가 애써 웃음을 참으며 묻는다.

"글쎄요…."

그는 좀 더 도와달라는 듯 애니에게 난감한 표정을 지어 보인다.

"가죽 제품으로 찾으시는 걸까요?"

"아, 네. 그렇죠." 그가 고개를 끄덕이며 조금씩 상황에 적응해간다.

"그럼 색상은 어떤 걸로 보시겠어요, 손님? 이번에 저희 매장에 새로 들어온 예쁜 연핑크색 장갑이 있거든요. 여자 친구분이 핑크 좋아하세요?"

"네!" 그가 얼른 대답을 한다. "핑크를 제일 좋아해요."

"그러면 안감은요?"

그는 또다시 어리둥절한 표정을 짓는다. 이번만은 자신이 주도권을 쥔 것이 애니는 퍽 즐겁다.

"장갑 안쪽이요, 손님. 실크 안감이 좋으세요? 아니면 캐시미어?"

조가 여전히 모르겠다는 표정으로 두 손을 들어 보이자 애니는 피식 웃는다.

"손님, 이쪽으로 오시면…."

진열대에서 조금 떨어진 서랍장 쪽으로 그를 데려간다. 파트장은 눈길 한 번 주지 않는다. 애니가 허리를 숙여 아래에서 두 번째 서랍을 열며 작게 말한다.

"지금 뭐 하는 거냐고요?" 그녀가 낮은 목소리로 쏘아붙인다. "저 근무 중이라고요."

조는 목소리를 낮출 생각조차 없다.

"말씀드렸잖아요, 여자 친구 줄 장갑 사러 왔다고."

그가 장난스럽게 윙크하자 애니는 할 말을 잃는다. 참 능청스럽지만 매력적인 남자다. 애니로서는 당할 재간이 없다.

"사이즈는 어떻게 하실까요, 손님?" 그녀가 묻는다.

"사이즈요? 장갑도 사이즈가 있어요?"

"그럼요. 여자 친구분 손 크기가 얼마나 되세요?"

애니가 뭐라 말할 새도 없이 그가 그녀의 한쪽 손을 낚아채어 요리조리 살핀다.

"아주 작네요." 그가 말한다.

애니는 누가 볼세라 급히 손을 빼지만 아무도 그녀에게 관심이 없다. 이 남자만 빼고.

"술 한잔하러 안 갈래요?" 그가 재빨리 묻는다. "금요일 퇴근하고 어때요? 제가 이리로 올게요. 6시에."

"6시 15분이에요." 그녀가 말한다. "그리고 장갑 사이즈는 7이에요, 참고로 말씀드리면."

"제가 찾는 건 없는 것 같네요." 그가 큰 소리로 말한다. "괜찮아요. 어쨌든 감사합니다."

그는 손님 연기에 만족한 듯 씩 웃고는 자리를 떠난다. 몇 걸음 걷던 그가 다시 뒤돌아 입술만 달싹여 '금요일, 6시 15분'이라 말하고 시야에서 사라진다.

그들은 약속대로 술을 마시러 간다. 그다음엔 영화를 보러 가고 그 뒤로도 자연스럽게 만남이 이어진다. 그와 함께 있으면 즐겁고 웃음이 나온다. 그는 직장 동료들과 나눌 이야깃거리를 만들어주고 무엇보다 그녀가 집을 나와서도 삶을 살 수 있을지 모른다는 생각을 하게 한다. 서서히 그가 자신의 탈출구가 될 수도 있겠다는 생각이 자리 잡는다.

버스에서 처음 본 순간부터 그에게 사람을 끌어당기는 매력이 있다는 것을 알았지만 애니가 호감을 느낀 이유는 따로 있다. 그녀는 세심하게 챙겨주는 것을 좋아하는데 그는 그녀가 앉기 전에 의자를 빼주거나 그녀가 일어나면 함께 일어서는 등 야단스럽게도 그녀를 챙긴다. 조금 옛날식이긴 하지만 그게 뭐가 문제겠는가. 침대에 누워 벽 너머에서 우르술라가 낮게 코 고는 소리를 들으며 꼼꼼히 미래 계획을 세운다. 11시 30분 조금 지나 현관문이 쾅 닫히고 아버지가 찰그랑 소리를 내며 열쇠를 타일 바닥에 떨어뜨리고는 복도를 비틀비틀 지나간다. 자신이 깨어 있는지 그가 알 턱이 없는데도 그녀는 숨을 죽인 채 더 이상 잠든 척하지 않아도 되는 삶을 상상한다.

6장

카라, 2017년

  P 선생님이 간병을 시작한 지 일주일쯤 지나자 그녀가 늘 우리 집에 함께 있었던 것처럼 느껴진다. 그녀는 우리의 생활에 자연스럽게 녹아들어 어떤 것도 바꾸려 하지 않았고 이는 아빠의 정신적 안정에도 무척 도움이 된다. 집에 못 보던 사람이 드나드는 것만으로도 일상이 전부 엉망진창이 될 수 있는데 P 선생님이 어찌나 상냥한지 아빠마저 잘 받아들였을 정도다.

  하루하루가 벽돌처럼 차곡차곡 질서 있게 쌓여간다. 그러려니 했던 거미줄도 사라지고 얼룩진 창문도 깨끗해졌다. 언제 집안일을 하는지 모르겠지만 그녀에게 진심으로 감사하다.

나는 작업실에서 웨딩드레스를 마무리하고 있다. 창밖을 내다보니 날씨가 흐리다. 이맘때면 거리가 황야의 언덕이 드리운 그림자에 잠기고 태양은 정원에 햇살이 닿을 만큼 높이 떠오르지 못한다. 초가을을 아름답게 수놓았던 자줏빛 히스꽃이 조금씩 시들어간다. 머지않아 황야가 칙칙한 갈색의 장막으로 덮일 것이다.

내 입으로 말하긴 뭣하지만 드레스가 정말 눈부시다. 이 드레스는 가봉할 때마다 기쁨을 감추지 못하고 웃음을 터뜨리는 신부가 입을 것으로, 새하얀 공작 새틴으로 만드는 전통적인 웨딩드레스다.

뼈대를 넣은 상체 부분은 진주알로 빼곡히 장식할 예정이라 하나하나 손으로 꿰야 한다. 까다롭고 오래 걸리는 작업인 데다 오른손이 뻣뻣해서 섬세하게 움직이기 어려워 더욱 힘들지만 이런 작은 부분들이 기성 드레스와 내가 만든 드레스의 차이를 결정한다. 시간에 쫓기는 경우가 아니라면 나름대로 즐거운 작업이다. 마음이 편안해지는 것 같기도 하고, 바늘에 꿴 자그마한 진주알이 실을 따라 내려가서 드레스 위에 자리 잡는 것을 보면 기분이 좋다.

작업실에 앉아 진주를 하나하나 바늘에 꿰고 있는데 전화가 울린다. 가서 받아보니 닭장 속 닭처럼 콜센터에 앉아 근근이 살아가는 어느 젊은이가 별 의미 없는 내용을 전한다. 나는 정중하지만 단호하게 끊는다. 다시 돌아오자 작업실 문이 반쯤 열려 있다. 발걸음을 옮기면서 점차 불안이 목 끝까지 차오른다. 아빠가 작업실 한가운데 서 있는 것이 보인다. 한 손에는 무거워 바닥에 질질 끌리는 드레스를 들고, 다른 손에는 진주 상자를 들고 있다. 상자는 텅 비어 있다. 진주가 마치 쌀알처럼 바닥에 흩어져 나뒹굴고 있다.

생각할 겨를도 없이 나는 소리를 빽 지른다. 어쩔 수 없다. 알츠하이머병 환자를 돌보는 온갖 방법을 배웠지만 차오른 분노에 모두 무용지물이 된다.

"아빠!" 내가 외친다. "대체 뭐 하는 짓이야? 세상에! 이 난리를 어떻게 해. 드레스 내려놔요. 망가지겠어!"

아빠가 영문을 모르겠다는 눈빛으로 나를 바라본다. 드레스를 어디에 두어야 할지, 자신이 무엇을 잘못했는지조차 알지 못한다. 보통은 아빠가 모르고 그런 것이니 이때쯤 감정을 누그러뜨렸을 테지만, 드레스에 무슨 일이 생겼을지 모른다는 생각에 화가 사그라지지 않는다.

"이리 줘요!" 내가 날카롭게 소리친다. "얼른 내놔요. 제발 좀!" 아빠 손에서 드레스를 잡아채려 해본다. 하지만 아빠는 여기저기 흩어진 진주알을 사방으로 차며 걸어 다닌다. 슬리퍼가 드레스 자락에 걸려서 천이 금방이라도 찢어질 것 같다. "뭐 해!" 나는 다시 외친다. "맙소사, 아빠! 진주가 온 데 다 튀잖아요."

아빠는 상처받은 표정이지만 안타까움을 느낄 여유가

없다. 내 눈에는 드레스가 망가질 위기와 아빠가 단 몇 분 만에 만들어놓은 난장판만 보일 뿐이다. 지금 같은 상황에서는 아빠를 죽여버릴 수도 있을 것 같다.

나는 아빠에게서 드레스를 빼앗아 작업대 위 아빠의 손이 닿지 않는 곳에 올려놓는다. 그러고는 무릎을 꿇고 바닥에 흩어진 진주를 주워 모으려 애쓰는데 아빠는 그저 멍하니 서 있다. P 선생님이 들이닥쳤을 때도 나는 계속 고함을 치고 있다.

"이게 도대체 무슨 일이에요?" 그녀가 문턱을 넘기도 전에 놀라서 묻는다. 그녀는 방 안을 훑어보고 빠르게 상황을 파악한 뒤 아빠의 팔짱을 끼고 으드득으드득 진주알을 밟으며 문 쪽으로 데려간다. 아빠는 무언가 중얼거리고 있다. 간혹 무슨 단어가 들리지만 '미안'이라는 말은 없다. 나는 둘을 내보내고 진주가 달라붙도록 검지를 핥아 떨리는 손으로 한 알 한 알 힘겹게 주워 상자 안에 넣는다. 다행히 큰 문제는 없다. 드레스가 좀 구겨지긴 했지만 깨끗하고 찢어진 곳도 없다.

작업대 밑에서 진주알을 더 찾고 있는데 P 선생님이 돌아온다. 그녀가 들어오는 소리는 듣지 못했지만 고개를 들자 작업대 옆으로 두 다리와 그 밑의 단정한 신발이 보인다.

"아빠는 어떠세요?" 나는 몸을 숙인 채 묻는다.

"괜찮아요." 그녀가 대답한다. "낮잠 주무시고 계세요. 저도 좀 도와드릴까요?"

내 대답을 듣기도 전에 그녀는 손과 무릎을 바닥에 대고 엎드려 진주를 손바닥에 모으기 시작한다.

"저 완전 잘못한 거죠?" 내가 그녀의 넓은 등에 대고 묻는다.

"쉽지 않은 상황이었으니까요." 그녀가 조용히 답한다. "자리를 비우실 때는 문을 잠가두는 게 좋지 않을까요?"

"평소엔 그렇게 해요." 나는 저지르지 않을 수 있었던 실수에 대해 궁색한 변명을 늘어놓는 아이처럼 웅얼거린다. "진짜 잠깐 나갔다 온 건데… 제가 더 조심했어야 했죠."

P 선생님이 얼어서더니 허리춤에 손을 얹고 기지개하듯 몸을 쭉 편다.

"바닥을 기어다니기엔 제가 나이가 좀 많나 봐요." 그녀가 웃으며 말한다.

"이제 거의 다 주운 것 같아요." 내가 말한다. "너무 작은 데다 사방팔방으로 굴러갔네요."

P 선생님이 드레스 쪽으로 다가가 손을 내밀어 크림색 새틴을 살며시 쓸어본다.

"정말 아름답네요." 그녀가 잘 들리지도 않을 만큼 작은 목소리로 감탄한다. "이렇게 멋진 드레스를 만들고 계시는 줄은 전혀 몰랐어요."

"감사해요." 자부심이 전율처럼 온몸을 스친다.

"이건 뭔가요?" 그녀가 마네킹에 입혀둔 무명천으로 만든 샘플을 가리키며 묻는다.

"그 드레스는 다음 여름 시즌 거예요. 쉘핑크색으로 만들려고요. 잠시만요." 내가 일어나며 말한다. "어디 원단 샘플이 있을 텐데."

나는 서랍을 열어 빛이 만들어낸 착시처럼 보일 정도로 엷은 핑크색 실크 조각을 꺼낸다. P 선생님에게 그것을 건네자 그녀는 자칫 잘못하면 바스라질 것 같은 나비라도 되는 양 조심스레 받아 든다. 손끝으로 천을 어루만지다가 올이 튀어나온 부분에서 잠시 멈칫한다.

"카라 씨는 정말 재능이 뛰어나네요." 그녀의 칭찬에 나는 조금 더 뿌듯해진다. "아버님도 아주 자랑스러워하시겠어요."

방금까지 차올랐던 뿌듯함이 한순간에 터져버린다.

"그게…." 내가 망설이며 말을 꺼낸다.

갑자기 모든 것을 솔직히 털어놓고 싶은 마음이 든다. 이 집에서 그간 어떻게 살아왔는지 그녀에게 말하고 싶다. 아빠의 날카로운 말 때문에 친구들과 멀어진 일이며, 내 일을 무시하는 바람에 내가 얼마나 의지를 쥐어짜고 끝도 없이 마음을 다잡아야 했는지. 아빠가 아프고 나서 사는 게 더 힘들어지기는커녕 오히려 편해졌다고 고백하고 싶다.

하지만 이내 생각을 바꾸고 언제나처럼 뻔하고 무난한 대답으로 돌아간다.

"사실 아빠는 제가 하는 일이 쓸데없고 시간 낭비라고 생각하셨어요." 나는 어색하게 웃으며 말한다. "어차피 대부분 이혼할 텐데 여자들이 한 번 입고 말 드레스에 몇백, 몇천 파운드를 쓰는 걸 이해하지 못하셨거든요. 제가 미술을 전공하겠다고 했을 때도 아빠가 주는 기회를 함부로 날리지 말라며 좀 쓸모 있는 일을 하라고 하셨죠."

나는 대수롭지 않다는 듯, 사실 정말 그렇기도 하니 무심하게 어깨를 으쓱하지만 P 선생님이 아주 미세하게 고개를 젓는 것이 보인다.

"그래도 제가 워낙 고집이 세서 결국 작업실을 차리게 허락하셨어요. 일단 그땐 독립은커녕 작은 작업실 얻을 만큼도 못 벌었으니 집에서 일하는 게 최선이었죠. 그러다 아빠가 아파지자 제가 여기 있는 게 여러모로 편하게 된 거고요. 어쨌든 아빠는 한 번도 제 일을 제대로 된 직업으로 인정해준 적은 없으세요. 아빠 말로는 자기가 돈을 대주는 취미 생활이래요." 나는 작업대와 원단 두루마리, 비즈통, 실타래가 놓인 방 안을 죽 훑어보며 말한다.

"하지만 지금은 충분히 먹고살 만큼 버시잖아요?" P 선생님이 신부 사진으로 가득한 게시판을 보며 묻는다. 내가 지금까지 작업한 것들을 전부 모아놓느라 사진을 겹겹이

붙인 탓에 몇몇 드레스는 아예 보이지도 않는다.

"그럼요." 내가 답한다. "제 수입이면 저희 둘 다 먹고살고도 남지만 아빠는 믿지 못하시거나 믿지 않으시는 거예요. 음, 전에는 그랬던 거고 지금은 물론 좀 다르겠죠."

P 선생님이 잠자코 고개를 끄덕인다.

"그래도 엄마는 분명 자랑스러워하셨을 거라고 생각해요." 내가 덧붙인다. "돌아가셨다고 말씀드렸죠? 제가 두 살 때요."

"네." 그녀가 말한다. "전에 말씀하셨어요. 그렇게 어린 나이에 어머니를 잃으셨다니 참 안타까워요. 기억은 조금도 없으세요?"

나는 고개를 젓는다. "전혀요. 이름이 앤이셨다는 것밖에 몰라요. 사진도 거의 없어요. 아마 그 시절엔 필름 살 형편도 안 됐겠죠. 결혼식 사진 한 장이랑 휴가 가서 찍은 사진 몇 장이 전부예요."

나는 엄마와 아빠가 함께 있는 사진을 가리킨다. 색이 지나치게 선명하게 나온 정사각형 폴라로이드 사진에는 파란 체크무늬 돗자리에 두 사람이 나란히 앉은 모습이 담겨 있다. 엄마는 장미 무늬 원피스를 입고 노란색과 파란색의 스카프로 밝은 금발 머리를 묶었다. 카메라를 향해 활짝 웃고 있지만 사진 속 얼굴은 손톱만 하다.

"사진 뒷면을 보면 1980년에 브라이튼에서 찍었다고 쓰여 있어요. 행복해 보이죠?" 내가 말을 잇는다. "저는 요크셔에서 태어나지 않았어요. 원래 런던에 살다가 엄마가 돌아가시고 나서 아빠가 저희를 데리고 이사하셨어요. 그곳에 남아 있는 게 힘드셨던 것 같아요. 어차피 의지할 친척도 없고요. 거기서 계속 살 이유도 없으니 아빠가 리즈에서 직장을 구해 이사 온 거예요. 저희 셋에게는 새로운 출발 같은 거였죠. 말씀드렸던 것처럼 저는 아무것도 기억나지 않아요. 저한테 집은 항상 이곳이었던 셈이에요."

P 선생님은 아무 말도 하지 않는다. 그저 앉아서 무명천을 만지작거리며 가만히 들어준다.

"아무튼 절 자랑스러워하셨겠죠? 엄마라면?" 나는 머쓱하게 웃으며 묻는다.

"당연하죠." P 선생님이 말한다. "자기 딸을 자랑스러워하지 않는 엄마가 어디 있어요?"

그녀는 파란 유니폼 치마의 매무새를 가다듬으며 자리에서 일어난다.

"자, 이제 전 가볼게요." 그녀가 평소와 같은 목소리로 말하고 빠른 걸음으로 작업실을 나선다.

바닥에서 무언가가 반짝여서 살펴보니 미처 줍지 못한 진주알이다. 앞으로 몇 주 동안은 계속 진주를 밟고 다닐 것이다. 나는 그것을 주워 상자 안으로 톡 떨어뜨린다.

7장

마이클, 1992년

비가 온다. 황야를 축축이 적시는 이슬비가 아니라 성경에 나올 법한 어마어마한 양의 비가 며칠째 내리고 있다. 빗줄기가 들여보내달라는 듯 창문을 세차게 두드린다. 물받이 홈통에서 빗물이 쏟아져 나와 잔디밭에 생긴 웅덩이 위로 떨어지는 동시에 사방으로 튀어 오른다.

마이클과 카라는 집 안에만 갇혀 있어 놀거리가 거의 바닥났다. 집에서는 모든 것이 다 규칙이고 그들이 놀 수 있는 곳 역시 정해져 있다. 마이클의 방은 거실 바로 위에 있어서 뛰거나, 물건을 떨어뜨리거나, 심지어 큰 소리로 이야기라도 하면 즉시 계단 아래에서 아빠의 불호령이 들려온다. 카라의 방은 위치가 좋지만 마음껏 뛰어놀기엔 너무 좁아 카드 게임이나 독서 정도만 가능하다. 다락방은 아빠와 한 층 떨어져 있어 가장 놀기 좋은 곳처럼 보인다. 그러나 다락방은 물론 다락방으로 이어진 나무 계단에서 노는 것도 금지다. 마이클이 다락방에 쌓인 물건을 조금 정리하고 그곳에서 놀면 안 되냐고 물은 적도 있었지만 아빠는 허락하지 않았다.

"너희 둘 다 저기는 기웃거리면 안 돼." 아빠가 말했다. 웃고 있었지만 진지한 경고라는 것이 목소리에서 느껴졌다. "손 다칠 만한 것들도 너무 많고."

"어떤 거요, 아빠?" 카라가 물었다.

"건드리면 안 되는 것들이지." 상상의 여지를 한껏 남기는 아빠의 대답은 뱃사람들을 바위로 홀리는 세이렌처럼 안 되는 줄 알면서도 다락방에 다가가고 싶게 했다.

오늘 카라는 초롱초롱한 담갈색 눈을 크게 떠서 오빠를 바라보며 그가 재미있게 놀아주길 기대하고 묻는다. "우리 뭐 할까?"

"프랑스 저항군 놀이하자." 카라는 미심쩍어하면서도 충실히 고개를 끄덕이며 자세한 설명을 기다린다. "우리는 저항군이 되는 거야." 마이클이 신나서 말을 이어간다. "적진을 넘어서 병사들을 집으로 무사히 데려오는 거지."

"복잡한 거야?" 카라가 어려운 단어를 쓰기 위해 작은 입을 오물거리며 묻는다. "나 또 포로 역할 해야 돼?" 그녀가 눈을 가늘게 뜬다. 마이클보다 어리지만 바보는 아니다.

"아니." 그가 고개를 저으며 대답한다. "그리고 다락방을 적진으로 하자."

"그치만 아빠가 다락방에 들어가지 말라고 했는걸." 카라가 도리질을 치며 심각하게 말한다.

"보나마나 별거 없을걸. 그냥 우리가 어지르는 게 싫으신 거지. 아무것도 안 건드리면 돼. 병사들만 구해서 나올 건데 뭐. 아빠는 모르실 거야. 골프 보느라 바빠서 신경도 안 쓸걸?"

카라는 확신이 없는 듯 코를 찡그린다. "아빠가 안 좋아할 것 같아." 그녀가 말한다.

"어쩌겠어."

그들은 적이 있는지 경계하며 조심조심 다락방 계단 쪽으로 기어간다. 마이클은 지휘관이자 오빠로서 먼저 가야 한다고 생각한다. 금지된 계단에 다다른 그는 세 번째 계단을 건너뛰고 나머지 계단도 무게를 완전히 싣기 전 삐걱거리지 않는지부터 확인한 뒤 살금살금 올라간다.

카라는 숨을 깊게 들이쉬고는 마이클을 따라 조심히 발걸음을 옮긴다. 위에서 두 번째 계단에 올라섰을 때, 마이클이 교복 넥타이로 허리에 묶어준 무거운 손전등이 매듭이 풀리면서 아래로 떨어진다. 손전등은 나무 계단에 부딪치며 쨍그랑 소리를 낸다. 덜컥 겁이 난 카라는 얼른 손을 뻗어 잡으려 하지만 그것은 점점 더 요란한 소리를 내며 쿠당탕 계단 밑으로 굴러 떨어진다. 그저 지켜만 볼 뿐 손쓸 방법이 없다.

손전등이 채 멈추기도 전에 거실 문 열리는 소리가 들린다. 낯빛이 창백해진 카라는 공포에 질린 표정으로 마이클을 쳐다본다. 마이클의 머릿속도 공포로 얼어붙는다. 제자리에 못 박힌 듯 꼼짝도 할 수 없다. 달아나야 한다. 최대한 빨리 마이클의 방이나 화장실로 달아나 손전등이 어쩌다 그렇게 큰 소리를 내며 나뒹굴게 되었는지 둘러댈 이야기를 꾸며내야 한다. 뭐라도 해야 하지만 그들은 점점 다가오는 아빠의 묵직한 발소리를 들으며 그대로 굳어 서 있다.

"대체 그 위에서 무슨 짓들이야?" 아빠가 첫 번째 계단을 오르기도 전에 소리친다. 아이들이 어디 있는지 알게 된 그는 덧붙인다. "설마 다락방에 들어갔던 건 아니겠지? 그러면 정말 맞을 줄 알아라."

마이클이 먼저 공포에서 깨어난다. "아니에요, 아빠." 그가 목소리를 침착하게 가다듬으려 애쓰며 대답한다. "그냥 계단에서 놀고 있었어요. 다락방에는 안 들어가고요. 그렇지, 카라?"

"맞아요, 아빠." 카라가 있는 힘껏 고개를 내저으며 호응한다. "제가 실수로 손전등을 떨어뜨려서 소리가 난 건데 저희 정말 아무 잘못도 안 했어요. 진짜예요." 그녀는 가능한 한 눈을 크게 뜨고 아빠를 바라보며 죄가 없다는 것을 보여주려 하지만 이것이 오히려 화를 부추긴 것 같다.

"당장 내려와!" 아빠가 소리친다. 마이클이 한 번도 들어본 적 없는 격한 분노가 서린 목소리다.

"다락방에 들어가면 안 된다고 몇 번이나 말했지? 위험하니까 절대 들어가지 말라고." 아빠가 커다란 손을 휘둘러 카라의 허벅지를 사정없이 내리친다. 그의 손찌검에 다리 힘이 풀려서 아까의 손전등처럼 계단 아래로 굴러 떨어질 뻔한 카라는 간신히 난간을 꽉 붙잡는다. "절대, 거기, 들어가면, 안 된다고, 절대." 아빠는 단어 하나하나를 힘주어 내뱉으며 다시 한번 강조한다. "이제 내려가서 각자 방으로 들어가라. 오늘 저녁은 없다. 배고프면 뭘 잘못해서 벌을 받는지 생각해봐."

카라가 계단을 내려간다. 고개를 푹 숙이고 있어 얼굴을 제대로 볼 순 없지만 마이클은 동생이 울음을 꾹 참고 있다는 것을 안다. 위험하다는 것을 알면서도 그녀는 내려가는 내내 허벅지를 문지르며 얼마나 아픈지 보여준다. 카라가 한 걸음씩 내딛을 때마다 마이클의 가슴속에서 분노가 쌓여간다. 그는 혹시 아빠가 때리려 하면 언제든 팔을 들어 방어 태세를 갖출 수 있도록 어깨를 잔뜩 긴장시킨 채 동생의 뒤를 따른다.

"죄송해요, 아빠." 카라는 아빠 옆을 지나 자기 방으로 향하며 이번에는 더 조심스러운 목소리로 재차 말한다.

마이클이 밑에서 세 번째 계단에서 걸음을 멈춘다. 그는 아빠와 같은 높이에서 눈을 마주치면서 손이 닿지 않게 살짝 물러선다. 숨을 크게 들이마시고 최대한 꼿꼿하게 서서 말한다. "때리지 마세요." 차분하게 말하려 하지만 목소리가 미세하게 떨린다. 아빠가 그것을 눈치채지 못하길 바라면서 말을 잇는다. "때리는 건 불법이에요. 학교에서 배웠어요. 엄마도 싫어하실 거예요."

아빠는 금방이라도 폭발할 듯하다. 눈을 가늘게 뜨고 아래턱을 내밀며 일그러진 얼굴로 마이클을 노려본다. "여긴 내 집이고 뭘 하든 내 마음대로 할 거다!" 그가 고함친다. "그리고 네 엄마는 죽었잖아. 너희한테 신경이라곤 쥐뿔도 안 쓴다고. 이제 방으로 들어가서 내가 부를 때까지 나오지 마라!"

마이클은 한 발짝도 움직이지 않는다. 아빠의 눈을 똑바로 쳐다보며 시선을 피하지 않는다. 자신이 버릇없게 굴고 있다는 것을 알지만 개의치 않는다. 아빠는 손을 뻗어 마이클의 팔을 움켜쥐고 계단 밑으로 거칠게 끌어당긴다. 마이클은 발을 헛디뎌 발목이 접질리면서 바닥에 엎어진다.

이미 계단을 내려와 안전한 곳에 있던 카라가 헉하고 놀란 숨을 들이켜자 마이클은 아빠가 다시 동생에게 향할까 봐 긴장한다. 그는 천천히 몸을 일으킨다. 오른쪽 발목이 비명을 내지르는 것처럼 아프지만 무시한다. 고개를 들고 독기 어린 시선을 아빠의 영혼 깊숙한 곳까지 쏘아 보낸다. 순간 마이클은 반항적인 태도 때문에 한 대 맞겠다고 생각하지만 아빠의 팔이 들렸다가 이내 다시 내려간다. 아빠가 주먹을 꽉 쥐자 팔근육이 불끈거리는 것이 보인다.

"방에 들어가라." 한 마디 한 마디에 분노가 묻어난다.

아빠는 돌아서서 쿵쾅거리며 계단을 내려가 거실 문을 세게 닫는다.

아빠가 떠나자 카라는 곧장 마이클에게 달려와 그를 껴안지만 마이클은 그저 우두커니 서 있다. 분노에 몸이 돌처럼 굳어버린 것 같다. 동생의 가느다란 팔이 허리를 감싸도 그는 몸을 똑바로 세운 채 꼼짝도 하지 않는다. 카라의 심장이 요동치는 것이 느껴진다.

"난, 그 사람이, 싫어." 마이클이 낮게 중얼거린다. "가능한 한 빨리 이 집을 떠나 아주 멀리 가버리겠어."

다음 날 아빠는 공구 상자를 들고 다락방에 올라가 문에 자물쇠를 채웠다. 마이클과 카라는 다시는 그곳에 올라가지 않았다.

8장

카라, 2017년

어릴 적 출입이 금지된 이후로 다락방에 한 번도 올라가보지 않은 건 아니다. 자물쇠도 사라진 지 오래다. 아빠가 더 이상 자물쇠를 단 이유조차 기억하지 못하는 것 같았을 때 내가 그 낡은 공구 상자를 들고 올라가서 떼어버렸기 때문이다. 물론 아빠는 이제 이 위층까지 올라올 일도 없다. 마치 다락방과 그 안의 물건들이 기억 속에서 통째로 사라진 것처럼.

사실 나도 거의 올라오지 않는다. 이제 어른이고 여기는 내 집인데도 이곳에만 올라오면 뭔가 불안하다. 아빠의 경고가 퀴퀴한 공기 속을 맴도는 느낌이랄까. 지금 와 생각하면 그냥 우리가 자기 물건을 만지는 게 싫었던 것이겠지만, 그때 그렇게까지 법석을 떠는 바람에 오빠와 사이가 얼마나 틀어졌는지 알기는 할까 싶다. 어쨌거나 난 아빠 물건에 손대고 싶었던 적은 전혀 없었다. 기껏해야 낡은 상자에 구닥다리나 들어 있겠지.

그런데 오늘 라디오에서 들은 이야기 때문에 여기까지 올라오게 되었다. 라디오 프로그램에서 알츠하이머병 환자들이 익숙한 물건을 만지면 도움이 된다고 했다. 아빠는 이미 그런 효과를 볼 단계를 지났을 수도 있지만 해봐서 나쁠 건 없기도 하고 새로운 이야깃거리가 생길 수도 있을 테니까. 그래서 아빠 물건들 가운데 추억이 깃든 보물을 찾으러 용기 내어 올라온 것이다.

다락방에 들어서면 언제나 제일 먼저 열기가 훅 끼쳐온다. 아래층이 싸늘할 때조차 이곳은 늘 건조하고 더우며 어쩐지 숨이 막힌다. 앞쪽 다락방은 떠다니는 먼지와 거미줄만 있을 뿐 텅 비어 있다. 처음 다락방에 들어와봤을 땐 아빠에게 너무 화가 났다. 이렇게 넓은데! 오빠랑 내가 여기서 좀 논다고 무슨 큰일이라도 났겠는가? '손이 다칠 만한 것들'이 있는 방만 잠가두어도 되었을 텐데 말이다.

앞쪽에 있는 첫 번째 다락방과 달리 두 번째 방은 아빠 인생의 자취가 천장까지 꽉꽉 들어차 있다. 가게 문을 닫은 지 한참이 지나 오랜 시간 아무도 찾지 않은 창고 같다. 안에 무엇이 들었는지 적은 흰색 라벨을 붙여둔 종이 상자가 두 벽면 가득 쌓여 있다. 몇몇 라벨이 눈에 들어온다. '1993년 8월 애런 섬 여행 사진' '여분 벨트 버클'. 대체 누가 여분 벨트 버클 같은 걸 가지고 있으며 굳이 왜 라벨까지 붙여서 상자에 보관한단 말인가.

답은 간단하다. 아빠니까. 아빠는 삶의 모든 일을 완벽히 통제해야 직성이 풀리는 사람이었다. 그래서 알츠하이머병이 아빠에게는 더욱 가혹한 병이기도 하다. 살아갈 이유 자체를 앗아 간 셈이기 때문이다. 이 방은 아빠가 얼마나 철저히 모든 것을 통제했는지 보여주는 마지막 흔적이다. 이렇게 깔끔하게 라벨이 붙은 상자들이 없었다면 그저 흔한 노인성 질환에 걸린 평범한 노인으로 보였을 것이다.

줄지어 있는 상자들을 바라보며 혹시 어딘가에 엄마의 물건이 있을지 모른다는 헛된 희망을 품지만 그럴 리 없다는 것은 이미 알고 있다. 어린 시절 내내 나는 아빠에게 참 많이도 물었다. 가족사진이나, 안에 무언가 들어 있을지 모를 엄마의 오래된 가방 같은 것을 간절히 찾고 싶었다. 하지만 물어볼 때마다 아빠가 화를 내서 나도 말을 꺼내기 전 매번 각오해야 했다. 오빠는 경고의 의미로 말없이 고개를 저었지만 나를 막진 못했다. 대답은 한결같았다. 아빠는 항상 없다고만 말했고 나는 엄마의 흔적을 집 어디에서도 찾을 수 없었다.

다른 라벨을 훑어본다. '1990~1999년 세금신고서' '설명서(전자기기)'. 상자가 산처럼 쌓여 거대한 베이지색 벽을 이루고 있어서 방이 어디까지 이어지는지도 보이지 않는다. 상자 몇 개를 치워 뒤로 넘어갈 수 있을 만한 틈을 만든다. 여기 뒤쪽은 앞쪽만큼 잘 정리되어 있지 않고, 보관용 상자를 사지 않고 집히는 대로 아무 상자나 쓴 모양이다. 신발 상자가 많고, 아주 작은 것도 있다. 아마 원래는 내가 어렸을 때 신었던 신발이 들어 있었을 것 같다. 나는 안에 들어 있던 신발이 그려져 있는 것을 보고 미소 지으며 상자들을 손으로 쓸어내린다.

그때 구석에 놓인 상자 하나가 눈에 띈다. 다른 상자들과 다르다. 일단 재질부터 쇠로 되어 있고, 초록빛이 도는 칙칙한 회색에 큼직한 현금함처럼 보인다. 하얀 라벨도 없다. 손잡이 한쪽에 오래된 수화물표가 매달려 있고, 'A'라고만 쓰여 있다. 심장이 두근거린다. 'A'. 혹시… 앤? 엄마?

이 어두컴컴한 구석은 쪼그려 앉아 상자를 자세히 보기는커녕 몸을 돌릴 공간조차 거의 없다. 움직일 틈을 만들기 위해 상자를 더 치운다. 숨이 가빠진 걸 느끼며 속으로 진정하자고 되뇐다. 안에 뭐가 들어 있을지도 모르고 엄마와 아무 관련이 없을 수도 있다.

자리를 만든 뒤 상자 옆에 무릎을 꿇고 앉는다. 뚜껑 위에 먼지가 수북이 쌓여서 내 이름을 쓸 수도 있을 정도다. 분명 오랫동안 아무도 손대지 않은 것이다. 그런데 상자에 자물쇠가 달려 있는 걸 보고 가슴이 철렁 내려앉는다. 설마 열쇠를 찾으려 이 상자들을 전부 뒤져야 하나? 들고 내려가서 어떻게든 열어볼까 하던 순간, 손잡이를 잡자마자 뚜껑이 스르르 열린다. 나는 천천히 심호흡을 두어 번 하고서야 겨우 안을 들여다본다.

주변의 다른 상자들과 달리 안이 엉망이다. 절반쯤 차 있지만 가지런히 쌓아두려는 시도조차 하지 않았다. 어디에 떨어질지 신경 쓰지 않고 아무렇게나 휙 던져 넣은 듯하다. 언뜻 보고 사진인 줄 알았다가 자세히 보니 엽서인 것을 깨닫고 실망이 밀려온다. 역시 이게 엄마 물건일 리가 없지.

손에 잡히는 대로 엽서 하나를 꺼내본다. 앞면에는 런던 우체국 타워 사진이 박혀 있다. 색감만 봐도 꽤 오래된 엽서라는 걸 알 수 있다. 뒤집어보니 우리 집 주소로 나와 오빠에게 온 것이다. 또 한 번 실망이 든다. 엄마는 우리가 이사 오기 전에 돌아가셨으니 엄마가 보냈을 리는 없다. 어딘가 어설프고 흔들린 듯한 글씨로 적힌 짧은 문장이 눈에 들어온다.

내 사랑하는 아가들. 너희를 얼마나 사랑하는지 몰라. 날 용서해주렴.

그게 다였다. 발신인도 없고 단서라고는 우편 소인뿐이다. 머릿속이 쉴 틈 없이 돌아가며 온갖 생각이 꼬리에 꼬리를 문다. 눈을 찡그리며 소인을 뚫어져라 본다. 대체로 그렇듯이 도장이 번져 잘 안 보이지만 1992년 3월이라는 날짜 일부를 읽을 수 있다. 그때 난 여덟 살쯤이었으니 엄마가 보낸 건 아니겠지만, 우리에게 이런 엽서를 쓸 사람이 또 누가 있을까?

엽서 하나를 더 꺼낸다. 이번엔 빅벤을 배경으로 그 앞을 지나는 까만 택시와 커다랗고 빨간 2층 버스 사진이다. 나는 떨리는 손으로 엽서를 뒤집는다. 이번에도 똑같은 문장이다. 그리고 1995년 9월 날짜가 찍혀 있다. 다시 상자 안으로 손을 넣어 또 하나를 끄집어낸다. 이번 엽서는 몸바사에서 온 것으로, 하늘 높이 코를 치켜든 아프리카 코끼리 사진이다. 2001년 소인이 찍혀 있고 메시지는 똑같다.

엽서를 계속 꺼낸다. 전부 같은 내용이다. 수많은 의문이 머릿속에 휘몰아친다. 누가 보낸 걸까? 왜 전부 나와 오빠 앞으로 온 걸까? 왜 들어가면 안 되는 다락방 깊숙한 곳에 숨겨져 있었을까?

상자 안에는 수백 장의 엽서들이 아무 순서 없이 뒤엉켜 들어 있을 뿐 다른 것은 없다. 나는 가장 오래된 엽서를 찾기 위해 엽서 더미를 이리저리 뒤적인다. 1987년 3월 이전에 쓰인 것은 없다. 엄마는 그해 2월에 돌아가셨다.

도무지 말이 되지 않는다. 애초에 왜 이곳에 올라왔는지 이미 잊은 나는 상자를 들고 더 널널한 옆방으로 나와 먼지투성이 바닥에 털썩 주저앉는다. 엽서를 한 움큼씩 꺼낸다. 연도순으로 정리하기 위해 한 해씩 구분하며 차곡차곡 쌓는다. 1987년 3월부터 2002년 7월까지 이어진다.

처음엔 영국, 대부분 런던에서 보낸 것 같고, 관광지에서 온 것도 몇 장 있다. 파리, 암스테르담, 모스크바에서 온 엽서에는 붉은 광장의 성당 첨탑 지붕에 눈이 소복이 쌓여 있다. 또 로마, 나폴리, 볼로냐같이 이탈리아 엽서도 많고 미국에서 보낸 엽서도 있다. 그러나 2002년을 끝으로 더 이상 없다. 엽서가 끊겼다. 그 이후로 오지 않게 된 건지 아니면 아빠가 모으지 않은 건지 궁금하다. 내가 우편물을 관리한 지도 꽤 되었고 이런 엽서가 왔다면 분명 못 봤을 리가 없으니 아마 엽서가 더는 오지 않았을 것이라 결론짓는다.

상자를 완전히 비워보았지만 바닥에 따로 숨겨진 것은 없다. 오직 엽서뿐이다. 또 아무거나 하나 집어 든다. 오색으로 물든 노을 사진이다. 색감이 다소 부자연스럽다. 나는 엽서를 입술에 톡톡 치며 정신없이 요동치는 생각을 정리하려 애쓴다. 하지만 여전히 혼란스럽다. 도저히 이해가 되지 않는다. 이렇게 오랫동안 우리에게 이런 엽서를 보낼 만한 사람이 전혀 떠오르지 않는다. 딱 한 사람, 절대 보낼 수 없었던 단 한 사람만 제외하고는.

9장

애니, 1976년

조가 가족들과 함께 일요일 점심을 먹으러 오기로 해서 애니는 긴장과 걱정으로 들떠 있다. 서로가 마음에 들기를 바라는 마음이 너무나 절박하다. 식사하는 동안만이라도 싸우지 않으면 다행이라고 생각한다.

엄마는 점심 전에 입맛을 돋울 와인부터 한잔하자며 조를 초대했다. 애니는 이 말이 너무 중산층처럼 들려 민망했지만 엄마가 지레 위축되어 초대를 취소할까 봐 입을 다물었다. 오전 내내 채소를 썰고 디저트를 만들며 완벽을 기하려 온 정신을 집중한 탓에 막상 12시 1분에 초인종이 울리자 누가 온 건지 얼른 떠올리지 못한다.

"시간을 칼같이 지키는구나." 거실에서 소파 쿠션을 벌써

세 번째 정리하고 있던 엄마가 말한다. "남자는 그래야지."

아빠와 결혼한 걸 보면 엄마가 남자를 보는 눈이 그리 좋은 것 같지는 않다.

"아니, 어서 문 열어야지!" 엄마가 토끼처럼 얼어붙은 채 자리에 서서 외친다. 자신만큼이나 긴장한 게 틀림없다고 애니는 속으로 생각한다.

문을 여는 순간 모든 게 잘 풀릴 거라는 확신이 든다. 그는 현관 계단 위에서 바지 뒷자락에 신발 앞코를 닦으며 서 있다. 애니가 한 번도 본 적 없는 파란색과 회색의 넥타이에 깔끔한 정장을 입고 있다. 짙은 머리칼도 단정하게 빗어 넘기고 말끔히 면도까지 했다. 그에 대한 자부심, 그리고 그가 자신을 선택했다는 뿌듯함이 속이 뒤집힐 만큼 벅차오른다.

갑자기 그가 아닌 자신이 낯선 자리에 불려 온 것처럼 수줍다. 그녀가 거실을 가리키자 그는 문턱을 넘어오며 그녀의 볼에 가볍게 입을 맞춘다. 그의 애프터 셰이브에서 나는 우디향이 코끝을 스친다.

"냄새가 좋은걸요." 그의 말에 순간 멈칫했다가 음식 이야기라는 것을 깨닫는다.

"로스트비프예요." 그녀가 말한다. "일요일마다 엄마가 꼭 이렇게 고기를 구우시거든요."

사실 엄마가 일요일에 뭘 요리하느냐는 아빠가 얼마나

취해 있느냐에 달려 있지만 이것이 평범한 일상인 척하는 편이 낫지 않은가.

"앉으세요." 그녀가 권한다. 목소리가 괜히 딱딱하고 어색하게 나왔지만 조는 눈치채지 못하는 것 같다. 그가 소파에 풀썩 앉자 엄마가 잔뜩 부풀려놓은 쿠션 하나가 찌그러진다. 애니는 자신도 모르게 움찔한다. "오시는 길은 괜찮으셨나요?" 무슨 면접장에서나 물을 법한 질문이다. "미안해요." 그녀가 머쓱해서 덧붙인다. "그냥 무시해요. 제가 좀 떨려서 그런가 봐요."

조는 걱정이라곤 전혀 없는 얼굴로 활짝 웃는다. "괜찮아요." 그가 말한다. "어른들이 보통 저 되게 좋아하시거든요."

그 말에 더욱 걱정이 되려던 찰나에 벌컥 문이 열리고 아버지가 성큼성큼 들어온다. 그녀는 조의 시선으로 아버지를 바라보면 어떤 느낌일지 생각해본다. 포마드로 머리를 매끈하게 넘긴, 올챙이배가 불룩 나온 중년의 남자. 손님을 맞을 준비를 했다고는 전혀 보기 어려운 모습으로, 낡은 초록색 셔츠 위에 조끼를 대충 걸치고 갈색 바지를 입고 있다.

"자네가 그 새 애인이구만?" 아빠의 말에 애니는 또 한 번 움찔한다. "맬컴 켐프일세." 그는 마치 자기를 모르는 사람이 있을 리 없다는 듯 고개를 주억거린다.

아버지가 들어서자 재빨리 자리에서 일어난 조는 손을

내밀어 악수를 청한다.

"조셉 페런스비라고 합니다." 그가 말한다. "켐프 씨, 만나뵙게 되어 영광입니다. 따님이 얼마나 매력적인지 말로 다 할 수가 없네요." 그는 버스에서 처음 만났던 그날처럼 자신감이 넘치고, 애니는 그의 여유로운 태도가 부럽다.

아버지는 딸이 매력적이라는 말을 들을 줄은 상상도 못한 것처럼 잠시 애니를 가만히 바라본다. 애니는 아버지의 속마음을 읽어보려다 부산스럽게 들어오는 엄마에게 금세 주의를 돌린다. 엄마는 호박색 셰리 와인 다섯 잔과 소금을 뿌린 땅콩 한 그릇이 담긴 은쟁반을 들고 있다. "와인 드실 분?" 그녀가 물으며 조를 향해 쟁반을 내민다. 그러나 막판에 마음을 바꿔 아버지 쪽으로 돌리자 그는 한 잔을 집어 향을 맡더니 단숨에 들이켜버린다.

"조, 여긴 우리 엄마 팸이에요." 애니가 서둘러 말한다. "엄마, 이쪽은 조예요."

"만나서 반갑습니다, 켐프 부인. 애니가 누굴 닮아 이렇게 예쁜지 이제 알겠네요."

애니는 놀라서 목이 멘다. 엄마는 얼굴이 확 달아올라 쟁반을 놓칠 뻔하고는 힐끗 남편의 눈치를 살핀다. 엄마가 조에게 잔이 든 쟁반을 내밀고 조가 하나를 집으려는 순간 아버지가 입을 연다.

"그런 싸구려는 입에 대지 말게나, 조셉. 술집도 열었을 텐데 시간 낭비하지 말자고. 잠깐 나가서 맥주나 한잔하고 올게, 팸. 점심 전엔 돌아오지."

식사 전에 술집에 다녀올 줄은 꿈에도 몰랐던 엄마는 잠시 얼이 빠진다. 아프기라도 한 것처럼 왼손 마디를 문지른다. "그래요." 그녀가 침착하게 답한다. "하지만 여보, 12시 45분에는 당신이 고기를 썰어줘야 하니까 그 전까지 들어와요. 꼭."

애니는 엄마가 애원하는 투로 말하는 것을 듣고 조가 눈치채지 못하길 바란다. 아버지는 아무 말 없이 고개만 끄덕이고는 땅콩 한 줌을 집고서 조를 데리고 현관을 나선다. 이제 그들을 기다리며 별일 없기를 바라는 것밖에는 할 수 있는 일이 없다. 애니는 와인을 한 모금 마시고 땅콩 한 움큼을 집어 입안에 한꺼번에 털어 넣는다. 엄마는 다시 쿠션을 두드려 부풀리기 시작한다.

두 사람이 돌아온 것은 거의 1시 반이 되었을 무렵이다. 맥주를 한 잔 이상씩 마신 것이 분명한 둘은 기분이 좋아 보인다. 왠지 서로 잘 맞는 것도 같다. 문이 쾅 닫히는 소리에 우르술라가 방에서 나와 계단 중간까지 내려오다 걸음을 멈춘다. 아버지가 그녀를 향해 손짓한다.

"조셉, 이 예쁜 아가씨가 내 첫째 딸 우르술라야. 이 애야말로 화끈하지. 점심을 다 먹었을 때쯤이면 동생이 아니라 언니를 골랐어야 했나 싶을걸! 우르술라, 우리 딸, 와서 애니 남자 친구한테 인사해라."

 우르술라는 계단 밑을 째려볼 뿐 한 발짝도 더 움직이지 않는다. "안녕하세요." 그녀가 인사한다. 환영하는 기색이라고는 눈곱만큼도 없는 목소리다. 그녀는 엄마를 향해 돌아서서 묻는다. "점심 다 됐어요? 배고파 죽겠어요."

 "진작 다 돼서 이젠 맛이 없을지도 모르겠네." 엄마가 작게 중얼거리지만 아버지는 아랑곳하지 않고 이미 식당으로 향하고 있다.

 "뱃가죽이 등에 들러붙겠어." 아버지가 엄마를 밀치고 지나간다.

 "남녀 번갈아 앉을까요?" 모두 식탁에 모이자 엄마가 밝은 목소리로 묻는다. "음식을 들고 왔다 갔다 하기 편하게 내가 문가에 앉을게. 조셉, 애니 옆에 앉을래요?"

 "수가 안 맞잖아." 아버지가 못마땅하다는 듯 고개를 젓고는 담배 자국이 누렇게 남은 손가락으로 의자를 하나씩 가리키며 숫자를 센다. "기본적인 셈도 안 되나?" 그는 엄마를 윽박지르고 조를 보며 말한다. "미모에 머리까지 바라는 건 욕심이네, 조셉. 이 집에서는 안 돼."

 애니는 언니가 헛기침하는 소리를 듣고 아버지에게 반박하려는 줄 알고 잔뜩 긴장하지만, 우르술라는 이렇게 말한다. "아, 우리 둘 다 돌머리죠. 지능이라고는 눈 씻고 봐도 없다니까요."

"그건 좀 아닌 것 같은데…." 엄마가 조용히 말한다.

"저 사람도 내가 농담하는 거 다 알아, 팸. 뭘 그렇게 예민하게 굴어."

엄마의 어깨가 움츠러들고 고개가 숙여져 애니에게 얼굴이 보이지 않는다. "음식 가져올게요." 그녀가 기어들어가는 목소리로 말한다. "얘들아, 좀 도와줄래?"

"글쎄." 아버지가 의자에 기대 앉아 조를 흘끗 바라보며 마치 여자들은 알아들을 수 없는 둘만의 언어로 이야기하는 듯 말한다. "당신이 자꾸 애들을 끌고 나가면 내가 조셉한테 어떻게 자랑을 하겠어? 부엌일도 혼자 못 해? 호들갑 떠는 꼴이 누가 보면 고기 처음 구워보는 사람인 줄 알겠네." 아버지는 분명 엄마를 깎아내리며 조 앞에서 허세를 부리는 것을 즐기고 있다. "조셉이랑 나는 한잔 더 해야겠어. 찬장에 맥주가 있을 테니까 한 캔씩 좀 갖다달라고."

애니는 점점 당황한 엄마가 무엇부터 해야 할지 몰라 우왕좌왕하는 것을 본다.

"제가 가져올게요, 아버지." 애니가 말하곤 또 뭐라 잔소리하기 전에 얼른 빠져나간다.

엄마가 고개를 떨어뜨린 채 그녀를 따라 나온다.

"고기를 내가 직접 썰었어." 무사히 부엌에 들어오자 엄마가 말한다. 긴장 탓에 목소리가 높고 숨이 가쁘다. "더는 기다릴 수 없어서. 그이는 싫어하겠지만 어쩌겠니."

"괜찮을 거예요, 엄마." 애니가 대답한다. "아버지는 아마 신경도 안 쓸걸요. 음료만 빨리 내다주고 바로 와서 도와드릴게요."

그녀는 캔맥주와 함께 실제로 쓰일 것 같지는 않지만 겉치레로라도 유리잔 두 개를 챙겨 들고 식당으로 향한다. 아버지가 분위기를 주도하며 무언가 이야기하고, 조는 크게 웃고 있다. 여전히 인상을 쓰고 있는 우르술라는 당장이라도 나가고 싶은 기색이 역력하다.

"그렇지, 애니?" 그녀가 방에 들어서자 아버지가 말을 건다. "우르술라는 저 표정만으로 멀쩡한 우유도 못 쓰게 만들걸. 여기 이 젊은이가 너한테 관심을 가진 것도 당연해. 물론 네가 언니만큼 예쁜 건 아니지만, 뭐, 솔직히 말하면 몸매도 그다지…."

애니는 수치심에 얼굴이 달아오른다. 그녀는 캔을 식탁에 내려놓고 그 옆에 잔을 놓은 뒤 팔짱을 끼고 뒤로 물러선다. 공포, 아니면 최소한 동정이라도 보이길 바라며 조를 흘깃 쳐다보지만, 그는 아버지에게 집중하며 한층 더 크게 웃는다. 아버지한테 넘어간 건 아니겠지, 설마? 슬쩍 우르술라에게 시선을 보내자 그녀는 아주 살짝 고개를 젓는다. 그냥 내버려두라는 뜻이다.

"그래도 우리 애니는 적어도 웃을 줄 알잖아." 아버지가 계속 말한다.

"저는 엄마 도와드리러 갈게요." 애니가 중얼거리며 자리를 뜬다.

"조셉 괜찮은 사람인 것 같아." 부엌에 돌아오자 엄마가 말한다. 그새 목소리가 조금 진정된 듯하다. "아버지도 마음에 들어 하고." 그녀가 덧붙인다. "잘된 거지." 애니는 마개가 열린 채 거의 비어 있는 와인 병이 옆에 놓여 있는 것을 보지만 묻지 않는다. "야채만 옮겨줄래? 엄마가 구운 감자랑 고기 들고 갈게." 그녀가 마른 행주를 건네며 부탁한다. "그레이비소스도 엄마가 다시 와서 가져가면 되니까."

애니는 뜨거운 그릇을 들고 엄마를 따라간다. 음식을 덜 때 사용할 숟가락의 손잡이가 아버지 쪽을 향하게 그릇들을 테이블 중앙 매트 위에 조심스럽게 놓는다.

"아이고, 내 정신 좀 봐." 엄마가 말한다. "접시를 깜빡했네. 무슨 생각이었는지, 참."

"생각을 안 했겠지." 아버지가 대꾸한다. "당신은 늘 그렇잖아. 가족들이 이 모양이라 내가 얼마나 고생인지 알겠나, 조셉? 전부 무능한 멍청이들이야."

조가 다시 웃지만 이번에는 그리 편하지 않은 듯하다. 그는 의아한 표정으로 애니를 바라보며 한쪽 눈썹을 올린다. 그녀는 그냥 어깨를 으쓱한다. 뭐라고 할 수 있겠는가. 이게 켐프 가족인 것을.

"얼른 가서 가져올게요. 따뜻하게 하느라 그랬어요. 금방

올 수 있어요."

 아무렇지 않은 척하느라 엄마의 목소리가 또다시 긴장으로 날카로워진다. 엄마가 사라졌다가 금세 접시 더미와 그 위에 올린 그레이비 그릇을 들고 돌아온다. 애니는 대형 사고가 날까 봐 숨을 죽이고 지켜보지만, 다행히 엄마는 무사히 접시를 식탁에 내려놓는다. 그녀는 손으로 음식을 짚어가며 모든 게 제대로인지 확인한다. 마치 음식을 축복하는 것 같다.

 "자, 조셉." 그녀가 마침내 손님에게 눈길을 돌리며 말한다. "어떤 걸로 드릴까요?"

 "아, 전부 조금씩 먹어볼게요. 감사합니다, 켐프 부인." 조가 대답하며 특유의 윙크를 한다.

 엄마는 사교계에 처음 나선 소녀처럼 얼굴을 붉힌다. 우르술라는 어이없다는 표정이지만 애니는 은근한 자부심을 느낀다. 이 잘생긴 남자가 그녀의 애인이며, 영원히 그녀와 함께할 것이다. 음식이 잔뜩 쌓인 접시가 조에게 전달된다.

 "그레이비소스 줄까요?" 애니가 묻는다.

 조는 고개를 끄덕인 뒤 그가 상황을 이해하고 있으며 함께 헤쳐 나갈 것임을 말하듯 둘만 아는 신호처럼 그녀에게도 살짝 윙크한다.

 "고기가 왜 이래?" 아버지의 분노가 느닷없이 터져 나온다. 순식간에 분위기가 무거워진다. 애니는 입술을 깨문다. "대체 고기를 뭐로 썬 거야, 이 여자야! 손톱 줄? 숟가락으로 찍기라도 한 건가? 좋은 소고기를 이렇게 망칠 수가 있나, 바보 같으니. 값도 꽤 비싸게 줬다고, 조셉. 치마살도, 양지도 아닌 제대로 된 윗등심이라고 이거. 근데 이 꼴이 났으니 치마살이랑 다를 것도 없네." 그는 언제든 자리를 박차고 일어설 기세로 식탁에서 몸을 뺀다.

엄마는 조금이나마 쌓였던 자신감이 눈 깜짝할 새 사라져 몸을 한껏 움츠린다.

"미안해요." 그녀가 중얼거린다. "나름 최선을 다했어요. 다른 것들도 얼른 해야 하는데 당신이 없어서 그냥 어쩔 수 없이 썰어야 했거든요."

"그래." 아버지가 천천히 고개를 끄덕이며 대답한다. "내 잘못이네. 아내가 칼질을 못하는데 어쩌다 보니 다 내 탓이 되는 거야. 조셉, 내가 얼마나 참아야 하는지 알겠지?"

"엄마가 부탁한 시간에 술집에서 돌아왔으면 아버지가 직접 하실 수 있었잖아요. 하지만 안 오셨으니까 이게 최선이었던 거죠." 우르술라가 차분히 말한다.

애니는 몸이 굳은 채 갑자기 매트에 그려진 사냥 그림이 흥미로워 보이는 듯 시선을 내리깐다. 엄마가 헉하고 숨을 들이쉰다. 모두가 말없이 다음에 일어날 일을 긴장 속에 기다리고 있을 때 조가 침묵을 깬다.

"음, 제 눈에는 다 맛있어 보이는걸요." 그가 말한다. "침이 줄줄 고여서 힘들 지경이에요."

아버지가 의자에 기대며 끙 하고 소리를 내지만 더 불평하지 않는다. 엄마가 서둘러 접시에 음식을 담아 건넨다. 아버지는 아무런 감사 인사 없이 받아 든다. 그다음은 우르술라와 애니, 그리고 마지막으로 자기 접시에 음식을 담는다. 이내 모두가 식사를 시작하고 대화 대신 조가 감탄 섞인 소리를 낸다.

조가 접시를 비우자 아버지가 자기 접시를 옆으로 치우고 의자에 다시 등을 기댄다.

"그래서 조셉, 자넨 어떻게 밥벌이를 하고 있나?"

"마권업자입니다." 조가 답한다.

애니는 아버지가 자세를 조금 더 꼿꼿이 고쳐 앉는 것을 본다.

"멋진 직업이군." 그가 말한다. "마권업자가 되려면 머리가 좋아야 하지. 그게 다 수학이다, 얘들아. 확률을 계산하고 가능성을 따지는 거. 꽤 똑똑해야 되는 일이야. 애니 네 수준에는 좀 어려운 얘기겠지만. 우리 애니가 그리 머리 좋은 축에는 못 들거든." 아버지가 마지막 말을 과장되게 속삭이듯 한다.

"아니에요." 엄마가 대담하게 끼어든다. "애니도 O-레벨 시험에서 얼마나 잘했는데요. 조셉, 얘가 글쎄 아홉 과목이나 통과했답니다."

"그래봤자 별 쓸모도 없었지. 돈만 많고 생각은 없는 여자들 상대로 장갑이나 파는 신세니. 그걸 출세했다고 볼 순 없잖아. 우르술라도 다를 바 없고."

"전 미술대학에 다녀요, 아버지." 우르술라가 말한다.

"난 반대했고 말이야. 그거 배운다고 뭐가 되겠냐? 집도 하나 못 얻을 건 일단 분명하지."

"당신은 딸들 좀 자랑스러워해야 해요." 엄마가 용기 내어 말한다. "두 아이 다 잘하고 있잖아요."

아버지가 반박하려는 기색을 보이자 조는 재빨리 나서서 말을 가로챈다.

"전 애니가 정말 자랑스러워요." 그가 말한다. "애니 정도면 제겐 충분하죠." 그는 술기운 탓인지 초점이 다소 흐릿해진 눈동자를 반짝이며 애니를 향해 미소 짓는다. "점심 정말 맛있었습니다, 켐프 부인."

애니는 가슴이 살짝 두근거린다. 엄마 역시 얼굴이 환해지는 것이 보인다. 심지어 아버지도 표정이 조금 누그러진다. 다만 우르술라는 여전히 인상을 찌푸리고 있다.

"그냥 편하게 어머님이라고 불러요." 엄마가 앉은 채로 자세를 곧추세우며 말한다. "조셉, 디저트 전에 한잔 더 할래요?"

10장

카라, 2017년

엽서를 발견하고부터 내가 알고 있다고 생각했던 것들을 아무리 정리해보려 해도 머릿속이 점점 뒤죽박죽이 된다. 도토리나무 위를 이리저리 뛰어다니는 다람쥐들처럼 수많은 의문이 서로 뒤엉켜 돌아다닐 뿐 답은 보이지 않는다. 작업실로 돌아와 앉지만 일이 손에 잡히지 않는다. 소매를 세 번이나 달았다가 뜯기를 반복하다 결국 헛수고라는 것을 인정한다. 마네킹에 걸린 드레스를 내버려둔 채 고요한 정원을 바라보며 내가 찾는 해답이 창문 너머 어딘가에 있기를 바란다.

아빠와 P 선생님은 부엌에 있다. 찬장 문 여닫는 소리가 들리고 아빠는 또 찬송가를 부르고 있다. 적어도 내가 아는 한 평생 교회와는 거리가 먼 사람이었다. 다른 기억은 모두 희미해졌는데 여전히 또렷하게 남은 이 찬송가들을 대체 어디서 배웠는지도 영원히 풀리지 않을 또 하나의 수수께끼다. 전에는 대수롭지 않게 여겼지만 이제는 이상하게 마음에 걸린다. 오늘 아침까지만 해도 30년 넘게 한집에서 살아온 아빠에 대해 모르는 게 없다고 생각했다. 하지만 이젠 자신이 없다.

당연히 엽서에 관해 아빠에게 물어볼까 생각해봤고 지금도 고민이 된다. 하지만 그러지 않기로 한다. 찬송가는 외우고 있을지 몰라도 자기 딸인 나를 알아보지 못할 때도 많다. 내가 말을 걸 때 보여주는 의문에 찬 표정에서 알 수 있다. 처음에는 흐릿해져가는 기억 속에서 내 이름을 찾아 헤매는 줄 알았지만 지금은 내 존재 자체가 아빠에게서 사라져가고 있다는 것을 깨닫고 있다. 그러니 다락방에 숨겨진 철제 상자에 대해 묻는 건 아무 소용이 없을 것이다.

아빠가 자신의 한계에 점점 더 답답해한다는 것도 안다. 바로 어제 아빠가 부엌에서 접시를 던지는 바람에 마지막 남은 파란 덴비 그릇이 산산조각 났다. 이름 없는 브랜드의 싸고 흔한 접시로 바꾸는 것은 어려운 일이 아니지만 아빠가 약해진 상태에서 더 괴롭게 하고 싶지 않다.

머릿속으로 가능한 모든 상황을 떠올려보지만 매번 같은 결론에 도달한다. 엄마가 죽지 않은 거라면? 살아 있는 엄마가 계속 엽서를 보냈던 거라면? 이것이 어떤 의미인지 생각할 때마다 가슴속에 단단한 응어리가 진 것처럼 숨이 콱 막힌다. 두 살 때부터 엄마가 돌아가셨다고 믿고 살아왔는데 그게 사실이 아닐 수도 있을까? 아빠가 정말 그런 거짓말을 했을까? 도무지 납득이 가지 않는다. 나는 상상 속 어두운 물속에서 허우적거리며 뭔가 붙잡을 수 있는 것을 필사적으로 찾는다.

세 번인가 네 번쯤 핸드폰을 들고 오빠의 번호를 누르지만 연결음이 들리기도 전에 전화를 끊는다. 무슨 말을 해야 하지? 부모님이 갑자기 낯선 존재가 되었을지언정 오빠에 대해서는 명확히 알고 있다. 충분한 정보를 얻기도 전에 다짜고짜 말부터 꺼내면 오빠는 가볍게 무시할 것이다.

그때 문득 그 모든 혼란 속에서 한 줄기 분명한 생각이 번뜩 떠오른다. 엄마가 돌아가셨다면 기록이 남아 있을 것이다. 사람은 아무 흔적 없이 사라지지 않는다. 사람이 죽으면 반드시 서류가 남기 마련이다. 나는 엄마의 이름과 대략 언제 돌아가셨는지, 그리고 런던에 살았다는 사실을 알고 있다. 분명 사망진단서가 있을 것이다. 인터넷에서 검색만 해보면 된다. 그 생각을 하면서 나는 작업실 문을 굳게 닫는다. 자물쇠에 걸린 열쇠를 만지작거리다 잠그지 않기로 한다. 잠긴 문이 너무 많았다. 아빠나 P 선생님이 들어오면 그냥 검색창을 닫아버리면 된다. 내가 무엇을 하려고 하는지 몰라도 된다.

비밀번호를 치는 것은 엄두도 나지 않을 정도로 손이 너무 심하게 떨려서 노트북을 간신히 열었다. 구글 검색창을 열고 '사망진단서 찾는 법'을 친다. 페이지 윗부분에는 족보 찾기 사이트 광고만 잔뜩 뜨지만 스크롤을 내려 정부 공식 사이트를 찾는다. 망설일 틈도 없이 사이트를 클릭해 '출생·결혼·사망' 항목으로 들어간다. 순식간에 사망진단서 발급을 신청하는 페이지가 화면에 뜬다. 마우스를 잡은 손을 덜덜 떨다가 나도 모르게 클릭해버린 모양인지 결제창이 떠오른다.

갑자기 머리가 복잡하다. 이게 맞나? 엄마가 살아 있다면 결제할 사망진단서가 있을 리 없다. 다른 방식으로 접근해야 할 것 같다. 나는 족보 사이트가 떠 있는 페이지로 돌아간다. 엄마가 세상을 떠났다고 하는 것이 불과 30년 전이지만 그래도 족보에 올라가 있겠지? 나는 아무 사이트나 클릭한다. 화면 상단에 무료 검색이 가능한 검색창이 있다. 그저 이름과 함께 10년 정도 오차 범위 내의 날짜를 입력하기만 하면 된다.

"카라! 카라!"

갑자기 아빠의 목소리가 생각의 흐름을 끊자 나는 아빠가 바로 뒤에 있기라도 한 것처럼 펄쩍 뛴다. 어릴 적 나쁜 짓을 하다 들켰을 때처럼 죄책감이 파도처럼 밀려와 나를 휩쓴다.

"카라!"

아빠가 다가오는 묵직하면서도 불안정한 발소리가 점점 가까워진다. 나는 재빨리 인터넷 창을 최소화한다.

"여기요. 작업… 아니, 서재요."

문이 열리고 아빠의 모습이 나타난다. 스웨터를 목도리처럼 목에 감고 있다. 소매가 허공에서 덜렁거린다.

"이게 잘…." 아빠는 스웨터도 하려던 말도 마음처럼 되지 않자 새로 자른 종이 패턴을 아슬아슬하게 피해 안락의자에 털썩 주저앉는다. 나는 아빠가 망가뜨리기 전에 패턴을 얼른 의자에서 빼낸다.

"아빠, 좀 엉킨 것 같은데 제가 도와드릴게요." 내가 스웨터를 바로 입히려 하자 아빠는 말 안 듣는 아이처럼 몸을 이리저리 비튼다. 팔을 소매에 밀어 넣으며 수없이 해온 익숙한 일이지만 이번에는 뭔가 느낌이 다르다는 것을 알아차린다. 조그마한 의심의 씨앗이 마음속에서 싹트고 있다. 아빠가 정말 이렇게나 오랜 세월 동안 그토록 중요한 일에 대해 거짓말을 해온 걸까? 아빠에게 느끼던 연민이 처음으로 정체 모를 감정으로 얼룩진다.

"P 선생님은 어디 계세요?" 나는 그 낯설고 불쾌한 감정을 떨쳐내려 애쓰며 묻는다.

"누구?" 아빠가 되묻는다.

"P 선생님이요. 간병인으로 오신." 나는 아빠를 일으켜 세우고 스웨터를 내려준다.

"간병인 없는데." 아빠가 머리를 좌우로 천천히 흔든다.

"가요, 아빠." 아빠의 팔을 잡고 방 밖으로 나간다. "가서 차나 한잔해요."

나는 문을 조심스럽게 닫는다. 검색은 잠시 미뤄야겠다.

내가 평소보다 아빠를 퉁명스럽게 대하고 있음이 분명하다. 아빠의 행동 하나하나가 신경에 거슬리고 작은 일에도 속으로 투덜거린다. 신선한 공기를 쐬면 좀 나을 것 같아 낙엽을 치우러 나간다. 정원은 무성한 나무로 둘러싸여 여름에는 시원한 그늘과 사생활을 누릴 수 있지만 가을에는 지금처럼 낙엽이 썩고 배수구가 막혀 골칫거리다. 아빠는 낙엽이 떨어지자마자 바로 쓸어내곤 했고, 예전의 아빠, 그때의 진짜 아빠라면 이런 꼴을 그대로 둘 리 없다는 생각이 든다.

나는 정원을 몇 개의 구획으로 나누어 한 구획의 낙엽을 모아 높게 쌓고 다음 구획으로 넘어가며 체계적으로 움직인다. 이내 초록빛 잔디밭에 커다란 두더지 굴 같은 갈색 언덕들이 솟는다. 그런데 자루를 가지러 창고에 갔다가 돌아오니 내가 곱게 쌓아둔 낙엽이 다시 잔디밭에 흩어져 있다. 마치 처음부터 손도 대지 않은 것처럼 제자리였다. 그 엉망진창 한가운데서 아빠가 장난을 치고 있다.

아빠는 넘어지지 않으려 P 선생님에게 몸을 기댄 채 발로 힘껏 낙엽을 차올린다. 몸은 노인이지만 발이 낙엽 더미를 가를 때 아이처럼 해맑은 미소가 얼굴에 번진다. 나는 분노로 눈앞이 새까매진다. 이렇게 순식간에 허사로 돌아갈 일보다 훨씬 의미 있는 일을 수천 수백 가지는 할 수 있었던 시간이다.

"아, 제발요!" 나는 다가가며 크게 소리친다. "아빠, 그만 좀 해요!"

내 목소리에 아빠가 돌아보지만 무슨 말인지 알아듣지 못한 눈치다. 앞에 있던 낙엽 더미가 거의 허물어져 낙엽이 얼마 남지 않았는데도 아빠는 계속 다리를 휘두르고 있다. 아빠를 붙들고 있던 P 선생님이 나와 눈을 마주치며 살짝 고개를 젓는다. 말로 표현하지 않았지만 나에게 그냥 넘기라고, 그저 무해한 놀이일 뿐이니 지금 이 순간을 즐기게 두라고 하는 것 같다.

나는 언제나 그렇듯 어리둥절한 표정으로 웃고 있는 아빠를 바라본다. 앞으로 이런 미소를 볼 날이 많지 않을 것이며, 분명 내가 날려버린 시간보다 훨씬 소중한 이 순간을 마음에 새겨야 한다는 걸 안다. 그러나 내 눈에 보이는 건 평생 나를 속여온 사람, 환한 빛 아래 드러나 있어야 할 진실을 캄캄한 어둠 속에 감춰둔 아빠라는 사람뿐이다. 손에 든 자루가 떨어진다. 둘에게 내던져버리고 싶지만 비어 있는 자루는 발밑으로 힘없이 툭 떨어지는 데 그친다.

"두 분이 알아서 치우세요." 터무니없는 말임을 알면서도 나는 개의치 않는다. 그리고 돌아서서 성큼성큼 집으로 향한다. 누구도 나를 붙잡지 않는다. 그들이 다른 더미로 옮겨 가며 낙엽이 바스락거리는 소리를 낸다. 심술부리는 어린아이가 된 것 같다. 그들 곁으로 돌아가고 싶고, 함께 즐겁게 어울리고 싶지만, 자존심이 발목을 잡아서 차마 돌아서지 못해 더 화가 난다. 이렇게까지 화를 내는 것이 고작 낙엽 때문만은 아니라는 걸 알지만 더 이상 생각하지 않기로 한다. 마음속을 깊이 들여다볼 용기가 나지 않는다. 아직은 진실을 마주할 준비가 되지 않았다. 서두르지 않고 조금씩 천천히 나아갈 것이다.

저녁 식사를 마치고 P 선생님이 아빠를 잠자리에 들게 하는 동안 나는 작업실로 향한다. 족보 사이트가 여전히 노트북 화면 구석에 떠 있다. 나는 그것을 클릭해 크게 띄우고 떨리는 손으로 '앤 페런스비 1987'을 검색창에 입력한다. 마우스 위에 놓인 손가락이 움직이지 않는다. 사망진단서가 없다면? 그렇다면 나에게도 엄마가 있다는 뜻이다. 살아 있는 엄마가.

나는 마우스를 누른다. 여기까지 와서 피할 수는 없는 일이다. 나는 스스로 막다른 길로 들어섰다. 화면 속 작은 모래시계가 채워졌다 비워지는 것을 멍하니 바라본다. 화면이 새로고침 되더니 붉은 글씨로 쓰인 메시지가 튀어나온다.

검색 조건과 일치하는 결과를 찾을 수 없습니다.

순간 가슴이 철렁 내려앉았다가 곧 결과가 없다는 것이 엄마의 사망진단서가 없다는 뜻이라는 것을 깨닫는다. 엄마가 죽지 않았다. 살아 있다. 몇 번을 다시 검색해본다. 결과는 달라지지 않는다. 엄마가 돌아가셨다는 때가 1987년 2월이라는 것이 확실해 의미가 없다는 것을 알면서도 혹시나 싶어 날짜를 앞뒤로 5년씩 옮겨본다. 아무것도 나오지 않는다. 마지막으로 올해 연도로 검색하려다가 멈칫한다. 엄마가 1987년이 아니라 지금 돌아가셨다면? 엄마를 잃었다가, 찾았다가, 또다시 잃게 된다면?

그래도 이제는 알아야 한다. 결과가 어떻든. 나는 검색 버튼을 클릭하고 기다린다. 결과 없음. 나는 메시지를 바라보며 울지 않으려 애쓰지만 결국 눈물이 차올라 글자가 흐릿해지고 화면이 색색의 얼룩처럼 보인다. 정말 엄마가 살아 있을까? 도무지 이해되지 않지만 달리 설명할 길도 없다.

나는 30분도 넘게 화면만 멍하니 바라보며 앉아 있다. 어느 순간 노트북이 절전 모드로 들어갔는지 정신을 차리고 보니 화면이 꺼져 있다. 어떤 생각이 떠올랐고 그것이 나를 현실로 되돌려놓았다는 것을 어렴풋이 느낀다. 그 생각이 무엇이었는지에 집중하지만 머릿속에서 계속 흩어진다. 민들레 씨앗을 잡으려 애쓰는 것 같은 기분이다. 손을 뻗을 때마다 내 움직임이 일으킨 바람이 씨앗을 조금씩 더 멀리 날려보낸다. 머릿속을 되짚으며 그 생각을 다시 붙잡으려 한다. 결국 떠올린 그 생각은 너무도 단순해서 애초에 놓쳤다는 것이 믿기지 않는다. 엄마가 살아 있다면 엄마에 대해 무언가 더 찾아 이 모든 혼란을 조금은 덜 수 있을지도 모른다.

새로운 아드레날린이 손가락 끝까지 퍼진다. 구글에서 다시 검색을 시작한다. 검색창에 '앤 페런스비'를 입력하고 결과를 초조하게 기다린다. '앤 혼스비를 찾으시나요?' 구글이 내가 우리 엄마 이름도 모른다는 것처럼 묻는다.

검색 결과를 빠르게 훑는다. 애초에 이름부터 다른 요크셔 출신 앤 브라운이라는 사람과 그 지역에 관련된 여러 페이지가 보인다. 엄마와 관련 있을 만한 정보는 아무것도 없다. 좌절감이 몰려온다. 어떻게 아무것도 안 나올 수가 있지? 온라인에 흔적이 없는 사람은 없다. 현대 사회에서 불가능한 일이다. 새로고침 버튼을 누른다. 소용없다는 걸 알지만 어쩔 수 없다. 이름과 추정 사망일로 검색해본다. 이름과 태어난 해로 검색해본다. 아무것도 나오지 않는다.

키보드를 쾅쾅 두드린다. 엄마가 살아 있는데 그게 끝이라니. 분명 뭔가 더 있을 것이다. 엄마가 살아 있다면 어디 있을까? 무엇을 하고 있을까? 어떻게 살아가고 있을까? 수많은 의문이 뒤따르지만 지금은 기본적인 것에만 집중한다.

갑자기 눈꺼풀이 무겁게 내려앉는다. 시계를 보니 새벽 2시 30분이고 사방이 고요하다. 노트북을 닫고 욕실로 향한다. 이를 닦으며 거울에 비친 내 모습을 응시한다. 나는 엄마와 닮았을까? 길에서 만나면 엄마가 날 알아볼 수 있을까? 난 엄마를 알아볼 수 있을까?

침대에 눕자 피로가 가시고 다시 머릿속에서 생각들이 회오리치기 시작한다. 나는 어둠 속에 누워 커튼 가장가리가 희미한 새벽빛으로 옅게 물들 때까지 가만히 기다린다.

11장

 결국 그렉은 로맨틱한 주말여행에서 베스에게 청혼했다. 베스가 화장실에서 급히 보낸 듯한 문자 몇 통이 온다. 줄임말과 느낌표가 가득한 문자에는 기쁨과 흥분이 생생하게 담겨 있다. 그가 청혼한 것은 전혀 놀랍지 않다. 베스는 정말 매력적인 사람이다. 누군들 그녀와 결혼하고 싶지 않겠는가.

 다음 날 함께 축하 저녁을 먹으러 그렉의 집으로 차를 몰고 가는 길에 내 자신이 조금 안쓰럽게 느껴진다. 사람들은 언젠가는 서로 짝을 이룬다. 그것이 자연의 이치라는 걸 알지만, 아무리 좋은 마음으로 축하하려 해도 베스는 새로운 삶의 중력에 이끌려 점차 내 곁에서 멀어질 것이다.

그렉의 집 앞에 차를 세운다. 그의 세련된 검은색 포르쉐가 베스의 오래된 푸조 옆에 주차되어 있다. 신축 고급 주택인 그의 집은 금빛이 도는 매끄러운 천연석을 모방한 인조 콘크리트 블록으로 외벽을 마감했다. 옆집도 거의 똑같고 그 옆집도 마찬가지다.

포장된 차도는 아이가 그린 그림을 연상시키고, 번듯한 검은색 현관문 앞에 두 줄로 늘어선 회양목을 제외하면 앞마당을 꾸미는 식물이 없다. 누가 봐도 값비싼 주택이지만 밋밋하고 달리 특별한 점이 없다. 나는 다 허물어져가는 격자 울타리를 타고 오르는 등나무와 예쁜 야생화 정원이 있는 베스의 작은 시골집이 훨씬 좋다. 아마 그녀가 집을 팔고 그렉의 저택으로 이사할 것이라는 생각만 하면 또다시 마음 한구석이 아리다.

조수석 밑에서 굴러다니던 샴페인 병을 집어 들고 화장 거울을 보며 머리를 매만진다. 그렉이 나를 어떻게 보든지 신경 쓰지 않는데도 그가 사람을 위아래로 훑는 태도는 어딘지 불편하다. 입가에 묻은 립스틱을 손가락으로 닦아내고 깊은 한숨을 내쉰다. 커다란 현관문을 두드리자 베스가 곧바로 연다.

"누구야?" 안에서 그렉이 소리쳐 묻는다.

"카라 왔어." 베스가 대답한다.

"베스!" 나는 팔을 벌려 그녀를 꼭 안는다. "와! 축하해!"

익숙한 향기를 맡으며 그녀의 윤기 나는 머리에 살짝 입을 맞춘다. 내 걱정과는 별개로 친구가 기뻐하는 모습에 나도 기쁠 수밖에 없다. "자, 이제 얘기 좀 들려줘." 내가 말한다. "하나도 빼먹으면 안 돼. 일단 한잔하자. 오늘 진짜 힘들었거든. 술이 필요해."

베스가 내 팔을 잡고 부엌으로 안내한다. 그렉의 부엌은 볼 때마다 숨이 막힐 것만 같다. 금속과 화강암으로 이루어진 신전처럼 모든 표면이 빛을 반사해 눈이 부시다. 주방 기구들이 어찌나 깨끗한지 그렉이 집착하는 성격일 것 같다고 베스에게 말한 적이 있는데, 그녀는 사실 그가 요리를 하지 않는다고 알려주었다.

"다 보여주기용이야. 계란 하나 못 삶을걸. 유리잔 좀 찾아볼게." 베스가 찬장을 차례로 연다.

몇 번을 열고 닫은 끝에 유리잔과 머그컵이 가득한 찬장을 발견한다. 샴페인 잔을 집으려는 찰나 그렉이 문 앞에 나타난다.

"그거 말고, 자기." 그가 말한다. 그의 목소리에 베스는 깜짝 놀라 유리잔을 타일 바닥에 떨어뜨릴 뻔한다. 그녀가 잔을 무사히 잡고 있다는 사실에 나는 안도의 숨을 내쉰다. "특별한 날이잖아." 그가 계속 말한다. "크리스털 잔이 어울리지 않겠어?"

그가 다른 찬장을 연다. 크리스털 잔들이 천장 조명의 강한 빛을 받아 반짝인다. "이걸로 쓰자." 그가 길쭉한 샴페인 잔을 꺼내 들고 살펴본다. "조금 닦아만 주면 되겠다."

나는 그렉이 베스에게 지시하는 것이라 생각하지만, 그는 서랍에서 체크무늬 행주를 꺼내 직접 잔을 닦기 시작한다. 베스는 한쪽으로 물러서서 그를 말없이 지켜본다.

"내가 따를까?" 질문보다는 통보에 가깝다. 그는 내게서 병을 받아 라벨을 살펴본 뒤 능숙하게 코르크를 뽑는다. 병 밖에서 거품이 흘러넘치자 나는 그제야 오는 동안 차가 얼마나 덜컹거렸는지 떠올린다.

그렉이 샴페인을 조심히 따른다. 거품이 잔 가장자리까지 올라왔다가 넘치기 직전에 다시 가라앉는 모습을 모두가 숨 죽인 채 지켜본다.

"자, 이제 건배합시다." 잔 세 개에 모두 완벽한 양의 샴페인이 담기자 그가 말한다. "나의 아름다운 예비 신부를 위하여!"

나도 그의 말에 맞춰 잔을 든다. "위하여!" 베스는 깡충거리면서 자신의 가슴팍을 가리킨다. "그게 나야! 나!"

"두 사람 모두 축하해요." 나는 이어 베스에게 한 번 더 말한다. "정말 잘됐다."

베스가 내 손을 꼭 쥔다. "믿기지 않아. 정말 깜짝 놀랐지 뭐야." 그녀가 나를 향해 장난스레 윙크한다. 그렉을 힐끗 보니 이 순간에 완전히 빠져 있는 듯 나의 시선을 의식하지 못한다. "와서 앉아." 베스가 내 팔을 잡고 거의 끌다시피 거실로 이끈다. 눈을 동그랗게 뜨고 방방 뛰는 모습이 강아지 같다. 나는 의지를 내려놓고 그녀를 따른다.

거실은 넓고 밝다. 나무 팔걸이와 다리가 알밤처럼 반들반들하게 윤이 나는 작고 단정한 소파가 세 개 놓여 있다. 그리 보기 좋지는 않다. 금빛 술 장식이 달려 있고 금색 줄무늬가 그려진 진한 버건디색 천을 씌워두었다. 어린이 손님은 받지 않는 구식 시골 호텔이 떠오르는 인테리어다. 베스가 나를 소파 쪽으로 살짝 민다. 나는 등받이에 기대지 않고 가장자리에 걸터앉는다. 베스는 내 옆에 바싹 붙어 앉는다.

"어떻게 된 건지 자세히 얘기해줘." 나는 진심을 담아 말한다.

베스가 온몸으로 미소를 짓는 것 같다. 그녀는 양팔을 감싸고 이야기를 시작한다.

"아, 카라." 그녀가 입을 연다. "정말 로맨틱했어. 호텔도 완벽했고. 골프장이 내려다보이는 스위트룸을 썼거든. 욕실이 거의 우리 집만 하더라. 그래서 들어가자마자… 뭐, 그건 말 안 해도 알겠지."

나는 씩 웃는다. "그다음엔?"

"그다음엔 저녁을 먹으러 내려갔지. 먼저 바에서 술을 한 잔했는데 그때 뭔가 있다는 걸 눈치챘어야 했어. 우리가 주문하지도 않았는데 웨이터가 샴페인을 가져다줬거든. 알고 보니 그렉이 미리 호텔에 말해둔 거였어."

나는 이렇게 연출된 상황이 어떻게 로맨틱하다는 건지 이해하기 어렵지만 베스를 위해 기쁘다는 듯 열심히 고개를 끄덕인다. 바로 그때 그렉이 거실로 들어온다. 마치 주목받을 순간을 기다리다 가장 극적인 효과를 낼 수 있는 정확한 타이밍을 노려서 들어온 것 같다.

"카라한테 자기가 웨이터들이랑 신호를 주고받던 이야기 해주고 있었어." 베스가 나에게서 몸을 완전히 돌려 그렉을 바라본다.

그렉은 싱긋 웃으며 칭찬이라도 듣고 싶은 표정으로 나를 쳐다본다. 나는 모른 척하며 일부러 베스에게만 시선을 집중한다.

"그러고 저녁을 먹으러 갔는데 전채 요리가 나왔거든." 그녀가 말을 잇는다. "완두콩 폼을 곁들인 가리비였어. 정말 끝내줬지. 엄청 부드럽고 촉촉하고."

뒤편에서 그렉이 낮게 혀를 찬다. "자기야, 카라 씨가 그날 우리가 뭘 먹었는지까지 궁금해하지는 않을 거야." 그가 말한다.

"아니요, 듣고 싶어요." 내가 대꾸하지만 베스는 이미 사과를 하고 있다.

"미안. 아무튼 식사 중간쯤에 바이올린을 든 남자가 우리 테이블로 오더니 무슨 클래식곡을 연주하기 시작하는 거야. 그게 뭐였더라, 그렉?"

그렉이 너그러운 미소를 지으며 고개를 절레절레 젓는다. "알비노니의 〈아다지오〉." 그가 나직하게 대답한다.

"맞아, 그거야." 그녀가 말한다. 입이 귀에 걸려 말을 이어가는 것이 신기할 정도다. "그래서 그 사람이 아다지 어쩌고를 연주하기 시작했는데 다들 우리 쪽을 보는 거야. 식당도 꽉 차 있었지 않아, 그렉?"

그렉이 고개를 끄덕인다. 그의 미소가 관대함에서 약간의 우쭐함으로 바뀐다.

"그때 그렉이 몸을 앞으로 숙이더니 꽃병에서 장미를 꺼냈어. 아, 내가 장미 얘기 했나?" 나는 고개를 젓는다. "테이블 위에 빨간 장미가 한 송이 있었거든. 어쨌든 그렉이 그걸 꺼내고 한쪽 무릎을 꿇더니 식당 손님들이 다 보는 앞에서 나한테 묻는 거야. '부디 나와 결혼해주겠어?'라고."

이야기가 이제 절정에 이른 듯해 내가 그녀를 끌어안으려 하지만 베스는 계속 말을 이어간다. "그러더니 나한테 장미를 줬어."

그렉이 끼어든다. "거기서 약간 계획이 틀어졌죠." 그가 눈썹을 치켜올리며 나에게 의미심장한 시선을 던진다.

마치 삼류 사극에 나오는 배우 같은 말투다. 베스의 목언저리에서부터 홍조가 번지기 시작한다.

"나 진짜 바보야. 반지가 거기 있는 줄도 몰랐다니까. 장미꽃 안에 그냥 들어 있었는데. 대체 무슨 생각이었는지. 아니, 이 크기 좀 보라니까!" 그녀는 왼손을 내밀어 보여준다. 반지가 정말 화려하다. 로즈 골드빛 반지 중앙에 거의 동전 크기의 루비가 박혀 있고 눈부신 다이아몬드가 그 주위를 둘러싸고 있다. 내 취향은 아니다. 사실 베스의 취향도 아닐 것 같다.

"우와!" 두 사람 모두 반응을 기다리는 눈치라 내가 감탄한다. "이걸 어떻게 못 볼 수 있어, 베스."

"제 말이 그 말이라니까요." 그렉이 맞장구친다.

"장미꽃 색깔 때문에 잘 안 보였을지도 모르겠네요." 내가 덧붙인다. "차라리 하얀 장미였으면 더 나았으려나."

그렉이 코를 훌쩍인다. "그냥 베스가 눈만 제대로 떴더라면…." 그가 웅얼거린다.

"그래서 그렉 씨가 청혼을 했고, 베스가 반지를 찾았고…." 내가 말한다.

"결국엔 찾았죠." 그렉이 한 번 더 반복한다.

"그다음엔?"

베스가 무슨 당연한 것을 묻냐는 듯 어이없는 눈으로 그녀를 바라본다. "물론 그러겠다고 했지. 그랬더니 식당에 있던 사람들이 다 박수를 치고 바이올린 켜던 사람이 축하곡을 연주했어."

"아, 그 연주자가 있었지." 내가 중얼거린다.

내 말을 들었는지 그렉의 얼굴에서 웃음기가 스르르 사라진다.

"그리고 그렉이 식당 손님 전부에게 샴페인을 돌렸어. 미리 준비되어 있던 거지, 그렉? 내가 승낙하자마자 웨이터들이 바로 들고 왔거든."

"와." 내가 다시 감탄한다. "승낙하길 다행이네."

"당연히 승낙할 줄 알았죠." 그렉이 거실 곳곳을 만족스럽게 훑어보며 대꾸한다. "왜 아니겠어요?"

'그러게 말이에요.' 나는 속으로 생각한다. "베스, 반지 좀 다시 보여줘." 내가 말한다.

베스가 손을 내밀자 나는 그 손을 잡고서 반지를 들여다본다.

"저희 어머니, 그 전에는 할머니가 끼셨던 반지예요. 딱 맞지, 베스?"

"음, 조금 끼는 것 같긴 해." 베스가 조심스럽게 말한다.

"결혼 날짜는 정했어?"

"아, 준비되는 대로 바로 하려고. 그렉은 약혼 기간을 오래 끄는 거 싫어해서. 그렇지, 그렉? 그리고 내 드레스는 당연히 카라 네가 만들어주는 거지?"

미소 짓던 그렉의 표정이 굳는다. "자기야, 드레스는 런던에서 고르는 게 낫지 않겠어? 물론 카라 씨가 만든 드레스도 충분히 좋겠지만 굳이 돈 아낄 필요도 없잖아."

"아니." 내가 아는 베스의 단호한 목소리에 마음이 놓인다. "내가 입을 드레스니까 나와 가장 친한 친구가 직접 디자인하고 만들어준다면 더 바랄 게 없지. 당연히 비용은 낼게." 그녀가 덧붙인다. "방금 들었잖아. 돈 아낄 필요 없다는 말."

나는 자기 말에 스스로 발목이 잡힌 그렉에게 약혼녀가 결코 호락호락하지 않다는 걸 알려주기 위해 새어 나오는 웃음을 참지 않는다. 그리고 다시 베스를 향한다.

"네 드레스를 만들게 되어 기쁘고 영광이야." 내가 말하며 그녀를 꼭 안는다.

나는 베스의 머리 너머로 그렉을 바라본다. 그가 마지못해 입꼬리를 올린다.

12장

애니, 1978년

돌이켜보면 기억은 언제나 과거를 자기 편한 대로 다시 써버리는 것이 참 우습다. 시간이 지나면 분명 애니도 조와의 결혼이 실수였다는 것을 깨닫게 될 것이다. 그녀는 단지 탈출구를, 새 인생의 기회를 찾고 있을 뿐이었고 조가 그것이 되어주리라 믿었다.

우르술라에게 조가 청혼했다고 처음 말했을 때 언니의 반응은 전혀 예상 밖이었다. 집에 축배를 들 샴페인이 있는 것도 아니었지만 말이다. 우르술라는 당연히 언니인 자신이 먼저 독립할 것이라 생각했을 것이다. 아버지가 아래층에서 날뛰는 동안 그들은 이불 속에서 함께 집을 떠나자고 속닥거리곤 했다. 물론 진지한 계획은 아니었다. 애니는 그냥 상상일 뿐이라고 생각했다. 크리스마스 선물로 조랑말을 받는다거나, 발레리나가 된다거나 하는 것 같은 어린 시절의 공상일 뿐이었다. 결국 제 살 길을 찾아 각자의 방식으로 집에서 도망쳐 나와야 할 것이었다.

"그 사람이랑 결혼하면 안 돼!" 우르술라가 소리친다.

"나도 어른이야! 내 인생은 내가 알아서 해!" 애니가 받아친다.

사실 진짜로 소리치는 것은 아니다. 서로에게 독을 내뱉듯 쏘아붙이지만 목소리는 겨우 속삭임보다 약간 큰 정도다. 아버지가 식탁에서 한쪽 손목에 이마를 기대고 다른 팔은 옆으로 축 늘어뜨린 채 두 사람 사이에 거의 쓰러지듯 앉아 있기 때문이다. 느리게 코 고는 소리만 들으면 그가 세상모르고 잠든 것 같지만, 자매는 쓰디쓴 경험으로 결코 방심해서는 안 된다는 사실을 너무나 잘 알고 있다. 아버지가 언제든 깨어나 자기 머리맡에서 그들이 다투고 있는 모습을 보게 될 수도 있다. 무슨 일이 있어도 그것만은 막아야 한다.

"왜 안 되는데?" 애니가 낮은 목소리로 따진다. "그 사람 잘생기고 멋있잖아. 직업도 괜찮고 자기 집도 있어. 그리고 날 사랑한다고."

그녀는 자신의 목소리에 묻어나는 승리의 기운을 느끼며 사랑이라는 비장의 카드를 마지막으로 내려놓는다.

우르술라가 답답하다는 듯 눈을 굴린다. "사랑?" 그녀가 비웃는다. "사랑이라고? 사랑이라는 게 저절로 여기 굴러 들어와서 무릎 꿇고 네 발에 입을 맞춘다 해도 넌 그게 사랑인 줄도 모를걸. 넌 그 사람을 사랑하지 않아, 애니. 그 사람도 물론 널 사랑하지 않고. 눈 좀 뜨고 지금 무슨 일이 벌어지고 있는지 제대로 보라고."

애니는 무슨 일이 벌어지고 있는지 도무지 이해하지 못한다. 그녀는 그저 운명의 상대를 만나 행복한 결말을 향해 함께 달려갈 일만 남은 것 같다.

"언니는 그냥 질투하는 거잖아." 애니가 늘어져 있는 아버지 위로 우르술라를 향해 손가락질한다. "나는 여길 벗어나게 해줄 사람을 찾았고 언니는 혼자 남게 될 거라 질투하는 거지?"

"그 사람이 백마 탄 기사라도 되는 줄 알아? 그러다 엄마랑 똑같은 꼴 나. 결과가 안 봐도 빤하잖아."

팔짱을 단단히 끼고 있던 애니는 언니가 더 이상 싸울 의지가 없는 듯 공격적이던 기세가 약해지는 것을 느낀다. 화가 잔뜩 나 보이던 얼굴이 연민을 느끼는 표정으로 서서히 바뀐다.

"들어봐, 애니." 그녀가 말투를 누그러뜨린다. "네 인생을 시작하고 싶어 하는 건 알아. 세상 어느 누구보다도 내가 그 마음 이해해. 하지만 정말 이게 답이라고 확신하는 거야? 정말? 이렇게 매여버리기엔 넌 아직 너무 어리잖아. 앞으로 얼마나 긴 인생이 펼쳐져 있는데. 나가서 세상 경험부터 먼저 좀 해봐. 네가 말한 것처럼 그 사람이 널 많이 사랑한다면 널 기다려줄 거야."

애니는 팔짱을 더욱 꽉 낀다. 우르술라의 말에 흔들리지 않을 것이다. 이미 몇 달 전부터 조에 대한 마음은 확고했다. 그가 청혼하기만을 기다리고 있었을 뿐이다. 심지어 애니는 미리 거울 앞에서 놀란 듯 기뻐하는 표정을 연습하기까지 했고, 그래서 어느 날 밤 반짝이는 눈으로 그가 퇴근하는 그녀를 데리러 왔을 때 그녀 역시 준비가 되어 있었다.

그는 평소 이용하던 지하철역을 지나 옆 골목으로 가서 택시를 잡았다. 그러더니 운전사에게 목적지를 소리 내어 말하는 대신 작은 종이쪽지를 건넨 뒤, 상의 주머니에서 실크 손수건을 꺼내 그녀의 눈을 가려 어디로 가는지 전혀 알 수 없게 했다. 택시가 멈추자 그는 그녀가 인도에 내려서도록 도와주었고, 그녀가 까르르 웃으며 손수건을 벗겨달라고 해도 들어주지 않았다.

그는 그녀를 목적지까지 조심스럽게 이끌었다. 발밑에서 콘크리트가 잔디로 바뀌고 경사가 점점 높아지는 것을 느낄 수 있었지만, 그녀는 계속 눈을 실크로 가리고 있었다. 마침내 멈춰 선 그는 눈가리개를 벗어도 된다고 말했다. 그녀가 짐작한 대로 그들은 도시의 불빛이 거대한 보물 창고 속 보석처럼 아름답게 빛나는 프림로즈 힐 꼭대기에 있었다. 그가 한쪽 무릎을 꿇고 손을 잡자 애니는 심장이 터질 듯 두근거렸다.

"애니, 내 아내가 되어주겠어요?" 그는 그녀가 대답하기도 전에 진한 파란색 상자를 불쑥 내밀었다. 루비가 알알이 박힌 반지는 섬세하고 여성스러웠다. 애니는 약간의 실망감을 마음속에서 떨쳐냈다. 그녀의 상상 속에서는 둘이 함께 보석상에 가서 다이아몬드 반지를 고를 예정이었다. 하지만 반지는 아름다웠고, 보석상에서 보여주었더라면 그녀 또한 그것을 선택했을 거라고 인정할 수밖에 없었다.

그녀는 당연히 청혼을 수락했다. 그는 아이처럼 그녀를 안고서 빙글빙글 돌았다. 애니는 프림로즈 힐의 모든 사람들이 멈춰 서서 자신들을 주목해주길 바랐다. 하지만 그곳에서 청혼하는 일은 이제 흔해져 그다지 사람들의 관심을 끌지 못했다. 그녀의 인생이 완전히 달라지는 순간을 지켜봐준 사람은 빨간 목줄을 맨 푸들을 산책시키던 노인뿐이었다.

그녀는 조의 손을 꼭 잡고 구름 위를 산책하는 기분으로 언덕을 내려왔다. 그가 반지 낀 손을 힘주어 쥘 때마다 그녀의 손가락에서 낯선 통증이 느껴졌다. 그녀는 개를 산책시키는 사람, 조깅하는 사람, 버릇없는 십 대들까지 지나가는 모든 사람에게 뺨이 저릴 만큼 환하게 웃어 보였다. 이제 자신은 조 페런스비의 부인이 될 것이고, 세상 모든 사람이 이 사실을 알고 함께 기쁨을 나누길 바랐다.

그런데 지금 우르술라가 이 모든 것이 실수라고 말하고 있다. 그녀도 열아홉 살이다, 열아홉 살. 충분히 스스로 생각하고 결정할 수 있는 나이다. 그리고 이 결정은 옳은 선택이다. 마음속 깊이 확신한다.

"언니는 내가 어리다고 생각하는 거 알아." 그녀가 말한다. "하지만 난 언니랑 달라. 대학도 안 갔잖아. 나도 다음 단계로 나아갈 준비가 됐어." 여기서 우르술라가 반박할 것이라 예상해 잠시 말을 멈추고 끼어들기를 기다리지만 그녀는 아무 말도 하지 않는다. 애니는 살짝 당황한다. "이제 나도 내 가정을 꾸릴 준비가 됐어." 그녀가 말을 잇는다. "아이도 가질 거야. 조가 아무한테나 장난치고 매력을 뽐낸다는 건 알아. 우리 부모님도 마음대로 휘두를 정도니까. 하지만 그건 다 겉모습일 뿐이야. 그 사람은 친절하고 배려심도 많고 함께 있으면 즐거워. 그리고 무엇보다 날 사랑해. 정말이야."

애니는 식탁 너머로 언니의 팔을 잡기 위해 손을 뻗는다. 자세가 불편해서 손이 닿으려면 까치발을 들어야 한다. 우르술라는 조금 물러났다가 결국 그녀의 손을 잡는다.

"같이 기뻐해줄 순 없어, 언니? 제발."

우르술라가 입을 여는 순간 거칠게 코 고는 소리가 그들을 방해한다. 아버지가 잠결에 몸을 부르르 떨자 애니는 언제든 도망갈 수 있도록 급히 손을 거둔다. 우르술라의 얇은 입술이 좁게 오므라들면서 표정이 다시 딱딱하게 굳는다. "너 하고 싶은 대로 해." 우르술라가 말한다. "학교 과정 마치면 나도 바로 떠날 거야. 최대한 멀리. 난 아주 사라져버릴 거니까 네가 결혼하든 안 하든 상관없어. 하지만 스물다섯 살쯤 되어서 제대로 돌보지도 못하는 아이들을 달고 인생이 끝났다고 울며불며 찾아오지만 마. 이건 네가 선택한 일이야, 애니. 네가 감당해야 할 실수라고."

우르술라는 분노에 휩싸여 말없이 부엌을 나간다. 애니만 덩그러니 남는다. 아버지는 뺨을 타고 흘러내린 가느다란 침 줄기가 식탁 위에 고일 정도로 곤히 자고 있다. 무슨 일이 있어도 모를 만큼 무방비한 모습이다. 이대로 쿠션 하나를 집어 들고 누르면…. 그러나 이제 그런 건 중요하지 않다. 조가 그녀를 지켜줄 것이다. 아버지는 이제 다시는 그녀를 상처 입힐 수 없을 것이다.

13장

카라, 2017년

 어쩐지 엄마가 살아 있다는 확신이 든다. 왜인지 설명할 수 없지만 마음 깊숙한 곳에서 그런 느낌이 든다. 이 넓은 세상 어딘가에 엄마가 있다. 그러나 오래된 엽서가 가득한 상자 말고는 그런 결론을 내릴 증거도 이유도 없다. 이런 생각을 하는 동안 가슴속 나비들이 날개를 거세게 퍼덕이는 용으로 자라나 숨 쉬기가 힘들어져 입으로 크게 숨을 들이마신다. 엄마가 죽지 않았을 가능성에 대해 내가 느끼는 감정을 한마디로 표현하면 기쁨이다. 온전한 큰 기쁨.
 물론 그 감정은 오래가지 않는다. 아침 식사 자리는 언제나처럼 엎지른 음식과 오해로 난리가 따로 없다. 나는 아빠가 콘플레이크를 먹고 싶어 한다고 생각한다. 하지만 아빠가 그릇을 식탁에 엎자 그게 아니라는 걸 깨닫는다. 행주를 집어 든다. 엉망이 된 자리를 정리하는 데는 그리 오래 걸리지 않는다. 아빠의 그릇에 음식을 너무 많이 담지 말아야 한다는 것을 배운다.

다른 시리얼을 꺼낸다. 이번에도 정답이 아니었지만 아빠는 이내 불평에도 흥미를 잃고 그냥 먹기 시작한다. 아직 혼자 힘으로 먹고 싶어 하지만 몸이 좀처럼 따라주지 않는 상태다. 간신히 숟가락에 시리얼을 올리는 데 성공해도 입으로 들어가는 것보다 턱으로 흘러내리는 것이 더 많다. 결국 짜증과 배고픔에 아빠는 남은 음식을 먹게 내가 도와주는 것을 받아들인다.

오빠와 대화해야 한다. 그 생각이 드는 순간, 나는 지금 당장 움직여야 한다는 것을 본능적으로 느낀다. 내가 알아낸 것을 어서 오빠에게 말해야 한다. 내가 마우스 클릭 한 번으로 되살려낸 이 여자는 그의 엄마이기도 하니까. 그보다 이건 나 혼자 감당하기에 너무 큰일이고 이 감정을 이해할 수 있는 사람은 오빠뿐이다. 베스는 늘 나에게 공감해주고 따뜻한 말을 건네지만, 베스의 어머니는 30년 전에 돌아가셨다가 다시 나타난 적이 없다. 그렇다. 이 감정을 나누고 함께 이야기할 수 있는 유일한 사람은 오빠밖에 없다.

하지만 어떻게? 오빠는 런던에 있다. 커피나 한잔 마시자고 들를 수도 없고, 그렇다고 이런 이야기를 전화로 할 수는 없는 노릇이다. 얼굴을 봐야 어떤 반응을 보이는지 알 수 있다. 입을 다물거나 최악의 경우 전화를 끊어버리는 일이 없도록 하기 위해서도 직접 만나 제대로 이야기해야 한다. 오빠가 듣기 싫은 이야기를 모른 척 외면한 적이 한두 번이 아니다.

갑자기 런던에 가겠다는 결심이 솟구친다. 나는 당장이라도 출발하려는 것처럼 자리에서 일어난다. 내가 어찌나 급하게 움직였는지 싱크대에 서 있던 P 선생님이 놀라며 돌아봤다가 아무 일도 없는 것을 확인하고 다시 고개를 돌린다.

"저 런던에 좀 다녀와야겠어요." 내가 선언하듯 말한다. "오늘이요."

말을 입 밖으로 내뱉자마자 현실적인 문제들이 떠오른다. 어딘가를 다녀오려면 며칠, 혹은 몇 주를 준비해야 한다. 일단 아빠를 혼자 두고 갈 수 없다. P 선생님이 아빠 상태가 심각해지면 밤에도 근무할 수 있다고 이야기한 적은 있지만 그 뒤로 한 번도 논의하지 않았다.

"실크가 떨어져서요." 나는 계속 말한다. "다른 재료도 거의 다 썼고요. 보통 온라인으로 주문하지만…."

말끝을 흐린다. 내 귀에도 궁색한 핑계처럼 들린다. 나는 몇 달에서 길게는 몇 년씩 걸리기도 하는 웨딩드레스 작업을 한다. 적어도 일에 대해서는 늘 철저한 편이다. 당장 급하게 무언가 필요한 상황에 놓이는 경우는 없다. 더 솔직했어야 한다. 차라리 처음부터 오빠를 보러 가고 싶다고 말했어야 한다. 이유를 설명할 필요도 없지 않은가. 말을 바꾸려던 순간 P 선생님이 수건으로 손을 닦으며 싱크대에서 몸을 돌린다.

"제가 아버님이랑 있을까요?" 그녀가 묻는다. "오늘 저녁은 한가해요. 센터에 가 계시는 동안 잠깐 집에 들러서 필요한 것만 좀 챙겨올게요. 제가 밤새 있을 테니 너무 급하게 다녀오지 않아도 돼요."

그녀가 말하는 동안 표정을 유심히 살핀다. 진심으로 보인다. 억지로 떠밀린 것 같거나 싫은 기색도 없다. 어차피 공짜로 있어달라고 할 것도 아니고, 업체에서 책정한 야간수당이라면 불편함을 감수할 만하겠지.

문득 아직 답하지 않았다는 것을 깨닫는다. P 선생님은 나를 바라보며 대답을 기다리고 있고, 내가 머뭇거릴수록 그녀를 믿지 않는 것처럼 보인다. 그녀의 표정에 의구심이 스치자 그것이 확신이 되기 전에 얼른 말을 꺼낸다.

"정말 괜찮으시다면 저야 너무 감사하죠." 내가 없는 동안 아빠를 잘 돌봐주리라 믿어 의심치 않는다는 의미로 최대한 환하게 웃는다. "보통 이렇게 갑자기 집을 비우는 경우는 없거든요. 근데 이번엔 일이 좀 생겨서요. 대신 계셔줄 수 있으면…."

"걱정 마세요." 그녀가 말한다. "카라 씨 없어도 저희 잘 있을게요. 집도 좀 덜 어질러질 것 같은데요?"

나는 잠시 멈칫하지만 그녀의 담갈색 눈동자에 장난기가 도는 것을 보니 다 괜찮을 것 같다는 생각이 든다. 그때 무엇을 해야 할지 누군가 말해주기를 기다리며 앉아 있던 아빠가 떠오른다. 아빠는 머리 위로 오가는 우리의 대화를 전혀 따라가지 못했을 것이다.

"아빠도 괜찮겠어요?" 내가 묻는다. "제가 딱 하룻밤 외출하는 동안 P 선생님이 계실 거예요."

"우리 둘만 있어도 잘 지낼 수 있잖아요, 그렇죠?" P 선생님이 덧붙인다.

아빠가 나와 P 선생님을 번갈아 쳐다본다. 아빠는 무슨 말인지 못 알아들은 것 같지만 이 기회를 절대 날려버리고 싶지 않다. 이 방법이 아니라면 오빠를 만나 대화할 수 없을 것이고, 지금 내게 그것보다 중요한 일은 없다.

"그럼 됐네요." 나는 아빠가 눈치채기 전에 얼른 말한다. 아빠가 멍한 얼굴로 나를 올려다본다. "저는 짐 챙기고 기차 시간 좀 알아볼게요. 정말 감사해요."

기뻐서 펄쩍펄쩍 뛰고 싶은 마음을 간신히 참는다. P 선생님이 고개를 끄덕이자 나는 방을 나와 작업실로 달려간다. 기차 시간은 이미 확인해두었다. 갑자기 불안이 밀려온다. 오빠한테는 뭐라고 하지? 엄마가 죽지 않았다는 확실한 증거가 있는 것은 아니다. 누가 보냈는지 모를 엽서들을 발견했고, 엄마의 사망진단서가 없다는 것은 꽤 괜찮은 출발점이지만 그것만으로 확신할 수는 없지 않는가? 오빠를 설득하려면 겨우 몇 가지 정황과 직감만으로는 부족하다.

14장

하룻밤 짐을 가방에 급히 쑤셔 넣고 집을 나서다 뒤를 돌아보니 아빠가 거실 창가에 앉아 나를 바라보고 있다. 마치 아버지가 집에 오기만을 기다리는 어린 소년처럼 처량한 모습에 가슴이 철렁하지만, 브라이언 씨가 와서 주간보호센터로 데려갈 때까지 아빠가 매일 아침 그 자리에 앉아서 기다린다는 것이 생각난다. 그 위에 덧씌워진 감정이 무엇이든 전적으로 내가 만들어낸 것이다. 아빠는 내가 외출했다는 사실조차 모를 것이다. 센터에서 돌아와서 식사 시간에 내가 없다는 것을 알기 전까지는, 어쩌면 그때도 나를 떠올리지 못할 것이다.

기차가 웨이크필드 역에 도착하자 나는 오빠에게 어떻

게 말을 꺼내야 할지 고민한다. 우선 오빠가 런던에 있는지 확인하려고 급히 문자를 보낸다.

-안녕 오빠. 오늘 런던 시내에 가는데 혹시 재워줄 수 있어? 오후 5시쯤 도착이야. 카라.

오빠는 짧지만 환영의 뜻을 담은 답장을 보낸다. 갑작스러운 연락에 조금 놀랐겠지만 그리 당황하지는 않았을 것이다. 오빠네 가족은 집에 있는 한 언제든 나에게 문을 열어줄 테니까.

기차가 돈캐스터를 향해 달려가는 동안 나는 오늘 저녁이 어떻게 흘러갈지 그려본다. 올케 언니인 마리안과 쌍둥이 딸, 즉 내 조카들과 식탁에 앉은 모습을 상상한다. 오빠네 가족은 우리 집보다 훨씬 늦은 시간에 모두 모여 저녁 식사를 하는데, 이것도 오빠가 남부에서 새로운 삶을 찾았다는 것을 보여주는 증거인 것 같다. 아이들이 식사를 '티 타임'*이 아닌 '저녁'에만 한다는 것도 늘 미소가 지어지는 부분이다. 아빠가 런던 생활과 엄마의 흔적을 전부 뒤로한 채 쫓기듯 우리를 북부로 데려가지 않았더라면 나도 그 아이들처럼 티 타임 대신 저녁에 식사를 했겠지.

---

* 영국 북부 지역에서는 저녁 식사를 '티tea'라고 부르기도 한다.

식사를 마치면 오빠를 잠시 따로 불러내야 할 것이다. 내가 올케 언니를 아무리 좋아해도 차마 그녀 앞에서 꺼낼 수 있는 이야기가 아니다. 오빠와 단둘이 대화해야 한다. 아빠와 관련된 이야기라고 하면 그녀는 아이들을 재우러 간다는 핑계로 기꺼이 자리를 비워줄 것이다.

그다음부터 계획이 삐걱댄다. 오빠와 둘이 남으면 무슨 말부터 해야 할까? 30년 동안 죽은 줄로만 알았던 엄마가 사실 살아 있다는 이야기는 대체 어떻게 전해야 하지? 아무렇지 않게 툭 던질 수 있을 리 없다. 머리를 이리저리 굴려볼수록 겨드랑이가 땀으로 축축해지는 것이 느껴진다. 하지만 긴장 속에서도 묘한 기대감이 피어오른다. 오빠가 어떻게 반응할지 상상해본다. 처음엔 믿지 않으려 하겠지만 내가 찾아낸 것들을 다 보여주면 수긍할 수밖에 없을 것이다. 오빠가 모르는 것을 알고 있다는 생각에 내심 뿌듯하다.

기차가 돈캐스터 역에 들어선다. 오래된 양식의 높은 건물이 연인과 작별하는 군인들, 피어오르는 증기, 분주한 사람들의 풍경을 떠오르게 한다. 한 여자가 내가 타고 있는 칸으로 들어온다. 대략 예순 살쯤 되어 보이지만 나보다 열 살 이상 많은 사람들은 몇 살인지 감이 잘 오지 않는다. 은빛이 감도는 회색 머리와 베이지 계열의 옷, 목에 맨 선명한 붉은색의 스카프를 보면 대충 그 정도 나이인 것 같다.

그녀는 꽤 체격이 있어서 좌석 사이의 좁은 통로를 지나려면 몸을 옆으로 돌려야 한다. 나는 테이블 좌석에 혼자 앉아 있고 주변에 빈자리도 많기 때문에 그녀가 굳이 내 옆에서 걸음을 멈추자 짜증이 밀려온다. 맞은편 좁은 공간에서 자세를 편하게 하려다 그녀의 다리가 내 다리에 부딪친다. 그녀는 자세를 바로잡고 나서야 나를 쳐다본다.

"아가씨, 여기 자리 비었죠?"

일행이 식당 칸에 갔다가 곧 돌아올 것이라고 말하고 싶지만, 그녀가 자리를 옮기고 나서 아무도 오지 않으면 내가 난처해질 것이다. 나는 고개를 저으며 더 이상의 대화를 피하기 위해 창밖을 바라본다. 그녀는 기차를 놓칠까 봐 뛰어온 탓에 아직 가쁜 숨을 고르며 가방에서 이것저것 꺼내 놓는다. 시선이 마주칠까 겁나면서도 자꾸만 눈길이 간다. 그녀는 먼저 귀퉁이가 접힌 퍼즐 책과 많이 닳은 지우개가 달린 짤막한 연필을 꺼낸다. 이어 셀로판 포장지에 싸인 찌그러진 에클스 케이크를 꺼내 든다. 그러고는 포장을 벗기고 손가락을 핥은 뒤 반짝이는 설탕 알갱이를 찍어 먹기 시작한다. 외면하려 해도 계속 보게 된다. 내 시선을 느낀 듯 그녀가 고개를 들어 나를 바라보고 미소 짓는다. 그녀는 살짝 부끄러워하며 끈적끈적한 손가락을 치마에 닦는다.

"이런, 내가 얼마나 이상해 보이겠어요?" 그녀가 고개를 내저으며 말한다. "에클스 케이크를 이렇게 먹고 있으니."

그녀는 어깨를 으쓱하며 눈을 빛낸다. "그래도요, 이게 제대로 먹는 방법이에요. 그다음엔 윗부분을 부서뜨리고 건포도를 다 꺼내 먹는 거죠."

그녀가 자신의 말을 증명하듯 페이스트리를 톡톡 두드리자 바삭한 겉 부분이 갈라지며 안쪽에 들어 있던 반질거리는 과일이 드러난다.

"우리 엄마는 이걸 구울 땐 꼭 박하 한 줄기를 넣었거든요. 그게 진짜 맛있었죠. 이렇게 가게에서 산 건 그런 맛은 안 나지만 그래도 괜찮아요. 한 입 드실래요?" 그녀가 납작해진 에클스 케이크를 내 쪽으로 민다. 나는 고개를 젓는다.

"그럴 줄 알았어요. 별로 맛있어 보이진 않죠?" 그녀가 말하고는 케이크 윗부분을 조금 뜯어 입에 넣는다. 나는 그녀의 시선이 내 손에 멈춘 것을 알아차린다. 손을 숨길 수도 있지만 정면으로 맞서는 것이 그런 시선에 대처하는 가장 좋은 방법이라는 것을 배웠다. 나는 손을 테이블 위에 그대로 둔다. 여자는 다른 사람들처럼 급히 시선을 돌리지 않는다. 오히려 울퉁불퉁한 피부를 유심히 바라본다.

"아가씨, 거기 흉터가 꽤 심해 보이네요." 그녀가 말한다. "아직도 아픈가요?"

어쩌다 흉터를 얻게 되었는지가 아닌, 지금의 상태가 어떤지 물어봐주는 것이 뭉클하다. 보통 궁금증을 참지 못하고 묻는 사람들은 어떻게 이런 상처를 입었는지에만 관심을 갖기 때문이다.

"너무 더운 날에는 욱신거리기도 하고, 습하면 좀 쑤셔요." 내가 대답한다.

"습한 날씨를 피하려면 이 동네는 정말 잘못 고르신 것 같네요." 그녀가 환하게 웃으며 농담한다. 그러더니 퍼즐 책을 쫙 눌러 펴고는 문제를 읽기 시작한다. 그녀는 연필로 이마를 살짝 두드리며 골몰한다. 그러나 2분도 채 지나지 않아 연필을 내려놓고 등받이에 몸을 기댄다.

"참, 내가 왜 이걸 하고 있는지 모르겠어요." 그녀가 투덜거린다. "뭐가 뭔지 하나도 모르겠다니까요. 딸애가 하는 말이 머리가 굳지 않으려면 퍼즐을 풀어야 한대요. 내 정신이 오락가락해지면 수발을 들어야 할까 봐 걱정하는 모양인지. 내가 걜 키우느라 얼마나 고생했는지는 다 잊었나 봐요. 그래도 나름 일리는 있죠. 요즘 노망나는 사람들이 점점 늘고 있다잖아요."

처음 만난 사람인데도 솔직하고 거침없는 말투가 왠지 끌린다. 이렇게 한 기차에 타고 있으니 말을 조금 섞는다고 나쁠 건 없겠지.

"저희 아빠가 치매예요." 내가 말하다. "정확히 말하면 알츠하이머병이죠."

"둘이 다른 거예요?" 그녀가 묻는다. "하나가 그냥 좀 그럴듯한 이름인 줄 알았는데."

"네, 달라요." 나는 너무 자세히 설명하고 싶지 않고 입을 연 것을 벌써부터 후회하고 있다. "치매는 큰 범주 같은 거예요. 여러 가지 병을 다 포함하죠. 알츠하이머병은 그중 하나고요."

그녀는 내가 한 말을 곱씹는 듯 고개를 끄덕인다.

"처음 알았네요." 그녀가 말한다. "아버지 상태가 많이 안 좋으신가요?"

아빠의 상태가 좋은지 안 좋은지 생각해본 적은 없다. 그냥 병이 있을 뿐이다.

"글쎄요." 내가 말한다. "더 심한 사람들도 있겠지만 아빠는 혼자 둘 수 없는 단계까지 왔어요."

"그럼 요양원에 계신 건가요?" 그녀가 동정 어린 표정으로 고개를 비스듬히 기울이며 묻는다.

"아뇨. 아직 저랑 집에 계세요."

그녀는 혼란스러운 표정으로 아빠가 근처 어딘가에 있는지 둘러본다.

"도와주는 분이 있어요." 내가 덧붙인다. "간병인이 집으로 오시거든요. 오늘은 그분이 아빠랑 계세요."

"그렇군요. 정말 잘하고 계신 거예요." 여자가 에클스 케이크 밑부분을 떼어내 입에 털어 넣으며 말한다. "그게 맞죠. 자식이 부모를 돌보는 게. 유럽 대륙 사람들은 다 그렇게 한다니까요. 가만 보면 이탈리아 사람들 생각이 옳아요. 우리 딸은 내가 혼자 못 살 것 같다고 생각하는 순간 바로 요양원에 넣을걸요."

그녀의 말에 고개를 끄덕이면서 나 역시 그런 생각을 수도 없이 해봤다는 것을 애써 무시한다.

"그럼 어머니는요?" 여자가 묻는다.

"제가 어릴 때 돌아가셨어요." 내가 답한다.

너무 입에 붙어서 대답이 자동으로 흘러나온다. 여자가 안쓰러운 미소를 지으며 고개를 끄덕이자 어쩌면 이렇게 대답하는 것이 마지막일지도 모른다는 생각이 스친다.

"참 안됐네요." 여자가 말한다. "안타까워요. 아이는 엄마가 꼭 필요한데. 아빠도 좋지만 엄마만 해줄 수 있는 것도 있거든요. 그래서 아버지를 그렇게 잘 챙기시나 봐요. 정말 사이가 각별하시겠어요."

그때 불현듯 엄마에 관한 질문이 머릿속에 쏟아진다. 만약 엄마가 죽지 않았다면 도대체 어디 있는 거지? 그렇게 작고 어렸던 오빠와 나를 두고 어떻게 떠날 수 있었지? 정말 엽서 몇 장으로 엄마 노릇을 할 수 있다고 생각했던 건가? 그렇다면 그건 큰 오산이다.

여자가 다시 고개를 비스듬히 기울이며 내가 말을 꺼내길 기다리는 눈빛으로 바라본다.

"아버지랑 말이에요." 그녀가 입을 연다. "정말 돈독하실 것 같아요. 괜찮아요, 아가씨?" 그녀의 둥근 얼굴에 걱정스러운 표정이 떠오른다.

나는 머릿속을 마구 휘젓는 새로운 생각들을 억누르려 애쓴다.

"죄송해요." 그녀에게 말한다. "네, 가까운 편이죠. 그런데 실례지만 잠시…."

나는 자리에서 일어나 다음 칸으로 이어지는 전동문 쪽으로 향한다.

"괜찮으세요?" 뒤에서 여자가 나를 향해 외친다.

나는 그녀의 말을 무시한다. 그곳을 벗어나야 한다. 바깥 공기를 마셔야 한다. 머릿속을 침투한 이 낯선 생각을 떨쳐내기 위한 공간이 필요하다. 마치 바이러스 같다. 한번 자리 잡자 그것이 닿는 모든 걸 망가뜨리며 퍼져 나가는 게 느껴진다. 멈추고 싶다. 컴퓨터 앞에 앉아 있던 순간, 기차에 오르던 순간 느꼈던 설렘과 흥분을 붙잡고 싶지만 이미 늦었다. 그 기분은 이미 더럽혀졌다. 이런 의문이 떠오르는 데 이렇게 오래 걸렸다는 게 믿기지 않는다. 어떻게 우리를 버리고 갈 수 있지? 어디로 사라진 걸까? 지난 30년 동안 대체 어디에 숨어 있었냐고?

나는 객실 밖으로 나가 통로 한쪽에 등을 기대고 눈을 감는다. 그리고 천천히 숨을 고른다. 기차가 흔들릴 때마다 몸이 부드럽게 따라서 흔들린다. 기차가 나를 얼러주듯 점차 진정되는 느낌이다. 밖에 얼마나 서 있었는지 모르겠지만 다시 자리로 돌아와보니 여자는 없었다.

15장

　나는 지하철의 혼잡함에 지쳐 후줄근한 기분으로 오빠의 집에 도착한다. 오빠의 집은 뾰족한 지붕과 커다란 창문이 달린 반단독주택으로, 특유의 노란 런던 벽돌로 지어져 있다. 어스름한 저녁 빛이 지붕 위를 감돌며 바다에서 길을 잃은 배를 이끄는 등대처럼 나를 끌어당긴다. 시커멓고 거친 사암으로 지은 요크셔의 우리 집과는 정반대다. 앞마당에는 관리하기 편하도록 자갈을 깔았고, 주변을 둘러싼 화단에는 이름 모를 관목들이 자라고 있다. 듬성듬성 놓여 있는 화분에는 한때 여름꽃이 만발했겠지만 지금은 흙만 남았다. 정원이 실용적이고 효율적이며 절제되어 있는 것이 오빠의 성격을 그대로 옮겨놓은 듯해 나도 모르게 웃음이

난다.

현관문을 두드리자마자 문을 열러 달려오는 아이들의 조그만 발소리가 들린다.

"카라 고모다!" 조카들이 생각보다 훨씬 들뜬 목소리로 문 너머에서 환호한다. 딸깍거리며 잠금장치가 풀리는 소리가 나더니 이내 어두운 머리카락의 꼬마 여자아이 둘이 모습을 드러낸다. 문이 열리자 흥분이 금세 가라앉는다. 아이들은 서로 꼭 붙어 서서 수줍은 얼굴로 나를 올려다본다.

"안녕, 얘들아." 내가 인사한다. "고모 들어가도 될까?"

아이들은 내가 들어올 수 있도록 기꺼이 비켜선다. 아이들 곁을 지나치는 순간 작고 따뜻한 손이 내 손 안으로 쏙 들어온다.

마리안이 집 안쪽 부엌에서 걸어 나온다. 앞치마를 두른 모습에 '엄마'라는 단어가 절로 떠오른다. 요즘은 좀처럼 보기 힘든 두꺼운 머리띠로 머리를 깔끔하게 넘긴 그녀의 손과 팔뚝에 밀가루가 묻어 있다.

"카라, 어서 와요. 오느라 힘들진 않았어요?"

오랜 런던 생활에도 그녀의 목소리에는 여전히 노래하는 듯한 웨일스 억양이 남아 있다. 그녀는 나를 포옹하려고 한달음에 다가오다가 직전에 멈춰 선다. 오빠와 나는 애정 표현이 많은 편이 아니었고, 그녀가 그 점을 기억해준 것이 고맙다.

"갑자기 연락드렸는데 오라고 해주셔서 감사해요." 내가 말한다. "물건을 너무 늦게 주문해서 배송받을 때까지 기다릴 수가 없었거든요. 오늘 밤에 바로 집에 가도 되는데…."

"그럴 수는 없죠." 마리안이 말을 자른다. "이 먼 길을 와서 얼굴도 안 비추면 우리가 얼마나 섭섭하겠어요. 그렇지, 얘들아?"

조카인 자라와 에스메가 고개를 좌우로 흔든다. 엄마를 쏙 빼닮았다. 올려다보는 얼굴들에 내 유전자는 흔적조차 보이지 않는다.

"마이클은 아직 퇴근 전인데 늦지 않을 거라고 전해달래요. 이쪽으로 와요, 어서." 그녀는 밀가루가 묻은 팔로 거실 쪽을 가리키며 말한다. "뭐 마실 거라도 드릴까요?"

"차 한 잔 부탁드려요." 내가 대답한다.

"그럼 앉아서 좀 쉬고 있어요. 물 올릴게요. 얘들아, 고모 놓아드려."

아이들이 처음의 수줍었던 모습은 온데간데없이 내 양쪽 다리에 하나씩 매달려 나는 제대로 걸음을 뗄 수조차 없다. 아이들이 무척 작아 보이지만 사실 비교할 대상이 없다. 여섯 살? 일곱 살? 몇 살인지도 가물가물하다.

"그래, 고모랑 같이 가볼까? 고모 가방에 너희를 위한 뭔가가 있을지도 몰라."

아이들이 내 팔꿈치에 닿을 만큼 폴짝폴짝 뛰어오른다.

"아이고, 그러실 필요 없는데." 마리안이 그렇게 말하면서도 선물을 예상했다는 듯한 미소를 지어 준비해서 다행이라는 생각이 든다. 나는 줄무늬 종이봉투 두 개를 꺼내 조카들에게 하나씩 쥐여준다. 아이들은 눈을 동그랗게 뜨고 서로를 보다가 봉투를 열어 안을 들여다본다. 이내 바닥에 앉아 각자 받은 것들을 비교하기 시작한다.

각자의 봉투 안에는 알록달록한 실크 리본과 아기 동물 모양의 작은 단추들이 담긴 종이 꾸러미, 무당벌레 모양의 줄자가 들어 있다. 아까 재봉가게에서 즉흥적으로 급히 산 선물이다. 아이들은 세상 행복한 표정을 지었고, 문가에 기대선 마리안은 '고마워요'라고 입 모양으로 뻐끔거린다.

마리안이 차를 끓이는 사이, 아이들이 서로 단추를 맞바꾸며 즐거워하는 모습을 물끄러미 바라본다. 물론 나는 아이가 없다. 아이를 가지려면 짝이 필요하고 내겐 그런 일이 가까운 시일 내에 일어날 것 같지 않지만, 오빠와 올케 언니는 감탄할 정도로 아이들을 잘 키우고 있다. 분명 올케 언니 덕분일 것이다. 행복하고 따뜻한 가정을 오빠가 어디서 배웠겠는가.

오빠가 청혼했을 때 나는 꽤 놀랐다. 마리안은 오빠가 예전에 사귀던 여자들과 달리 꾸밈없고 소박한 편이었기 때문이다. 그녀는 소심하거나 위축되어 있지 않으면서도 조용하다. 꼭 필요한 말만 하고 스스로를 다스릴 줄 아는 내

면의 평온함을 지녀 함께 있으면 편안한 사람이다. 그녀를 알면 알수록 오빠가 왜 평생의 동반자로 선택했는지 납득이 간다. 하지만 그녀가 왜 오빠를 선택했는지는 여전히 의문이다.

단추와 리본 교환은 별다른 말썽 없이 마무리되고, 아이들은 보물을 품에 안고 살금살금 다른 방으로 사라진다. 마리안이 완벽한 차를 마시는 데 필요한 것들이 담긴 쟁반을 들고 거실로 들어온다. 그녀는 쟁반을 커피 테이블 위에 내려놓고, 내가 부탁하기도 전에 우유와 설탕 한 스푼을 넣어준다. 그녀가 내게 잔을 건네자 나는 감사히 받아 들고 소파에 몸을 파묻는다.

"아버님은 잘 계세요? 간병인분은 어떠세요?" 마리안이 자기 잔을 들며 묻는다.

"지금까진 좋아요." 내가 대답한다. "제가 보기에는요. 아빠도 그분을 좋아하고, 그분도 아빠를 친절하고 예의 있게 대해주세요. 사실 아빠 상태를 생각하면 그게 항상 쉽지만은 않거든요." 마리안의 표정이 잠시 굳는 것 같았지만 나는 있는 그대로 말한다. 아빠와 함께 지내는 건 어려운 일이고, 오빠 부부도 알아야 한다. "잘 풀릴 것 같아요." 말을 덧붙이고 보니 정말 그럴 것이라는 생각이 든다.

"마이클이 정말 고마워하고 있어요." 마리안이 부드러운 목소리로 말한다. 내 눈을 똑바로 보며 말하는 그녀의 눈빛에서 말 이상의 의미를 전하려 한다는 것이 느껴진다. 하지만 구구절절한 이야기는 하고 싶지 않다. 이미 머릿속이 너무 복잡하다.

"저도 알죠." 나는 너무 퉁명스럽게 들리지 않길 바라며 짧게 대답한다.

오빠는 정말 고마워해야 마땅하다. 기회가 생기자마자 나만 아빠 곁에 남겨두고 도망쳐 다시는 돌아오지 않았고, 나중엔 무너져버린 아빠를 내게 떠맡겼다. 양심에 찔리길 바란다. 그 정도는 당해도 된다. 아빠와 오빠 둘 사이의 앙금을 생각하면, 할 수 있는 최선을 다한 것일지 모르겠으나 때로는 최선도 충분하지 않다.

"아이들이 많이 컸네요." 내가 자연스럽게 화제를 돌린다.

마리안은 딸들 이야기가 나오자 얼굴에 따뜻한 미소가 번진다. "얼마나 말썽꾸러기들인지. 그래도 자랑스럽답니다. 자라는 바이올린에 소질이 있고, 에스메는 아빠를 닮아서 수학을 좋아해요. 아직은 뭐라 말하기 이르지만 둘 다 잘하고 있는 것 같아요."

그녀가 말하는 사이, 현관문에 열쇠를 끼우는 소리가 들린다. 마리안도 그 소리를 듣고 거의 반사적으로 머리를 매만진다. "드디어 왔네요, 우리 집 가장. 마이클, 우리 여기 있어." 그녀가 현관 쪽으로 외친다.

그녀의 목소리에서 필요 이상으로 안도하는 기운이 묻어난다. 이렇게 단둘이 대화하는 상황이 불편한 모양이다. 아니면 나와 대화하는 것이 버거운 건가?

그녀의 외침은 우리가 어디 있는지를 알리기보다는 내가 와 있다는 것을 상기시키려는 것처럼 들린다. 탁자 위에 열쇠를 놓는 소리와 바스락거리며 코트를 벗는 소리가 들리더니 오빠가 문가에 나타난다. 짙은 머리카락에 흰머리가 몇 가닥 섞였을 뿐 어릴 적 모습 그대로다. 느슨하게 맨 넥타이와 팔꿈치까지 소매를 걷은 셔츠가 값비싸 보이고, 호리호리한 허리에 걸친 정장 바지는 매끈한 구두 위로 깔끔하게 떨어진다.

"카라, 잘 지냈어? 오는 길은 괜찮았고? 바느질 재료는 다 구한 거지?"

거의 1년 만에 보는 것이지만 서로 껴안을 생각은 없다. 그래도 목소리에서 반가움이 느껴진다.

나는 모든 질문에 끄덕임으로 답하고 나서 대꾸한다. "이렇게 들이닥쳐서 어떻게 해."

오빠가 고개를 젓는다. "무슨 그런 말을. 얼굴 봐서 좋지."

그가 마지막으로 본 게 언제였는지 모르겠다는 둥 상투적인 말을 덧붙이지 않는다는 것을 눈치챈다. 우리 둘 다 얼마나 오랜만인지는 정확히 알고 있다.

"이런저런 수다를 떨고 있었어." 마리안이 말한다. "애들 준다고 예쁜 선물도 사 오신 거 있지. 너무 감사하더라." 나는 별일 아니라는 듯 어깨를 으쓱한다. "음식이 잘 익어가고 있는지 보고 올게. 이제 거의 다 됐어."

그녀는 자리에서 일어나 찻잔 쟁반을 들고 나간다. 오빠와 나만 남는다.

"그래서?" 오빠가 묻는다. 내 얄팍한 핑계 따윈 금세 간파한 눈치다.

"여기서는 말 못 해." 내가 말한다. "저녁 먹고 잠깐 나갈 수 있어? 우리 둘만. 술집 같은 데도 괜찮고."

오빠는 마리안이 들으면 안 될 만큼 심각한 이야기가 무엇일지 생각하는 듯한 눈빛으로 나를 바라본다. 거절할 수도 있겠다고 생각하던 차에 그가 대답한다. "알았어. 그러자. 그래도 마리안이 궁금해할 테니 나중에 내가 말 안 하겠다고는 못 해."

"상관없어." 내가 말한다. "그냥 우선은 둘이서만 얘기하고 싶을 뿐이야."

그는 고개를 끄덕인다. 곧 부엌에서 저녁이 준비되었다는 마리안의 목소리가 들려온다. 말이 끝나기 무섭게 아이들이 쿵쾅거리며 계단을 뛰어 내려오는 소리가 뒤따른다.

"기대된다." 나는 몸을 일으키며 말한다.

나와 달리 마리안이 잘하는 것 중 하나는 요리다. 오빠는 아무 말도 하지 않고, 나는 또다시 그의 머릿속이 궁금해진다.

16장

애니, 1984년

애니는 오븐의 온도를 다시 낮춘다. 조의 저녁으로 준비한 갈비는 가장자리가 바삭해지기 시작했고, 지방은 거의 탔을 만큼 그을렸다. 분명 선명한 초록빛이던 완두콩은 탁한 녹색이 되어 질척해졌다. 그레이비소스에는 기름이 굳어 얇은 막이 생겼는데 그걸 걷어내려 하면 접시가 엉망이 될 터였다. 방법이 없다. 그가 제시간에 집에 왔다면 문을 열고 들어왔을 때 식사가 준비되어 있었을 것이다.

그는 기다리는 걸 싫어한다. 그녀도 이해할 수 있다. 하루 종일 열심히 일하고 집에 오면 모든 게 완벽하길 바라는 것이다. 아버지도 그랬다. 하루의 끝, 매일 20분씩 집을 정리하고 현관 거울 앞에서 화장을 고치던 엄마가 떠오른다. 애니는 엄마가 입술 선을 따라 립스틱을 칠하고 뺨을 살짝 꼬집어 붉게 물들이는 모습을 보는 것을 좋아했다. 이제 애니가 조를 위해 그러고 있다.

그녀는 퇴근하고 돌아온 조에게 평온한 가정의 행복으로 가득 찬 풍경을 보여주려 애쓰지만 늘 무언가 부족하다. 목욕을 마친 카라는 이미 잠자리에 들었지만, 아직 부엌 바닥에는 마이클이 성을 만들다 만 레고 조각이 흩어져 있고 복도에도 아무렇게나 벗어던진 옷가지가 널려 있다. 아무리 애를 써도 저녁 식사 준비와 아이들 뒷바라지, 집 안 정리까지 모두 완벽하게 해낼 수 없다. 항상 어딘가 한 군데는 틀어져 있다.

조가 늦으면서 식사는 가장 맛있는 때를 지났다. 식어버린 돼지고기를 다시 조리할 시간은 없지만, 완두콩만큼은 따뜻한 상태로 내놓을 수 있을지도 모른다. 오븐 문을 열고 접시를 집으려는 순간 그녀의 손끝 피부가 오그라든다. 접시가 뜨겁다는 사실이 너무 뒤늦게 생각났다. 그녀는 행주를 쥐고 다시 접시를 꺼내려 한다. 열기가 얇은 면을 뚫고 이미 화상을 입은 손가락에 스며든다.

손을 찬물에 담가야 한다는 것은 알지만 시간이 없다. 저녁 식사를 어떻게든 살려낸 뒤 손을 식힐 생각이다. 그녀는 접시를 식탁 위에 잠시 내려놓았다가 행주를 두껍게 접어 다시 잡는다. 팔꿈치로 쓰레기통 뚜껑을 열어서 간신히 받치고 접시에서 다른 음식은 쏟아지지 않도록 조심하며 색이 누레진 완두콩을 덜어낸다. 그때 열려 있는 쓰레기통 쪽으로 곁들인 소스와 함께 이미 차갑게 식어버린 갈비가 미끄러지기 시작한다. 으깬 감자도 빠르게 뒤를 따른다. 손쓸 새도 없이 갈비가 쓰레기통으로 떨어져 아이들이 남긴 스파게티 위에 안착한다.

순간 애니는 어찌할 바를 몰라 얼어붙는다. 소름이 온몸을 휘감지만 괜찮다. 해결할 수 있다. 그녀는 쓰레기통에 손을 넣어 갈비를 건져낸다. 겉보기에는 멀쩡하다. 토마토소스가 약간 묻었지만 감출 수 있다. 접시 가장자리를 휴지로 닦아야겠다고 생각하던 순간 조가 문을 여는 소리가 들린다. 이제 완두콩도 없고, 그레이비소스가 접시에 얼룩처럼 번져 있고, 갈비에는 토마토소스가 묻어 있다. 모든 것을 완벽하게 해두고 싶었지만 엉망이 되고 말았다. 이번에도.

그때 짜여진 각본처럼 위층에서 찢어지는 듯한 울음소리가 터져 나온다. 카라가 깼다. 애니는 힘없이 식탁에 앉아 조의 저녁 식사였던 잔해를 바라보다가 얼굴을 두 손에 파묻는다. 눈물이 맺히지만 입술을 깨물고 마음을 다잡으며 숨을 깊게 들이쉰다.

"이봐." 조가 소리친다. "나 왔어."

"여기요." 애니가 들릴락 말락 한 소리로 대답한다. 문이 열리고 조가 들어온다. 애니는 고개를 들지 않는다. "미안해요." 그녀가 낮은 목소리로 말한다. "저녁을 망쳤어요."
조가 부엌을 가로질러 다가와 그녀를 조심스레 안아준다.

"당신 정말 혼자 두면 안 되겠네?" 그가 웃으며 따뜻하게 말한다. "갈비랑 으깬 감자를 망칠 수 있는 건 당신밖에 없을 거야." 그의 말에 웃음기가 배어 있지만 그녀는 여전히 고개를 들지 않는다.

"미안해요." 그녀가 다시 사과한다. "처음엔 괜찮았는데 당신이 늦어서…." 그녀가 하던 말을 멈춘다. 저녁 식사를 망친 것을 그의 탓으로 돌리는 것처럼 들리지 않았길 바란다. 그녀가 오븐 온도를 낮췄어야 했다. 다른 누구도 탓할 수 없다.

"괜찮아, 자기야." 조가 그녀의 어깨에서 팔을 떼자 갑자기 서늘한 느낌이 든다. "어차피 일 끝나고 뭘 좀 먹고 오기도 했어. 이건 그냥 치우고…." 그는 접시를 들고 쓰레기통으로 가져가 망설임 없이 음식을 쏟아 넣는다. "됐다, 문제 해결." 그가 말한다.

고기가 쓰레기통 속으로 사라지는 것을 보며 애니는 생활비를 아끼기 위해 아이들과 종종 먹는 통조림 콩을 떠올린다.

위층에서 다시 울음소리가 들린다.

"이가 나고 있나 봐요." 애니가 말한다. "하루 종일 진정이 안 되네요. 실은 애 달래느라 너무 지쳐서 오늘 아무것도 하지 못했어요."

"걱정하지 마." 조가 말한다. "당신은 앉아서 좀 쉬고 있어. 내가 가서 달래볼게."

애니는 자신이 얼른 일어나 딸을 봐야 하고 하루 내내 일한 조야말로 발 뻗고 쉬어야 한다는 것을 알지만, 몸에 힘이 하나도 남아 있지 않다. "고마워요." 울고 있는 딸을 달래서 계단을 뛰어오르는 중인 조가 그녀의 중얼거리는 소리를 들었을지는 의문이다. 곧이어 노래를 부르는 것 같은 조의 장난기 섞인 목소리가 계단 아래로 간간이 들려온다.

"자, 우리 작은 공주님." 그가 노래하듯 말한다. "이가 새로 나서 힘든가? 엄마는 너무 피곤해서 못 오시지만 아빠가 있으니까 다 괜찮을 거야. 그래, 옳지."

애니는 조가 카라의 작은 몸을 팔로 잘 받치고 예쁜 머리에 턱을 대고서 어르는 모습을 상상한다. 벌써 울음이 멎었다. 그녀가 하루 종일 해내지 못한 일을 그는 1분도 채 걸리지 않아 해낸 것이다. 그녀는 자기 아이를 달래지 못했다. 저녁 식사조차 차리지 못하고 난장판을 만들었다. 그녀는 결혼 생활에 소질이 없다. 그녀는 나쁜 엄마고 더 나쁜 아내다. 그 생각이 또다시 머리를 스친다. 그녀가 없는 게 모두에게 훨씬 나을 것이라는 생각이.

17장

카라, 2017년

기대했던 만큼 마리안이 준비한 저녁은 아주 맛있다. 나는 과식한다는 걸 알면서도 누가 차려준 식사가 오랜만이라 정신없이 먹고 만다.

"커피 드실 분?" 디저트를 치운 뒤 마리안이 묻는다.

오빠를 힐끗 보자 그는 이미 의자를 뒤로 밀고 식탁에서 일어나고 있다.

"커피도 좋지만 카라랑 둘이 얘기할 게 있어서. 아빠 때문에." 그가 분명히 하기 위해 덧붙인다. 나는 굳이 정정하지 않는다. "술집에 잠깐 다녀올까 했어."

마리안이 눈썹을 치켜올린다. "안 그래도 돼." 마이클이 헛간에 가겠다고 말하기라도 한 것처럼 그녀가 손사래를 친다. "애들 재우고 청소 좀 하려고." 그녀는 숟가락 하나 빠짐없이 제자리에 있는 부엌을 둘러본다. "둘이 거실에서 얘기해."

"고맙지만 나갔다 올게." 그가 다소 단호하게 말한다. 그 모습이 아빠를 연상시킨다. "저 끝으로 내려가면 괜찮은 곳이 하나 있어. 코트 챙겨, 카라. 가자."

술집은 정말 길 끝에 있다. 건물은 흰색으로 칠해져 있고, 낮고 어두운 창문 위로 꽃바구니를 여러 개 매달아두었다. 오빠가 앞장서서 들어가고 우리는 한쪽 구석에 있는 테이블에 자리 잡는다. 내가 등을 벽에 기대고 편히 앉자 오빠는 무엇을 마시겠냐고 묻는다.

"브랜디로 할게." 내가 말한다.

그가 의아한 표정으로 바라본다. "나도 한잔해야 될 만한 이야기야?"

"아마도."

그는 더 묻지 않고 카운터로 향한다. 나는 다시금 이 문제를 어떻게 꺼낼지 고민한다.

금세 오빠가 보통 양의 두 배쯤 되어 보이는 브랜디 두 잔을 들고 돌아온다. 한 잔을 나에게 내밀고 의자에 털썩 앉는다.

"이제 얘기 좀 해볼래?"

나는 깊은 숨을 내쉬고서 말문을 연다. "P 선생님이 오고부터야." 마이클은 벌써부터 어리둥절해 보인다. "간병인 말이야. 나는 그렇게 불러. 왜냐하면… 뭐, 이유는 중요하지 않지. 어쨌든 엄마 얘기를 하게 됐고…."

그가 살짝 긴장하는 게 느껴진다. 오빠였다면 엄마 이야기를 낯선 사람과 나누지는 않을 것이다. 나는 그의 반응을 무시하고 말을 이어간다. "그런데 P 선생님은 정말 꼼꼼해. 오빠도 마음에 들 거야. 집안일을 다 돌보고 계셔. 이제 집이 예전이랑 완전히 달라져서…."

오빠는 답답해 보인다. 내가 빙빙 돌려 말하는 게 그의 인내심을 시험하는 것 같다. 그가 한쪽 눈썹을 들어 올리지만 나는 흔들리지 않는다. "아무튼 아빠에게 안정을 줄 만한 물건을 찾으러 다락방에 올라갔는데…."

"무려 다락방에 들어갔다고?" 그가 짐짓 놀란 척 묻는다.

분위기가 한결 풀린다.

"응, 나도 참 말 안 듣지. 아빠한테 걸릴까 봐 무섭더라고. 말도 안 되지만. 아빠는 정말 예전 같지 않아, 오빠. 이제는 우리가 다락방에 들어가지 못하게 하는 게 뭐야, 다락방이 있다는 것도 기억할지 의문이라니까."

오빠는 다음 이야기로 넘어가도록 재촉하기 전에 최소한 슬픈 표정 정도는 지어준다. "그래서 그 작은 탐험에서 뭘 발견했는데?"

"그게 중요해." 나는 브랜디를 한 모금 마신다.

카운터 쪽에서 누군가 유리잔을 떨어뜨린다. 유리가 타일에 부딪쳐 산산조각 나는 소리와 동시에 환호와 박수가 터진다. 무슨 일인지 보려고 고개를 돌렸다가 다시 오빠를 쳐다보니 그는 이야기가 끊기지 않은 것처럼 나를 계속 주시하고 있다. 나는 말을 이어간다.

"그게, 맨 뒤에 상자가 하나 있는 거야. 다른 상자들처럼 라벨이 붙어 있지도 않고 그냥 'A'라고만 적혀 있길래 열어봤더니…."

"박쥐가 튀어나오고 유령이 둥둥 떠다니고…."

"진지하게 안 들으면…."

"미안." 오빠가 미안한 척 꾸벅 고개를 숙인다.

"아무튼 상자에는 엽서가 가득했어. 이런 엽서." 가방을 뒤져 엽서가 몇 장 들어 있는 봉투를 꺼내 테이블 위로 오빠에게 밀어놓는다.

오빠는 잠시 멈칫하다 손을 뻗어 집는다. 그는 봉투에서 엽서를 꺼내 사진을 대충 살펴본 뒤 뒤집는다. 메시지를 읽는 동안 나는 오빠의 얼굴을 유심히 살핀다. 그는 나머지 엽서를 획획 넘겨 보며 내용이 모두 똑같다는 것을 깨닫고 미간을 찌푸린다.

"이게 무슨 뜻인데?" 말투가 딱딱하다. "'내 사랑하는 아가들. 너희를 얼마나 사랑하는지 몰라. 날 용서해주렴.'" 그가 아무런 감정 없이 문장을 읽는다. 어딘지 모르게 불편하게 하는 어조다. 빈정대는 듯하면서도, 마치 연구를 제대로 수행하지 못한 신입에게 말하는 것 같다. "이거 어디서 온 거야?" 그가 물으며 엽서를 테이블 위에 내려놓고 내 쪽으로 밀어낸다.

나는 잠시 머뭇거린다. 오빠를 설득해야 하지만 중요한 부분에 도달하기도 전에 오빠가 관심을 잃을 수도 있다. "우편 소인 좀 봐." 내가 급히 말한다. "일부만 가져왔는데 1987년 3월부터 시작해서…." 나는 잠시 멈추고 그 날짜가 의미하는 바를 오빠가 이해할 수 있도록 기다린다. 표정을 보니 그도 집중하고 있다. "내가 열여덟 살이 될 때까지 엽서가 계속 오다가 그 이후로는 끊겨."

"…그래." 그가 뜸을 들이며 말한다. "어떤 미친 사람이 보낸 오래된 엽서를 찾았고, 그다음은?"

나는 브랜디를 한 모금 더 마신다. 목구멍이 뜨거워지고 이어 위까지 타는 듯한 느낌이 든다. "그러니까 여기가 진짜 이상한 부분인데, 문득 이런 생각이 드는 거야. 정말 뜬금없지만, 만약에 엄마가 이 엽서를 보낸 거라면?"

"그럴 리 없지." 마이클이 가볍게 무시한다. "첫 번째 엽서가 온 것도 엄마가 돌아가신 뒤라고 했잖아."

나는 말없이 내가 무엇을 이야기하고자 하는지 오빠가 이해하기를 기다린다.

"아, 이제 알겠다." 그가 의자에 몸을 기대며 손을 머리 뒤로 깍지 낀다. "너 설마 엄마가 죽지 않았다고 말하려는 거야?"

과거로 돌아간 기분이다. 쓸모없는 말이나 하는 바보 같은 여동생과 모르는 게 없는 오빠.

나는 다친 손의 거친 피부를 문지르며 말한다. "음, 그것 말고는 설명이 안 되잖아? 누가 저런 엽서를 쓰겠어? 우리가 어린 시절 내내 누가 계속 보내겠냐고?" 마이클이 입을 열려고 하지만 나는 말을 멈추지 않는다. "게다가 그게 다가 아니야. 핵심은 따로 있어."

"좋아, 그럼." 그가 말한다. "말해봐."

오빠는 여전히 무관심한 척하지만 이제 다시 몸을 앞으로 숙여 머리를 내 쪽으로 가까이 한다. 나는 깊은 숨을 들이마신다. 결코 쉬울 리 없다는 것을 알고 있었지만, 모든 것은 내 다음 말에 오빠가 어떻게 반응하느냐에 달렸다. 냉정을 유지하며 침착하게 사실만 말해야 오빠가 나를 조롱하거나 요점을 놓치지 않을 것이다.

"생각을 좀 해봤지. 만약에, 정말 만약이지만, 그 엽서들이 엄마한테서 온 거라면, 엄마가 사실은 죽지 않았다면…." 오빠가 눈썹을 치켜세우며 터무니없는 소리라고 말하지만 나는 계속 말한다. "인터넷 족보 사이트에 들어가 검색해봤어. 사망진단서가 있는지도 보고."

나는 오빠가 흥미를 잃기 전에 모두 이야기하기 위해 숨

가쁘게 말을 쏟아낸다.

"그랬더니 사망진단서가 없어, 오빠. 수없이 검색해봤는데 우리 엄마가 사망했다는 증명서가 없다고. 엄마가 죽지 않은 건 아닐까? 정말로 엄마가 그 엽서들을 보낸 게 아닐까? 만약 그게 사실이라면 아빠가 우리한테 그동안 거짓말을 했다는 건데, 난 이제 어떻게 해야 할지 모르겠어."

지난 하루 동안 느낀 스트레스가 한꺼번에 몰려온다. 뜨거운 눈물이 차오른다. 나는 숨이 거칠어지고 이내 어린아이처럼 큰 소리로 흐느껴 울기 시작한다. 오빠는 꿈쩍도 하지 않는다.

"내 말이 맞으면 어떻게 해, 오빠?" 나는 울먹임 사이로 겨우 말한다. "엄마가 지금까지 어딘가에서 살아 있었으면…." 나는 더 이상 말을 잇지 못한다. 고개를 숙이고 조용히 몸을 떤다.

"헛소리야!" 오빠가 크게 소리치는 바람에 나는 움찔한다. "엄마는 우리가 어릴 때 죽었고 그게 다야. 누가 이런 걸 보냈는지는 모르겠지만 보나마나 아빠한테 못된 장난을 친 거겠지. 사망진단서 같은 건 네가 검색을 제대로 못한 거고."

역시 내가 실수했을 것이라 단정 짓는다. 가끔 이럴 때 보면 아빠와 정말 닮았다. 나는 비아냥거리는 오빠의 말에 개의치 않고 내 주장을 밀고 나간다.

"아니야, 오빠. 아니라고. 1987년이든 언제든, 앤 페런스비라는 이름으로 등록된 사망진단서가 없어. 그게 엄마 이름이 아니라면 몰라도, 엄마는 죽지 않았어. 그리고 엽서는? 엽서도 엄마가 살아 있다는 증거 아냐? 비록 떠났지만 우리를 사랑한다는 걸 알려주려고 엽서를 보낸 거잖아. 수백 장이라고, 오빠. 수백 장."

"엽서 몇 장으로 우릴 버린 게 잘도 만회가 되겠다."

나는 놓치지 않고 재빨리 틈을 파고든다. "그럼 엄마가 안 죽었을 수도 있다고 인정하는 거야?" 내가 절박하게 묻는다.

"몰라. 알고 싶지도 않고. 나한테 엄마는 진짜 죽었든 아니든, 우릴 떠났을 때 죽은 거야. 이런 건 다 아무 의미 없어." 그가 손끝으로 엽서를 쳐서 바닥에 떨어뜨린다. "난 엄마가 없어."

"그치만 오빠. 왜 그런 건지, 무슨 일이 있었는지 궁금하지 않아? 아주 조금이라도?"

"아니." 내가 익히 아는 단호한 목소리다. "관심도 없고 전혀 신경 쓰이지 않아. 이제 더 이상 듣기 싫어. 엄마는 죽었고, 그걸로 끝이야." 그는 잔을 들어 한 번에 들이켠다. "가자, 집에. 그리고 마리안한테도 이 얘긴 꺼내지 마. 마리안이나 애들까지 네 망상에 말려드는 꼴은 못 보니까."

오빠의 얼굴을 올려다보니 분노한 척, 강한 척하지만 사실은 상처받고 혼란스러워하는 어린 소년이 언뜻 스친다. 그러나 그 모습은 찰나에 사라지고, 그는 허겁지겁 가방에 엽서를 주워 담는 나를 남겨둔 채 성큼성큼 문을 향해 가 버린다.

나는 오빠를 따라잡기 위해 그가 한 걸음을 걸을 때마다 두 걸음씩 내딛으며 걸음을 재촉한다. 인도를 따라 빠르게 걸어가는 동안 우리는 아무 말도 하지 않는다. 집 앞에 이르자 오빠가 멈춰 서서 나를 돌아본다.

"그냥 잊어버려, 카라." 그는 표정이 누그러지고 목소리도 한결 차분해졌다. "괜히 들쑤셔봤자 좋을 게 하나도 없어. 우릴 버렸다면 죽은 거나 다를 바 없잖아. 제 자식을 두고 떠나는 사람이 어떻게 엄마야? 뭐가 됐든 다시 다락방에 처박아두고 머릿속에서 지워버려."

놀랍게도 오빠는 내 어깨를 팔로 감싸며 어색하게 잠깐 끌어안는다. 그러고는 돌아서서 현관 쪽으로 걸음을 옮긴다. 나는 방금 일어난 일에 멍해진 채 그를 따라가지만, 이미 열린 판도라의 상자를 다시 닫을 수도, 알게 된 일을 억지로 잊을 수도 없다. 아니, 잊지 않을 것이다. 이미 드러나 버린 이상 돌이킬 수 없다. 설령 돌이킬 수 있다고 해도 그러고 싶지 않다.

18장

 다행히 우리가 들어왔을 때 마리안은 이미 잠자리에 들었다. 마음이 놓인다. 지금은 우리 둘 다 그녀의 캐묻는 눈빛을 견딜 자신이 없다. 오빠는 문과 창문이 모두 잘 잠겼는지 확인한 뒤, 자러 들어가기 전에 마지막으로 플러그를 뽑는다. 이런 걸 아직도 하는 사람이 있다니.

 나는 이불 속에 몸을 푹 파묻는다. 방 안에서는 은은한 장미 향이 나고, 침대 시트는 피부에 닿는 감촉이 보드랍고 산뜻하다. 몸은 기진맥진한 상태지만 아직 잠이 오지 않는다. 나는 등을 대고 누워 밤이 되니 낮보다 훨씬 시끄럽게 느껴지는 도시의 소음에 귀를 기울인다. 요크셔의 우리 집에서는 사이렌보다 부엉이 소리에 잠을 깨는 경우가 더 많지만, 익숙해지면 뭐든 금방 자연스러워지는 법이다.

그래도 도시에서 살게 되면 어둠이 그리울 것 같다. 칠흑 같은 황야의 밤과 비교하면 런던은 전혀 어둡지 않다. 일클리로 이사했을 때 처음으로 별을 본 기억이 난다. 그 전에는 도시의 주황색 불빛만 보다가 겨울 하늘에서 별을 처음 보고 나니 그제야 동요가 이해되었다. '반짝반짝 작은 별'이라는 가사가 진짜였다. 하늘을 가리키며 내가 알아낸 사실을 자랑하자 오빠는 마치 원래부터 별을 알고 있던 양 어깨를 으쓱해 보여, 나는 새로운 발견을 빼앗긴 것처럼 무척이나 속상했었다.

갑자기 눈이 번쩍 뜨인다. 어떤 생각이 방금 머릿속을 스쳤다. 분명 중요한 것이었는데 연기처럼 어느새 어둠 속으로 사라져버렸다. 갑자기 그것을 되찾고 싶은 마음이 강하게 몰려오지만 애써 기억을 더듬을수록 멀어지는 것만 같다. 머릿속 발자국을 되짚어본다. 사이렌, 하늘, 어둠, 별, 마이클. 특별히 중요하다고 느껴질 만한 것은 아무것도 떠오르지 않는다.

다시 눈을 감고 집중하자 마침내 떠오른다. 일클리에서 별을 처음 보았다는 것은 분명 런던의 밤하늘도 기억하고 있다는 것이다. 진짜 기억, 엄마가 세상을 떠나기 전의 기억이다. 기억이 하나라도 존재한다면 어딘가에 더 있을 것이다. 그 기억들을 어떻게 찾아야 할지 알아내기만 하면 된다. 코끝을 스치는 장미 향을 맡으며 계속 누워 있지만 다른 기억은 떠오르지 않는다. 어쩌면 오랜만에 도시에 온 덕분에 떠오른 이 기억 하나가 전부일 수도 있다. 하지만 그럴 리 없다는 생각이 자꾸만 든다. 기억이란 복잡한 것이니까. 우연히 그 기억 하나만 저장되어 있을 리 없다. 시간이 지나면 다른 기억들도 떠오를 것이다. 조금만 참고 기다리면 된다. 물론 참는 건 잘 못하지만.

잠들지 못할 줄 알았지만 결국 잠에 빠져든다. 아침 7시쯤 집 안에서 사람이 움직이는 소리가 들리자 나는 일어나 샤워도 안 하고 옷을 입는다. 지금 당장 집으로 가서 아빠 상태도 확인하고 다음 계획도 세우고 싶은 마음이 굴뚝같다. 하지만 먼저 오빠와 이야기해야 한다. 정말 아무 관심도 없는 걸까? 내가 엄마를 찾으면? 그러면 어떻게 되는 거지? 오빠한테 숨겨야 하는 걸까? 나는 이미 엄마를 찾기로 마음먹었고, 오빠는 이 여행길을 나와 함께해야 한다. 선택의 여지가 없다. 오빠가 출근하기 전에 생각이 어디에 이르렀는지, 마음은 누그러졌는지 확인해야 한다. 얼굴만 봐도 알 수 있을 것이다. 늘 그랬으니까.

하지만 늦었다. 계단을 내려가니 마리안이 부엌에서 샌드위치를 만들고 있다.

"좋은 아침이에요." 그녀가 평소처럼 밝게 웃으며 인사한다. "피곤해 보여요, 카라. 밤에 잘 못 잤어요? 침대가 낯설어서 잠이 안 왔나 보네요. 마이클은 방금 나갔어요. 일찍 회의가 있대요. 대신 인사해달라고, 걱정하지 말라던데요? 카라 혼자 아버님을 돌보느라 정말 힘들 것 같아요. 그래도 저희가 늘 곁에 있으니까 잊지 마세요. 뭐든 필요하면 부탁하고요." 그녀는 능숙하게 샌드위치를 삼각형으로 자른다. "커피 마실래요?"

"실은 얼른 가봐야 할 것 같아요." 내가 말한다. "아직 살게 남았거든요."

"그럴 순 없죠. 아침도 안 먹고 가면 어떻게 해요. 그리고 애들한테 작별 인사도 못 했잖아요. 앉아요. 커피 내려줄게요. 토스트 어때요?"

결국 나는 남편이 정교하게 쌓아 올린 세상이 무너져 내렸다는 사실을 알 리 없는, 손재주 좋은 올케 언니가 챙겨주는 대로 아침을 먹는다.

집에 가까워지자 심장이 조금 빨리 뛰기 시작한다. 서둘러 진입로를 올라간다. 현관 계단에는 빈 우유병과 함께 내가 없는 동안 P 선생님이 심었을 겨울 팬지꽃이 핀 적갈색 화분이 놓여있다. 나는 집 안에 들어서며 문이 닫히기도 전에 소리친다.

"저예요! 저 왔어요." 정적만 흐른다. 목뒤가 오싹하다. "저 왔다니까요." 내가 다시 외친다. "아빠! P 선생님! 누구

안 계세요?"

나는 가방을 내려놓고 아빠랑 P 선생님이 어디 있는지 확인하려 여기저기 방문을 열어본다. 집은 깔끔하게 정돈되어 있고 아주, 아주 텅 비어 있다. 핸드폰을 집으려는 순간 번뜩 깨닫는다. 왜 아빠나 P 선생님이 집에 있을 거라고 생각했지? 아빠는 센터에 갔을 것이고 P 선생님은 돌볼 사람이 없으면 굳이 여기 남아 있지 않는다. 내 추측이 맞는지 확인하기 위해 복도 시계를 올려다보니 역시 맞다.

부엌으로 들어가자 식탁 위에 P 선생님이 정갈한 대문자로 쓴 쪽지가 놓여 있다.

카라 씨에게

잘 다녀오셨나요?
여긴 별일 없었어요. 아버님도 잘 계셨고요.
오늘 저녁에 봬요. 그럼 이만.

안젤라 파팅턴(P 선생님)

전기주전자를 켜며 내가 바보 같다고 느낀다. 아마 오빠를 만나러 간다며 제대로 준비도 하지 않은 채 급하게 나와서 죄책감이 든 모양이다. 결과적으로 아무 문제 없었지만 만약 일이 잘못되었다면? 나는 이 생각이 떠오르자마자 이내 떨쳐버린다. 다 괜찮다. 그렇지 않아도 걱정거리가 넘쳐나는데 만약의 상황을 부러 걱정할 필요는 없다.

사 온 물건들을 작업실에서 정리하고 있는데 전화가 울린다.

"여보세요. 너 진짜 이거 들으면 깜짝 놀랄걸!" 통통 튀는 목소리에 나는 바로 베스임을 알아챈다.

"더 그로브 호텔에서 설탕 조각으로 타지마할이라도 만들었대?"

"뭐라고? 아니! 우리 결혼 날짜 잡았어."

"잘됐네." 내가 말한다. "언제야?"

"크리스마스이브! 너무 로맨틱하지 않아? 모피랑 양초, 호랑가시나무 장식을 생각 중이야."

나는 조금 당황한다. "응? 내년 크리스마스이브?"

"아니, 바보야. 이번 크리스마스이브."

머릿속으로 재빨리 계산해본다. "크리스마스이브면, 그러니까 얼마나 남았지? 8주?" 남은 기간을 계산하며 나는 베스의 드레스를 이렇게 짧은 시간 안에 어떻게 디자인하고 제작까지 마칠 수 있을지 고민한다.

"정확히는 8주하고도 5일 남았어." 베스의 신이 난 목소리에 나도 덩달아 설렌다.

"베스, 정말 멋지다! 축하해." 나는 일단 축하의 말을 건

낸다. "하지만 시간이 얼마 없잖아. 특히나 크리스마스인데, 그 안에 식장 예약까지 다 할 수 있어? 벌써 다 차 있을 텐데?"

"그게 로맨틱한 부분이야." 그녀가 말한다. "그렉이 프러포즈할 때 데려간 호텔 기억나?"

나는 핸드폰에 대고 고개를 끄덕인다.

"글쎄, 거기서 하기로 했다니까. 그렉이 몰래 예약했대. 너무 완벽하지 않아?"

"하지만 프러포즈한 지 몇 주밖에 안 됐잖아." 내가 반문한다. "분명…."

"아, 근데 그 전에 미리 결혼 날짜부터 정해서 말해놨었대. 내가 승낙하고 나서 예약만 확정한 거지."

너무 놀라서 잠시 말문이 막힌다.

"카라?" 베스가 부르는 소리가 들린다. "내 말 듣고 있는 거지?"

"응." 나는 간신히 대답한다. 그렉과의 일이 순조롭게 진행되는 것에 기쁨을 감추지 못하는 베스의 기분을 잡치는 일 없이 조심스럽게 말을 꺼내려면 어떻게 해야 할지 머릿속이 분주하다. "그런데 프러포즈 전에 결혼식 장소부터 잡았다는 게 조금 이상하지 않아?" 나는 최대한 부드럽게 묻는다.

"아냐." 그녀가 웃음을 터뜨린다. "그래야 그렉답지. 늘 모든 걸 계획해둬야 하고, 또 내가 크리스마스에 결혼하면 좋아할 거라고 확신했잖아. 크리스마스 날 바로 신혼여행을 떠날 수 있을 테니 완벽 그 자체야. 그리고 물론 그렉은 내가 승낙할 것도 알고 있었겠지. 내 말은, 너도 내가 승낙할 걸 알았으니까 절친인 네가 안다면 내 남편이 될 사람도 당연히 알지 않았겠어?"

'모를 리가 없지.' 나는 속으로 생각한다.

"그래서 드레스 준비를 서둘러야 해." 베스가 이어 말한다. "얼마 안 남은 건 알아. 그 안에 가능할까 아니면 좀 무리한 부탁일까?"

베스의 목소리만 들어도 내가 가능하다고 말해주길 얼마나 바라는지 느낄 수 있다. 사실 지금은 봄에 비해서는 덜 바쁜 때이긴 하다. 아빠와 관련된 일과 내가 챙겨야 하는 부분, 엽서 상자와 오빠까지 떠올려본다.

"문제없어." 입이 저절로 움직인다. "좀 단순한 디자인으로 골라야 할 수도 있지만 시간 내에 끝낼 수는 있을 거야. 방금 런던에서 돌아왔는데 지금까지 본 것 중에 제일 예쁜 아이보리색 실크를 사 왔거든. 네 생각하면서 샀지. 네 마음에도 들면 그게 딱 좋겠다."

"사랑해, 카라 페런스비." 그녀가 애교스럽게 말한다.

"그래그래. 난 완전 대단하고 넌 나 없이는 절대 못 살지." 내가 대답한다. "그러면 사진 몇 장이랑 아이디어 잔뜩 들고 최대한 빨리 이리로 와. 스케치부터 얼른 시작하자."

"너라면 날 실망시키지 않을 줄 알았어." 베스가 말한다. "그렉은 시간이 부족할 거라면서 런던에 가서 드레스를 사오자고 했지만, 내가 너는 할 수 있을 거라고 했거든."

나는 그 말에 완전히 마음을 굳힌다. 나는 제시간에 드레스를 완성할 것이며, 그것은 내가 만든 드레스 중 최고로 아름다운 드레스가 될 것이다. 그렉이 결국 그의 뜻대로 할 수밖에 없도록 만들려고 베스에게 결혼 날짜를 늦게 알려주었을지 모른다는 의심이 들지만 입 밖으로 내지 않는다.

19장

 다음 날 머릿속에 다양한 아이디어를 빼곡히 담은 베스가 웨딩 잡지를 한아름 안고 찾아온다. 금방이라도 잡지를 손에서 놓칠 듯 위태위태하게 걸어 올라오는 모습에 미소가 절로 지어진다. 문을 열자 그녀는 잡지를 겨우 붙잡고 있느라 허리를 푹 숙인 채 서 있다.

 "빨리!" 그녀가 소리친다. "도와줘!" 그러더니 나를 밀치다시피 하고 거실로 달려 들어가 잡지를 바닥에 우르르 쏟아놓는다.

 "가게에 남은 웨딩 잡지가 있긴 해?" 내가 묻는다.

 "집을 나설 땐 마음에 드는 것들을 제일 위쪽에 정리한 상태였거든. 근데 다시 정리해야겠네."

베스가 잡지를 휘리릭 넘기며 모서리를 접어둔 페이지를 살핀다. 결혼 준비가 베스에게는 그리 힘들어 보이지 않는다. 부러움이 스친다. 나는 수많은 결혼식을 준비했지만 내 결혼식을 준비한 적은 없다. 흔히 말하는 것처럼 항상 들러리만 설 뿐 주인공은 되지 못하는 것이 바로 나다.

"선택지가 너무 많아." 베스의 말에 나는 그녀가 디자인을 결정하는 데 오래 걸릴까 봐 걱정한다. "그래도 이제는 원하는 느낌이 꽤 명확해." 베스가 덧붙인다.

"좋아." 나는 부정적인 생각을 떨치며 말한다. "기본적인 틀만 잡으면 나머지는 자연스럽게 나올 거야. 가서 주전자 좀 올리고 올게."

부엌으로 들어가니 내가 나갔을 때 그대로 아빠가 식탁에 앉아 있다. 마치 자신만이 풀 수 있는 수수께끼의 단서를 찾는 사람처럼 헤브리디스 제도 사진집을 유심히 한 장 한 장 살핀다. 내가 들어서자 잠시 기대에 찬 눈빛으로 고개를 들지만, 나인 걸 확인하자 이내 다시 책으로 시선을 돌린다.

"베스 왔어요." 내가 말한다. "곧 결혼해요. 제가 드레스를 맡기로 했고요." 아빠는 '베스'라는 이름에 아무런 반응도 보이지 않는다. "차 마시려고 하는데 한 잔 드려요?"

신나게 고개를 끄덕이던 아빠가 내 뒤쪽을 향해 함박웃음을 짓기에 뒤를 돌아보니 잡지를 든 베스가 서 있다.

"안녕하세요, 아저씨." 그녀가 인사한다. "잘 지내시죠?"

아빠는 고개를 끄덕인다. "좋아." 그가 답한다.

"카라가 제 웨딩드레스를 만들어주기로 했다는 이야기 들으셨어요? 저는 이 디자인이 제일 마음에 들어요." 그녀가 아빠에게 잡지를 내밀며 말한다.

아빠가 잡지를 잡으려 손을 뻗지만 닿지 않는다. 내가 대신 건네 받아 아빠에게 잡지를 보여준다. 우아하면서도 단아한 1920년대 스타일의 아름다운 드레스로, <위대한 개츠비>의 한 장면에 등장해도 전혀 어색하지 않을 듯하다. 베스가 입으면 눈부시게 아름다울 것이고, 일정이 촉박하다는 것을 고려하면 더욱 다행스럽게도 비교적 만들기도 수월할 것 같다.

아빠는 만족스러운 듯 고개를 끄덕인다. "좋네."

"오늘은 P 선생님 안 오셔?" 베스가 묻는다.

"쉬시는 날이야." 내가 답한다. "아빠, 오늘은 우리 둘뿐이다, 그죠?"

아빠가 나를 향해 고개를 끄덕이자, 이런 궁금증이 든 것이 처음은 아니지만 문득 아빠는 요즘 주변에서 하는 말을 얼마나 알아듣고 있는지 궁금해진다. 어쩌면 내가 짐작하는 것보다 훨씬 더 잘 이해하고 있을지도 모르겠다.

"그러면 이건 참고용이야?" 내가 베스를 보며 묻는다. "아니면 이대로 가고 싶어?" 전자이길 바란다. 법적인 문제를 떠나서라도 남의 디자인을 그대로 베껴서 만드는 건 재미가 없다.

"음, 글쎄." 베스가 고민한다. "이런 분위기가 좋지만 허리선이 여기서 더 내려가야 할 것 같고, 치마는 좀 자연스럽게 떨어지는 느낌이었으면 해. 그리고 그렉이 민소매 드레스를 어떻게 생각할지 모르겠네. 맨날 결혼식은 파티가 아니라 결혼식다워야 한다고 말하거든." 내 표정이 굳어지는 걸 눈치챘는지 그녀가 얼른 덧붙인다. "그래도 내가 입을 드레스고 나는 이게 좋아. 우아하잖아. 뒷모습 라인이 너무 예뻐."

"정말 근사해." 나도 동의한다. "작업실로 가서 내가 생각한 디자인 몇 가지를 스케치해볼게. 그 실크도 마음에 드는지 한번 보고. 내가 보기엔 잘 어울릴 것 같지만 네가 원하던 느낌이 아닐 수도 있으니까."

우리는 아빠가 책을 보도록 두고 작업실로 향한다. 베스가 내 비즈와 레이스 상자를 보자마자 달려드는 모습이 꼭 사탕가게에 온 아이 같다.

"이거야." 나는 그녀에게 실크 천을 건넨다. 실크가 빛을 받아 은은하게 광택이 돈다.

"세상에, 카라. 딱 이 색이야!" 베스가 감탄하자 나는 친구의 취향을 이토록 정확하게 맞췄다는 뿌듯함에 잠시 도취된다.

"사선으로 잘라서 이런 식으로 살짝 느슨하게 늘어뜨리면…." 두루마리를 들고 천을 풀어 베스에게 대본다. "이렇게 예쁘게 흐르는 모양이 될 거야. 뒤로 끌리는 트레인 자락은 어떻게 하고 싶어?" 그녀의 멍한 표정을 보니 트레인에 대해서는 전혀 생각해본 적 없는 모양이다. "괜찮아." 내가 말한다. "내가 몇 가지를 떠오르는 대로 그려볼게."

나는 연필을 집어 들고 스케치북에 슥슥 선을 긋기 시작한다. 내 머릿속에 있는 이미지가 하나둘 종이 위로 옮겨지는 것을 보면서 신부들이 눈을 반짝이는 이 순간이 가장 좋다. 그들의 꿈을 눈앞에서 현실로 바꿔주는 것이다. 물론 늘 처음부터 완벽하게 통하는 것은 아니다. 신부가 자신이 원하는 느낌을 제대로 설명하지 못해 내가 이해하기 어려울 때도 많기 때문이다.

하지만 베스의 드레스를 디자인하는 것은 거의 내 생각을 그대로 그림으로 옮기는 것과 같다. 베스의 취향을 정확히 알고 있는 만큼, 우리가 웨딩드레스에 대해 자세히 이야기해본 적은 없어도 그리 오래 걸리지 않아 그녀가 원하는 드레스를 맞출 자신이 있다. 내가 스케치하는 동안 베스는 게시판에 붙은 사진들을 구경한다.

"너 정말 감각 있다, 카라." 그녀의 칭찬이 마음속 깊이 스며들어 내 안을 환하게 밝힌다. 이 집에서는 좀처럼 칭찬을 듣기 어렵다.

"나한테 네 드레스를 맡겨줘서 기쁠 뿐이야." 내가 말한다. "주변의 반대를 무릅쓰고." 말에 가시가 있었지만 의도한 것은 아니었는데 베스는 얼굴을 찌푸린다.

"그렉은 그냥 다 나 잘되라고 하는 거야. 따지고 보면 네 실력을 본 적도 없잖아. 그 사람은 네가 무슨 포대 자루 같은 거나 만드는 줄 알지도 몰라."

"그건 그렇지." 내가 인정한다. "뭐, 실망시키지 않길 바랄 뿐이야." 말이 또 날카롭게 나간다. 베스도 느낀 것이 틀림없다.

"카라, 너 그렉 싫어하는 건 아니지? 좀 잘난 척할 때가 있긴 해도 속은 따뜻한 사람이고, 또 날 진심으로 사랑하는 사람이야."

친구를 걱정하는 것과 친구의 환상을 산산이 깨뜨리는 것은 종이 한 장 차이다. 여전히 그렉이 마음에 안 들지만, 내가 결혼하는 것도 아니고 내가 좋아하지 않는다고 해서 그가 나쁜 사람인 것도 아니다.

"나도 알아." 완전한 동의는 아니었지만 베스는 만족하는 듯하다.

"런던에서는 뭐 했어?" 자칫 말다툼이 일어날 수 있는 주제에서 베스가 자연스럽게 화제를 돌린다. "나한테 딱 맞는 실크를 찾은 거 빼고."

이 질문이 나올 줄 알고 뭐라고 대답할지 계속 고민했었다. 오빠와 올케 언니를 만나 반가웠다고만 말하면 간단할 것이고, 원래 그 정도로만 이야기할 생각이었다. 평소엔 베스에게 숨기는 것이 없지만 엄마 일은 그녀에게조차 나누기 어려울 만큼 소중하게 느껴진다. 누군가에게 말하면 비눗방울이 터지듯 한순간에 사라져버릴 것만 같다.

하지만 오빠의 반응을 떠올리니 생각이 달라진다. 오빠가 계속 외면하며 내가 찾은 것들에 아무런 관심을 가지려 하지 않는다면 베스한테라도 말하고 싶다. 솔직히 베스 말고는 내 이야기를 들어줄 사람도 없다.

나는 눈 깜짝할 사이에 결심하고 마음이 바뀌기 전에 행동에 옮긴다. 그렇게 남김없이 털어놓는다. 엽서를 찾은 일부터, 인터넷에서 알아낸 사실, 오빠와의 대화와 그의 반응까지. 분명 놀랐을 텐데도 베스는 중간에 끼어들지 않고 내가 말을 끝낼 때까지 기다렸다가 입을 연다.

"아, 카라. 불쌍한 내 친구." 그녀는 마치 자신의 손길로 이 이야기의 충격으로부터 나를 지켜줄 수 있는 것처럼, 아직도 스케치를 하고 있는 내 다친 손을 살며시 잡는다. "그럼 이제 어떻게 할 생각이야? 아저씨한테 물어볼 수는 없겠지?"

나는 고개를 젓는다. "너도 봤잖아. 아빠는 자기가 누군지도 잘 모르는데 이런 일을 어떻게 감당하겠어. 그래, 이건 내가 할 일이야. 이게 뭐든 간에."

"정말 너희 어머니가 살아 계실 수도 있을까? 그럼 찾으러 가는 거야?" 베스가 작은 떨림 하나 놓치지 않고 내 표정을 유심히 살핀다.

"모르겠어. 어떻게 찾아야 할지도 막막해. 인터넷에도 아무것도 없어서. 그리고 내가 찾아주길 바랐다면 엄마가 엽서보다는 더 많은 단서를 남겼을 거라는 생각이 자꾸만 드네. 그래도 정말 엄마가 살아 있다면 왜 우릴 떠났는지 알고 싶어." 나는 잠시 머뭇거린다. "이미 알고 있는지도 모르겠지만."

베스가 고개를 끄덕인다. "그럴 만하지. 자식을 두고 떠나는 엄마라니, 아무리 생각해도 이상하잖아." 그녀가 그 이상 캐묻지 않아주어 고맙다. 나도 아직 거기까지 생각이 닿지 못했으니까. "또 물어볼 만한 사람은 없어? 어머니 가족이라든가?"

지난 며칠 동안 엄마 쪽 가족에 대해 내가 얼마나 모르고 있는지 절실히 느꼈다. 엄마가 내 인생에서 사라졌을 때 나는 너무 어렸어서 주변 사람들에 대해 생각조차 해본 적이 없었다. "모르겠어." 내가 말한다. "아마 할아버지나 할머니는 돌아가셨겠지. 연세가 여든은 넘으셨을 테니."

"마이클 오빠라면 뭔가 더 알 수도 있어." 베스가 곰곰이 생각하며 짙은 머리카락을 손가락으로 빙빙 꼰다. "오빠한테 물어봐. 어머니 일에 관여하고 싶어 하지 않는 건 아는

데, 네가 알아보는 걸 반대하진 않을 거야."

나는 이 말을 곱씹는다. 베스의 말이 옳을지도 모르지만 확신이 서지 않는다.

스케치가 완성되었다. 나는 스케치북을 돌려 그녀에게 보여준다. 스케치 속 드레스는 세련되고 단순한 컷에 자연스러운 주름이 잡혀 있고, 홀터넥과 깊게 파인 등, 소매 없는 디자인이 돋보이는 우아한 스타일이다. 내가 구상했지만 솔직히 베스 그 자체다. 스케치를 본 베스는 눈을 반짝이고 흥분할 때 늘 그러듯 아랫입술을 꼭 깨문다.

"이 이상 완벽할 수 없을 것 같아." 그녀가 말한다. "정말 제때 완성할 수 있겠어?"

스케치를 보며 필요한 작업량과 오차, 수정, 마무리 작업에 필요한 시간까지 따져본다. "…응." 내가 답한다. "네가 이 원단으로 결정하고, 내가 바로 작업에 들어간다면 간신히 딱 맞출 수 있을 것 같아. 하지만 마음을 바꾸면 안 돼." 내가 경고한다. "재단하면 끝이야."

"이렇게 완벽한데 마음 바꿀 일이 어디 있겠어, 카라?"

"그럼 가져가서 하루 이틀만 더 생각해봐. 최소한 그 정도 시간은 있으니까. 확실히 결정했으면 해."

"알겠어." 그녀가 고개를 끄덕인다. "그리고 하나만 더."

"또 바라는 게 있다고?" 내가 웃으며 말한다.

"이건 너도 좋아할 거야." 베스가 말한다. "내 들러리가 되어줄래?"

솔직히 말하면, 결혼식 들러리를 서는 건 단 한 번도 생각해본 적이 없다. 그리고 이제 처음으로 그 생각을 하니 가슴속에 억눌려 있던 감정들이 한꺼번에 터져 나온다. 눈물이 뺨을 타고 흐른다. "영광이야." 내가 간신히 대답한다. 갑자기 끔찍한 상상이 스친다. "설마 내가 입을 드레스도 만들어야 하는 건 아니지?"

베스가 깔깔 웃는다. "아냐." 그녀가 말한다. "넌 그냥 내 드레스에만 집중해. 괜찮으면 들러리 드레스는 그렉과 내가 살게."

밖에서 아빠가 움직이는 소리가 들린다. "아빠 좀 보고 올게." 내가 말한다.

"나도 이제 가야겠다." 베스가 말한다. "그렉이 곧 집에 돌아올 시간이야."

나는 그렉에게 밀려난 것에 서운해하지 않으려 애쓴다. "그래." 내가 대답한다. "디자인 수정하고 싶은 부분 있으면 알려줘. 모레까지면 충분할까?"

"응, 좋아." 베스가 스케치를 집어 들고 조심스럽게 반으로 접어 가방에 넣는다. "마이클 오빠한테 가족 얘기 물어봐." 그녀가 말한다. "오빠가 먼저 말해주진 않을 테니까 네가 물어봐야지." 그녀의 말을 들으며 나는 그 말이 옳다는 것을 깨닫는다.

그날 저녁 나는 아빠를 텔레비전 앞에 앉혀두고 오빠의 번호를 누른다. 마리안이 전화를 받는다. 그녀의 이야기에 귀를 기울이며 말하는 어조가 미묘하게 달라지지는 않았는지, 오빠와의 대화에 대해 들었는지 알아보려 하지만, 아무런 낌새도 느껴지지 않는다. 전화를 건네받은 오빠의 목소리에 경계심이 가득하다. 나는 곧장 본론으로 들어간다.

"오빠가 그날 했던 말은 기억하지만 난 더 알아봐야겠어. 아무 일도 없던 것처럼 넘어갈 순 없어. 굳이 꼭 엄마를 찾을지 말지는 아직 모르겠지만 뭐가 뭔지 정리가 필요해. 엄마한테 다른 친척은 없어?" 현재형으로 엄마에 대해 말하는 것이 거의 잘못된 것처럼 느껴질 정도로 낯설지만 그렇게 말하기로 한다.

침묵이 흐른다. 길고 무거운 침묵.

"엄마한테 언니가 있었어." 오빠가 마침내 입을 연다. "이름을 우르술라. 예술가였던 걸로 기억해. 미국에 살고 있었고. 샌프란시스코였던가? 본 적은 없지만 엄마가 종종 얘기했어." 과거형을 쓴다. 그건 오빠 마음이다. 오빠는 엄마에 대한 진짜 기억을 갖고 있다는 사실에 질투가 나지만 애써 감춘다. 오빠는 엄마와의 대화, 엄마의 목소리, 엄마의 냄새까지 기억한다. 반면 나에게는 아무 기억도 없다.

"결혼하기 전 엄마 원래 성은 뭐였는지 알아?" 내가 묻는다.

"켐프." 그가 바로 대답한다.

"난 왜 몰랐지?" 내가 다시 묻는다.

"네가 모르는 게 많아, 카라." 그가 말한다.

오빠의 말이 어떤 의도를 담고 있는지 궁금하던 차에 그가 덧붙인다. "그때 넌 겨우 두 살이었잖아. 엄마가…." 오빠는 입을 다문다. 엄마가 떠났을 때? 오빠가 하려던 말이 그것일까? 엄마가 돌아가셨을 때가 아니라 떠났을 때. 이걸 진전이라고 봐야 할지 모르겠지만 더 묻지 않기로 한다. 천천히, 조심스럽게 접근하는 편이 최선일 것이다. 적어도 오빠는 피하지 않고 엄마에 대해 나에게 말해주고 있다. 괜히 몰아붙였다가 마음을 닫게 만들고 싶지 않다.

"엄마한테는 친구도 하나 있었어." 오빠가 아까보다 자신 없는 목소리로 말을 이어간다. "아빠가 일하러 가면 낮에 항상 그 여자가 집에 와 있었어. 난 그 여자가 싫었고."

엄마가 아직 살아 있다면 분명 누군가에게는 자신의 행방을 알려주었을 것이다. 엄마의 가장 친한 친구야말로 내가 찾던 실마리일지도 모른다. 심장이 빠르게 뛴다.

"그 친구라는 여자 이름 혹시 기억해?"

다시 침묵이 이어진다.

"아니." 오빠가 주저하며 대답한다. "너무 오래전 일이라서."

"어떤 사람이었는데?" 나는 도움이 될 만한 단서라도 얻고 싶어 필사적으로 묻는다.

"잘 기억은 안 나. 머리가 길고 까맸어. 머리카락이 집 안 곳곳에서 나왔거든. 그리고 팔에 유니콘 문신이 있었어. 그 시절엔 문신 있는 사람이 흔치 않아서 좀 특이해 보였지."

전화기 너머로 마리안이 통화가 얼마나 더 걸리는지 묻는 소리가 들린다. "미안, 카라." 그가 말한다. "이제 가야겠다. 자라가 학교에서 연주회를 하는데 지금 안 가면 늦을 것 같네."

"괜찮아, 신경 쓰지 마." 내가 말한다. "자라한테 잘하라고 전해줘. 나중에 또 전화할게."

"그래. 잘 지내고." 그가 전화를 끊는다.

아빠가 잘 있는지 문틈으로 살짝 들여다보니 의자에 앉은 채 곤히 잠들어 있다. 나는 곧장 컴퓨터 앞으로 돌아가 검색 사이트를 연다. 이제 엄마의 성을 알게 되었으니 앤 켐프라는 이름과 엄마가 태어난 해인 1959년을 함께 검색한다. 출생신고서가 나올 것이다. 그런데 익숙한 붉은 글씨가 뜬다. '검색 조건과 일치하는 결과를 찾을 수 없습니다.' 어떻게 이럴 수 있지? 사망진단서도 없더니 이번에는 출생신고서도 없다.

20장

애니, 1984년

애니는 청소기의 전원플러그를 뽑고 전선이 흘러내리지 않게 손잡이에 가지런히 감은 뒤, 방 안을 마지막으로 훑어본다. 다른 사람의 눈에 방이 어떻게 보일지 궁금하다. 카펫이 조금 낡긴 했지만 해지지는 않았고, 마이클이 잉크 카트리지를 밟아 생긴 얼룩도 커피 테이블을 옮겨 가려두었다. 애니도 조도 얼룩이 있다는 것을 알고 있지만, 바닥을 기어다니지 않는 한 바브스는 절대 알아차리지 못할 것이다.

애니는 집에 장식용 쿠션이 없어서 아쉽다. 요즘 그런 쿠션이 유행이라고 한다. 병원 대기실에서 잡지를 읽다가 알게 된 내용이다. 잡지가 거의 1년 전 것이었으니 이제는 집집마다 쿠션 세트가 있을 것 같다. 조에게 가볍게 그 이야기를 해보았지만, 그는 콧방귀를 뀌고는 원래 있던 쿠션이 뭐가 문제냐며 불필요한 사치라고 했다. 애니는 시장에서 자투리 천을 사다 쿠션을 직접 만들겠다고 하려다 그의 표정을 보고 입을 다물었다. 만일 장식용 쿠션을 장만할 수 있었다면, 해처럼 화사한 노란색이라면 예뻤겠지.

모든 것이 제자리에 있는 것을 확인한 애니가 서둘러 부엌으로 달려간다. 부엌에는 두 사람이 차를 마실 수 있도록 준비해둔 쟁반이 놓여 있다. 찻주전자, 머그잔, 우유병, 설탕 그릇, 차에 곁들일 비스킷 네 개가 담긴 접시. 쟁반을 미리 준비해놓은 게 이상해 보일까? 그리고 비스킷이 네 개뿐인 게 좀 인색해 보이려나? 그녀는 비스킷 통에서 한 봉지를 꺼내 비스킷 두 개를 더 놓는다. 이제는 접시가 너무 가득 차 보인다. 하나를 다시 뺀다. 홀수 개가 더 자연스러워 보이고, 쟁반을 미리 내놓은 것도 당연히 괜찮다. 그녀가 너무 깊이 생각하는 것이다.

애니가 고개를 갸웃하며 귀를 기울이지만, 위층에서는 아무 소리도 들리지 않는다. 카라가 낮잠을 오래 자게 하려고 점심 후에 조금 더 깨어 있도록 했다. 나중에 재우기가 더 힘들어지겠지만 오늘은 조가 퇴근 후 당구를 치러 가는 날이라 그는 모를 것이다. 바브스가 제시간에 오기만 하면, 유치원에 마이클을 데리러 가기 전까지 한 시간 반 정도는 여유가 있으리라 생각한다.

바브스에게도 유치원에 다니는 아들이 있는데, 마이클보다 어리지만 훨씬 시끄럽다. 그리고 초등학교 2학년인 첫째 마틴도 있다. 그 두 아이는 특히 마이클이나 카라에 비하면 정말 다루기 힘들지만, 아무리 아들들이 말을 안 들어도 바브스는 눈을 말똥말똥하게 뜨고 '남자애들이 다 그렇지 뭐'라며 대수롭지 않게 넘긴다. 그 말 하나로 모든 것이 정당화된다는 양 말이다.

애니는 남자아이라는 이유로 꼭 그렇게 떠들썩하고 버릇없어야 하는 건지 이해되지 않는다. 마이클은 절대 소파 위를 뛰거나 벽에 낙서를 하거나 진흙과 과자 부스러기를 온 집 안에 흘리고 다니지 않는다. 정말 당치도 않다! 하지만 애니는 친구의 그런 모습이 부럽기도 하다. 애니가 결코 흉내 낼 수 없는 대담함과 자유로움이 느껴지기 때문이다. 그녀는 카펫 얼룩에 신경 쓰지 않고 아이들의 행동을 의식하지 않아도 되는 삶이 어떤 느낌일지 상상한다. 무척이나 홀가분할 것 같은데, 겨우 그 정도로 해방감을 느끼는 것은 아마 그녀뿐일 것이다. 바브스는 다르겠지. 애초에 얽매여본 적이 없으면 해방될 일도 없으니.

문을 세게 두드리는 소리에 애니가 깜짝 놀란다. 꼬리를 물고 이어지던 생각이 뚝 끊어진다. 잠시 서서 심호흡을 몇 번 한 다음, 치마를 쓸어내려 정돈한 뒤 문을 열러 간다. 바브스가 고불고불 말린 리본으로 장식된 줄무늬 상자를 들고 활짝 웃으며 현관 앞에 서 있다.

"간식 좀 챙겨 왔지!" 바브스는 애니 옆을 지나 복도로 들어선다. 애니는 부엌 접시에 놓인 초라하고 볼품없는 비스킷을 떠올린다. 바브스가 보기 전에 얼른 비스킷을 치워야겠다고 생각하지만, 그녀는 이미 부엌으로 가서 주전자에 물을 받고 있다. 그녀는 바브스를 따라 부엌으로 향한다.

"앉아 있어." 그녀가 들어서자 바브스가 말한다. "너 완전 피곤해 보여, 애니. 카라는 아직도 밤에 깨? 그냥 좀 울게 둬야 한다니까. 계속 그렇게 달래주면 애가 스스로 잠드는 법을 못 배운다."

"나도 알아." 애니는 바브스가 자연스럽게 이것저것 챙기는 모습에 고마움을 느끼며 대답한다. "근데 카라가 울면 조가 깨니까. 그 사람 잠이 부족하면 힘들어하는 거 알잖아. 제대로 못 자면 회사에서 계산이 안 된다면서 결국 우리 손해래. 카라도 언젠간 혼자서 자겠지."

"그렇게 계속 받아주면 절대 못 할걸." 바브스가 말한다. "이 컵 써도 돼?" 바브스는 애니가 가지런히 정리해둔 쟁반을 아무렇지 않게 흐트러뜨린다. "커스터드 타르트를 가져왔는데 입맛에 맞을지 모르겠네."

애니는 사실 도넛을 더 좋아하지만, 뭐든 조가 즐겨 먹는 비스킷보다는 낫다. "너무 좋지." 그녀가 미소 지으며 말한다.

"사실 방금까지 네 얘기 중이었어." 바브스가 찻주전자는 손도 대지 않고 물을 주전자에서 바로 컵에 따르며 말한다. "마틴네 반 엄마들이 저녁에 한번 모이자고 하고 있거든. 너도 혹시 관심 있을까 해서. 나 빼고 다 모르는 사람이겠지만 다들 참 괜찮아. 그리고 9월에 마이클이 학교 들어가면 어떨지 미리 들어볼 수도 있고."

바브스가 타르트 상자의 리본을 풀며 등을 돌리고 있는 덕분에 애니는 잠시 고민할 시간을 번다. 하지만 충분하지 않다. 애니가 여전히 대답을 고르는 사이 바브스가 몸을 돌려 그녀를 빤히 쳐다본다. "응?" 그녀가 상자를 식탁 위에 놓으며 묻는다. "어떻게 생각해?"

애니는 쉽사리 입을 떼지 못한다. 걱정거리가 한둘이 아니다. 조한테 애들을 맡길 수 있을까? 술값은 어디서 나지? 입을 옷도 없는데 어쩌지? 온갖 질문이 머릿속을 빙빙 돌다가 이내 변명거리들이 그 자리를 대신한다. "그날 시간이 될지 모르겠어." 애니가 얼버무리듯 대답한다.

"아직 날짜도 얘기 안 했잖아!" 바브스가 웃자 애니는 바로 민망해진다.

"아니, 그게 아니라 밤에 나가기가 좀 그래. 애들도 있고…." 그녀는 말끝을 흐리며 그대로 넘어가길 바란다.

"우리도 다 애 키워. 그러니까 더더욱 나가야지. 넌 남편도 있잖아. 없는 사람도 많은데. 몇 시간 정도는 봐주겠지. 너도 숨 좀 돌려야 하지 않겠어?"

"글쎄, 잘 모르겠네." 애니가 말한다. 속이 꼬이는 것 같다. 혹시 얼굴이 빨개졌나? 애니는 어떻게든 화제를 바꾸려 하지만 소용없다. 허둥대지 말고 이야기를 좀 더 주의 깊게 들었더라면 그럴듯한 핑계를 떠올릴 수도 있었을 것이다. 이대로라면 바브스는 애니가 사람들과 어울리기 싫어하거나, 자신을 별로 좋아하지 않거나, 아니면 둘 다라고 생각할 게 분명하다.

바브스가 애니에게 같이 나가자고 한 게 이번이 처음은 아니다. 지난번에는 애니가 언급했던 영화를 같이 보러 가자고 했었다. 그때 카라가 젖병을 쓰고 있었기 때문에 애니는 아무 문제 없을 거라 생각했다. 나가봤자 두 시간 남짓, 길어야 세 시간 정도일 것이다. 시간만 잘 맞추면 카라는 자고 있고 마이클도 얌전히 잠자리에 들 것이다. 하지만 조는 생각이 달랐다. 애니는 설거지를 마무리하면서 가볍게 그 이야기를 꺼냈다. 조가 다른 사람을 집에 들이는 걸 싫어해서 아이들이 태어난 뒤로 그들은 거의 외출하지 않았다.

한번은 친정 엄마에게 부탁하자고 했지만, 조는 잠시 고민하는 척하다가 이내 미간을 찌푸리며 천천히 고개를 저었다. 애니는 각자 따로 나가면 이 문제가 해결될지도 모른다고 생각했다. 어쨌든 베이비시터가 올 필요도 없고 조도 매주 한 번은 나가니까. 그러나 그녀가 말을 꺼내자 조는 또다시 얼굴을 찡그렸다.

"그거 참 좋은 생각이긴 해." 그가 다정하면서도 걱정스러운 목소리로 말했다. "그런데 카라는 아직 혼자 두기엔 너무 어리지 않나? 애가 얼마나 당신한테 매달리는지 알잖아. 처음부터 좀 더 단호하게 대했으면 모를까. 당신이 화장실만 가도 엄마를 그렇게 찾는데 아직 영화관은 무리야."

그게 끝이었다. 그는 다시 읽고 있던 경마 신문으로 시선을 떨구었고, 애니는 나갔다 오겠다고 말한 자신이 부끄러워졌다. 그 일 이후로 애니는 한 번도 집안일에서 잠시나마 해방되고 싶다는 말을 꺼내지 않았다.

애니는 바브스가 여전히 기대 어린 눈빛으로 자신을 보고 있음을 알아차린다. 별로 가고 싶지 않다고 말하든가, 적당한 이유를 빨리 생각해내지 않으면 이제 상황이 더 어색해질 것이다.

"솔직히 말하면 내가 술을 잘 못 마셔서." 그녀가 손가락으로 결혼반지를 만지작거리며 말문을 연다. 그리고 바브스가 자신이 말도 안 되는 소리를 한다는 걸 눈치채고 기분 상할 것이라 생각하면서도 태연하게 말을 잇는다. "밤에 나가서 노는 건 나랑 좀 안 맞는 것 같아." 거짓말이 입에서 흘러나오자 애니의 볼이 화끈 달아오른다.

"괜찮아. 미리 말하지 그랬어. 그냥 생각나서 한번 말해본 거야. 그 커스터드 타르트 하나만 줄래? 배고파죽겠다."

바브스가 타르트를 먹으며 아이들 이야기를 늘어놓지만 애니는 정신이 딴 데 가 있다. 너무 성급했던 걸까? 조가 괴물은 아니잖아. 어떤 자리인지 잘 설명하면 한두 시간쯤은 애들을 봐주지 않을까?

"조한테 한번 물어볼 수 있을지도?" 애니가 갑자기 바브스의 말을 끊고 불쑥 말한다.

바브스가 순간 당황한 표정을 짓는다. "아, 모임?" 그녀가 확인하듯 묻는다. "뭐, 언제든 환영이야."

"내 말은, 난 그냥 콜라나 그런 거 마시면 되니까." 애니가 계속 말하지만 사실 혼잣말에 가깝다. 그녀도 이제 한번쯤은 외출을 할 자격이 있다. 너무 오랫동안 집에만 있었다. 조도 이해할 것이다. 그가 매주 나가도 한 번도 불평한 적 없다. 돈도 좀 달라고 해야겠다. 콜라 두어 잔으로 파산할 리 없지 않은가.

애니는 생각만으로도 가슴이 설렌다. 무엇을 입을지는 그때 가서 고민하면 된다. 바브스는 여전히 떠들고 있지만 그녀가 하는 말이 귀에 잘 들어오지 않는다. 카라를 깨우고 마이클을 데리러 갈 때쯤이 되자, 애니는 이미 모든 계획을 머릿속에 그려두고 있다.

21장

카라, 2017년

죽었다 살아난 부모를 발견하면 어떻게 해야 하는 걸까? 그런 상황에 대한 도움말은 존재하지 않는다. 머리를 식히기 위해 강가를 따라 산책한다. 마지막까지 남은 잎사귀들이 가까스로 나무에 매달려 있다. 첫 서리가 오면 우수수 떨어지겠지만 지금은 계곡으로 불어오는 바람에 살랑인다. 커다란 왜가리가 방심한 먹이를 노리며 한쪽 다리로 우뚝 서 있다.

이제 무엇을 해야 할지 판단이 서지 않는다. 내가 안다고 생각하는 모든 것이 머릿속에서 뱅글뱅글 돌아 어느 하나도 똑바로 보지 못하는 것 같다. 더 이상 감당할 자신이 있는지 모르겠다. 적어도 아직은 아니다. 엄마가 죽지 않았다는 것만으로도 벅찬데, 나머지는 또 어떻게 감당하지? 엄마는 엽서에 우리가 소중하다고 적었지만, 결국 다 읽은 소설책처럼 두고 갔다.

엄마 인생에 우리보다 훨씬 마음을 끄는, 너무나 유혹적이어서 도저히 참을 수 없는 무언가가 새로 나타났던 걸까? 어쩌면 모성애가 그리 강하지는 않았을지도 모른다. 임신했다고 해서 꼭 좋은 엄마가 된다는 보장은 없다. 그러면 마이클까지만 낳고 끝내지 왜 나까지 낳았을까? 우리가 키우기 너무 힘든 아이들이었던 건지, 아니면 엄마가 상상한 완벽한 자녀의 모습에 우리가 미치지 못했던 건지 궁금하다. 어쩌면 둘 다였을 수도 있다.

어떻게 보든 두 가지 가능성이 있는 것 같다. 엄마가 떠나게 만든 무슨 일이 벌어졌든지, 혹은 더 현실적으로는 그냥 우리를 원치 않았든지. 이 부분이 나에게 가장 중요한 문제다. 엄마는 한눈이 팔린 걸까, 아니면 단순히 실망한 걸까. 어느 쪽도 그다지 달갑지 않다.

좁은 산책로에서 헤드폰을 끼고 개를 산책시키던 사람과 어깨를 부딪친다. 미소를 지어보지만 상대는 눈길조차 주지 않는다. 세상이 언제부터 이렇게 팍팍해졌지?

문제는 엄마가 왜 떠났는지뿐만이 아니다. 아빠는 또 어떤가? 나를 속이고 또 속이며 내 평생 동안 이런 터무니없는 거짓말을 이어 왔다. 혹시 우리를 위해 거짓말을 할 수밖에 없었던 것은 아닐지 아빠를 이해하려 노력해본다. 하지만 이렇게 중요한 것까지 속였다면 다른 말들이라고 어떻게 믿을 수 있을까. 내가 정말 수두를 앓았을까? 내 턱에 남은 흉터가 정말 자전거에서 떨어져서 생긴 걸까? 내가 모르는 형제자매가 또 있진 않을까? 이런 생각을 하면 할수록 인생 전체가 균형을 잃고 불안하게 흔들린다. 하늘로 끝없이 떠오르며 흘러가는 헬륨 풍선처럼 아무도 나를 잡아주지 않는다.

엄마 문제를 빼면 이제 P 선생님이 도와주는 덕분에 내 삶은 꽤 안정적이다. P 선생님 없이 내가 어떻게 버텼는지 모르겠다. 그녀가 함께 있는 것만으로도 일상이 한층 차분해진 느낌이다. 게다가 집도 바뀌었다. 창문 청소를 안 하느니만 못했던 시절은 이제 끝이다. 천장에 살던 커다란 거미들도 사라졌고, 현관의 체크무늬 타일이 그렇게 반짝일 수 있는지 예전엔 미처 몰랐다.

어느 날 욕실에서 P 선생님이 무릎을 꿇고 바닥 타일 사이 줄눈의 곰팡이를 제거하고 있는 모습을 발견한다.

"그만하세요." 내가 말한다.

그녀가 눈이 휘둥그레져서 나를 쳐다본다. "아이고, 미안해요. 집안일에 간섭하려던 건 아닌데." 그녀가 힘겹게 일어서며 고무장갑을 벗는다.

"그게 아니라요." 나는 서둘러 오해를 정정한다. "제 말은, 여기 청소하러 오시는 게 아니니까요. 아빠가 센터 가 있는 동안엔 댁에 다녀오셔도 돼요. 제가 어질러놓은 걸 정리해주실 필요는 없어요."

P 선생님은 안도한 듯 벌어진 이를 드러내며 미소 짓는다. "전 정말 괜찮아요." 그녀가 말한다.

"그렇지만 다른 일은 없으세요?" 내가 묻는다. "여기 안 오시는 날에 다른 집에서도 일하시지 않나요?"

그녀가 고개를 가로젓는다. "업체에 더 이상 근무 시간을 늘리고 싶지 않다고 했어요. 그러면 혹시 조정이 필요하실 때 맞춰드릴 수도 있잖아요. 그리고 집에서는 딱히 할 일이 없어요."

잠시 그녀의 가족이 궁금해진다. 남편이 있으리라 짐작했지만 아닐 수도 있겠다. 꼬치꼬치 캐묻는다고 생각할까 봐 물어보지 않는다. 어쨌든 여기서 나와 함께 시간을 보내고 싶어 한다는 게 내심 기쁘다.

"그럼 마음껏 청소하셔도 돼요." 내가 웃으며 말한다. "정말 상관없으시다면요."

그녀는 다시 미소를 지으며 바닥 청소에 집중한다. 그녀가 이곳을 점점 더 집처럼 편안하게 느끼는 게 보인다. 이제 마실 것을 찾을 때 허락을 구하지 않고, 초인종을 누르지 않고도 자연스럽게 들어온다. 이런 행동이 선을 넘는다고 느낄 수도 있겠지만 나는 오히려 정말 가족끼리 사는 것처럼 집이 더 생기 있고 따뜻해지는 것 같다. 또한 그 덕분에 내가 당장 해야 할 일들, 특히 온갖 악조건 속에서 베스의 웨딩드레스를 완벽하게 만드는 일에 더 집중할 수 있다.

※

다음 날 아침 베스가 전화를 걸어온다. 전화를 받는 순간 그녀의 목소리에서 주저함이 느껴진다. 평소와 같은 활기찬 에너지는 찾아볼 수 없다.

"안녕, 베스." 나는 인사를 하고서 그녀가 무슨 말을 할지 기다린다.

"안녕."

잠시 정적이 흐른다.

"무슨 일 있어?" 나는 대충 짐작이 가면서도 묻는다. "혹시 마음이 바뀌었어? 괜찮아. 다른 데 간다고 해도 기분 안 나빠." 정말 그러면 무너질 것 같지만, 우정을 위해 얼마든지 티 내지 않을 수 있다.

"아냐, 아냐, 그런 건 전혀 아니고." 베스가 급히 말한다. "디자인에 대해 고민이 있어서…."

"그럴 수 있지." 내가 대답한다. "인생에서 가장 중요한 드레스잖아. 내가 아무리 예술적으로 뛰어나도 첫 스케치 그대로 갈 수는 없지." 그녀의 긴장이 조금씩 풀리는 소리가 나는 것 같은 착각이 든다. "자, 그래서 부분적으로 고칠 게 있는 거야, 아니면 전체적으로 디자인을 다시 할까? 이런 신부들 많아." 디자인에 대한 의견을 얼마든지 말해도 괜찮고, 나는 전혀 상처받지 않을 것임이 전해지길 바란다.

"그럴 리가. 그냥 뒤쪽에 천을 좀 더 대면 어떨까, 그리고 소매도 달면 좋지 않을까 생각했어."

"좋아." 수정된 디자인이 머릿속에 벌써 떠오른다. "주름을 안 잡고 등을 덮으면 소매도 넣을 수 있어. 어깨까지 덮는 캡 소매, 7부 소매, 아니면 아예 긴 소매 중에 어떤 게 좋아?"

"잘 모르겠어." 그녀가 말한다. "네 생각은 어때?"

"네가 원하는 대로 해야지." 내가 말한다. 뭔가 수상하다.

"음, 나는 캡 소매가 예쁘지 않을까 생각했는데 그렉은…." 베스의 입에서 그의 이름이 나와버렸다. 다시 주워 담을 수 없다.

"설마 드레스 디자인을 보여준 건 아니겠지?" 입이 절로 움직인다. "결혼식 전에 신랑이 드레스를 보면 안 좋다는 거 알지?"

"내가 보여준 거 아니야." 베스가 성내며 말한다. "그냥 그렉이 우연히 찾은 거야."

"우연히 찾았다니? 식탁 위에 올려두기라도 했어?" 잠시 아무 말이 없다. 베스가 솔직히 말할지, 그렉을 감쌀지

갈등하는 것이 느껴진다. 결국 그녀가 어떻게 된 일인지 고백하기로 마음먹자 내가 이긴 것처럼 느껴져 내심 기쁘다.

"내 가방 안에서 발견했어." 그녀가 풀이 죽은 목소리로 말한다.

"네 가방은 왜 보고 있었는데?" 내가 묻는다. "그렉 씨가 네 물건을 자주 뒤져?"

"뒤지고 그러는 건 아니야. 그냥 내 차 키를 찾으려던 건데 마침 가방에 그게 있었던 거지."

"반으로 접혀 있었고, 얼핏 봐도 차 키랑은 거리가 멀잖아." 내가 반박한다.

"어쨌든 찾은 건 찾은 거야. 그리고 찾게 됐으니까 당연히 자기 의견도 있는 거지." 베스가 날카롭게 쏘아붙인다.

"그렇다고 해도 의견을 낼 권리는 없어." 내가 화를 숨기지 못하고 말한다. "이 드레스는 오롯이 널 위한 거야. 네가 이 드레스를 좋아하고, 이 드레스를 입고 행복해할 거라면 그렉 씨도 마음에 들어 해야지."

"그런데 마음에 안 든다잖아."

그녀의 목소리가 격앙되기 시작해 나는 다독이듯 부드럽게 말한다. "그래…."

"그리고 어차피 그렉이 마음에 안 들어 하면 나도 기분이 좋을 수 없어. 무슨 말인지 알지, 카라?"

"그럼." 내가 말한다. "하지만 네가 원하는 방향으로 가야

해. 이 드레스는 네 거고 그렉 씨가 사랑하는 것도 바로 너니까."

전화기 너머에서 베스가 깊은 한숨을 쉰다. "결혼식이지 파티가 아니잖아." 그녀가 다시 힘 있는 목소리로 말한다. "교회에서 결혼하진 않아도 신부처럼 보여야지. 지금은 뒤쪽이 너무 파였어."

어제 일은 없던 게 된 것 같다. 처음 내 디자인을 봤을 때 그녀가 얼마나 감동했는지, 등과 허리 곡선을 얼마나 아름답게 드러내줄지 상기시키고 싶지만, 무슨 의미가 있겠는가. 그때의 마법은 이미 깨진 것을. 이제부터 이야기하는 대로 다시 얼른 작업해서 다음 단계로 넘어가야 한다.

"음, 내가 보기엔 두 가지 방법이 있어." 내가 생각을 정리하며 말한다. "일단 이 드레스에 소매를 달고 등이 덜 보이게 수정할 수도 있지만, 그러면 디자인이 조금 어그러져서 생각만큼 예쁘게 안 나올 수도 있어." 잠시 멈춰 그녀가 생각할 시간을 준다. 그리고 다시 말을 잇는다. "아니면 아예 처음부터 다시 시작해서 소매가 있고 등이 파이지 않은 디자인을 새로 만들 수도 있고. 차라리 그게 더 나을지도 몰라." 조심스럽게 내 의견을 덧붙인다.

내가 처음 구상한 드레스는 이미 손쓸 수 없을 정도로 망가졌다. 아무리 수정해도 만족할 만한 결과가 나오지 않을 것이다. 하지만 베스가 결정해야 할, 베스의 웨딩드레스다.

"다시 시작할 시간이 있을까?" 그녀가 묻는다.

"당연하지!" 내가 말한다. '안 돼!' 동시에 마음속으로 외친다. "그렇지만 서둘러야 해. 오늘 근무가 언제야? 잠깐 들러서 같이 정할 수 있어? 잡지도 아직 다 있고 다른 괜찮은 아이디어들도 있는데."

베스가 오후에 와서 작업을 다시 시작하기로 한다.

"이번에는 디자인 스케치는 우리 집에 두고 가. 혹시 모르니까." 나는 웃으며 말하지만 전혀 웃기지 않다. 정말 전혀.

22장

 나는 모든 걸 통제하려는 그렉의 성향이 우려되지만, 베스와 드레스를 새로 디자인하며 그 문제에 대해서는 입을 다문다. 베스는 바보가 아니다. 자신이 어디에 발을 들이고 있는지 잘 알고 있을 것이다. 이번에도 그녀는 결과에 만족하고, 나는 더 이상 시간을 지체하지 않고 그 자리에서 바로 피팅용 무명천을 재단한 뒤 즉시 작업에 착수한다.

 내 가장 친한 친구가 결혼한다면 어떤 꽃집을 고를지나 샴페인에 곁들일 안주는 무엇이 좋을지를 두고 끝도 없이 논의하게 될 줄 알았다. 그러나 그런 건 거의 없다시피 하다. 그렉이 터무니없이 촉박하게 일정을 잡은 탓에 여유로운 고민은 사치가 되었다. 그보다는 각자 자기 목표를 향해 앞만 보고 달려가는 것 같다. 친구의 결혼 준비가 내 상상과는 너무도 자주 어긋나 아쉽지만 달리 방법이 없다.

드레스를 만드는 것 외에 내게 가장 큰 이벤트는 들러리 드레스 쇼핑이다. 총 세 명의 드레스를 골라야 한다. 나, 그리고 화동이 될 그렉의 두 조카들이 입을 드레스가 필요하기 때문이다. 베스가 문자로 시간과 장소를 알려주고, 나는 무엇이든 그녀가 원하는 대로 입을 생각으로 그녀를 만나러 나간다. 정말 어떤 것이든 상관없다. 베스가 원한다면 마대 자루라도 입을 수 있다.

물론 그녀는 내게 부드러운 연녹색 새틴 소재로, 하트 모양의 네크라인과 잘록하게 잡힌 허리선이 돋보이는 세련되고 고급스러운 드레스를 골라준다. 소매는 팔꿈치 바로 아래까지 오고, 치맛단은 종아리 길이로 떨어진다. 나는 베스, 그녀의 어머니, 그리고 점원과 함께 작은 가게의 거울 앞에 서 있고, 모두 드레스가 얼마나 예쁜지, 또 그 색깔이 내 머리색과 피부 톤에 얼마나 잘 어울리는지 칭찬한다. 맞는 말이다. 나조차도 이 드레스가 흠잡을 데 없이 완벽하다는 것을 알 수 있다. 단 한 가지만 빼고.

나는 베스의 어머니가 내 손을 보고 있는 것을 알아챈다. 예의를 차리느라 노골적으로 쳐다보지는 않아도 자꾸만 그녀의 시선이 우글쭈글한 흉터로 향하는 것이 느껴진다. 얼른 손을 휙 치워버리고 싶지만 숨길 데가 없다. 베스도 어머니의 시선을 느꼈는지, 내 뒤편 거울에 그들이 무언의 대화를 나누는 것이 비쳐 보인다. 베스의 어머니가 눈썹을 치켜올리고, 베스는 인상을 쓰며 고개를 젓는다.

나는 지금껏 살아오면서 당혹스러운 일에 대처하는 가장 좋은 방법은 정면으로 부딪치는 것임을 배웠다. "장갑을 끼는 건 어때요?" 내가 제안한다. "결혼식이 12월이잖아요. 긴 새틴 장갑을 끼면 어울릴 것 같아요."

어색할 뻔한 순간이 매끄럽게 넘어가자 베스의 어머니는 안도하는 것 같다. 하지만 베스는 고개를 젓는다.

"소매 길이랑 안 맞을 것 같아 지금 이대로가 좋아."

베스의 어머니는 반박하려다 경직된 분위기를 감지하고 말을 삼킨다. 신부 들러리의 손에 보기 싫은 흉터가 있어 사진을 망칠 것 같다는 말을 차마 면전에 대고 할 수는 없다.

"난 상관없어." 내가 상황을 악화시키지 않으려 조심스럽게 말한다. "베스 네가 좋을 대로 할게."

"난 장갑 안 끼는 게 좋아." 베스가 못 박자 대화는 그렇게 끝이 난다. "너무 예쁘다, 정말." 그녀가 덧붙인다.

그녀가 내게 보내는 미소가 너무나 환하고 따뜻해서 나는 그 미소를 마음 깊이 간직한다. '고마워, 베스.' 나도 최대한 웃는 얼굴로 화답한다.

한편, 더 큰 난관은 조카들의 엄마이자 그렉의 누나인

잰시를 만족시키는 일이다. 에반젤린과 피비는 크고 파란 눈에, 등에 닿을 만큼 길고 곧게 뻗은 금발 머리를 한 사랑스럽고 앙증맞은 아이들이다. 드레스를 입어보라는 말에 투정 한마디 없이 따르고 거울 앞에서 빙글빙글 돌며 뒷모습을 보려고 안간힘을 쓴다.

"베스 숙모, 우리 하이힐 신으면 안 돼요?" 아이들이 입을 모아 외친다. "네? 제발요." 말끝을 길게 빼며 계속 조른다. 베스가 장난스럽게 윙크하자 그들은 다시 한번 제자리에서 뛰고 빙빙 돌며 신나한다. 아이들의 드레스도 내 것 못지않게 예쁘다. 베스는 내 드레스와 비슷한 연녹색의 새틴 리본이 허리에 둘러진 아이보리 오간자 드레스를 골랐다. 아이들에게 무척 잘 어울리는 드레스인데도 조금 떨어진 곳에 서 있는 잰시는 못마땅한 듯 고개를 절레절레 흔든다. 베스도 나도 모른 척하자 잰시가 답답하다는 듯 크게 한숨을 쉰다.

"정말 예쁘네요." 그녀가 말과는 다르게 표정을 찌푸린다. "그럴 수밖에 없죠. 우리 애들이 워낙 예쁘니까요." 잰시는 우리가 그 말에 동의하기를 기다리듯 잠시 멈춘다. 베스는 열정적으로 고개를 끄덕이지만 나는 아무 반응도 보이지 않는다. "그런데 솔직히 드레스는 좀 아쉽네요."

내가 귀를 의심하며 베스를 대신해 한마디 하려던 찰나, 베스가 먼저 걱정스러운 얼굴로 잰시에게 말한다. "왜요,

잰시? 무슨 문제라도 있어요? 엄마, 애들 너무 사랑스럽지 않아요?"

베스의 어머니는 어깨를 곧게 펴고 핏기 없는 입술이 가느다란 선처럼 보일 정도로 꽉 다문다. 그녀가 고개를 끄덕이지만 잰시는 눈길조차 주지 않는다.

"그야 그렇죠." 잰시가 겸손한 기색 하나 없이 대꾸한다. "하지만 초록이라니요?" 그녀는 조금 전 딸들이 베스에게 조를 때 했던 것처럼 말끝을 길게 뺀다. "딱히 어린애들한테 어울리는 색은 아니지 않나?"

나는 할 말을 잃는다. 어차피 내가 나설 자리가 아니라 차라리 다행이다.

"음, 초록이 결혼식 테마 색깔 같은 거라서요." 베스가 말한다. "꽃들도 전부 아이보리랑 초록색이고 그렉이 입을 조끼랑 부토니에도 녹색 계열이에요." 그녀가 설명을 덧붙인다.

베스가 무언가 잘못한 사람처럼 자기 선택에 대해 변명하듯 말하는 것을 듣고 싶지 않다. 베스가 자기 결혼식을 위해 어떤 색을 고르든 그게 잰시와 무슨 상관이란 말인가. 하지만 잰시의 생각은 다르다.

"크리스마스 결혼식이라고 해서 빨강이나 적어도 금색을 쓸 줄 알았죠." 잰시가 말을 잇는다. "그런데 초록색이라니요? 별로 축제 분위기는 아니잖아요."

사실 나도 지금 베스가 계획하는 것보다는 훨씬 크리스마스 분위기를 낼 줄 알았다.

"음, 빨강도 고민은 해봤지만 저랑은 좀 안 어울려서요." 베스가 살짝 머뭇거리며 말한다.

거짓말이다. 베스는 빨강을 포함해 어떤 색이든 멋지게 소화한다. 그제서야 모든 게 이해된다. 이번에도 그렉이 개입한 것이다. 베스는 잰시의 눈을 피하지 않지만, 약혼반지를 어찌나 초조하게 만지작거리는지 손가락 피부가 쓸릴까 걱정된다.

"오히려 빨강이 잘 받지 않아요?" 잰시가 맞받아친다. "애들도 빨강 리본에 빨강 구두를 신으면 예쁠 것 같은데."

"이제 와서 테마를 다 바꾸긴 좀 늦은 것 같아요." 장갑과 관련해 베스가 나를 도와주었던 것처럼 나도 베스를 도와주기 위해 끼어든다. "그리고 초록색도 아이들한테 너무 잘 어울리는걸요."

"흠." 잰시가 코웃음을 치자 나도 모르게 주먹이 불끈 쥐어진다.

베스는 몸을 약간 곧추세우고 침을 꿀꺽 삼킨다. "그렉과 상의해서 초록색으로 고른 거예요. 그렉 말이 특히 크리스마스에 빨강은 좀 촌스러워 보이고 초록이 훨씬 세련됐대요. 저도 그렇게 생각하고요." 그녀가 더 할 말 있냐는 듯 양손을 허리에 올리고 서서 잰시를 똑바로 바라본다.

잰시는 그 말을 불쾌하게 받아들일지 말지 망설이는 표정으로 고개를 비스듬히 기울인다. 나는 그녀가 반박할 것이라 생각하지만 곧 그녀가 한발 물러난다. "뭐, 그럴 수도 있겠네. 크리스마스 결혼식 테마로 빨강은 좀 진부할 수도 있죠." 잰시는 잠시 말을 멈췄다가 덧붙인다. "당연히 둘이 원하는 대로 해야죠. 드레스도 정말 귀엽고요."

 베스가 고개를 끄덕인다. "애들도 예쁘고, 카라 너도 예뻐." 그녀는 그 말로 대화를 마무리 짓는다. "자, 이제 신발 한번 볼까?" 그녀가 말하자 아이들은 또다시 환호성을 지른다.

 나는 베스와 눈을 마주치려 하지만 그녀는 모든 관심을 꼬마 화동들에게 쏟고 있다. 잰시와의 대화로 마음에 약간 상처를 입은 듯하다.

 베스가 드레스값을 치르는 사이 잰시와 아이들이 가게를 나간다. 나는 집에 가는 길에 한잔하자고 제안한다. 베스가 시계를 흘끔 보고 입술을 깨물지만 곧 마음을 정한다. "그래. 딱 한 잔만 하고 바로 가는 거야." 그러고는 그렉에게 문자를 보내는 듯 휴대폰을 만진다. 혹시 이 문제가 우리 사이에 민감한 주제가 되는 건 아닐까 걱정이 된다.

 우리는 바로 근처 와인 바로 향한다. 아직 한낮인데도 놀라울 만큼 붐빈다.

"자리 잡고 있어." 내가 말한다. "주문하고 올게. 뭐 마실래? 다이어트 콜라라고 하면 우리 우정 끝나는 거야."

베스가 힘없이 미소 짓는다. "화이트 와인 한 잔? 좀 드라이한 걸로."

나는 한 손에 와인 잔 두 개를 들고, 와인 한 병을 얼음통에 담아 테이블로 가져온다.

"카라!" 베스가 나를 보고 외친다. "한 잔이라고 했지, 아예 자리 잡고 논다고는 안 했잖아."

"아는데 우리 정말 오랜만에 제대로 보는 거잖아. 한 잔이든 세 잔이든 무슨 상관이야?"

베스는 뭔가 더 말하려다 결국 입을 다물고, 내가 와인을 따라주자 쭉 들이켠다.

"맛있다." 그녀가 말하고는 의자에 몸을 기댄다.

"순조롭게 끝났네." 내가 말한다. "드레스가 다 예뻐. 특히 내 거." 그리고 덧붙인다. "고마워."

"정말 그렇게 생각해?" 베스가 이미 물어뜯었던 손톱을 다시 물어뜯으며 묻는다. "나도 예쁘다고 생각했는데 잰시가 뭐라고 하니까…."

"그 사람 말은 신경 쓰지 마." 내가 말한다. "애들 진짜 귀여울 거야. 색도 완벽하고. 어쨌든 네 결혼식인데 자기가 무슨 상관이래?"

"그러니까!" 베스가 용기를 얻은 듯 맞장구를 치며 한 모금 더 마신다. "잰시는 초대받은 것만으로도 감사하게 생각해야 해." 그녀가 장난스럽게 덧붙인다.

"왜?"

"그렉이랑 개 때문에 싸웠거든."

나는 웃음을 감출 수 없다.

"아, 웃지 마!" 베스가 웃으며 말한다. "진짜 아슬아슬했어. 잰시가 개를 한 마리 키우거든. 그렉은 '목줄 맨 쥐'라고 불러."

나는 웃지 않으려고 노력한다.

"시츄야." 그녀의 말에 나는 결국 크게 웃음을 터뜨린다. "코코라고 해. 귀엽긴 하지. 근데 그렉이 개 진짜 싫어하는 거 너도 알잖아."

나는 모르지만 그냥 고개를 끄덕인다.

"코코를 특히 더 싫어해. 그 개가 강아지였을 때 다리를 물린 데다가 짖는 소리가 신경에 거슬리나 봐. 아무튼 잰시는 어딜 가도 개를 데리고 다니니까 결혼식에도 데려가려고 한 거야. 머리에 달 리본 장식이니 리본으로 된 목줄이니 그런 쓸데없는 얘기까지 하고 있었다니까. 그렉이 완전히 폭발해서 결혼식에 개는 얼씬도 못 하게 할 거라고 집에 두고 오라고 했지. 그랬더니 잰시도 코코가 못 가면 자기도 안 간다고 소리를 지르고 난리가 난 거야. 솔직히 진짜 웃기고 황당했어."

"그래도 결국 화해한 거지? 애들이 아직 화동이잖아."

"응. 개는 차 안에 두기로 합의했어. 창문 열고 물을 충분히 주고 말이야. 한 번씩 산책시키러 왔다 갔다 할 거래."

"그렉도 괜찮대?"

"그럭저럭 타협한 거지." 베스의 표정에서 드문 일임을 알 수 있다.

"베스?" 내가 조심스럽게 말을 꺼낸다. "괜찮은 거지? 내 말은, 너 행복한 거 맞지?"

그녀가 어리둥절한 표정으로 나를 바라본다. "그게 무슨 뜻이야? 당연히 행복하지. 꿈에 그리던 남자랑 결혼하잖아. 왜 행복하지 않겠어?"

나는 잠시 멈칫한다. 지금이 아니면 다시는 기회가 오지 않을지도 모른다. 가장 친한 친구로서 나는 확인할 의무가 있다. "그렉이 정말 꿈에 그리던 남자야?" 베스의 눈을 똑바로 보며 묻는다.

그녀는 잠시 아무 말이 없지만, 나에게 화가 난 것 같지는 않아 마음이 놓인다.

"그렉이 누구나 좋아할 스타일은 아니라는 거 알아." 그녀가 말한다. "뭐든 자기가 선호하는 방식대로 하는 걸 좋아하니까. 늘 자기 의견이 있고, 내가 허락하면 내 양말까지도 골라주려 하겠지만 난 그 사람 사랑해. 나를 통제하려고 하는 면도 조금 있는데 그게 내가 좋아하는 부분이기도 해. 그리고 그 사람은 절대 나한테 상처 주지 않을 거야, 카라. 둘만 있을 땐 진짜 공주처럼 대해주거든."

나는 그녀의 말을 믿기로 한다.

집에 도착해서 저녁을 먹으며 와인을 몇 잔 더 마신다. 술이 목구멍을 타고 부드럽게 넘어가면서 정신이 흐트러지는 기분이 나쁘지 않다. 덕분에 삶이 더 안정적인 것처럼 느껴진다. 술을 마신 덕에 내키지 않는 생각을 밀어내지 않고 흐릿하게나마 이어갈 수 있다.

P 선생님이 퇴근하고 아빠가 무사히 잠자리에 들자 나는 작업실로 향한다. 무언가 곰곰이 생각해보지도 않고 인터넷에 접속한다. 그리고 별 생각 없이 구글에 '엄마를 어떻게 찾아야 할까?'라고 검색한다. 페이지에 첫 번째로 뜬 사이트를 클릭한다.

홈페이지에는 웃고 있는 사람들의 사진이 가득하다. 갓난아기였을 때 입양 보낸 아들과 재회하는 여성이 나오는 짧은 유튜브 영상도 있다. 무엇을 어떻게 해야 하는지 확인하기 위해 스크롤을 내려본다. 무료 서비스다. 그냥 정보를 입력하고 메시지를 적은 뒤 '전송'을 클릭하면 된다. 만약 엄마가 사이트에 접속해 있다면 메시지를 보고 답장을 보낼 것이다. 살짝 멍한 상태에서도 꽤 단순해 보이는 절차다. 밖에서 황갈색 부엉이가 높은 나무들 사이로 부엉부엉

울며 제 짝을 찾는다. 아니면 혹시 새끼들을 찾는 걸까?

  미친 짓이다. 한밤중에 아무렇게나 검색해서 나온 사이트로 30년 동안 행방불명이었던 여자를 찾아내려고 하다니. 지금 이건 지푸라기를 잡는 것이나 다름없다. 이 문제는 두 갈래로 나뉘는데 그 두 가지가 머릿속에서 오래된 덩굴줄기처럼 뒤엉켜버렸다.

  정신을 집중한다. 우선, 엄마가 실제로 살아 있는지 확인해야 한다. 온몸의 세포 하나하나가 엄마는 살아 있다고 외치지만, 그것은 객관적인 증거가 되지 못한다. 하지만 엄마가 죽지 않았다는 것을 알아낸다고 해도, 그다음엔 뭘 해야 하지? 나는 엄마를 찾아서 만나고, 어떤 식으로든 관계를 쌓고 싶은 걸까? 머릿속이 텅 빈 듯 아무 생각도 나지 않는다.

23장

애니, 1984년

 심장이 뛰는 소리가 너무 커서 그 외에는 아무 소리도 들리지 않는다. 당황하면 안 된다. 기회는 한 번뿐이다. 다른 것들처럼 망쳐서는 안 된다. 침착하게 머릿속에서 연습한 대로 계획을 실행해야 한다. 시계를 확인한다. 오후 2시 30분이다. 학교에 마이클을 데리러 가기까지 30분이 남았다. 평소처럼 15분 전에 깨우면 카라는 짜증을 내며 울지 않을 것이다. 카라가 칭얼대는 것만큼은 피하고 싶다.

 숨을 고르려 해도 너무 떨려서 날숨이 제대로 나오지 않는다. 몸을 활처럼 팽팽하게 긴장시키고 놓는 순간 튀어 나갈 준비를 한다. 이건 옳은 일이다. 그녀가 노력하지 않은 게 아니라, 정말 온 힘을 다해 노력했지만, 할 수 없다. 못한다. 아무리 해도 괜찮아지지 않을 것이다.

싱크대 아래 찬장, 조는 절대 보지 않을 표백제 뒤에 그녀의 생명줄이 숨겨져 있다. 늘 부족한 생활비에서 간신히 조금씩 빼서 모은 돈이라 많지는 않지만, 없는 것보다는 낫고 그녀에게 기회가 되어줄 것이다. 서둘러 통을 꺼내 내용물을 손에 쏟는다. 돈을 지갑에 넣고 가방 안쪽 깊숙이 밀어 넣는다. 가방은 보통 여자들이 들고 다니는 물건 대신 속옷, 아이들이 좋아하는 장난감, 기저귀, 칫솔로 이미 꽉 차 있다. 딱 눈에 띄지 않을 정도로 가득 차 있다.

유모차는 복도에 있다. 그녀는 짐을 전부 챙겼는지 벌써 100번쯤 다시 확인한다. 들 수 있는 만큼만 가져갈 수 있고, 그마저도 눈에 띄면 안 된다. 곧 남 말하기 좋아하는 사람들 틈에 끼어 운동장에 서 있어야 한다. 조금이라도 방심하면 마이클이 교실에서 뛰어나오기도 전에 모두가 알게 될 것이다.

그녀는 계단을 올라 카라의 방으로 향하며 잘될 거라고 스스로를 다독인다. 계획도 있고 상황이 정리된 후에는 다 괜찮아질 것이다. 큰 소리가 조금 오갈 수도 있겠지만 결국 이게 최선임을 모두가 알게 될 것이다.

카라는 반쯤 어두운 아기방에서 엉덩이를 높이 들고 머리를 한쪽으로 돌린 채 엎드려 있다. 자는 동안 땀을 흘린 탓에 가느다란 금발 머리칼이 머리에 착 달라붙었고 뺨은

화가 난 것처럼 발그스름하다. 곧 다음 이가 날 것이다. 애니가 머리를 쓰다듬으며 축축한 머리카락을 정돈하려 하자, 카라는 잠결에 뒤척이면서도 그 작은 얼굴에 성난 표정을 짓는다. 애니는 카라를 들어 올려 재빨리 품에 안는다. 딸의 머리를 살며시 가슴에 밀착시키고 울음을 터뜨리지 않도록 달랜다. 효과가 있다. 카라가 그녀의 품을 파고든다. 애니는 안도의 한숨을 내쉰다. 다 잘될 것이다.

아래층으로 내려와 카라를 유모차에 조심히 눕히고 머리 위에 달린 소리 나는 장난감의 줄을 잡아당겨 떼어낸다. 카라는 눈을 뜨지 않는다. 유모차 바구니가 가득 찬 상태로 현관 계단을 내려가는 것은 쉽지 않지만, 애니는 아무것도 떨어뜨리지 않고 계단을 내려와 평소처럼 학교로 향한다. 그녀는 뒤를 돌아보지 않는다.

이미 엄마들이 삼삼오오 모여 운동장을 메우고 있다. 보통 때 같으면 애니는 유일한 친구인 바브스에게 직진하겠지만 오늘은 그녀를 찾지 않는다. 대화에 끌려 들어가고 싶지 않다. 그냥 마이클만 데리고 바로 나가면 된다. 그녀는 누구와도 눈이 마주치지 않도록 고개를 숙이고 유모차 안에서 잠든 카라에게 이야기하는 시늉을 한다.

"장 보고 왔어?" 뒤에서 누군가 묻는다. 바브스다. 목소리만 들어도 알 수 있다.

"바자회에 기부할 것들." 그녀가 재빨리 답한다. "집에 가는 길에 갖다주려고."

바브스가 자선 바자회에 대해 정확히 모를 것을 알고 미리 생각해둔 대답이다. 애니는 바브스와 계획을 의논하고 싶었지만 결국 그러지 않기로 했다. 나중에 차라도 한잔하면서 자세히 이야기할 수 있을 것이다. 지금으로서는 아무도 모르게 하는 게 좋다.

바브스는 고개를 끄덕이기만 할 뿐 애니의 예상대로 다른 질문은 하지 않는다. 애니도 침묵하며 대화를 더 이어가지 않는다. 잠시 후 종이 울리자 코트를 입고 가방을 단정히 멘 마이클이 나타난다. 그는 거의 항상 학교에서 제일 먼저 나온다. 애니는 아들을 보고 뿌듯하게 미소 짓지만 그의 부탁대로 뽀뽀는 하지 않는다. 그가 다른 사람들 앞에서는 이제 엄마와 뽀뽀할 만큼 어리지 않다고 말했기 때문이다.

"어서 와." 애니가 말한다. "가자."

마이클이 평소와 다른 짐을 실은 유모차를 쳐다보며 질문을 하려다 결국 묻지 않고 오늘 있었던 일을 이야기하기 시작한다. 횡단보도에서 늘 향하는 왼쪽이 아니라 오른쪽으로 돌자 잠시 말을 멈춘다.

"할머니 댁에 차 마시러 갈 거야." 애니가 그 이상의 설명은 필요하지 않다는 듯 간단히 말한다.

버스 타기가 쉽지 않다. 가방이 많아 유모차를 접을 수 없어서 자리를 많이 차지할 수밖에 없다. 운전사가 한마디 하려다가 애니를 보고 마음을 돌린다. 그녀는 감사의 미소를 보내며 유모차가 굴러가지 않도록 꼭 잡고 선다.

버스가 덜컹거리자 놀란 카라가 자지러지게 울기 시작한다. 애니는 눈을 질끈 감는다. 대체 뭐 하는 거지? 황당하기 그지없다. 도대체 왜 이게 좋은 계획이라고 생각했을까? 그때 카라가 울음을 그쳐 애니가 눈을 떠보니 마이클이 동생의 볼에 입술을 대고 우스꽝스러운 소리를 내며 장난을 치고 있다. 카라가 깔깔댄다.

엄마의 집은 버스 정류장에서 멀지 않다. 이제 5분 남짓이면 도착할 것이다. 애니는 하차 벨을 누르고 다음 정류장에서 내릴 준비를 한다. 버스가 서자 유모차를 뒤로 내리며 튀어나오는 가방을 발로 바구니 안에 다시 밀어 넣는다. 버스가 떠난 정류장에 세 사람만 남아 있다. 3시 50분이다. 그녀는 숨을 깊게 들이마셔 폐 밑바닥까지 공기를 채운다. 그런 다음 걷기 시작한다.

집에 도착했지만 돌아왔다는 느낌도, 따뜻한 추억도, 포근한 온기도 없다. 아버지가 술집에서 혼자 비틀거리며 돌아오다 심장마비로 세상을 떠난 지 벌써 1년이 지났건만 아버지의 존재는 여전히 그 집에 짙은 그림자를 드리우는 것 같다. 낡아서 칠이 벗겨진 현관문 안쪽에는 이제 아무런 위협이 없는데도 가까이 다가설수록 심장이 더욱 빠르게 뛴다. 우르술라가 더 이상 집에 없다는 사실만 빼고는 하나도 달라진 게 없다. 창문에는 여전히 해진 망사 커튼이 걸려 있고, 전에 언니한테 걷어차여서 찌그러진 철제 우유 바구니가 그대로 현관 계단 위에 놓여 있다.

애니가 초인종을 누른다. 엄마가 문을 열고 나온다. 앞치마에 얼룩이 묻어 있는데 아마 그레이비소스인 것 같다. 마지막으로 봤을 때보다 더 야위어 보인다. 그게 언제였더라? 카라가 태어난 직후였으니 6개월 전쯤일 것이다. 눈가에는 멍든 것처럼 깊은 그늘이 져 있지만 눈빛이 여전히 날카롭다. 엄마는 웃지 않는다. 우리를 보자마자 한눈에 상황을 파악했다는 것을 알 수 있다.

"나 그 사람 집에서 나왔어요, 엄마." 마이클이 옆에서 다 듣고 있는데도 애니는 말한다. "그 사람과 결혼한 건 실수였어요. 언니가 늘 그렇게 말했는데 그 말이 정말 맞더라고요. 애초에 결혼한 이유부터 잘못됐어요. 나랑 애들만 사는 게 나을 것 같아요. 그래서 잠시 여기서 지내면 안 될까요? 모아둔 돈이 좀 있어서 생활비는 걱정 안 하셔도 되고, 그렇게 오래는 안 걸릴 테니까 다 정리될 때까지만 부탁할게요."

엄마는 한 마디도 하지 않는다. 물론 문을 활짝 열어 애니를 들여보내지도 않는다. 그저 고개를 젓는다. 애니는 당황하기 시작한다. 머릿속으로 수없이 계획을 짜봤지만, 엄마가 자신과 아이들을 받아주지 않을지도 모른다는 생각은 단 한 번도 해본 적이 없다. 엄마가 장난을 치느라 거절하는 척하는 것이며, 금방이라도 태도를 바꿔 안심할 수 있는, 상대적으로나마 안전하게 느껴지는 이곳으로 얼른 들어오라고 할 것 같지만, 엄마는 돌처럼 굳은 얼굴로 다시 고개를 젓는다. 그리고 입을 연다. "그건 안 돼."

애니가 혼란스러운 표정으로 엄마를 바라본다. 방금 엄마가 정말 진심으로 거절한 걸까? 그녀는 유모차를 밀고 엄마를 지나 현관 안으로 들어가려 하지만, 엄마가 문턱 위로 다리를 뻗어 가로막는다.

"안 된다고 했잖니." 엄마가 다시 한번 단호하게 말한다.

"엄마, 왜 그래요? 저 그 사람이랑 끝났다니까요. 우리 좀 들어가게 해줘요." 애니가 애원한다.

마이클은 한 발 뒤로 물러서며 최근 들어 잡기 싫어하던 애니의 손을 잡으려 손을 뻗는다.

"넌 이미 결혼한 몸이야, 애널리스." 엄마가 말한다. "스스로 맹세했잖니. 좋을 때나 안 좋을 때나 조셉과 함께하겠다고. 넌 그 관계를 유지할 의무가 있어. 힘들다고 그냥 짐 싸서 도망 나올 순 없는 거야. 결혼 생활은 원래 힘든 거니까. 늘 장밋빛일 수는 없잖니? 남자들이란 감당하기 힘들 때가 있는 법이야. 네 아버지도 그랬지만 그렇다고 내가 포기했니? 아니. 난 아내로서, 엄마로서 내 책임을 알고 최선을 다했어. 게다가 조셉은 네 아버지와 다르잖아. 조셉은 참 괜찮은 사람이야. 결혼 생활이 순조롭지 않다면 그건 네가 충분히 노력하지 않은 탓이다. 지금 당장 집에 가서 조저녁이나 챙기렴. 운이 좋으면 조는 네가 이런 멍청한 짓을 꾸몄다는 걸 모를 수도 있겠지."

애니는 꾹 참아왔던 울음이 목 끝까지 차오르는 것을 느낀다. "엄마, 제발요." 다시 말해보지만 이미 소용없다는 것을 알고 있다.

그녀는 숨을 한 번 고르고 유모차를 돌린다. "알겠어요." 그녀가 말한다. "그게 엄마 뜻이라면요. 마이클, 할머니께 인사드려."

마이클이 손을 너무 꽉 잡아서 손가락이 아플 지경이다.

"안녕히 계세요, 할머니." 그가 인사한다. 다섯 살밖에 안 된 아이지만 마치 지금 이 상황을 완전히 이해하고 있는 듯 고개를 쳐들고 큰 소리로 말한다.

애니는 그렇게 집과 엄마를 뒤로한 채 자신이 왔던 길을 되돌아간다.

24장

카라, 2017년

베스의 웨딩드레스가 완성되었다. 마감까지 아직 3주나 남았는데 벌써 완성된 드레스가 작업실에 걸려 있다니 스스로가 대견하다. 마지막 피팅 날, 베스가 거울 속 자신을 바라보며 믿기지 않는 듯 멍하니 서 있을 때 나는 그렉이 쌓아둔 온갖 장애물을 뚫고 드레스를 제때 완성했다는 사실에 짜릿함을 느꼈다.

결혼식이 코앞이라는 것은 이제 크리스마스도 얼마 남지 않았다는 뜻이다. 우리 집은 예나 지금이나 크리스마스 분위기와는 거리가 멀다. 어릴 적에도 삼촌이나 이모, 친구들이 우리 집에 찾아오는 일은 없었고, 오빠와 나는 선물이 가득 담긴 자루 같은 건 구경조차 하지 못했다.

아빠는 늘 선물 하나씩과 침대맡에 둘 동전 초콜릿 한 봉지를 사주는 게 다였다. 그리고 평소 일요일 점심에 먹는 메뉴를 조금 바꾸어 차린 뒤 혼자 서재로 들어가버렸다. 그렇게 오빠와 나 둘만 남아 텔레비전을 보며 시간을 보냈다. 나는 시트콤과 드라마를 지겹도록 봐서 가족과 함께 보내는 크리스마스가 대강 어떤 풍경인지는 알고 있었다. 그러나 손님도, 파티도, 게임도, 떠들썩한 웃음소리도 우리 집에는 없었다.

아빠와 나는 아마 마리안 덕분이겠지만 가끔 크리스마스 때 오빠네 집에 초대를 받기도 했다. 아빠는 매번 안 가겠다고 해서 나 혼자 갔고, 거기서야 비로소 남들이 보내는 크리스마스 분위기를 실제로 맛보았다. 그 많은 음식과 선물을 보면 마리안은 12월 내내 요리하고 선물 포장만 하는 것이 틀림없다. 한 번은 오빠가 도저히 못 말리겠다는 듯 고개를 절레절레 흔든 적이 있는데, 그때 내가 본 오빠 얼굴에는 가족과 함께 호화롭게 크리스마스를 보내는 것에 대한 자부심과 뿌듯함이 가득했다. 어린 시절 우리가 보냈던 크리스마스와는 비교도 되지 않았다.

나는 P 선생님한테 크리스마스 선물을 해야 할지 한참 고민한다. 아직 개인적으로 선물을 주고받을 사이는 아닌 것 같지만 감사함을 표현하고 싶다. 이제 P 선생님은 내 삶에서 큰 부분을 차지하고 있고, 그녀도 같은 마음이길 바라지만 확신은 없다. 부엌에 가보니 그녀가 아빠와 함께 있다. 아빠는 쓰다듬어달라는 강아지처럼 얼굴을 들고 있고 그런 아빠의 입가를 그녀가 헝겊으로 닦아준다.

"카라 씨 왔네요." 그녀가 아빠에게 말한다. "베스 씨 드레스 보셨어요? 진짜 예술이에요."

"그 정도는 아니에요." 나는 쑥스럽게 웃으며 말한다. "그래도 이제 끝나서 마음이 놓여요. 아빠, 베스 결혼식 날이 크리스마스이브야."

아빠는 듣고 있지 않지만 P 선생님은 계속 이야기한다. "그리고 카라 씨가 결혼식 들러리를 맡았대요. 들으셨어요, 조? 따님이 들러리라니까요."

나는 그녀가 아빠에게 이렇게 이야기하는 것을 듣는 게 참 좋다. 두 사람 사이에는 다소 일방적이긴 해도 편안하고 자연스러운 대화가 오간다. 한 번씩 아빠가 고개를 갸웃하며 그녀를 바라볼 때가 있는데, 무언가 말하고 싶지만 필요한 단어가 더 이상 떠오르지 않기 때문인 것 같다.

"크리스마스 계획 있으세요, P 선생님?" 내가 묻는다.

"그냥 조용히 보내려고요." 그녀가 말한다. "새 고기 작은 거 하나 사서 요리도 좀 하고, 미트파이 먹으면서 여왕님 연설 듣고 영화나 한 편 볼까 해요."

"올해 크리스마스는 혼자 보내시는 거예요?" 내가 조심스럽게 묻는다.

"네." 그녀가 대답한다. "혼자."

나는 별로 고민할 틈도 없이 그녀를 초대해버린다. 그냥 그렇게 하는 게 당연하게 느껴진다. 그 말이 내 입에서 나오자마자 혹시 아빠 때문에 부른다고 생각할까 봐 걱정이 밀려오지만, 실은 나 혼자 있기 싫어서다. P 선생님이 조금이라도 오해하고 있는지는 몰라도 전혀 그런 기색은 없다. 그녀는 눈을 빛내며 벌어진 이가 보이도록 환하게 웃는다.

"제가 방해되는 건 아니겠죠?"

나는 아빠를 향해 살짝 고개를 끄덕이고 그녀에게 웃어 보인다. "무슨 방해요? 저희 둘 사이요? 요즘 아빠가 말이 별로 없잖아요. 오빠는 올케 언니네 식구들이랑 보낸다고 했고, 베스는 신혼여행을 가요. 와주시면 제가 감사하죠. 안 그러면 하루 종일 혼자 떠들면서 초콜릿만 왕창 먹을걸요. 물론 그날은 일하실 필요 없어요." 나는 오해가 없도록 재빨리 덧붙인다. "그냥 손님으로 오시는 거예요. 같이 오고 싶은 분 있으면 데려오셔도 되고요."

"정말 감사해요." 그녀가 여전히 웃으며 대답한다. "그냥 저 혼자 올게요."

"좋아요. 그렇게 하세요. 칠면조를 주문해야겠네요!"

크리스마스에 손님이라니. 물론 한 명뿐이지만. 막상 준비를 시작하려니 뭘 어디서부터 해야 할지 감이 안 온다. 이 집에서는 크리스마스가 그다지 특별한 날이 아니었다.

나는 '완벽한 크리스마스를 만드는 법'이 실린 잡지를 보면서 테이블 장식이나 호랑가시나무 리스 같은 것에 대해 고민하는 데 시간을 써버린다. P 선생님이 너무 큰 기대는 하지 않았으면 좋겠다.

25장

마이클, 1986년

 그가 하루 중 가장 좋아하는 시간이다. 점심 먹은 흔적이 아직 바닥에 널려 있는 가운데, 엄마는 턱받이를 벗기고 한 손으로 능숙하게 아기 식탁 의자 끈을 풀고서 동생을 조심스레 들어 올려 품에 안는다. 마이클은 엄마가 서랍에서 헝겊을 꺼낸 뒤 잠시 수도꼭지를 틀어 물에 적시고 꼭 짜내며 카라에게 어쩌다 이렇게 난장판을 만들었냐고 재잘재잘 이야기하는 모습을 바라본다. 엄마는 카라의 입에 들어가지 못하고 얼굴에 묻은 딸기 요거트를 조심스레 닦아낸다. 카라는 콧잔등을 찡그리고 고개를 흔들지만, 엄마가 꿋꿋하게 계속하자 얼굴이 곧 말끔해진다.
 "됐다, 우리 꼬마 요정님." 엄마가 말한다. "이제 낮잠 자러 가야지."

카라는 팔다리를 사탕 막대기처럼 쭉 뻗고는 금세라도 울음을 터뜨릴 기세로 머리를 젖히지만, 울음이 새어 나오기 전에 엄마가 얼른 코를 카라의 턱 밑에 들이밀고 좌우로 비빈다. 카라가 깔깔 웃는다. 마이클은 엄마가 카라의 머리에 부드럽게 손을 얹고 쇄골 가까이 꼭 끌어안는 것을 지켜본다. 마이클은 동생이 아직도 엄마 품에 쏙 안길 만큼 작다는 사실이 부러워 순간적으로 질투심이 인다. 사실 그도 엄마 품에 안기려면 안길 수 있겠지만, 이제 일곱 살이 되었고 학교에도 다니고 있으니 그런 건 아기들이나 하는 것이라고 생각한다.

오늘 동생이 자는 동안 엄마와 뭘 하게 될지 궁금하다. 그는 카라가 잠든 틈에 엄마를 온전히 독차지할 수 있는 그 특별한 시간을 손꼽아 기다려왔다. 점토를 꺼내 거미와 무당벌레, 컵케이크 같은 걸 만들 수 있으면 좋겠다고 생각한다. 각각의 모양을 만들 때는 한 가지 색만 쓰는 것이 규칙이다. 아빠가 점토 놀이에 대해 엄격하기 때문이다. 전에 노란색 점토가 실수로 초록색에 손톱만큼 섞였을 때 아빠가 화를 낸 적이 있다. 그 후로 마이클과 카라는 색이 섞이는 일이 없도록 한 번에 한 가지 색만 써서 모양을 만들어야 했다.

처음 유치원에 갔을 때 점토를 색깔별로 철저히 구분해

서 보관하지 않는 아이들을 보고 느꼈던 놀라움과 속상함이 아직도 생생하다. 유치원에 있는 점토는 학교 가는 길 배수구에 쌓인 낙엽처럼 모두 칙칙한 갈색이 되어 있었다. 약간 아쉽지만 이제는 자신이 점토 놀이를 하기엔 너무 큰 것 같다고 생각한다.

카라의 날카로운 울음소리가 계단을 따라 내려오자, 엄마가 카라를 침대에 눕혔다는 것을 알 수 있다. 카라는 조금 더 칭얼거리다 결국 포기하고 몇 분 안에 잠들 것이다. 그러면 두 시간 동안은 오롯이 엄마와 단둘이 보낼 수 있다. 학교에 가면 이게 문제다. 매일 오후 카라가 자는 그 소중한 시간 동안 집에 있을 수 없기 때문이다. 너무 아깝다. 엄마는 혼자 있는 동안 뭘 하는지는 모르지만, 자신과 함께 있을 때만큼 좋을 리 없을 것이다.

발끝으로 걸어오는 엄마의 발소리가 들리고, 이어 문가에 엄마가 나타난다. 정확히는 엄마의 손이 나타난다. 나머지는 아직 보이지 않는다. 무언가 옅은 주황빛의 둥근 채소 같은 것을 들고 있다. 그는 어리둥절하다.

"이게 뭐게!" 엄마가 나타나며 말한다.

마이클은 엄마가 들고 있는 채소 이름이 뭐였는지 떠올리려 애를 쓴다. "순무?" 맞히려 해보지만 아닌 것 같다.

"거의 비슷해." 엄마가 대답한다. "스웨덴 순무야."

채소 맞히기 같은 유치한 놀이는 그의 나이에 어울리지

않는다.

"그럼 내일은 무슨 날일까?" 엄마가 묻는다.

"금요일이요." 마이클이 성급하게 말한다.

"아니야! 뭐, 맞긴 하지만 그게 아니라 내일 할로윈이잖아! 그래서 우리 셋이랑 아빠까지 같이 작은 할로윈 파티를 하면 어떨까 해서. 사과 건지기 놀이도 하고, 토피 사과도 먹고." 엄마는 경주에서 탄 은색 트로피라도 되는 양 채소를 머리 위로 번쩍 든다. "이걸로 잭오랜턴을 만들자. 윗부분을 자르고 속을 파낸 다음 눈, 코, 입 구멍을 내는 거지. 안에 초도 넣고."

마이클은 금세 흥미를 느낀다. 가게 창에 걸린 잭오랜턴을 보면 얼굴이 빛을 내며 어둠 속에서 자신을 바라보는 것 같아 좋았다. 그는 신이 나서 고개를 끄덕이고 엄마가 분주히 서랍을 열어 도마와 칼, 숟가락을 찾는 동안 식탁에 앉아 기다린다.

"자, 먼저 윗부분을 잘라봐." 엄마가 말하며 손잡이 쪽을 내밀어 칼을 건넨다. 이 나무 손잡이가 달린 긴 칼을 만져보는 것은 이번이 처음이다. 마이클은 칼이 손에서 폭발하기라도 할 것처럼 조심스레 받아 든다. 엄마가 등 뒤에 바짝 선다. 스웨터 너머로 엄마의 온기가 느껴진다. 엄마는 한 손으로 스웨덴 순무를 붙잡고, 다른 손으로 칼을 잡은 마이클의 손을 감싼다. "대충 이쯤 자르면 될 것 같은데…."

엄마가 등불 뚜껑의 크기를 생각하며 칼을 움직여 적당한 위치를 찾는다. "여기."

마이클은 혼자서 힘을 주어 칼을 눌러보지만 파고 들어가는 대신 칼날이 오른쪽으로 미끄러진다.

"조심해!" 엄마가 다급히 말한다. "다시 해보자."

다시 시도해보지만 스웨덴 순무는 전에 자를 수 있었던 사과보다 훨씬 단단하다.

"도와줄까?" 엄마가 물으며 그의 손을 쥐고 함께 힘을 준다. 세게 눌려서 손가락이 아프지만, 엄마가 속상할까 봐 마이클은 입술을 꼭 깨물고 계속 힘을 주도록 둔다. 스웨덴 순무의 3분의 1 정도가 삐뚤빼뚤하게 잘리다가 중간에서 칼이 멈춘다.

"아이고, 안 되겠네." 엄마가 말한다. "잠깐만, 엄마가 한 번…." 엄마는 스웨덴 순무가 그대로 붙어 있는 칼을 넘겨받아 아래로 힘껏 누른다. 칼이 조금 더 들어간다. 엄마가 온몸의 힘을 칼에 싣자 마침내 칼날이 비스듬한 각도로 빠져나오며 스웨덴 순무가 숭덩 잘린다. 엄마가 뚜껑이 될 부분을 집어 들고 살펴본다. 한쪽이 다른 쪽보다 훨씬 두껍다. "이 정도면 괜찮을 거야." 엄마가 웃으며 말한다. "이제 속을 파내서 초가 들어갈 공간을 만들어보자."

엄마는 스웨덴 순무와 숟가락을 그에게 건네준다. 칼로 자르는 것도 힘들었던 만큼 숟가락으로 파는 것은 결코 쉽지 않으리라 생각하지만, 마이클은 있는 힘껏 노란 속살 속으로 숟가락을 찔러 넣는다. 동전 크기만 한 작은 조각이 튀어나오고, 엄마가 손뼉을 친다. "그렇지!" 엄마의 칭찬에 마이클은 나머지 속도 마술처럼 쉽게 파낼 수 있을 것 같은 느낌이 든다. 물론 그렇지 않다.

대여섯 조각을 어찌어찌 떼어냈지만 움푹 파이기는커녕 거의 그대로라 결국 포기한다. 그는 숟가락을 도마에 내려놓고 숟가락에 눌려 얼얼한 손가락을 문지른다.

"엄마도 해볼래요?" 엄마를 실망시키고 싶지 않지만 스웨덴 순무를 계속 파는 건 이제 내키지 않는다.

엄마가 살짝 웃는다. "이렇게 딱딱할 줄 몰랐네." 엄마가 숟가락을 가져가며 말한다. "내가 어렸을 때 우르술라 이모랑 할로윈 등불을 만들었거든. 이모는 그림을 엄청 잘 그렸어. 그래서인지 이모가 조각한 얼굴도 얼마나 예뻤는지. 내가 만드는 건 항상 좀 삐뚤게 되더라."

마이클은 엄마의 이야기에 즐겁게 귀를 기울인다. 우르술라 이모는 멀리 살아서 한 번도 만난 적이 없다. 미국이라고 했다. 아니면 호주였나? 아프리카? 런던 밖으로 멀리 가본 적 없는 마이클에게는 다 비슷하게 들린다. 엄마가 이야기하며 스웨덴 순무를 퍽퍽 찌르자 작은 조각들이 사방으로 날아간다.

"아빠 오시기 전에 바닥을 치워야겠다. 이렇게 어지른 거

보면 별로 안 좋아하실 거야." 엄마가 장난스럽게 웃으며 입술을 깨문다.

마이클은 부엌에서 엄마와 시간을 보내고 싶은 마음과 레고 놀이 하자고 끌고 가고 싶은 마음 사이에서 갈등한다. 등불 만들기는 무척 오래 걸릴 것 같고, 카라가 깨어나 걸어 다니는 폭탄처럼 그의 레고 작품을 밟고 지나가기까지 시간이 얼마 없다.

"엄마 그거 하는 동안 나는 가서 놀아도 돼요?" 엄마가 너무 실망하지 않기를 바라며 묻는다.

엄마는 여전히 스웨덴 순무에 집중하고 있다. 입 밖으로 혀가 살짝 나온 모습이 자신이 학교에서 문제를 풀 때와 비슷하다. 엄마가 듣지 못하는 것 같아 그는 의자에서 미끄러져 내려와 조용히 부엌을 빠져나간다. 부엌을 나오자마자 위층에서 울음소리가 들려서 그는 숨을 죽이고 기다린다. 곧 다시 조용해진다.

마이클이 카라의 손이 닿지 않는 선반에서 레고를 꺼내고 있을 때 누군가 문을 두드린다. 우체부가 다녀갈 시간은 이미 지났으니 집에 올 사람은 한 명뿐이다. 마이클은 불이 꺼지는 것처럼 순식간에 기분이 가라앉는다. 그는 레고를 내려놓고 복도를 내다본다. 아직도 손에 숟가락을 든 엄마가 문 앞에 달려와 있다. 엄마가 잠금장치를 푼다. 그 여자, 틸리가 현관 계단에 서 있다. '머리숱이 엄청 많네.' 마이클은 생각한다. 그는 짜증이 난다. 이 시간이 엄마랑 자기만의 시간인 걸 모르는 걸까?

"아, 안녕." 엄마가 인사한다. "얼굴 보니까 좋다. 오늘 올 줄은 몰랐는데."

마이클은 목소리를 듣고 엄마의 마지막 말이 속마음과 정반대인 것 같다고 느낀다.

"그냥 지나가다가." 틸리가 엄마에게 윙크한다. 그녀는 윙크를 하느라 긴 목을 늘이며 머리를 앞으로 내밀고 한쪽 얼굴을 구긴다. '거북이 같아.' 마이클은 생각한다.

"어서 들어와. 지금 아무것도 안 하고 있었어." 엄마가 틸리에게 말한다. 마이클은 그녀를 그냥 부르는 것도 싫지만, 엄마가 '틸리 이모'라고 부르라 해서 더 화가 난다. 이모는 하나뿐이고 이름은 우르술라다. '엄마, 카라가 자는 동안 나랑 할로윈 등불을 만들고 있었잖아요.' 마이클은 소리치고 싶다. 레고 때문에 부엌을 나간 것이 후회스럽다. 초인종이 울릴 때 함께 있었으면 엄마의 관심을 끌기 더 쉬웠을 텐데.

"차 마실 시간 있어?" 엄마가 묻는다. 틸리는 대답하지 않고 엄마 뒤를 따라 부엌으로 향한다.

"혼자 레고 갖고 놀 수 있지, 마이클?" 엄마가 점점 멀어진다. 엄마는 틸리와 부엌으로 들어가 차를 마시고 재미도 없는 일로 크게 웃을 것이다.

그가 당황해서 말한다. "그게, 엄마, 나 이거 좀 어려울 것 같아요. 엄마가 도와주세요. 그리고 우리 등불도 만들고 있었잖아요."

"그건 나중에 마무리하자." 엄마는 나와 눈도 마주치지 않고 대꾸한 뒤 부엌으로 사라진다.

틸리가 엄마를 따라가면서 마이클을 힐끔 돌아본다. 남들이 미소라고 부를 표정을 짓지만 마이클은 그 웃음이 가짜라는 것을 안다. 틸리의 미소는 눈에까지 미치지는 못한다. '안됐지만 꼬마야, 그래봤자 넌 나랑 내 바깥세상 이야기를 이길 수 없어.' 틸리가 말하는 것 같다.

"얌전히 놀고 있어, 마이클." 틸리가 부엌으로 들어가며 문을 닫는다.

마이클은 거실로 되돌아온다. 방학 내내 만들던 성이 카펫 위에 놓여 있다. 노랑과 빨강 벽돌만 사용했고, 모서리에서 벽이 서로 받쳐주도록 연결하는 법을 알아냈다. 그는 자신이 만든 성에 굉장히 자부심을 느낀다. 아빠조차도 얼마나 잘 만들었는지 칭찬한 적이 있을 정도다. 마이클은 그 성을 집어 들고 바닥에 던져버린다. 조그마한 레고 조각들이 사방으로 흩어진다.

26장

카라, 2017년

올해는 손님이 오기로 했으니 평소보다 크리스마스 분위기를 좀 더 내고 싶어진다. 나는 한 번도 사본 적 없는 진짜 나무를 산다. 상쾌한 솔 향이 집 안을 가득 채우지만 들여놓자마자 솔잎이 바닥에 우수수 떨어진다. 슈퍼마켓에서 크리스마스트리를 장식할 전구도 산다. 도서관에 미러볼을 단 것처럼 낡은 거실과 전혀 어울리지 않지만 반짝반짝 빛을 내는 모습을 계속 보게 된다.

나는 심지어 12월 중순이라 세일 중인 재림절 달력*까지 사 온다. 이미 지난 날짜까지의 작은 종이 문들을 한 번에

---

* 크리스마스 전 4주간 매일 하나씩 문을 열어볼 수 있도록 만들어진 아동용 달력.

연다. 그림들은 평범하다. 장난감, 선물 꾸러미, 눈송이, 조그만 요정 등이 나타난다. 14일의 문을 열자 아주 작은 천사 그림이 나온다. 천사는 금발 곱슬머리를 하고 연한 보랏빛 드레스를 입고 있다. 작은 반원 하나가 꼭 감은 두 눈을, 또 다른 하나가 미소 짓는 입을 그려낸다. 그림이 어딘가 익숙하게 느껴져 잠시 쳐다보지만 아무것도 떠오르지 않는다.

오빠네 가족들에게 보낼 선물이 아직까지 포장도 하지 않은 나를 나무라듯 식탁 위에 놓여 있다. 아직 우편 마감일이 지나지는 않았을 테지만 이제는 진짜 소포를 보내야 한다. 내가 그리 계획적인 편이 아니라는 것 말고는 핑계가 없다. 보낼 크리스마스 선물이 넘쳐나는 것도 아니다. 빨간색 트리 무늬 포장지, 금빛 리본, 예쁜 이름표까지 들어 있는 멋진 포장 세트도 이미 사두었다.

마리안에게 줄, 포장하기 쉬워 보이는 네모난 모양의 선물부터 포장하기 시작한다. 포장지를 크기에 맞게 자르다가 불현듯 달력 속 천사가 왜 낯익었는지 떠오른다. 예전에 우리도 트리 맨 꼭대기에 그런 천사를 얹곤 했다. 빨래집게로 만든 천사 인형이었고, 우리는 함부로 흔들어볼 수 없었지만 어쩌다 인형을 흔들면 도자기로 된 머리가 좌우로 까딱였다. 기억 속 어딘가에서 누군가의 목소리가 들린다. '조심해, 카라. 아주 소중한 인형이란다. 그렇게 머리를 흔

들다가 부러지면 많이 슬퍼질 거야.'

집중하려 해도 기억이 산들바람에 흩날리는 라일락 향처럼 어느새 사라져버린다. 누구의 목소리였을까? 나는 필사적으로 기억을 더듬지만 잡으려 할수록 손끝에서 자꾸만 빠져나간다. 분명히, 엄마였을 것이다. 크리스마스트리 천사의 운명을 걱정할 사람이 누가 또 있겠는가. 당연히 아빠도 아니고, 마이클도 아니다. 그러면 남는 사람은 한 명뿐이다. 엄마다.

하지만 그게 전부다. 하늘색 드레스를 입은 천사 외에는 어떤 장면도 머릿속에 떠오르지 않는다. 이미지가 없는 소리에 불과하지만 그래도 무언가를 찾은 것이다. 기억을. 자갈이 깔린 비탈길을 걷는 기분이다. 기억의 작은 돌멩이들이 잡을 수도 없는 먼 곳으로, 보이지 않는 언덕 아래로 굴러 떨어지는 것 같다. 이제 두 가지 기억을 찾았다. 별이 보이지 않는 런던의 하늘, 그리고 천사. 내 무의식 깊은 어딘가에 더 많은 기억이 감춰져 있을 것이다. 다음에 또 어떤 기억이 날지 누가 알겠는가.

하지만 기억이 저절로 떠오르기만을 기다릴 수는 없다. 더 깊이 파고들고자 하는 욕구가 나를 붙잡고 놓아주지 않는다. TV 드라마에서 기억을 되살릴 때 어떻게 하더라? 최면요법이나 상담 같은 것? 온갖 생각이 뒤엉켜 머리가 어지럽지만 나는 논리적으로 생각하기 위해 정신을 다잡는다. 다시 기억의 발단으로 돌아간다. 천사. 혹시 아직 우리 집에 있을까? 다락방의 수많은 상자들 중 하나에 숨어 있지 않을까? 어쩌면 그 천사가 지금껏 잊고 있던 기억을 되살려줄 열쇠일지도 모른다.

반쯤 포장한 마리안의 선물을 그대로 둔 채 나는 다락방으로 뛰어 올라간다. 복도에서 P 선생님과 아빠를 지나친다. 아빠가 P 선생님에게 몸을 거의 완전히 기대고 느릿느릿 움직이고 있다. 곧 계단 리프트가 필요할 것 같다.

"무슨 일 있으세요?" P 선생님이 걱정스럽게 묻는다.

"아니에요." 나는 삐걱대는 계단을 뛰어오르며 외친다. "그냥 갑자기 생각난 게 있어서요!"

"바쁘네." 아빠가 중얼거린다.

"네, 카라 씨가 바쁜가 봐요." P 선생님이 대답한다.

나는 두 사람을 뒤로하고 다락방에 들어가 불을 켠다. 눈앞에 끝도 없이 쌓인 상자들을 보는 순간 기가 꺾인다. 어디서부터 시작해야 할까. 상자가 정말이지 너무나 많다. 천사가 여기 있다면 다락방 뒤편 어딘가에 있을 게 분명하다. 우리가 이 집으로 이사 온 이후로 한 번도 본 적이 없기 때문에, 만약 그 인형을 런던 집에서 가져왔다면 다락방 맨 안쪽에 쌓아둔 상자 속에 있을 것이다.

나는 상자 더미를 조심스레 헤치며 뒤쪽 벽으로 향한다. 눈을 가늘게 뜨고 라벨들을 살펴보지만 '크리스마스 장식'

이라고 적힌 상자는 보이지 않는다. '1983~1988년 은행 명세서' '카세트테이프(클래식)'…. 상자 몇 개를 열어보지만 모두 라벨에 적힌 대로 들어 있다. 하늘색 천사는 보이지 않는다.

'편지'라고 쓰인 상자가 눈에 띈다. 크리스마스와는 전혀 상관없어 보여서 그냥 넘어가려다 호기심이 결국 이긴다. 괄호를 붙인 다른 라벨들과 달리 구체적인 설명이 없어 어색하게 느껴진다. 언제 누구와 주고받은 편지일까? 우체국에서 파는 누런 봉투를 예상했지만 가지런히 쌓여 있는 편지들은 크기도 색도 제각각이다.

나는 편지 한 통을 꺼내서 펼친다. 가장자리를 손으로 그린 하트들로 장식한 종이 한 장짜리 편지다. 연애편지이며 여자가 쓴 것이 분명해 보인다. 나도 모르게 피식 웃는다. 엄마가 결혼 전에 아빠에게 보낸 편지들이 틀림없다. 아빠가 낭만적인 사람이라고 생각해본 적이 없어서인지 이렇게 오랜 세월 편지를 간직해왔다는 것이 퍽 의외다. 어쩌면 젊었을 때는 달랐을지도 모르겠다. 위에서부터 쭉 읽어볼 생각으로 시선을 움직이다 갑자기 멈칫한다.

내가 읽어도 될까? 아빠의 사생활을 침해하는 게 맞는 일인지 잠시 생각하지만 고민은 1초도 되지 않아 끝난다. 아빠가 평생 날 속였을지도 모른다는 생각이 엿보면 안 될 모든 이유를 지워버린다. 나는 편지를 읽기 시작한다.

자기야

자기를 보고도 끌어안지 못하는 게 얼마나 힘든지 모르겠지. 미칠 것 같다니까. 오늘은 진짜 들키는 줄 알았어. 그렇게 엉덩이에 손대는 건 좀 위험하긴 했지만 도저히 못 참겠는걸. 너무 말랑해서 안 만질 수가 없다고. 그래도 다행히 안 들킨 것 같아. 심장이 쿵쿵거려서 죽는 줄 알았네. 이렇게 몰래 만나는 것도 이제 얼마 안 남았어. 곧 우리도 함께하게 되겠지. 그날이 어서 왔으면 좋겠다. 사랑해.

나는 편지 속의 상황을 이해하기 위해 두 번이나 정독한다. 아무리 봐도 엄마가 아빠한테 쓴 건 아니다. 둘은 이미 함께였다. 그럴 가능성은 희박하지만 무슨 역할극이라도 하고 있던 것이 아니라면 이렇게 비밀스럽게 굴 이유가 없었다. 대체 무슨 사정이었는지 알아내기로 결심하고 또 다른 편지를 집어 든다. 이번 편지는 줄이 그어진 A4 용지 위에 쓰여 있다. 봉투는 없다. 여덟 겹으로 반듯하게 접힌 쪽지뿐이다. 펼쳐보니 접힌 자국이 깊어서 글씨는 잘 안 보이지만 온통 하트와 그 중심을 꿰뚫는 화살 그림이 종이 한가득 빽빽이 그려져 있다.

영화관 가는 거 완전 좋아! 맨 뒷자리에 앉자.
영화 같은 건 안 봐도 돼! 오데온 극장에서 7시 반에 만나.
끝나고 간단히 먹으러 갈 시간 있으려나?
여유가 되면 진짜 음식도 먹고! (하하)

사랑해.
- T

T? 이니셜을 보는 순간 절대 엄마가 쓴 편지일 수 없다는 것을 깨닫는다. 가슴이 철렁 내려앉는다. 누군가 다른 사람이 이 편지들을 썼다. 그리고 아빠는 그걸 간직했다. 내가 내릴 수 있는 결론은 단 하나다. 아빠는 바람을 피우고 있었다. 아빠가 배신했기 때문에 엄마가 우리를 떠났다. 결국 엄마를 우리 곁에서 내몬 건 아빠였다. 전부 아빠 탓이었다.

내 세상이 또 한 번 휘청인다. 나는 넘어질 것 같아 상자를 붙든다. 이 끔찍한 진실이 한바탕 휩쓸고 지나가면 내 어린 시절 추억 중에 온전히 남는 게 있기나 할까? 내 인생이 영화라면 이러한 사실을 알게 된 주인공은 지금쯤 벽을 쾅쾅 내려치며 분노를 표출하겠지만, 내가 지금 느끼는 감정이 분노인지 확신이 들지 않는다. 오히려 배신감에 가깝다.

아빠는 그간 우리에게 엄마가 죽었다고 속였지만 사실은 아빠의 불륜으로 엄마가 떠날 수밖에 없었던 것이다. 엄마가 죽지 않았다는 것을 알게 된 이후로 나는 엄마가 우리 때문에, 오빠나 내가 무슨 잘못을 했기 때문에 떠났을지도 모른다는 불안에 떨고 있었다. 그러나 이제 보니 우리는 아무 잘못이 없었다. 엄마는 우리가 아니라 아빠 때문에 떠난 것이다.

갑자기 모든 퍼즐이 맞춰지는 듯하지만… 아직 아니다. 나는 내가 알고 있는 사실들을 붙들고 씨름한다. 1980년대에도 가정법원은 있었다. 무슨 중세 암흑시대도 아니고. 아빠가 바람을 피웠다면 왜 엄마는 우리를 지키려 하지 않았을까? 피해자였던 엄마는 분명 어렵지 않게 양육권을 얻었을 것이다. 그러면 아빠가 집을 나가서 바람피운 여자와 살고 우리는 엄마와 계속 런던에 남았을 것이다. 우리가 이렇게까지 멀리 달아나 새 출발을 할 필요가 없었을 것이다. 조금 더 생각해보니 그 어떤 것도 말이 되지 않는다.

27장

 크리스마스이브다. 내 오랜 친구가 오늘 결혼식을 올린다. 그녀를 위해 기뻐해야 한다는 건 알고 있다. 가장 친한 친구라면 당연히 그래야 마땅하지 않은가. 그녀의 설렘을 같이 느끼고, 그렉과 함께할 밝은 미래를 축복해야 한다. 하지만 샤워를 마치고 수건으로 몸을 닦는 내내 가슴 한구석이 허전하기만 하다. 지금은 내가 행복한 척조차 할 수 있을지 잘 모르겠다. 이렇게까지 외롭다고 느낀 적은 처음이다.

 한 줄기 눈물이 볼을 따라 흘러 손등으로 살짝 닦아낸다. 나는 대놓고 흐느껴본 적이 거의 없다. 그렇게 울려면 마음 깊은 곳에서 감정이 우러나와야 하는데, 그런 일은 좀처럼 일어나지 않는다. 사랑이라는 건 배워야 하는 것이다. 누군가 나에게 사랑을 보여준 적이 없다면, 나 역시 남에게 사랑을 보여주기 어렵다. 아빠와 오빠, 어쩌면 엄마까지도 모두 각자의 방식으로 나를 사랑하겠지만, 내가 다른 사람과 감정을 나눌 만큼 충분히 사랑받고 있는지는 모르겠다. 그들의 사랑은 마치 모래 위로 날아온 깃털 같아서 나에게 닿고도 아무런 흔적을 남기지 않는 것 같다.

베스는 늘 어떤 상황에서도 내 곁에 있었다. 아빠의 독특한 양육 방식이 학교에서 나를 조금 이상한 아이로 만들었을 때도 베스는 내 편이 되어주었다. 그녀는 내가 스스로 묻기 싫어하는 중요하지만 어려운 질문을 던지고, 답을 찾도록 한다. 내 생각이 어떻게 이어지는지 이해하고, 내가 끝마치지 않은 말을 대신 마무리할 수도 있다. 내가 필요로 하는 것을 나보다도 먼저 안다. 내 작은 세계 속에 사랑이라는 게 존재한다면, 모두 베스에게서 나온 것이다. 그런데 이제 베스도 나를 떠난다.

수건으로 창백한 어깨를 세게 문질러 닦자 신경이 아프다고 아우성친다. 멈춰야 한다는 것을 안다. 들러리 드레스를 입었을 때 자국이 보일 수도 있다. 하지만 수건이 피부를 스칠 때 느껴지는 통증이 마음속 아픔을 잠시나마 잊게 한다. 벌레 물린 곳을 긁는 것처럼 일시적이지만 쾌감이 있다. 나는 오늘 베스에게 필요한 것을 떠올리며 억지로 손을 멈춘다. 수건을 치우자 피부가 조금 벗겨져 선홍빛 속살이 드러나 있다. 가만히 보고 있는 동안 작은 핏방울이 송골송골 맺힌다. 완벽히 동그랗게 피어오르는 모습에 넋을 잃는다. 크게 다치진 않았다. 예전엔 이보다 더 심하게 한 적도 있다.

피는 금방 멈춘다. 휴지로 까진 부분을 톡톡 두드려 닦자 드레스에 가려질 정도의 붉은 자국만 남는다. 화상 입은 손의 흉터를 생각하면 살짝 붉어진 어깨에 누가 신경이나 쓸까 싶다. 나는 숨을 깊이 들이쉬며 몸을 쫙 편다. 김이 서린 거울 속에서 나는 흐릿해진다. 날카로운 모습이 조금은 부드럽게 비치는 것 같아 다행이라 생각하며 잠시 응시한다.

"그만." 나는 거울을 보며 단호하게 말한다. "정신 차려, 카라. 오늘은 네가 중요한 게 아니야."

나는 미용실에서 베스를 만나 머리를 손질하고, 곧 베스의 작은 집으로 돌아와 소파에 앉아서 훈제 연어 샌드위치를 먹는다. 우리는 크게 베어물면 머리가 망가질 것처럼 샌드위치를 조심조심 쥐처럼 갉아먹는다. 방 한쪽 구석에서 크리스마스트리가 반짝인다.

"트리까지 세우다니 대단하다." 내가 말한다. "넌 크리스마스에 여기 있지도 않을 텐데. 그리고 신혼여행 다녀와도 그대로 있을 거 아니야."

"나 안 돌아와." 베스가 당당하게 말한다. "어젯밤이 여기서 보내는 마지막 밤이었어."

"그렇겠네." 나는 벌써부터 우리의 삶이 바뀌기 시작했다는 걸 실감하며 침을 꿀꺽 삼킨다. 이 낡은 소파에 베스와 함께 웅크리고 앉아 세상사를 논하던 나날은 이미 지나갔다. 나는 견딜 수 없을 만큼 많은 것을 잃을 것이다. "오늘 이후로 어떻게 될지 딱히 생각해보진 않았는데 말이야." 나는 거짓말을 한다. "그러면 이 집은 어떻게 하려고?"

"그렉은 팔자고 하는데 나는 안 그러고 싶어. 계속 갖고 있으려고. 간호대 학생들한테 빌려주거나 하지 뭐."

"과연 좋은 생각일까?" 내가 웃는다. "너 학생일 때 생각 안 나?"

"착하고 책임감 있는 애들로 골라야지." 베스는 말을 멈추고 익숙한 방 안을 천천히 둘러본다. "정말 믿기지가 않는다, 카라. 나 이제 이 집을 떠나는 거야. 내가 결혼을 한다고. 전부 완전히 달라지겠지."

나는 몸을 앞으로 기울여 베스의 뺨을 쓰다듬는다. "전부는 아닐 거야." 그녀는 무슨 말인지 이해할 것이다.

하루가 시계처럼 딱딱 흘러간다. 드레스를 입은 베스는 정말 눈부시다. 신부 입장을 하는 베스 뒤를 따라 걷는데 사람들의 칭찬이 들린다. 으쓱한 기분이 든다. 결혼식이 끝나고 그렉이 나를 따로 불러낸다. "카라 씨, 감사합니다." 그가 진지하게 말한다. "솔직히 처음엔 좀 걱정했는데 인정할 수밖에 없네요. 너무 잘해주셨어요. 카라 씨가 만드신 드레스를 입은 베스의 모습이 정말 아름다워요. 제가 카라 씨 실력을 몰랐습니다. 믿지 못해서 죄송합니다."

나는 그의 말이 진심이라고 생각하지 않는다. 그의 미소가 어딘지 모르게 어색해 보여 거슬린다. 긴장감이나 샴페인 때문일지도 모르지만 나는 거의 습관처럼 그의 의도를 의심한다. 과연 그는 내가 자신을 얼마나 싫어하는지 알고 있을까. 분명 나를 아내에게 좋지 않은 영향을 주는 사람이라고 여길 것이다. 솔직히 말하면, 나를 경계하는 게 어쩌면 당연할지도 모른다.

"도울 수 있어서 기쁜걸요." 그의 가식적인 웃음에 나도 가짜 미소로 응수하며 친절하게 대답한다. 그가 잡은 터무니없이 촉박한 일정 속에서도 내가 드레스를 완성해냈기 때문에 더욱 대단한 것이라고 말하고 싶지만 참는다. 그도 자신의 방해가 통하지 않았다는 것을 분명히 알고 있을 것이다. 이게 전쟁이라면 이번은 내 승리다. 물론 베스의 결혼이 전쟁은 아니다. 그가 신랑 측 하객 한 명이 귀족 가문 출신이라고 떠벌리는 동안 나는 그 사실을 다시금 상기한다. 그렉은 이제 내 절친의 남편이라는 사실에 익숙해져야 한다. 하지만 그렇다고 그를 반길 필요까지는 없겠지.

신랑 신부가 첫 춤을 출 시간이 되었을 무렵, 다들 얼마

후면 산타클로스가 굴뚝을 타고 내려올 것이라는 생각에 들떠서인지 밤공기는 한결 따뜻해져 있다. 하객들이 하나둘씩 자리를 뜬다. 물론 호텔에 객실이 있지만 대부분은 그냥 집으로 돌아간다. 자정이 되자 바에는 나를 포함한 몇 명만 남는다.

머리가 다시 평소처럼 헝클어진 베스가 바 의자에 걸터앉기 위해 드레스를 걷어 올리며 입을 쩍 벌리고 크게 하품한다.

"나 완전 녹초야." 그녀가 말한다. "이만 들어가야겠어."

"자기, 그렇게까지 녹초는 아니었으면 좋겠는데." 그렉이 장난스럽게 입맛을 다시며 말하고는 신랑 들러리 친구에게 눈을 찡긋한다.

베스는 그 모습을 보고 나에게 눈짓한다.

"그런 건 신혼여행 가서 실컷 하자." 베스가 의자에서 내려와 그렉의 팔을 잡아끈다. "다들 잘 자요." 그녀가 말한다. "와줘서 고마워요. 특히 카라, 넌 정말 세상에서 제일 좋은 친구야."

베스는 나에게 손 키스를 날린 뒤 그렉을 끌고 엘리베이터 쪽으로 향한다.

"앞으로 이렇게 사는 거야. 아주 꽉 잡혀서!" 그렉은 농담을 던지며 아내를 따라간다.

'제발 그랬으면 좋겠네.' 나는 속으로 중얼거린다.

28장

마이클, 1987년

마이클은 깜짝 놀라 눈을 뜬다. 혼란스럽다. 오늘이 무슨 요일이지? 당장 교복을 입어야 하나? 아니면 목욕하는 날인가? 눈이 방 안의 밝기에 적응하면서 뭔가 이상하다는 걸 느낀다. 아침이라기엔 너무 컴컴하다. 아니면 아직 너무 이른 시간일 수도 있다.

그는 2년 반 전 학교에 입학할 때 아빠가 사준 시계를 집어 든다. 시계는 작고 둥근 모양이고, 여행용 가죽 케이스에 들어가도록 접을 수도 있다. 마이클은 아직 이 기능을 사용해볼 기회가 없었다. 아빠는 시계를 사주면서 이제 학교에 들어갔으니 엄마가 깨워주길 바라지 말고 스스로 제시간에 일어나야 한다고 말했다. 엄마는 시계를 들고 손가락으로 거칠거칠한 가죽 줄을 쓰다듬었다.

"시계를 사주기엔 마이클이 아직 어려요, 여보. 시간도 겨우 읽을까 말까 하는데." 그녀가 말했다. 그리고 아들에게 손을 뻗어 엉킨 머리칼을 이마 위로 쓸어 올렸다.

"이제 배울 때가 됐어." 아빠는 시간을 못 읽는 것이 마이클의 잘못인 것처럼 짜증 섞인 목소리로 대꾸했다.

마이클은 유치원에서 아직 시간 읽는 법을 배우지 않았는데도, 정각이나 30분은 읽을 수 있고 시침과 분침도 구분할 수 있다고 말하고 싶었다. 엄마는 마이클을 향해 아빠 말에 동의하진 않지만 반박하고 싶지 않을 때 보이는 특별하고 비밀스러운 미소를 지었다.

"우리 시간 읽기 배울 거지, 마이클?" 엄마가 상냥하게 말했다. "그 전까지는 엄마가 깨워줄게." 그리고 윙크하며 덧붙였다. "혹시 모르니까."

시계판의 숫자와 바늘에 형광 페인트가 코팅되어 있지만, 자기 전에 시계를 빛에 비춰야만 어두운 곳에서도 볼 수 있다. 마이클이 시계를 들여다보지만 잘 보이지 않는다. 침대 옆 불을 켜고 다시 본다. 시간 읽기가 아직 서툴지만 확실히 10시 30분을 가리키고 있는 것 같다. 자정이 되기 전이다. 아직 하루가 지나지도 않았다. 그런데 왜 지금 잠에서 깬 걸까?

그때 그 소리가 다시 들려오고, 마이클은 자신이 무엇

때문에 깼는지 알게 된다. 아빠가 큰 소리가 나는 걸 개의치 않고 고함을 지르고 있다. 때때로 부모님은 정말 무책임하다. 얼른 아빠를 말리지 않으면 카라까지 깨서 난리가 날 것이다. 마이클은 짜증을 느끼며 침대에서 미끄러지듯 내려온다. 부모님은 어른답게 행동해야 한다. 사람들이 자려고 하는 걸 모르나? 그는 발을 쿵쿵 구르며 침실을 나선다. 가서 조용히 하라고, 싸움을 멈추고 잠자리에 들라고 말할 것이다. 분명 그들도 자야 할 시간일 것이다.

아빠가 또다시 소리친다. 사실 처음 있는 일도 아니다. 아빠는 항상 엄마에게 호통치며 무엇이 잘못되었는지, 어떻게 고쳐야 하는지 지적한다. 가끔은 마이클이 끼어들어 엄마를 편들고 싶어서 할 말을 생각하며 숨을 크게 들이마시지만, 엄마는 그의 생각을 읽은 듯 늘 그가 입을 떼기도 전에 입술에 손가락을 대며 조용히 시킨다. 아빠가 화를 낼 때마다 엄마는 그저 미안하다고, 더 노력하고 더 잘하겠다고 말할 뿐이다. 대체로 상황은 그렇게 흘러간다.

하지만 오늘 밤의 말다툼은 다르다. 아빠는 언제나처럼 소리를 치고 있지만, 엄마도 그에 맞서 목소리를 높인다. 아니, 정확히 말하면 목소리를 높이는 것은 아니다. 오히려 낮고 차분한 목소리지만 분노가 뚜렷하게 전해진다. 마이클은 계단 위에서 서성이며 더 가까이 가서 내용을 듣고 싶은 마음과, 부모님의 문제에 휘말리지 않도록 눈에 띄고 싶지 않은 마음 사이에서 갈등한다.

"누가 당신이 이런 말도 안 되는 생각을 하게 했는지 모르겠어." 아빠가 외친다. "아니, 모를 리가 있나. 그 빌어먹을 여자지? 절대 안 돼. 내 집에서는 꿈도 꾸지 마."

무슨 말인지 잘 들리지는 않지만 엄마도 다시 낮은 목소리로 대꾸한다.

"안 된다고 했어." 아빠가 또 소리친다. "내 아내가 밖에서 일하는 건 절대 안 돼. 이 집에서는 내 말이 법이야." 아빠의 한 마디 한 마디에 한껏 날이 서 있다. "그러니 당신 친구한테 전해. 그 어처구니없는 생각 따위 집어치우라고."

그들은 부엌에서 복도로 나온다. 마이클이 벽에 붙으며 그림자 속에 숨는다.

"왜 그렇게 억지를 부리는 거예요." 엄마가 말한다. "그냥 시간제로 일하는 거라니까요. 마이클은 학교에 가니까 카라만 몇 시간 아이 봐주는 곳에 맡기면 돼요."

"무슨 일이 있어도 당신의 그 허황된 욕심 채우자고 내 아이를 모르는 사람한테 맡길 순 없어."

마이클은 '허황된'이 무슨 말인지 모르지만 좋은 것처럼 들린다. 현관문이 열린다. 경첩이 삐걱거리는 소리로 알 수 있다.

"나갔다 올 거야." 아빠가 씩씩거리며 말한다. "돌아오면 다시는 이 얘기 꺼낼 생각도 하지 마."

문이 쾅 닫힌다. 마이클은 움찔하며 숨을 헉하고 들이켠다. 분명 카라가 깼을 것이다. 정확하다. 카라의 울음소리가 사이렌처럼 퍼진다. 곧 엄마가 와서 그녀를 달랠 것이다. 그는 잠시 그 자리에 남아 엄마와 함께 있어야 할지 고민하지만 화가 난 듯한 엄마의 말투를 떠올리며 들키기 전에 방으로 급히 돌아간다. 불이 아직 켜져 있다. 하지만 지금 끄면 자신이 깨어 있었다는 것을 엄마가 눈치챌 것이다. 그는 그대로 두기로 한다. 엄마는 그가 밤에 잠시 깨어 불을 켰다가 다시 잠들었다고 믿을 것이다.

마이클은 침대에 펼쳐진 이불 속으로 뛰어 들어가 눈을 감고 잠든 척한다. 잠시 후 방문이 카펫 위로 조심스레 움직이고 소리가 아닌 느낌으로 엄마가 들어온 것을 알 수 있다. 그는 최대한 가만히 누워 있는다. 엄마는 다가오지 않고 문가에 서 있는다. 카라의 울음이 점점 커지자 이내 방을 나가 동생에게 간다. 마이클은 엄마가 부드럽게 쉿 하는 소리와 카라의 방을 이리저리 오가는 발소리를 듣는다. 울음소리가 서서히 작아지면서 간간이 훌쩍이는 소리가 들리다가 완전히 조용해진다. 카라가 다시 잠들었다.

엄마가 다시 방으로 들어와 불을 끄는 소리가 들린다. 그는 최대한 자연스럽게 숨을 쉬려고 애쓴다. 엄마가 바로 옆에 서 있는 것이 느껴져 눈을 꼭 감는다.

"카라 때문에 깬 거야?" 엄마가 다정하게 묻는다.

마이클은 잠깐 계속 자는 척해야 하나 고민하지만 어차피 소용없다. 엄마는 그가 자는지 깨어 있는지 늘 알 수 있다. 마이클이 눈을 뜬다. 엄마는 그의 눈높이에 맞도록 침대 옆에 쭈그리고 앉아 있다.

"아빠 때문에요." 그가 말한다. "소리 지르는 거."

엄마가 끄덕인다. 그녀도 이해한다. 그녀는 검지로 그의 얼굴을 살며시 어루만진다.

"얼른 다시 자야지." 엄마가 말한다. "이제 다 끝났어. 걱정할 것 없어."

마이클은 엄마 말이 사실인지 확신이 서지 않는다. 종종 소리 지르는 일은 있었지만, 엄마의 침착한 목소리에서 느껴진 분노를 떠올리자 어린아이의 직감이 이번에는 뭔가 다르다고 알려주는 것 같다. 그는 지금 이 순간이 방금 있었던 일로 인해 엄마와 더 가까워질 수 있는 계기가 될지도 모른다고 느끼지만 눈꺼풀이 자꾸만 무거워진다. 깊은 잠에 빠져들기 전 겨우 미소를 짓는다.

"잘 자요, 엄마." 마이클이 속삭이자 이내 어둠이 그를 감싼다.

29장

카라, 2017년

우리 집에서는 언제나 크리스마스가 조용히 지나가지만, 나는 크리스마스 아침마다 설렘과 기대감에 차서 일찍 일어난다. 실제로 겪어본 적도 없는데 해마다 각종 광고와 텔레비전이 심어놓은 이미지가 각인된 모양이다. 이런 들뜬 기분은 대체로 금세 사그라들지만 그렇다고 내가 다른 사람들처럼 크리스마스 분위기를 즐기지 말란 법은 없지 않은가.

베스의 결혼식 때 샴페인을 너무 많이 마시고 잠을 별로 자지 못해서인지 머리가 지끈거리지만 진통제 두 알에 차 한 잔 마시면 곧 괜찮아질 것이다. 나는 가만히 누워서 아빠가 일어나 움직이는 소리를 기다리지만 집 안은 여전히 적막하다. 거리에 차가 지나다니는 소리도 들리지 않는다. 크리스마스 아침을 맞이한 세상이 고요히 깨어나고 있다.

문득 오늘을 위해 《내 인생 최고의 크리스마스》 잡지를 참고해서 짜놓은 복잡한 일정표가 떠오른다. 방금의 설렘이 마음속 깊은 곳에서 스멀스멀 불안감으로 바뀐다. 대체 나는 무슨 생각으로 크리스마스를 만찬을 준비하겠다고 마음먹었을까? 수많은 세대를 거쳐 어머니와 딸들이 사랑으로 이어온 그 오래된 전통을 어떻게 하루 만에 흉내 낼 수 있을 거라고 착각했던 걸까? 차라리 음식을 사서 데워 먹는 게 훨씬 덜 부담스러웠을 것이다. 이걸 망치면, 분명 망치겠지만, 내가 한심해 보이고 기분도 엉망이 될 것이다.

하지만 이제는 너무 늦었다. 필요한 재료는 이미 냉장고에 있고 가게들은 전부 문을 닫았다. 이를 악물고 어떻게든 해내야 한다. 내 기억에 따르면 첫 번째로 해야 할 일은 아침 8시 45분에 오븐을 켜는 것이다. 고개를 돌려 시계를 확인한다. 8시 57분이다.

"카라! 카라!"

복도 건너편에서 아빠의 당황한 목소리가 들린다. 이불을 헤치고 침대에서 벌떡 일어난다. 아빠가 뒤늦게서야 화장실이 급하다는 걸 깨닫기 전에 얼른 가야 한다. 방으로 뛰어 들어가니 아빠가 몸을 일으키려 버둥거리고 있다. 이제는 몸을 세우고 앉는 것조차 버거워 보인다. 그동안 가까스로 유지해온 평형이 이제 절벽 끝에 다다른 것 같다.

"자, 아빠." 내가 말한다. "화장실 가야죠, 응?"

아빠가 나를 보며 미소 짓는 모습에 오늘만큼은 내가 집에 쳐들어온 낯선 사기꾼이 아니라 딸이라는 것을 인식하고 있다는 걸 알 수 있다.

"오늘이 무슨 날이게요?" 나는 복도를 지나 아빠를 욕실로 부축해 가며 묻는다. 하지만 대답할 시간은 주지 않는다. 단어가 생각나지 않아 아빠가 쩔쩔맬 때면 우리 둘 다 마음이 아프다. "크리스마스예요!" 크리스마스가 아빠에게 의미가 있을지는 모르겠지만 나는 뺨에 살짝 입을 맞춘다. "메리 크리스마스, 아빠. 그리고 저녁에 누가 오는지 알아요? P 선생님이 오기로 했어요! 오늘은 우리 셋이서 즐겁게 보낼 거예요. 제가 직접 크리스마스 만찬에도 도전해보려고요. 안 믿어지죠? 잘될지는 모르지만 그래도 한번 해볼 수는 있는 거니까요."

나는 일부러 목소리를 밝게 하며 말 한 마디 한 마디를 긍정적으로 하려 노력한다. 원망과 분노로 넘어가는 것이 얼마나 쉬운지 모른다. 전에 텔레비전에서 개를 훈련시키는 다큐멘터리를 본 기억이 난다. 훈련에서 어떤 단어를 쓰느냐는 그다지 중요하지 않다고 한다. 개들은 목소리 톤에 반응하기 때문이다. 나도 그렇게 해봐야겠다고 생각한다.

'안녕, 아빠. 메리 크리스마스예요. 이 좋은 날을 맞아 술

직히 한 번만 말해봐요. 아빠가 바람나서 엄마를 내쫓았으면서 왜 나한테는 엄마가 죽었다고 했어요?'

실제로 입 밖에 내지는 않는다. 아빠가 아직은 내 말을 알아들을지도 모르지만 대답은 절대 하지 못할 것이다. 특히 이성적인 대화라면 더더욱 불가능하다. 누군가의 보살핌과 사랑 없이는 살 수 없는 이 약하고 의지할 곳 없는 남자는 더 이상 내가 아는 아빠가 아니다. 지금 비난을 쏟아봐야 아무 소용이 없다. 예전의 아빠가 어떤 선택을 했든, 화장실 가는 데도 내 도움이 필요한 이 사람과는 아무 상관이 없다.

나는 특별한 날을 기념하기 위해 아빠에게 재킷을 차려입히고 넥타이도 매준다. 아빠가 TV에서 나오는 크리스마스 만화에 정신을 빼앗긴 사이 나는 일정표로 시선을 돌린다. 이미 한 시간이 지체된 상태라 줄을 직직 그으며 일정을 전부 한 시간씩 늦춰 쓴다. 불안하지만 다시 용기를 내서 오븐을 켠다.

❖

부엌에서 제법 일이 잘되어가고 있는 것 같다고 느끼는 순간 초인종이 울린다. 시계가 정확히 오후 1시를 가리킨다. 문을 열자마자 P 선생님이 꽤 공들여 단장했다는 것을 알아차린다. 그녀는 샤넬 스타일의 품이 넉넉한 코랄핑크색 재킷에 세련된 검은 바지를 입고 검은 에나멜 구두를 신고 있다. 눈꺼풀에 살짝 색조를 더했고, 입술에도 연한 복숭앗빛 립스틱을 발랐다. 잠깐이었지만 내가 아무 말 없이 그녀의 새로운 모습을 위아래로 훑어보자, 그녀는 어색한 표정으로 재킷 아래 자락을 잡아당기며 눈을 내리깐다. 의도치 않게 그녀를 불편하게 만든 것을 만회하고 싶어 나는 지나치게 애쓴다.

"들어오세요, 어서!" 내가 들뜬 목소리로 말한다. "오늘 정말 근사하세요. 재킷이 정말 예쁘네요."

나는 앞치마를 홀렁 벗어 던지며 그녀만큼 격식 있지는 않지만 나도 나름 차려입었다는 것을 보여준다. P 선생님은 입꼬리를 올리며 미소를 짓고, 고맙다는 듯 고개를 살짝 숙인다.

"식사 준비가 조금 밀렸어요." 내가 말하며 그녀를 거실로 안내한다. 부엌에서 허둥지둥하는 걸 그녀에게 보이고 싶지 않다. "그래도 너무 늦어지지는 않을 거예요. 뭐 마실 것 좀 드릴까요?"

그녀는 선뜻 대답하기를 주저한다. "아니, 괜찮아요."

그녀가 왜 망설이는지 깨닫고 내가 덧붙인다. "아빠는 신경 쓰실 필요 없어요. 오늘은 제가 책임질게요. 쉬는 날이시니까 저랑 샴페인 한잔해요. 제가 따로 차게 식혀뒀거든요." 거의 부탁처럼 들린다. 오늘을 넘기려면 술 한두 잔은 필요할 것 같은데 혼자 마시긴 싫다.

"좋아요." 그녀가 말한다.

아빠는 여전히 거실에서 TV를 향해 앉아 있지만 시선은 화면 위 어딘가를 응시하고 있다. 크리스마스트리 전구가 아름답게 반짝인다. 나는 트리 아래 놓인 보잘것없는 선물들을 애써 모른 척한다. P 선생님도 선물 더미를 보았지만 아무 말도 하지 않는다. 하긴 어린아이도 없고 멀쩡한 어른도 한 명뿐인 집에서 뭘 바라겠는가.

"제 것도 저기 같이 두어도 될까요?" 그녀가 트리를 가리키며 묻는다.

그녀는 핸드백을 열어 돌돌 말린 하얀 리본과 금색 포장지로 곱게 포장한 선물 두 개를 꺼낸다. 그러고는 다른 선물 위에 조심스럽게 올려놓는다.

"아, 안 그러셔도…." 내가 사양하려 하자 그녀가 손을 내저으며 막는다.

"뭐 도와드릴 거 없나요?" 그녀가 묻는다.

"아니에요. 앉아서 쉬세요. 제가 금방 음료 가져올게요. 아빠, P 선생님이 우리랑 크리스마스를 보내러 오셨어요. 너무 좋죠?"

내 목소리에 아빠가 고개를 돌린다. P 선생님을 알아보는 듯한 기색이 잠시 얼굴을 스치지만 이내 사라지고 다시

TV를 바라본다. 나는 P 선생님을 식탁으로 불러야 한다는 걸 알지만 도저히 그럴 용기가 나지 않는다.

나는 오븐 앞에 서서 두어 번 심호흡한다. 이 식사에는 잘못될 수 있는 부분이 너무 많고, 하나라도 실패하면 나머지 전부가 무너질 수 있다. 조금 전까지만 해도 할 수 있다고 믿었던 자신감이 점점 흩어진다. 나는 냉장고에서 샴페인을 꺼내 포일과 철사 덮개를 힘겹게 벗기고 잔 세 개에 따른다. 아쉽게도 한 세트가 아니다. 그중 두 개는 우리가 어렸을 때 손도 못 대게 했던 아빠의 크리스털 잔이다. 나머지 하나는 80년대 언젠가 주유하면서 공짜로 받은 유리잔으로, 세월이 흘러도 여전히 튼튼하게 버티고 있다. 나는 이 잔에만 샴페인을 조금 덜 따르며 아빠 몫으로 정해둔다. P 선생님과 나는 크리스털 잔을 쓰는 동안 아빠는 싸구려 유리잔으로 마셔야 한다는 사실에 약간의 죄책감을 느끼지만 어차피 모를 것이라고 합리화한다.

나는 혹여나 깨뜨릴까 손을 부들부들 떨며 잔들을 쟁반 위로 옮긴다. 바보 같다. 나는 다 큰 어른이고, 이건 그저 한 끼 식사일 뿐인데 아무도 가르쳐준 적 없어도 내가 해낼 수 있다는 걸 보여주고 싶다. 이 식사는 내가 스스로를 테스트하는 시험인 셈이다. 나를 더 긴장하게 만드는 건 P 선생님이라면 열 명 몫의 크리스마스 만찬도 눈 하나 깜짝하지 않고 뚝딱 차려낼 것이라는 확신이다.

나는 손바닥이 땀으로 축축해진 채 일정표를 확인한다. 은박지로 감싼 칠면조가 오븐에 들어 있다. 계획대로라면 한 시간 안에 꺼내서 식히면 된다. 야채는 모두 손질되어 있어 바로 요리에 쓸 수 있다. 페이스트리에 감싼 소시지도 냉장고 안에서 얌전히 기다리고 있다. 모든 것이 순조롭다.

나는 피스타치오와 수제 감자칩을 쟁반에 올려 음료와 함께 거실로 들고 간다. 아빠는 여전히 그 자리에서 입을 벌린 채 TV 화면을 응시하고 있다. P 선생님은 트리에서 눈을 떼지 않는다.

"자, 왔습니다." 내가 말한다. "샴페인하고 간단한 안주예요."

나는 그녀에게 샴페인 잔을 건넨다.

"고마워요." 그녀가 대답한다. 그녀는 손잡이 부분을 조심스럽게 잡아서 잔을 받아 든다. "건배는 어떻게 할까요?"

나는 잠시 고민한다. "박싱 데이Boxing Day* 전에 저녁을 먹을 수 있기를 바라며?"

P 선생님은 눈이 거의 안 보일 정도로 활짝 웃는다. "제때 먹는 식사를 위하여." 그녀가 잔을 들고 말한다. "트리가 참 예쁘네요." 그녀가 덧붙인다.

나는 잃어버린 하늘색 천사 인형 이야기를 꺼내려다 편

---

* 크리스마스 다음 날(12월 26일)을 가리킨다.

지 이야기로 이어질 수도 있어 입을 다문다. 제 발로 지뢰밭에 걸어 들어가고 싶지는 않다. 삶이 점점 비밀투성이가 되어가고 있다. 대신 샴페인을 조금 더 마시자 금세 잔이 비워진다. P 선생님은 아직 한 모금도 채 마시지 않았고, 아빠는 잔을 건드리지도 않았다. 사실 아빠한테까지 따라줄 필요는 없었다. 아빠의 잔을 집어 들고 들이켜자 알코올이 몸속을 돌기 시작하는 느낌이 든다. 기분이 살짝 좋아지면서 밀린 식사 준비는 갑자기 별문제가 아닌 것 같다.

"가서 칠면조 좀 보고 올게요." 내가 말한다.

"제가 좀 거들까요?" P 선생님이 다시 묻는다.

"아뇨, 괜찮아요." 나는 씩씩하게 대답하고 부엌으로 달아난다.

요리가 기대한 만큼 잘되어가고 있지는 않다. 오븐을 열자 칠면조가 지글지글 맛있게 구워지고 있다. 그러나 은박지를 살짝 들춰보니 아침에 정성껏 올려둔 베이컨 십자가가 비뚤어져 까맣게 탔다. 엄지와 검지 끝으로 베이컨을 집어 올린다. 그때 뜨거운 기름에 피부를 데어 타버린 베이컨을 바닥에 떨어뜨리며 욕설을 내뱉는다. 5초 룰을 생각하며 재빨리 베이컨을 주워 조리대에 올려놓는다.

물론 칠면조 한 마리만으로 크리스마스 저녁을 충분히 준비했다고 할 수는 없다. 나는 샴페인을 마신 것을 후회한다. 결혼식 후의 숙취가 다시 서서히 몰려오는 것이 느껴진다. 야채는 이미 손질해두었지만 감자 굽는 것을 깜빡해서 아직 소금물에 담겨 있다. 소시지롤과 파스닙도 구워야 하고, 마지막으로 준비할 생각이었던 그레이비와 다른 소스도 남았다.

심장이 빠르게 뛰기 시작하지만 겨우 감자 몇 개 익히지 못했다고 당황할 필요는 없다고 마음을 다잡는다. 감자는 삶아서 내놓으면 된다. 파스닙은 원래 덤 같은 것이었다. 잠시 기분이 나아지지만 열심히 적은 일정표가 베이컨 기름으로 얼룩진 데다 우그러지기까지 한 것을 보자 분노와 함께 뜨거운 눈물이 왈칵 차오른다. 모든 것을 완벽하게 준비하고 싶었는데 다 엉망이 되어가고 있다. 애초에 내가 남들처럼 크리스마스를 보낼 수 있을 줄 알았다니, 대체 무슨 생각이었을까?

"정말 부주방장 필요 없어요?"

어깨 너머로 들려오는 목소리에 나는 화들짝 놀란다. P 선생님이 빈 샴페인 잔을 들고 문가에 서 있다. 그녀는 싱크대로 가서 자연스럽게 잔을 씻으며 내가 잊고 있던 것도 아니건만 자신이 단순한 손님이 아니라는 것을 상기시킨다.

"괜찮아요. 다 잘되고 있어요." 나는 그녀가 눈치채지 않기를 바라며 눈을 깜박여 눈물을 지워내고 거짓말을 한다. 그 순간 내 안에서 무언가 끊어지고 나는 가면을 벗어버린다. "사실은 필요해요!" 내가 외친다. "계획이 다 어긋났어요. 칠면조만 준비되고 나머지는 아무것도 안 돼 있어요. 구운 감자는 감자를 아직 데치지도 못했으니 포기해야 할 것 같고, 파스닙은 어떻게 손대야 할지조차 모르겠어요."

P 선생님은 재킷을 벗어 의자 등받이에 걸고 블라우스 소매를 걷어 올린다. "급할 것 없어요." 그녀가 침착하게 말한다. "아버님도 주무시고, 배고프면 간단히 허기를 달랠 것 정도는 찾을 수 있을 거예요. 칠면조가 다 익으면 다른 요리를 마무리하는 동안 식지 않게 마른 행주로 덮어놓으면 돼요."

그녀의 차분한 목소리에 마음이 편안해진다. 따뜻한 이불 속에 폭 안긴 느낌이다. P 선생님은 문 뒤에서 앞치마를 꺼내 입고 내가 사면서 머뭇거렸던 거위 지방을 조그맣게 잘라 로스팅 팬에 흩뿌린다. 안도감이 나를 휘감는다.

"와인 한잔하실래요?" 나는 익숙한 자리로 돌아온 것에 고마움을 느끼며 말한다.

그녀가 끄덕이며 미소를 짓자, 우리는 순식간에 전 세계의 수많은 다른 여자들처럼 부엌에서 남자들을 위해 크리스마스 식사를 준비하는 한 팀이 된다.

마침내 나는 오래된 최고급 도자기 그릇에 음식을 내놓는다. 식사는 성공적이다. 물론 우리 셋이 먹기에는 음식이 너무 많긴 하다.

"1월까지 남은 음식으로 살아야겠네요." 나는 농담을 한다. 아빠는 칠면조 퓌레가 세상에서 제일 맛있다는 듯 웃음을 짓는다.

P 선생님과 나는 올해 크리스마스 영화들에 대해 이야기를 나누고 서로의 가볍고 사소한 일화를 들려준다. 과거의 유령을 겁내기라도 하듯 우리 둘 다 이전에 보낸 크리스마스 이야기는 꺼내지 않는다. 대화를 따라가려 애쓰던 아빠는 결국 식탁에서 잠들고, 우리는 그를 부축해 거실 의자로 옮긴다. 요즘 아빠는 뼈가 속까지 텅 빈 것 같이 체중이 거의 나가지 않는다. 높은 울타리처럼 솟아 있는 셔츠 칼라 때문에 가느다란 목이 더 도드라져 보인다.

"선물도 못 풀어보고 잠들어버렸네요." 나는 부엌을 정리하러 돌아가며 말한다. "제가 아빠 선물을 굳이 왜 샀는지 모르겠어요. 선생님도 정말 사 오실 필요 없으셨는데." 내가 덧붙인다.

"아, 별것 아니에요." 그녀가 말한다. "괜히 신경 쓰실 필요 없으셨다니까요." 나는 설거지통에 뜨거운 물을 받으며 말한다.

목소리가 의도한 것보다 날카롭게 나온다. P 선생님은 서랍에서 깨끗한 행주를 꺼내 든 채 내가 접시를 건조대에 쌓길 기다린다.

"제가 실례되는 말을 하는 거라면 편하게 말해줘요." 그녀가 조심스레 입을 연다. "혹시 아버님과 사이가 틀어지신 건가요?"

"아니요." 내가 대답한다. "왜 그렇게 생각하셨어요?"

하지만 P 선생님이 왜 그렇게 생각했는지는 나도 알고 있다. 변화가 생겼다. 무시하려 했지만 먼저 엽서가, 그리고 이제 연애편지가 나와 아빠 사이를 흔들어놓았다. 나는 아빠에 대한 분노가 아빠의 자리를 차지한 그 부서져가는 노인을 향한 감정에 스며들지 않도록 애쓰고 있다. 내 머릿속에 쏟아지는 그 어떤 질문도 할 수 없다는 순수한 좌절감도 있지만 결코 그것이 다가 아니다.

"실은 제가 알아낸 게 몇 가지 있거든요." 나는 와인 때문에 혀가 풀려 주절거린다. "아빠에 대한 것들이요. 최근에. 근데 그거 때문에 질문이 너무 많이 생겼는데, 답을 못 찾겠는 그런 질문들인 거죠."

"그래서 런던에 오빠분을 만나러 다녀오신 거예요?" 그녀가 묻는다.

우리는 각자 맡은 일에 집중하느라 서로를 쳐다보지 않은 채 대화를 이어간다. 그녀의 표정을 볼 수 없어 더 편하게 말할 수 있다.

"반쯤은요." 내가 대답한다. "아마 답을 영영 알 수 없다는 게 화가 나서 그런 것 같아요. 게다가…." 나는 말을 멈춘다. 누구한테 이야기할 만한 것은 아닐지 모르지만, 이제는 모든 걸 혼자 감당하는 게 지친다. "아빠가 엄청 훌륭한 사람은 아니었더라고요." 내가 다시 입을 연다. "그러니까 지금처럼 이렇게…." 나는 말끝을 흐리지만 굳이 말을 마치지 않아도 그녀는 이해할 것이다. "자기 방식대로 저희를 사랑하긴 했지만 같이 살긴 참 힘든 사람이었어요. 뭐가 맞고 틀리는지에 대한 고집도 아주 센 편이었거든요. 그래서 충격이었어요. 아빠가…." 다시 말을 멈춘다.

나는 씻고 있던 로스팅 팬을 꺼내 건조대에 올려놓는다. 물방울이 심장박동처럼 규칙적인 소리를 내며 싱크대 위로 똑똑 떨어진다.

"저희한테 강요했던 그 높은 기준에 항상 부합하는 행동을 했던 건 아니라는 걸 알게 되니까 받아들이기 조금 어렵더라고요. 지금은 아빠한테 직접 물어볼 수 없다는 것도 힘들고요."

P 선생님은 로스팅 팬을 들어 물기를 닦기 시작한다. 내가 설거지를 형편없이 했다는 것이 바로 보인다. 검은 기름이 행주에 고스란히 묻어나지만 그녀는 개의치 않고 쓱쓱 닦아낸다.

"아버님이 무슨 행동을 하셨든, 아니면 카라 씨가 아버님이 무슨 행동을 하셨다고 생각하시든 화낸다고 나아질 건 없어요." 그녀가 조용히 말한다. "계속 원망스럽고 속상하기만 할 뿐이에요. 그게 무슨 도움이 되겠어요? 상황을 바꿀 수도 없고 아버님과 대화를 나눠볼 수도 없는걸요."

나는 마지막 쟁반을 건조대에 내려놓고 더러운 물을 싱크대에 붓는다. 원피스에 물이 튄다.

"카라 씨를 위해서라도 그만 내려놓아야죠." 그녀가 조언한다.

"하지만 아빠가 했다고 생각하는 일이 정말 큰일이라서요." 내가 말한다. "정말 심각하게 큰일이요. 제 인생 전체를 흔들어놓을 만큼."

"그럴 수도 있겠죠. 하지만 카라 씨가 생각하는 아버님은 이제 없어요. 계속 마음속에서 곪게 두면 평생 그대로 묶여 있을 수밖에 없을 거예요. 오빠분은 뭐라고 하세요?"

"오빠는 별로 끼고 싶어 하지 않아요. 그냥 무시하래요." 내가 대답한다.

"음, 무시할 필요까지는 없을 것 같아요." 그녀가 말한다. "제 말은, 카라 씨 마음이 편해지려면 조금 더 알아보는 게 좋을지도 모르니까요." 나도 모르게 고개를 끄덕인다. 그녀의 말이 옳고, 마이클은 틀렸다. "하지만 아버님 일이라면 카라 씨가 어떻게 할 수 있는 게 없지 않나요? 이제 어떤 말씀도 해주시지 못할 텐데, 그걸 인정하고 받아들이셔야 해요."

"그게 문제예요." 내가 말한다. "제가 받아들일 수 있을지 모르겠어요."

"그래도 달리 선택할 여지가 없으실 것 같아요." 그녀가 대답한다. "시간이 지나고 보면 어떻게든 그 일을 감당하고 앞으로 나아가는 게 덜 고통스러울 거예요."

"아빠를 용서하라고요?"

"꼭 그런 건 아니에요. 다만 아직 그 방법을 모르더라도 받아들이고 사는 법을 찾아야 한다는 거죠. 누구나 아버님처럼 과거를 쉽게 잊지는 못하니까요."

P 선생님은 끈을 홱 당겨 앞치마 매듭을 풀어버린다. 그리고 앞치마를 머리 위로 올려 벗는다.

"아버님 눕히는 거 도와드릴까요?" 그녀가 묻는다.

지금 기분으로는 아빠를 밤새도록 의자에 그대로 앉혀두고 싶다. 하지만 진짜 그럴 수는 없으니 그녀의 제안을 거절하면 결국 나중에 나 혼자 옮겨야 할 것이다. "네, 부탁 좀 드릴게요."

우리는 말없이 한 팀처럼 일사불란하게 움직인다. 아빠를 부드럽게 깨워 정신이 몽롱한 상태에서도 계단을 한 걸음씩 올라가게 하고는 잠옷으로 갈아입힌다. 이어 화장실까지 데려갔다 온 뒤 마침내 침대에 편안하게 눕힌다. 내가 몸을 숙여 스탠드를 켜자 아빠가 살그머니 눈을 뜬다. 그가 나를 보고 미소 짓는다. 나는 웃어주지 않는다.

아래층으로 돌아와 차 한 잔을 권하지만 P 선생님은 고개를 흔든다. "오늘 즐거웠어요." 그녀가 말한다. "초대해주셔서 정말 감사했어요. 이제 가봐야 할 것 같아요."

P 선생님이 짐을 챙기고 나는 그녀를 배웅한다. 그녀가 떠난 뒤에야 우리가 결국 선물을 풀어보지 않았다는 것을 깨닫는다. 크리스마스트리 옆에 무릎을 꿇고 앉아 내 이름이 적힌 선물을 꺼내면서 작은 설렘을 느낀다. 나는 조그마한 금색 상자를 두 손으로 든다. 이름표에 깔끔한 글씨로 '카라 씨, 메리 크리스마스'라고 적혀 있다. 리본을 풀고 금색 포장지를 벗기자 검은 상자가 나타난다. 상자 안에는 은색 체인에 작은 나비가 달린 목걸이가 들어 있다. 목걸이가 너무 예뻐서 내가 P 선생님을 위해 준비한 핸드크림이 조금 부끄럽게 느껴진다.

나는 목걸이를 목에 건다. 나비가 가슴에 딱 붙으며 내려앉는다. 이번에는 아까보다 덜 조심스럽게 아빠 선물을 열어본다. 잎을 잔디 위로 떨구는 정원의 참나무 사진이 액자에 들어 있다.

30장

크리스마스와 새해 사이는 늘 지난 일을 되돌아보고 생각을 정리하는 시기다. 베스가 신혼여행을 가 있는 올해도 예외가 아니다. 박싱 데이는 희뿌연 고전 영화를 보고, 환상을 한껏 펼쳤던 크리스마스가 남긴 엄청난 양의 음식으로 대충 끼니를 때우며 어영부영 지나간다. 아빠가 아직 크리스마스라는 걸 인지할 수 있는지 모르겠지만 그런 기색은 거의 보이지 않는다. 그저 말없이 앉아 반짝이는 트리 조명을 바라보고 있다.

"크리스마스 조명이 너무 예쁘다. 아빠도 좋죠?" 나는 의자 옆에 무릎을 꿇고 앉아 트리를 가리키며 묻는다.

아무 대답이 없다. 내 말을 전혀 못 들은 듯하다. 아빠는 더 이상 세상과 소통하지 않는다. 내가 아빠를 대하는 태도가 달라져서인지, 아니면 아빠가 정말로 내 눈앞에서 점점 쇠약해지고 있는 건지 모르겠지만 후자일까 봐 두렵다. 이제는 단 몇 분이라도 집에 혼자 남겨두는 것이 불가능하다.

한때 내 아빠였던 사람이 껍데기만 남아 멍하니 앉아 있는 모습을 보고 있자니, 전일 돌봄이 필요한 때가 왔다는 깨달음이 6월의 장맛비처럼 나를 흠뻑 적신다. 언젠가 이렇게 될 거라는 걸 알고 있었지만 정말 새로운 국면으로 접어든 것이다. 최근 들어 결혼식이며 크리스마스에 정신이 팔려서 이렇게까지 우리 앞에 닥쳐온 줄은 미처 몰랐다. P 선생님이 혼자 감당하기엔 분명 버거울 것이다. 이제 다른 방법을 찾아야 한다.

자동응답기로 넘어가리라 생각하며 업체에 전화를 걸었는데 의외로 신호음 두 번 만에 통화가 연결된다. P 선생님이 대부분의 간병을 맡고, 그녀가 쉬는 동안에는 교대 인력이 들어오는 것으로 24시간 돌봄 서비스를 결정하고 전화를 끊는다. 돈이 많이 들겠지만 아빠는 오빠와 내가 물려받을 돈을 은행에 쌓아두고 있다. 우리는 그 돈이 필요하지 않다. 이런저런 일을 겪으면서도 오빠와 나는 스스로 인생을 일궈왔다. 나는 아빠의 돈이 필요하지 않을 뿐 아니라 갖고 싶지도 않다.

새해를 앞두고 나는 작업실을 청소하고 드레스 재료들의 재고 상태를 확인하기로 한다. 기세 좋게 원단과 도안을 꺼내놓고 먼지를 털어내기 시작하지만 금세 의욕이 사그라든다. 나는 이런 일에 도무지 소질이 없다. 그냥 다 원래대로 돌려놓고 싶지만 어쩌겠는가, 이미 난장판이 된 것을. 이렇게 된 김에 제대로 한번 치워봐야겠다.

선반에 쌓인 보풀을 털다 보니 생각이 자연스레 엄마에게로 흘러간다. 결혼식과 크리스마스 덕분에 온갖 가능성에 관한 생각을 미뤄둘 수 있었고, 간혹 생각할 틈이 나면 아빠의 편지가 나를 괴롭혔다. 그래도 크리스마스 날 P 선생님이 했던 말이 맞다. 'T'가 누군지 밝혀내지 못하면 아빠의 과거에 대해 더 이상 아무것도 알 수 없을 것이다. 하지만 삼십몇 년 전에 편지 몇 장 쓴 여자를 찾는다는 게 가능할까? 아빠에게 묻지도 못하니 답이 없다. 유일한 방법은 가능한 한 빨리 엄마를 찾아서 물어보는 것이다. 쇼핑이나 팬터마임pantomime*에 관심이 없다면 온 나라가 멈춰버린 것이나 다름없는 지금, 달리 할 일도 없다.

엉망진창이 된 작업실 문을 닫고 나와 부엌에 들어간다. 냉장고 앞에 서서 음식을 하나씩 꺼내 랩을 걸어 냄새를 확인하며 이제부터 어떻게 해야 할지 고민한다. 확실한 사

---

* 영국에서 보통 크리스마스 때 공연하는 노래, 개그, 슬랩스틱코미디 및 춤이 포함된 연극을 말한다.

실에서부터 출발해야 한다. 그런데 막상 들여다보니 아는 것이 너무 빈약하다. 출생신고서도, 사망진단서도 없지만 엄마는 분명 존재했다. 무슨 성모 마리아처럼 내가 저절로 태어난 것은 아니다. 누군가가 나를 낳았다.

그러나 그다음부터는 정보가 거의 없다. 엄마에 대해 그나마 확실히 아는 사실은 엄마에게 언니가 있었다는 것이다. 따라서 내가 시작할 지점은 바로 여기다. 이모의 이름은 우르술라 켐프다. 예술가였고 지금도 예술가인지는 알 수 없으며, 마찬가지로 지금 샌프란시스코에 살 수도 있고 아닐 수도 있다.

나는 작업실로 돌아가 그녀의 이름을 구글에 검색한다. 우르술라 켐프…. 순식간에 결과가 쏟아진다. 우르술라 켐프라는 예술가에 대한 검색 결과가 한 페이지 가득 뜬다. 너무 놀라서 오타가 없다는 걸 알면서도 입력한 것을 지우고 다시 친다. 이 사람이 내 이모라고? 정말? 심지어 위키피디아에도 이름이 올라가 있다. 화면 속 글자들을 보고 있으니 이제는 익숙한 설렘과 불안이 나를 덮친다. 이 사람이 진짜 이모가 맞다면 내 이모는 꽤 유명한 인물인 것 같다. 그녀를 찾을 수도 있겠다는 생각에 갑자기 모든 것이 현실로 다가온다.

위키피디아 페이지부터 열어보니, 1956년 영국 런던 출생이라고 되어 있다. 대충 나이를 따져본다. 내가 엄마에 대해 알고 있는 몇 안 되는 정보와 부합한다. 내가 찾던 우르술라 켐프가 맞다는 확신이 점점 생긴다. 나는 페이지를 쭉 읽어 내려간다.

…졸업 후 골드스미스 미술대학에 입학하여 순수미술을 전공했다. 학위를 받은 뒤 캘리포니아의 샌프란시스코로 건너가 지금도 그곳에 살고 있다.

언제 게시된 건지 확인하기 위해 화면 상단을 재빨리 훑는다. 몇 해 전에 처음 작성되었지만 최근에 업데이트되었다. 정확한 정보일 가능성이 커 보이며, 정말 맞다면 우르술라는 아직 예순한 살일 것이다. 페이지가 마지막으로 수정된 이후 그 짧은 동안에 그녀가 세상을 떠났을 가능성은 희박하다.

페이지에는 링크가 몇 개 올라와 있다. 하나는 골드스미스 대학으로, 다른 하나는 그녀에 대한 정보는 거의 없이 작품 몇 점만 간단히 소개하는 웹사이트로 이어진다. 다시 위키피디아 페이지로 돌아와 아주 작은 단서라도 건지려 애쓰며 글을 또다시 읽어 내려간다. 맨 아래에 이런 문장이 적혀 있다.

우르술라 켐프의 개인사에 대해서는 거의 알려진 바가

없다.

 순간 피식 웃음이 나온다. 이쯤 되니 무슨 음모라도 있는 것처럼 느껴진다. 위키피디아 페이지를 닫고 구글 검색창으로 되돌아가 '이미지'를 클릭한다. 대부분 전시 카탈로그에서 가져온 사진들이지만, 스크롤을 내리자 인물이 있는 사진 한 장이 눈에 띈다. 나는 그것을 클릭해 연다. 머리를 아주 짧게 자른 여자가 카메라를 똑바로 응시하고 있다. 그녀는 캔버스 작품 한 점이 걸린 흰 벽 앞에 서 있다. 석유를 엎어놓은 듯 시커먼 바탕 한가운데서 붉은 덩어리가 고동치는 듯한 그림이다. 또 다른 여자가 팔짱을 끼고 뒤편에 서 있다. 캡션에는 이렇게 적혀 있다. '우르술라 켐프, 동생으로 추정되는 여성과 함께. 샌프란시스코, 1990.'

 동생이라고? 낯익은 무언가라도 있을까 싶어 사진을 키워보지만 확대할수록 윤곽이 흐려진다. 내가 가진 유일한 엄마 사진을 꺼내서 얼굴을 번갈아 보며 비교한다. 같은 사람일까? 나는 결정적인 단서를 찾기 위해 특징들을 꼼꼼히 살핀다. 분명 엄마 같아 보이기도 하고 언니와 있다는 것도 충분히 말이 된다. 아빠에게서 도망쳤다면 당연히 믿을 만한 사람에게 가지 않았을까?

 얼굴에서 닮은 부분을 찾으며 어쩐지 내 모습이 비치는 것 같다고 생각하지만 사진이 너무 작아 확신하기 어렵다.

그때, 그녀의 재킷 주머니에 무언가 삐죽 나와 있는 것이 보인다. 사진을 더 확대해 들어간다. 노랑과 파랑이 섞인 스카프다. 내게 있는 사진 속에서 엄마가 머리를 묶고 있는 바로 그 스카프. 엄마다. 틀림없이 엄마다. 처음 봤을 때부터 이미 느꼈지만 이제 이걸로 확실해졌다. 이 우르술라 켐프가 분명 이모가 맞다. 그리고 엄마는 1990년에도 분명히 살아 있었다. 숨이 가빠진다.

서둘러 사진이 올라온 웹사이트로 들어가보지만, 수년째 방치되어 있는 것으로 보이는 샌프란시스코 미술계 관련 워드프레스 블로그다. 이모의 다른 사진은 찾을 수 없다. 나는 두 사람의 사진으로 돌아가 한참 동안 가만히 응시한다. 누가 봐도 이건 아빠가 말한 때에 엄마가 죽지 않았다는 증거다. 속이 울렁거린다.

마음이 조금 진정되자 나는 다시 검색을 이어간다. 그러다가 이모의 작품을 전시하고 판매하는 샌프란시스코의 갤러리 홈페이지를 클릭한다. 화면이 작아 작품의 인상을 제대로 느끼긴 어렵지만 치수를 보지 않아도 이모가 대형 캔버스를 쓴다는 것을 알 수 있다. 미대 시절 기억을 더듬어보면 그녀의 화풍은 '서정적 추상주의'라 부를 수 있을 것 같다. 모든 것이 직감과 즉흥성으로 표현된다. 작품에 어떤 형상적인 요소가 있을지 모르겠지만 내 눈엔 보이지 않는다. 전체적으로 어둡고 탁한 색감에 간혹 강렬한 붉은

빛이 튀어 오르는 것이 내 취향은 아니긴 해도 검색 결과 수로 보건대 꽤 인정을 받은 듯하다.

혹시 작가와 직접 연락할 방법이 있는지 보려고 페이지 가장자리를 살펴보지만 갤러리 관련 링크뿐이다. 그리 놀랍지는 않다. 나는 '문의하기' 버튼을 누르고 무슨 말을 써야 할지 고민한다. 도대체 뭐라고 적어야 할지 막막하기만 하다.

'저는 귀하의 고객인 해당 화가가 잃어버린 조카이며, 최근에 제 어머니, 즉 화가분의 죽은 줄 알았던 여동생이 사실 어딘가에 살아 있다는 것을 알게 되었습니다. 혹시 그분의 이메일 주소를 알려주실 수 있을까요?'

아무리 생각해도 안 되겠다. 그녀가 그렇게 사생활을 중시한다면 갤러리에서 낯선 사람에게 이메일 주소를 넘겨줄 리 없다. 잘하면 뭔가 정보를 줄지도 모르지만 나에게 필요한 구체적인 내용까지는 알 수 없을 것이다. 혹시 내 메일을 이모에게 전달해 줄 수는 없을까? 아니면 차라리 내가 직접 샌프란시스코로 가서 그녀를 찾으면 어떨까? 말도 안 되는 생각이다. 오빠가 나를 비웃는 소리가 들리는 것 같다.

'지구 반 바퀴를 날아가서 있을지 없을지도 모르는, 혹여 만나더라도 너랑 말을 섞고 싶어 할 리도 없는 여자를 찾겠다고? 미친 거 아니야?'

예전 같았으면 머릿속에서 들리는 오빠의 목소리를 따랐을 텐데, 이번만큼은 아무런 힘을 발휘하지 못한다. 애당초 그는 이 일에 전혀 흥미를 보이지 않았으니 관여할 권리도 포기한 셈이다. 나는 오빠에게 연애편지 이야기를 하지 않았고, 이것도 확실한 무언가를 찾기 전까진 말하지 않을 생각이다. 며칠간 캘리포니아로 짧은 휴가를 떠나면 된다. 나는 휴식이 필요하다. 그럴 자격이 있다. 왜 가는지 누군가에게 말할 필요도 없고, 만약 이모를 찾지 못하더라도 세상엔 휴가지로 캘리포니아보다 나쁜 선택지가 많으니 괜찮다.

마우스로 저가 항공 사이트를 클릭하면서 P 선생님에게 뭐라고 설명할지 생각한다. 둘러대기 어렵지는 않을 것이다. P 선생님과 다른 간병인들이 과하면 과했지 전혀 모자라지 않게 아빠를 잘 보살필 테고, 아빠는 내가 없어도 딱히 그리워하지 않을 것이다. 나는 고개를 내저으며 생각을 되감는다. 이렇게 말하는 것은 옳지 않다. 아빠가 나를 그리워할지도 모른다. 다만 내가 확인할 길이 없을 뿐.

그러나 순간 마음이 흔들린다. 머릿속에서 울리던 오빠의 말이 맞을 수도 있을 것 같아 짜증이 난다. 단순히 직감만으로 지구 반 바퀴를 날아가는 건 미친 짓이다. 하지만 이제 내겐 사진이 있다. 단순한 직감이 아니다. 그 이상이다. 나는 갤러리 사이트로 들어가 영국에서 일주일 내로 방

문할 예정이며 작품 구입을 고려 중이고, 가능하다면 작가를 직접 만나고 싶다는 내용의 짧은 메일을 쓴다.

창밖이 서서히 어둑해질 무렵 나머지 정리는 내일로 미루고 작업실을 나선다. 불을 끄려는 순간, 노트북에 핑 하고 메일이 왔다는 알림이 뜬다. 나는 책상으로 헐레벌떡 뛰어가 급히 메일을 연다. 갤러리에서 온 메일이다.

페런스비 씨께

문의해주셔서 감사합니다. 귀하께서 우르술라 켐프의 작품에 관심을 가져주셔서 대단히 기쁘며, 저희는 작품 구매에 대해 기꺼이 논의할 의향이 있습니다. 켐프 작가님은 보통 저희를 통해 업무를 진행하지만, 향후 7일 동안 이곳에 머물 예정이기 때문에 직접 만나뵐 기회가 있을 수도 있습니다. 도착 후 연락 주시면 저희가 미팅 일정을 조율하도록 하겠습니다. 귀하와 거래하게 되기를 기대하고 있겠습니다.

안부를 전하며,
갤러리 디렉터
스카일러 T. 머피

결정되었다. 나는 샌프란시스코로 날아가 금문교도 구경하고 케이블카도 타고, 우리 가족의 수수께끼 같은 과거의 열쇠를 찾을 것이다. 바로 이렇게.

31장

 안 되겠다. 더 이상 남은 칠면조로 끼니를 때울 수는 없다. 이제는 좀 밖에 나가서 신선한 음식을 사야겠다. 아직 오후 5시도 되지 않았지만 황야의 하늘은 잉크처럼 짙은 남색으로 물들었고, 거리에는 가로등 불빛이 만든 노란 물결이 일렁인다. 뭘 먹을까 궁리하면서 상점가 쪽으로 향한다. 고기나 치즈는 이제 그만. 과일? 아니면 생선 같은 거? 골똘히 생각하며 걷는데 근처 어디선가 유리창을 두드리는 소리가 들린다.

 "카라 씨! 카라 씨!" 유리창에 가로막힌 먹먹한 목소리가 나를 부른다. "여기요."

 고개를 들자 바 창가 자리에 로라 크로스가 앉아 있다.

로라는 내 고객으로, 두 해 전 겨울 나는 그녀가 결혼식 때 입을 황금빛 오간자 드레스를 만들어주었다. 드레스는 정말 아름다웠지만 1주년도 맞이하지 못하고 끝난 그녀의 결혼 생활은 그렇지 못했다.

발걸음을 멈춘 나는 창을 사이에 두고 그녀에게 인사를 건넨다. "안녕하세요. 메리 크리스마스예요." 나는 입 모양을 또렷이 하며 유리창 너머나 거리에서는 들리지 않을 크기로 말한다.

"안으로 들어와요!" 그녀가 외친다. "오랜만이잖아요. 와서 우리랑 한잔해요." 그녀는 일고여덟 명쯤 되는 남녀 무리와 앉아 있다. 전부 모르는 사람들이다. 나는 고개를 가로젓지만 그녀가 힘겹게 자리에서 일어나 사람들을 비집고 나온다. 그러고는 출입문 밖으로 머리만 빼꼼 내민다.

"아, 한 잔만 해요." 그녀가 말한다. "지금 다른 거 할 거 있어요?" 그녀가 내 장바구니를 쳐다본다. "세상에! 슈퍼마켓에 가시려고요? 지루하기도 하지. 와서 얘기 좀 해요. 친구분인 베스 씨도 결혼하셨다면서요. 당연히 드레스는 카라 씨가 만드셨겠죠?"

그녀는 이제 바에서 나와 내 팔을 붙잡고 문 쪽으로 끌어당긴다. 나는 잠시 저항하다가 결국 따르기로 한다. 아빠는 봐줄 사람이 있고 나는 따로 갈 곳이 없다. 안으로 들어간다.

바 안은 이 가게가 요크셔보다는 프랑스 어느 시골 마을에 있을 법한 느낌이다. 바닥과 카운터, 테이블은 모두 재활용 목재로 만들어졌는데, 여러 세대를 이어오며 농부들이 번질나게 드나든 듯 반질반질 광이 난다. 열린 선반이 벽을 따라 올라가 있어 마치 누군가의 식료품 저장고에 들어와버린 것 같다.

"와인이 있어요." 로라가 여러 사람을 헤치고 안쪽 자리로 돌아가며 말하지만 얼음통에서 와인 병을 꺼내니 빈 병이다. 그녀는 확실히 하기 위해 병을 거꾸로 뒤집어본다. "죄송." 그녀가 어깨를 으쓱하며 말한다.

카운터에 가서 진 토닉을 주문했더니 금붕어 한 마리쯤은 거뜬히 살 수 있을 만큼 커다란 잔에 술이 나왔다. 나는 그것을 들고서 로라와 친구들에게 다가간다.

"이쪽은 카라 씨야." 로라가 친구들에게 소개한다. "결혼은 망했지만 아직 갖고 있는 내 멋진 드레스를 만들어주신 웨딩드레스 디자이너셔. 물론 난 진심으로 말리고 싶지만, 혹시 꼭 결혼을 해야겠다면, 그리고 제일 예쁜 드레스를 입고 싶다면 다른 데 찾을 필요 없이 카라 씨한테 가면 돼."

사람들이 나를 흘끗 보자 나는 어색하지 않은 척하며 애써 미소를 짓는다. 로라의 결혼식 들러리였던 여자를 빼면 모두 낯선 얼굴들이다. 다른 테이블에서 의자를 끌어오지만, 자리가 비좁고 아무도 비켜주지 않아서 어쩔 수 없이 살짝 떨어져 앉는다. 얼마나 더 있어야 실례되지 않게 자리에서 일어날 수 있을까 고민한다. 진을 한 모금 마신다.

대화가 쉴 새 없이 활발하게 오가지만 뒤쪽에 앉은 사람들의 목소리가 섞여서 다 알아듣기 어렵다. 나는 몸을 살짝 앞으로 기울여 조각조각 들리는 말들을 이해하려 노력하며 웃어 보인다. 그러나 끝내 단념하고 다시 등을 기대어 앉아 시간만 헤아리며 음료를 홀짝인다. 잔에 띄워진 로즈메리 잎이 자꾸만 코를 간질인다.

"진짜 로라가 입었던 드레스를 만드신 거예요?" 왼쪽에서 누군가 묻는다.

돌아보니 굵은 짜임의 남색 스웨터를 입은 남자가 나처럼 무리에서 조금 떨어진 옆자리에 앉아 있다. 색이 어두운 머리는 다소 길고 덥수룩하며, 수염이 빽빽하게 나 있다. 어릴 적 오빠가 좋아했던 만화 시리즈 《틴틴의 모험》에 나오는 캡틴 하드독을 떠올리게 하는 모습이다. 눈은 선명한 푸른빛이다.

나는 진을 단숨에 들이켜고 고개를 끄덕인다.

"정말 아름다웠어요." 그가 말한다. "그 끔찍한 결혼식에서 유일하게 빛났던 게 그 드레스였죠. 축사가 끝나자마자 로라 어머니랑 닉 할머니가 한바탕 난리 치신 거 아세요? 결혼식 날부터 오래가긴 글렀다는 예감이 들더라니까요. 그래도 드레스는 참 멋졌어요. 저 같은 사람도 기억할 정도잖아요."

'저 같은 사람'이라는 말에서 그가 스스로를 대단치 않게 여긴다는 느낌이 전해진다.

"감사해요." 내가 말한다. 유일하게 말을 걸어준 그와 이야기를 이어가려면 무슨 말이라도 해야 한다는 것을 알지만 머릿속이 새하얗다. 결국 나는 뻔한 주제를 꺼낸다. "그럼 로라 씨랑은 어떻게 아는 사이세요?" 진부한 질문에 나 자신이 창피해진다.

"몰라요." 그가 대답한다. "혼자 조용히 맥주 한잔하러 왔는데 제 발목을 의자에 묶어놓고 안 놔주겠다며…." 그는 좌절한 얼굴로 고개를 저으며 한숨을 푹 내쉰다. "실은 제가 이렇게 엉뚱한 농담을 언제든 술술 늘어놓을 수 있는 남자인 척 연기하는 걸 좋아하거든요. 그런데 머리가 그렇게 빨리 돌아가질 못해서 농담을 하다가도 갑자기 멍해져서 결국 바보 같아 보이게 돼요. 사실대로 말씀드리자면 로라가 제 전 여자 친구랑 같은 직장에서 일하거든요. 여자 친구랑은 헤어졌지만 어쩌다 보니 로라와는 계속 친구로 지내고 있어요. 그냥 친구요." 내가 눈썹을 올리자 그는 황급히 마지막 말을 덧붙인다.

"그나저나 이름은 어떻게 되시나요, 조용히 맥주 한잔하러 왔다가 붙잡힌 로라의 친구님?" 그의 가볍고 장난스러운 말투를 흉내 내보지만, 내가 하니 왠지 거드름을 피우는 것처럼 들리는 것 같다.

"시미언Simeon이요." 그가 대답한다. "저도 아니까 웃지 마요." 내가 입꼬리를 올리기도 전에 그가 말한다. "어머니가 프랑스 추리소설을 엄청 좋아하셨죠."

연결고리를 찾느라 끙끙대는데 기억 속에서 이름 하나가 떠오른다.

"아! 《매그레》*!" 내가 외친다. "근데 그건…."

"시므농Simenon 아니냐고요? 맞아요. 전 프랑스 추리소설 작가 이름을 틀리게 쓴 이름으로 불리고 있죠. 이보다 더 부끄러울 수 있을까요? 어쨌든 어머니는 그냥 그 이름이 마음에 드셨대요. 철자를 잘못 썼다는 걸 알았을 땐 이미 늦었고요. 저는 이미 시미언이 되어버렸으니 어떻게 할 수 없었어요. 할아버지는 그 얘기를 듣고 거의 쓰러질 뻔하셨나 봐요."

"시미언, 이름 좋은데요?" 나는 천천히 이름을 되새기며 말한다. "시므농이 더 예쁜 것 같긴 하지만 이미 늦었으니."

"하나도 위로가 안 되는걸요." 그가 대답하는 동안 나는 그의 푸른 눈을 바라본다.

그는 발밑에 놓인 와인 병을 집어 들고 내 잔에서 로즈메리를 건져내더니 내게 묻지도 않고 와인을 따른다. 나는

---

* 벨기에 작가 조르주 시므농이 1931년부터 1972년까지 집필한 추리소설 시리즈로, 작가의 모어가 프랑스어였기 때문에 주인공 매그레 경감을 프랑스인으로 설정했다.

뭐라 하려다가 너무 당황해서 그냥 놔둔다.

"카라." 그가 말한다. "그거야말로 정말 예쁜 이름인데요. 이탈리아 이름이죠?"

"아마 그럴 거예요." 내가 대답한다. "어떻게 아셨어요?"

"전에 사귄 여자 친구가 이탈리아 사람이었어요."

"전적이 꽤 화려하신 모양이에요." 내가 말하자 그는 어깨를 으쓱한다.

"어쩌겠어요. 여자들이 저를 사랑하는 게 쉽지 않은가 봐요. '카라'는 '사랑받는 사람'이라는 뜻이죠?"

"그렇다고 하더라고요.. 아이러니하죠, 참." 내가 대답한다. 그는 나를 바라보며 내가 더 설명해주길 기다리지만, 눈이 아무리 파랗다 해도 술집에서 처음 본 사람에게 인생사를 털어놓을 생각은 없다. "슬슬 가봐야겠어요." 내가 말하며 자리에서 일어난다. "슈퍼 가던 길에 로라 씨한테 붙잡힌 거라서요."

나는 그가 내 의사와 관계없이 따라준 와인을 그대로 남긴다.

"혹시 같이 가도 될까요?" 그가 묻는다. "저도 살 게 있었던 것 같은데."

"의자에 묶여 계신 줄 알았는데요." 내가 말한다.

그는 과장된 몸짓을 하며 일어선다. "제 별명이 탈출왕 후디니예요."

"좋으실 대로."

나는 로라에게 인사한다. 그녀가 나를 붙잡으려는 시늉을 한다. "저희 아직 얘기도 제대로 못했잖아요." 그러다 시미언이 나와 함께 나가는 걸 보고 티 나게 윙크한다. 너무 창피해서 그도 로라를 봤는지 신경 쓸 겨를이 없다.

그의 신발이 또각거리는 소리와 함께 우리는 어두운 거리를 나란히 걷는다. 멀지 않은 곳에서 개가 소리를 높여 짖자 이내 주인이 성난 목소리로 야단친다.

"그래서 이름이 왜 아이러니해요?" 그는 마치 내가 방금 이야기한 것처럼 묻는다.

나는 가벼운 농담처럼 그의 질문을 대수롭지 않게 흘려보낼까 잠시 고민한다.

"두 살 때 엄마가 절 버린 것 같아요. 그래서 제가 '카라'라는 이름처럼 사랑받는 아이였다고 할 수 있을지 모르겠네요." 내 솔직한 대답에 스스로도 놀란다.

"그게 무슨 말이에요?" 그가 묻는다. "어머니가 떠나셨는지 아닌지는 알고 계실 거잖아요."

"그렇게 생각하시겠죠." 그가 한 질문에 대한 답이 아니라는 건 나도 안다. 함께 걸음을 옮기며 그가 고개를 돌려 나를 바라보는 게 느껴지지만, 내가 설명하지 않자 그는 더 묻지 않는다. 나는 바닥에 시선을 고정한다. "엄마가 죽은 줄 알았어요." 내가 눈을 들지 않고 말을 잇는다. "아빠가 그렇게 말했거든요. 근데 알고 보니까 살아 있는 것 같아요. 그래서 버림받았다는 쪽으로 생각하게 된 거죠."

"그거 정말 쉽지 않네요." 그가 말한다. "이제 어떻게 할 생각이세요?"

그의 목소리에 호기심과 진심 어린 걱정이 섞여 있다. 나는 조금 당황한다. 그냥 과일이나 사러 나왔을 뿐인데 이런 대화를 하게 될 줄은 꿈에도 몰랐다.

"엄마의 언니를 찾아보려고요." 내가 대답한다. "그리고 물어봐야죠."

"괜찮은 방법이네요." 그는 더 이상 파고들지 않는다.

그가 캐묻지 않아서 좋다. 왜 그에게 그런 이야기를 털어놨는지 모르겠지만, 내가 말하고 싶은 만큼만 말할 수 있게 배려해주는 것이 고맙게 느껴진다. 나는 그 주제를 다시 꺼내지 않는다.

슈퍼마켓 안은 조용하다. 덜 익은 바나나 몇 개와 윤이 나는 귤 한 봉지를 담고 나니 갑자기 의욕이 없어진다. 시미언은 어디론가 사라졌고, 나도 모르게 그가 옆에 없다는 사실에 아쉬움을 느낀다. 내 이야기를 캐려다 흥미를 잃었거나 다른 사람을 마주쳐 슬쩍 빠져나갔을 거라고 추측한다. 그가 양손에 와인 병을 들고 다시 나타났을 때 나는 놀라울 만큼 반가운 마음이 든다. 머릿속에서 경고음이 울리기 시작하지만 상상 속 담요로 덮어버리며 외면한다.

"레드가 좋으세요, 화이트가 좋으세요?" 그가 병 두 개를 번갈아 내밀며 묻는다. "뻔뻔하다고 말씀하셔도 할 수 없지만, 와인 한잔하면서 이어가야 할 대화인 것 같아서요. 저희 집이 바로 근처예요. 밖에서 마시고 싶으면 그러셔도 되고요. 아니면…." 그가 내 장바구니를 쳐다본다. "그 몇 개 되지도 않는 과일을 계산하고 혼자 집으로 돌아가셔도 되겠지만요."

나는 고민도 없이 대답한다. "둘 다 괜찮아요. 집도 좋을 것 같고요."

"아직 보지도 않으셨잖아요." 그가 경고하듯 말하며 활짝 웃는 모습에 나도 따라 웃는다. "혹시 모르니까 둘 다 살게요." 그가 말한다.

그의 집으로 향하는 언덕을 올라가며 나는 핸드폰을 꺼내 집에 전화를 건다.

"여보세요." 교대 간병인이 전화를 받는다. "저 카라예요. 말씀드렸던 시간보다 조금 늦을 것 같아요. 그냥 알려드리려고요."

통화를 마치면 시미언에게 이 대화에 대해 설명해야 할 것 같은 기분이 든다.

"저희 아빠가요." 내가 전화를 끊은 뒤 말한다. "몸이 좀 안 좋으시거든요."

그는 말없이 고개를 끄덕인다.

그의 아파트는 황야가 펼쳐지기 시작하는 마을의 끝자락에 자리 잡고 있다. 어둠에 잠긴 언덕들이 우리 뒤로 그림자처럼 우뚝 솟아 있다. 어두워서 자세히 보이지는 않지만 네모반듯하고 높은 건물에 창문이 많은 것 같다. 벽에 파란색 관광 안내판이 붙어 있다.

내가 어둠 속에서 안내판을 읽으려 하는 것을 보고 시미언이 설명한다. "예전엔 산부인과 병원이었대요. 그리고 그 전에 호텔로 쓰였을 때 찰스 다윈도 여기서 묵었다고 하더라고요.《종의 기원》출간을 기다리면서요. 물론 제가 있는 방은 아니었을 거예요. 저는 하인들이 지내던 다락방 쪽에 살아서." 그가 찡긋 윙크한다. 약간 후줄근하지만 그런대로 매력이 있는 것 같다.

아파트 현관에 열쇠를 꽂고 돌리자 문이 열리며 넓은 로비가 나타난다. 그는 앞장서서 엘리베이터 쪽으로 걸어간다. 순간 내가 안전 문제에 너무 안이했던 건 아닐까 하는 생각이 스치지만 본능적으로 위험하지 않다고 느낀다.

엘리베이터에서 내려 그가 걸음을 멈춘다. "아, 이런." 그가 손바닥으로 이마를 탁 친다.

"왜요?"

"아까 집을 어떤 꼴로 해놓고 나왔는지 이제야 기억났네요. 싱글 남자가 사는 자연 그대로의 모습을 보고 싶지 않다면 지금 도망가시는 게 좋을지도 몰라요."

"그 정도야 감당할게요." 내가 말한다. 여기까지 오니 집이 어떻든 그와 시간을 더 보내고 싶다.

"전 분명 경고했습니다." 그가 문을 연다.

그의 원룸은 아파트 지붕 아래 다락 공간을 활용해 만든 구조다. 천장이 사방으로 비스듬히 기울어져 방 중앙만 겨우 서 있을 수 있는 높이가 된다. 한쪽 끝에는 작은 주방과 식탁이, 반대쪽에는 헤진 가죽 소파와 TV가 자리 잡고 있다. 그가 겁을 준 것과 달리 방이 잘 정리되어 있다. 싱크대에 더러운 그릇도 없고 소파 위에 옷가지가 널려 있지도 않다. 바닥을 보니 그가 깔끔을 떠는 성격인 것 같다는 생각이 든다. 카펫에 깔아놓은 신문지 위에 완전히 분해된 자전거의 부품들이 종류별로 가지런히 놓여 있다. 방 안에 WD-40 윤활제 냄새가 살짝 풍긴다.

그가 자전거를 힐끗 보고는 코를 찡그리며 다시 나를 쳐다본다.

"죄송해요. 로라가 전화했을 때 자전거를 닦고 있었거든요. 손님을 초대하게 될 줄은 몰랐어요."

라디에이터에는 라이크라 사이클링 타이즈 한 벌과 형광 초록색 저지, 발목 양말 몇 켤레가 걸려 있다. 그가 내 시선을 따라온다.

"다 깨끗하게 세탁한 거예요." 그가 안심시키듯 말한다.

"건조기에 돌리면 줄어들까 봐 널어놓았어요. 그냥 없는 걸로 생각해줘요. 자, 편하게 앉으세요. 레드? 화이트?"

나는 조심스레 자전거 부품 사이를 지나 소파 맨 끝에 앉는다.

"화이트로 주세요." 내가 말한다. "집이 좋네요."

집이 작긴 하지만 잡동사니도 없이 깔끔하고, 모든 물건이 하나하나 신경 써서 배치된 것 같다. 나는 빠르게 집 안을 훑으며 여자 친구의 흔적이 없는지 살펴본다. 싱글이라고 했지만 남자들은 경우에 따라 그렇게 말하기도 하지 않는가. 남자들의 심리나 행동을 잘 아는 건 아니어도 텔레비전은 많이 보았다. 그러나 단서가 될 만한 사진이나 다른 것들은 보이지 않는다. 그가 사실을 말한 것 같다는 생각이 들자 괜스레 마음이 놓인다.

"고마워요." 그가 다리 없는 와인 잔에 와인을 따르며 말한다. "잔이 좀 특이하죠? 제가 덤벙대는 편이라서요." 의아해하는 내 표정을 보고 그가 덧붙인다. "이건 잘 안 쓰러지거든요."

그는 잔을 가져와 내가 불편하지 않도록 적당히 거리를 두고 옆에 앉는다. 오히려 그가 멀찍이 앉아 약간 섭섭하기까지 하다. 지금 베스가 날 본다면 뭐라고 할까.

나는 와인을 한 모금 마시고 용기를 내어 말을 꺼낸다. "그러면 자전거 분해말고는 무슨 일을 하세요?"

그는 자신이 초등학교 교사이며 원래는 그랜섬 출신이지만 일 때문에 요크셔에 온 지 2년 되었다고 설명한다. 열정적으로 제스처를 하고 머리를 쓸어 넘기는 등 말할 때 손을 활발히 움직인다. 넘쳐나는 힘을 손끝으로라도 내보내야 할 것처럼 온몸에 에너지가 가득하다. 나는 그가 영화와 자전거, 자기 일에 대해 자신감 있게 풀어내는 이야기를 흥미롭게 듣는다. 그가 때때로 질문을 던지면 나는 간단히 대답한다. 엄마에 대해서는 더 묻지 않아 안도한다. 벽에 걸린 시계를 보니 거의 자정이다.

"이제 가야겠어요." 내가 말한다. "다들 제가 어디 있나 걱정할 거예요."

하지만 사실은 그렇지 않다.

"아쉽네요." 그가 말한다. "즐거웠는데. 집까지 바래다드릴게요."

고개를 끄덕이며 일어서는데, 깔고 앉아 있던 탓에 발이 마음대로 움직이지 않는다. 내가 비틀거리는 순간 그가 내 어깨를 붙잡는다. 마치 영화 속 한 장면 같다. 그가 키스할지도 모를 분위기라고 생각하지만, 이내 그는 팔을 내리고 나는 균형을 잡고 선다. 지금 이게 무슨 분위기든, 오늘 밤은 아니다.

32장

 올해의 마지막 밤, 나는 아무 계획이 없다. 예전 같았으면 친구가 없는 자신을 자책하며 모두들 나보다 잘 살고 있다고 생각했을 것이다. 하지만 지금은 꼭 그런 건 아니라는 걸 안다. 새하얗게 쌓인 눈을 바라보며 보내는 완벽하고 로맨틱한 새해 전야는 영화 속 이야기일 뿐이다.

 문득 시미언과 함께한 저녁이 떠오르자 그가 오늘 밤을 어떻게 보내고 있을지 궁금해진다. 분명 재미있고 매력 넘치는 사람들로 가득한 파티가 줄줄이 이어질 것이다. 우리 집 문 앞에서 작별 인사를 나눈 이후 한 번도 나를 떠올리지 않았겠지. 놀랍게도 나는 이 생각 때문에 조금 속상해진다.

평소에는 내가 싱글이라는 사실이 그리 신경 쓰이지 않는다. 일하고 아빠를 돌보느라 연애할 시간도 없고, 조건에 맞는 사람을 만나기도 어렵다. 하지만 시미언은 조금 다르다. 나는 우리가 함께한 시간이 정말 즐거웠고, 내 촉이 약간 무디긴 하지만 그도 비슷하게 느꼈을 것 같다. 그래서 다시 만나자는 말도, 굿나잇 키스조차 없이 헤어진 것이 실망스러울 수밖에 없다. 나는 이런저런 가정을 하며 스스로를 괴롭히다가 그는 내게 그다지 마음이 없는 것이 분명하다는 결론에 이른다.

P 선생님이 아침 일찍 도착했다. 아빠와 나는 에펠탑 퍼즐을 맞추고 있다. 아빠는 거의 도움이 되지 않는다. 소근육 운동 능력이 점점 떨어져 퍼즐 조각을 제대로 집지 못하는 데다가 에펠탑 다리를 이루는 철제 격자 구조가 아빠에게는 말할 것도 없고 나에게도 복잡하다. 내가 진행 상황을 계속 말로 설명해주면 아빠는 그저 자기만의 조용한 세계 속에서 나를 보고 있는 것만으로도 만족스러워하는 것 같다.

P 선생님이 방에 들어오자 내가 묻는다. "다음 주에 제가 며칠 자리를 비워도 괜찮으실까요? 교대 인력 관련해서 업체에 연락을 드리긴 할 텐데, 혹시 제가 없는 동안 아빠 옆에 계속 계셔주실 수 있을까 해서요."

그녀는 곧바로 대답한다. "네, 문제없어요. 어디 좋은 데

가시나요?"

"샌프란시스코요." 나는 멀지 않은 블랙풀이나, 지구 반대편이 아닌 어딘가에 가는 것처럼 가볍게 대답한다.

P 선생님의 표정이 살짝 바뀐다. 가능한 계획인가를 따져보는 건지, 걱정하는 건지 모르겠지만 그녀가 이내 천천히 고개를 끄덕인다. "그렇군요. 얼마나 가 계실 예정이세요?"

"나흘이요." 나는 확신이 없는 것처럼 들리지 않도록 신경 써서 말한다.

"그렇게 짧은 기간 동안 다녀오시기엔 꽤 먼 곳이네요."

그녀의 말을 들으며 나는 그녀가 아빠와 둘이 남는 것이 꺼려지는 건지, 아니면 단순히 사실을 지적하는 건지 가늠하려 하지만 구분이 되지 않는다.

"그렇긴 하지만 아마 그 정도면 될 것 같아요. 사람을 찾으러 가는 거라서요. 저희 이모요." 내가 덧붙인다. "엄마의 언니."

"오빠분 말고는 가족 이야기를 하신 적 없으시잖아요." 그녀가 말한다. 어쩐지 원망하는 듯한 말투지만 내가 기분 나빠하기 전에 그녀가 먼저 바로잡는다. "물론 제가 상관할 일은 아니지만요."

순간 그녀에게 엄마와 이모, 아빠의 불륜 이야기까지 모든 걸 말해버릴까 생각한다. 나는 여전히 숨김없이 이야기를 나눌 사람을 찾고 싶고, 크리스마스 날 함께 대화한 이후로 P 선생님이라면 내 속내를 털어놓을 수 있을 것 같다. 그때 옆에 앉아 있는 아빠가 눈에 들어온다. 이제 주변에서 벌어지는 일을 잘 이해하지 못한다는 것이 거의 확실하지만, 아직 정신이 일부나마 남아 있다면? 그래서 우리의 대화를 듣다가 자신의 입장을 말하고 싶은데 그럴 수 없다면 어떤 느낌일까? P 선생님과 의논한다고 해도 적절한 때를 골라야 할 것이다.

"알게 된 지 얼마 안 됐어요." 내가 말한다. "아니, 이모가 있다는 걸 알고는 있었는데 계속 잊고 있었거든요. 그러다 오빠가 한 말 때문에 기억이 났죠. 어쨌든 이모가 샌프란시스코에 산다고 해서 한번 찾아보려고요."

"잘됐네요." 그녀가 다시 방을 나가며 말한다. "언제 출발하는지 알려주시면 짐을 챙겨서 가져올게요. 제가 화장실 옆에 있는 빈 방을 써도 괜찮겠죠?"

모든 게 이렇게 간단하기만 하면 좋을 텐데.

얼마 후 내가 샌프란시스코의 1월 날씨를 검색하던 차에 문에서 노크 소리가 난다. 문을 열자 시미언이 현관에 서 있다. 방수 코트에 등산 부츠, 방한용 모자 차림이다. 나는 터져 나오는 웃음을 꾹 참는다.

"황야로 산책 가려는데 같이 갈래요?"

그가 맛있는 간식을 기대하는 강아지처럼 나를 쳐다본다. 할 일이 산더미처럼 쌓였지만 주저하지 않고 기쁘게 고개를 끄덕인다. "좋아요. 코트만 챙길게요."

"신발도요." 베스가 선물해준 따뜻하지만 발이 작은 섬처럼 두툼해 보이는 분홍색 털 실내화를 보며 그가 말한다.

등산화는 없고 장화는 조금만 멀리 걸어도 뒤꿈치가 쓸린다. 나는 물이 별로 새지 않았던 것 같은 가죽 부츠를 대충 골라놓는다. 그리고 시미언이 입은 코트만큼 좋은 것은 아니지만 최소한 더 따뜻할 다운재킷을 입는다. 모자와 장갑을 챙기고 P 선생님에게 잠깐 나간다고 소리친다.

"시골 신사 같으시네요." 언덕을 올라 황야로 향하며 내가 말한다. 농담 삼아 한 말이었지만 그가 살짝 언짢아 보여서 얼른 수습한다. "저는 이렇게 걷는 데 필요한 장비를 제대로 갖춘 적이 없거든요." 당신이 문제가 아니라 내가 부족한 것이라는 뜻으로 그렇게 말하면서도, 머릿속으로는 장비만 번지르르하고 실속은 없는 사람들을 떠올린다.

"적절한 장비만 있으면 날씨 때문에 낭패를 볼 일은 없죠." 그가 말한다. "자전거 타면서 배운 거예요. 여긴 제가 살아본 곳 중에 가장 흐리고 비가 많이 오는 곳이에요."

"링컨셔에도 비가 꽤 오지 않나요?" 내가 묻는다.

"여기처럼 며칠씩 계속 오진 않아요. 게다가 이 회색 하늘은…." 그가 고개를 흔든다. "정말 죽겠네요."

"저는 회색이 좋아요." 나는 말한다. "안전하고 포근하게 감싸주는 느낌이랄까. 그림책에나 나오는 파란 하늘은 됐어요. 전 매일 구름 낀 하늘이면 좋겠는걸요."

그는 걷다가 고개를 돌려 나를 본다. "당신은 정말 이상하고 복잡한 사람이에요, 카라 페런스비." 그의 말에 나는 기분이 좋아야 할지 나빠야 할지 헷갈린다.

30분 정도 지나 우리는 마침내 정상에 이르러 계곡을 따라 걷는다. 이렇게 높은 곳에는 우리 말고 아무도 없다. 머리를 식히려는 관광객들조차 그 유명한 소와 송아지 바위 Cow and Calf Rocks*가 보이지 않는 곳까지는 좀처럼 나가지 않는다. 때때로 고사리 덤불 속에서 새소리라기보다 나팔 소리에 더 가까운 특이한 울음소리를 내며 들꿩이 날아오른다.

땅이 푹신푹신하다가 이내 축축하게 질어진다. 부츠 솔기 사이로 차가운 물이 스며드는 게 느껴지지만 내색은 하지 않는다. 집집마다 새해맞이 저녁을 준비하느라 불빛이 하나둘 켜지기 시작하는 일클리가 발아래 아늑히 자리 잡고 있다. 고사리 사이를 휘몰아치는 바람 소리와 돌길을 밟는 시미언의 발소리만이 고요함을 깨뜨리는 가운데 우리는 묵묵히 걷는다.

---

* 일클리 황야 고지대에 위치한 암석 지형으로, 크고 작은 바위가 소와 송아지를 닮았다.

"오늘 밤에 어디 가요?" 그가 묻는다. 나는 잠시 화려한 파티에 초대받았다고 거짓말을 할까 생각한다. 그는 내 머뭇거림을 잘못 이해한다. "데려가달라는 건 아니에요." 그가 말을 잇는다. "솔직히 전 새해 전야 파티 같은 건 별로 안 좋아해요. 차라리 집에서 줄스 홀랜드 연말 특집 방송 틀어놓고 좋은 술을 마시는 게 낫죠."

갑자기 좀 어색해진다. 이제 와서 나도 계획이 없다고 말하면 내가 그의 저녁에 끼어들고 싶어 한다고 생각할까? 나는 숨을 크게 들이마신다. 에라, 모르겠다···.

"저희 집에서 같이 보셔도 돼요." 내가 말한다. "그러니까 같이 볼 사람이 필요하면요." 나는 서둘러 덧붙인다. "저도 딱히 계획이 없어서요. 친구들도 아직 여행 중이라 따로 파티 준비를 하지 못했거든요. 근데 혼자 조용히 보고 싶으신 거면 괜찮아요. 일부러 혼자 새해를 보내는 사람들도 많으···."

그가 내 어깨를 붙잡고 입을 맞추며 말을 막는다. 처음엔 너무 당황해서 가만히 있다가 곧 그를 받아들인다. 우리는 그렇게 《폭풍의 언덕》에 나오는 캐시와 히스클리프처럼 마을이 내려다보이는 황야에서 키스를 나눈다.

"어젯밤부터 이렇게 하고 싶었어요." 그가 꼭 멜로 영화의 주인공처럼 말한다. 누군가 나에게 입을 맞춘 게 너무 오랜만이라 약간 충격을 받은 것 같다. 가능성을 생각해본

적이 없는 건 아니다. 다만 이렇게 빨리 일어날 거라곤 생각하지 못했다. "같이 줄스 방송 보는 거 좋네요." 그가 덧붙인다.

그가 말하는 동안에도 나는 집에 먹을 게 무엇이 있는지, 오늘 아빠를 누가 보는지, 와인이 남아 있는지 등을 떠올린다.

"집에 음식이 없어요." 내가 불쑥 말한다.

"아직도요?"

"어젠 좀 정신이 없었잖아요. 기억 안 나요?"

"제가 요리할게요." 그가 말한다. "필요한 것도 다 챙겨 올 테니까 부엌만 내주세요."

그의 여유로운 태도가 부럽다. 나는 그의 집에서 요리하겠다고 나서느니 달에 가는 게 나을 것 같지만, 그는 낯선 부엌에서 요리하는 것이 전혀 두렵지 않은가 보다.

"좋아요."

갑자기 십 대 소녀처럼 마음이 들뜬다. 새해 전야에 약속이 생긴 데다가 그 약속 상대가 남자라니. 베스가 들으면 얼마나 놀랄까.

"먼저 말해둘 게 있어요." 마을 쪽으로 다시 내려가며 나는 아빠의 상태와 P 선생님에 대해 간단히 이야기해준다. 그는 크게 개의치 않고 저녁 8시까지 우리 집에 오기로 약속한다.

생각만 해도 속이 울렁거릴 만큼 긴장된다. 산책이 데이트가 되어버리다니. 그게 데이트가 맞는지 아직도 얼떨떨하다. 나는 슈퍼에서 크루아상을 고르며 침대 시트를 갈아야 하나 고민한다. 베스가 여기 있었으면 좋겠다고 문득 생각한다.

"오늘 밤에 친구가 집에 올 거예요." 장 본 것을 정리하고 마침내 크리스마스에 남은 음식을 버리며 P 선생님에게 말한다. "남자요."

나는 이런 일이 흔하지 않다는 의미로 말끝을 살짝 올리지만 그녀도 벌써 몇 달째 같이 있었으니 이미 알고 있을 것이다. 그녀는 바닥에 신문지를 깔고서 아빠의 머리를 다듬고 있다. 아빠는 어깨에 수건을 두르고 식탁 의자에 얌전히 앉아 있다. 내가 머리를 깎아주려 하면 어린애처럼 꼼지락거려서 반쯤 하다가 그만두곤 했는데 말이다.

"전 신경 쓰지 마세요." 그녀가 가위를 든 채 말한다. "아버님만 침대에 모셔다드리고 얼른 사라질 테니까요."

그녀는 아무 질문도 하지 않지만 나는 자꾸 이야기하고 싶다.

"어제 처음 만난 사람이거든요. 친구의 친구예요. 좀 괜찮은 것 같더라고요. 리즈 근처 초등학교에서 일하는 교사래요."

"아까 문 앞에 오셨던 그분이에요?" 그녀가 아빠의 커다란 귀 주변을 조심스럽게 다듬으며 묻는다. "꽤 잘생기셨던데." 그녀는 덧붙이며 아빠의 머리 위로 내게 윙크를 보낸다.

평소 이런 식으로 나를 놀리는 건 베스뿐이라서 P 선생님이 나에게 지나치게 친근하게 구는 것 같아 발끈할 뻔했는데, 왠지 기분이 좋다. 가끔은 가시를 세우지 않아도 되지 않을까. P 선생님은 사실상 우리 집에서 살다시피 하면서 아빠를 위해 온갖 일들을 도맡아 해주고 있다. 그런 그녀가 내 일상에 조금 관심을 보였다고 불쾌해하는 건 우스운 일이다.

"그렇죠?" 내가 맞장구치며 장난스레 놀란 표정을 지어 보인다. "이름은 시미언이에요. 황야 근처에 살고요. 아직 뭐라 말하기 이르지만 마음에 들게 될 것 같아요."

그녀는 아빠의 어깨에 붙은 머리카락을 살살 털어 밑에 깔린 신문지 위로 떨어뜨린다.

"좀 즐길 때도 됐죠." 그녀가 말한다. "제 생각뿐일지도 모르겠지만 카라 씨는 나이에 비해 인생을 너무 심각하게 받아들이는 것 같아요. 즐겁게 사세요. 인생은 짧잖아요. 뭐가 됐든 두 손으로 꽉 붙잡고 마구 흔들어보기도 해야죠."

그녀의 말이 맞다. 시미언과 잘되지 않을 수도 있지만 새로운 사람과 대화하는 것은 좋은 일이니까.

8시가 조금 지나 초인종이 울린다. 여전히 머리카락이 제멋대로 떠 있는 그가 문 앞에 서 있다. 황야 산책 때 입었던 옷을 갈아입어 이제는 청바지와 각진 가죽 재킷에 스웨이드 첼시 부츠 차림이다. 그를 보는 순간 내가 한껏 초라해진다. 초대하지 말았어야 한다. 정말 멍청한 짓이었고, 그가 우리 집에 와 있어서 나는 도망칠 수도 없다. 그는 예의상 집 안으로 들어와서 실례되지 않을 만큼의 시간이 지날 때까지 똑딱이는 시계를 초조하게 흘긋거리며 버틸 것이다. 잘못 초대한 거라고, 마음이 바뀌었다고 말해야한다. 그리고 책이나 읽다 일찍 잠자리에 들면 그만이다.

"안에 들여보내줄 거예요, 말 거예요?" 그가 말하며 문 쪽으로 성큼 다가온다.

"미안해요." 내가 옆으로 비켜선다.

그는 조금도 망설이지 않는다. 복도에서 P 선생님이 아빠를 부축해 계단 쪽으로 데려가고 있다. 아빠는 걷는다기보다 거의 발을 질질 끌고 있고, 그들은 아주 조금씩 앞으로 나아간다.

"안녕하세요." 시미언이 환하게 웃으며 인사한다. 그가 나를 보러 왔다는 사실에 괜히 뿌듯하다. "시미언이라고 합니다."

"어머, 안녕하세요." P 선생님이 대답한다. "얘기 많이 들었어요."

나는 그대로 얼어붙는다. 세상에, 정작 그는 나에 대해 별생각도 없었는데 내가 P 선생님에게 계속 자기 이야기를 했다고 오해하면 얼마나 창피할까. P 선생님도 같은 생각이 스쳤는지 괜한 말을 했나 싶어 나를 힐끗 보지만, 어쩌겠는가. 말은 이미 나와버렸다.

"다 좋은 얘기였어야 할 텐데요." 내가 느끼고 있는 이 어색한 분위기를 전혀 의식하지 못한 듯 시미언이 말한다. "그리고 이분이 아버님이시죠?" 그가 묻는다. "안녕하세요, 페렌스비 씨." 그는 악수를 청하며 손을 내밀지만 아빠는 손을 멍하니 바라만 본다. 이런 사회적 예의는 이제 아빠에게 남아 있지 않다.

"네, 맞아요." P 선생님이 나 대신 대답한다. "저희는 방해되지 않게 이제 막 위층으로 올라갈 참이었어요. 그렇죠, 조?"

아빠는 시미언이 우리 집에 와 있는 것조차 모르는 듯하다. 시선이 앞쪽 벽의 한 점에 고정되어 있다.

"두 분 다 정말 반가웠습니다." 시미언이 말한다.

그는 진심 어린 태도를 보이며 아빠의 무관심에도 전혀 당황하지 않는다.

"좋은 저녁 보내세요." P 선생님은 인사하고 아빠와 함께 계단을 한 걸음씩 천천히 올라간다. 나는 시미언을 거실로 안내한다.

"뭘 좋아하실지 몰라서 고민 끝에 닭고기가 들어간 타라곤 크림소스 파스타를 하려고 준비했어요. 아, 설마 채식주의자는 아니죠?" 그가 푸른 눈을 크게 뜨며 묻는다.

그의 걱정스러운 표정에 웃음이 새어 나온다. 동시에 그를 초대한 이유가 다시 떠오른다.

"아뇨, 저는 고기 없으면 못 살아요. 먼저 술부터 한잔할까요?"

두어 시간 후, 우리는 벌써 두 번째 와인 병을 열었지만 파스타는 여전히 나올 기미가 없다. 나는 다리를 꼬고, 그는 긴 다리를 앞쪽으로 뻗은 채 소파에 등을 기대고 나란히 앉아 있다. 서로 닿을 만큼 가깝지는 않다.

"개인적인 질문 하나 해도 돼요?" 그가 묻는다.

나는 고개를 끄덕인다. 머릿속에서 그가 던질 법한 질문들이 휙휙 지나간다. 왜 아직 아빠와 함께 사는지, 결혼은 왜 한 번도 안 했는지, 내 삶이 정말 그렇게 평범하고 따분한지….

"손은 왜 그런 거예요?" 그가 조심스레 묻는다.

나는 반사적으로 소매를 내려 흉터가 가장 심한 부분을 가리려 한다. 하지만 그가 내 손을 살짝 감싸 쥐며 울퉁불퉁하게 일어난 피부를 엄지로 쓰다듬는다. 손을 빼고 싶다는 충동이 강하게 들지만, 끝내 그대로 둔다.

"사고였어요." 내가 말한다. "아주 어렸을 때요. 자세히는 기억 안 나요. 아빠가 정원에서 불을 피웠는데 제가 뭔가를 꺼내려고 거기 손을 넣었대요. 얼마나 뜨거운지 몰랐던 거죠. 의사들이 최선을 다했지만 완전히 낫지는 않았어요. 그래도 운이 좋았죠. 더 심할 수도 있었으니까요."

"지금도 아파요?" 그가 내 손을 들어 올려 흉터에 가볍게 입을 맞춘다.

나는 속으로 움찔하지만 애써 태연한 척한다.

"별로요. 이제 제 일부니까 그다지 신경 쓰이지도 않아요." 이 말은 물론 거짓말이지만 그가 굳이 알 필요는 없다. 나는 그가 내 단점에서 시선을 거둘 수 있도록 최선을 다해 대화 주제를 돌린다. "전 모레 샌프란시스코로 떠나요." 내가 깊이 생각하지 않고 내뱉는다.

"다시 돌아오는 거예요?" 그의 질문에 나는 잠시 당황한다. 그의 팔을 살짝 툭 치고는 내가 어느새 그에게 조금 더 가까이 다가갔다는 걸 깨닫는다.

"며칠만 잠깐 다녀올 거예요." 내가 대답한다. "풀어야 할 수수께끼가 있거든요."

"흥미롭네요."

"엄마에 관한 거예요."

"실종됐을 수도, 아닐 수도 있는 그분이요?" 그가 묻자 나는 내 이야기를 기억해준 것에 감동한다.

"네. 엄마한테 거기 사는 화가 언니가 있거든요. 직접 찾아가서 얼굴을 보고 엄마에게 무슨 일이 있었는지 물어보려 해요."

"와!" 그가 감탄하더니 내 눈을 똑바로 마주 본다. "카라 페런스비, 당신 정말 용감하네요."

내가? 나는 잘 모르겠다. 이 여행을 떠나는 건 용감해서가 아니라 어쩔 수 없는 강박 때문이다. 시간이 자정에 가까워졌을 때쯤 나는 지금까지 알아낸 것들을 모두 말한다. 이야기를 마치고 나서야 조각조각 흩어진 퍼즐을 모아 누군가에게 보여주는 건 처음이라는 것을 깨닫는다. 아직 전체 그림을 완성할 정도는 아니지만 적어도 어떤 모습일지 짐작해볼 수 있다.

속에 있던 이야기를 다 꺼내놔서인지 와인 때문인지 모르겠지만 몸이 조금 떨린다. 시미언은 내가 떠는 것을 보고 아무 말 없이 몸을 바짝 기울여 두 팔로 나를 안는다. 나는 가만히 있는다. 그의 애프터셰이브에서 정향과 레몬 향이 난다. 눈물을 참기 위해 향기 하나하나에 집중한다. 절대로 울지 않을 것이다. 그가 내 얼굴을 부드럽게 들어 올리고 우리는 또다시 키스한다.

33장

마이클, 1998년

마이클이 침대 옆 시계를 본다. 세 시간 뒤면 그는 자유의 몸이 될 것이다. 새들이 그럴듯한 오케스트라를 꾸리려 열심히 노래하지만 커튼에 비친 빛깔만 봐도 아직 해가 뜨지 않았다는 것을 알 수 있다.

이 저주받은 마을의 하늘은 언제나 회색으로 물들어 있다. 모르긴 몰라도 황야 때문일 것이다. 몇 킬로미터만 벗어나도 하늘이 새파랗지만 황야의 언덕이 버티고 선 이 마을에서는 그런 하늘을 좀처럼 볼 수 없다. 하지만 그는 더 이상 신경 쓰지 않는다. 오늘이 지나면 요크셔를 떠날 테니까. 이곳을 떠나 다시는 돌아보지 않을 테니까. 생각만으로도 심장이 빨리 뛴다. 그는 침대에 누워 디지털 시계를 뚫어져라 응시하며 숫자가 바뀌는 것을 지켜본다. 6시 10분⋯ 6시 11분⋯ 6시 12분⋯.

그의 앞날에 드리운 단 하나의 그림자, 마음 한편의 어두운 점은 바로 카라다. 그는 집에서 만든 이상한 옷을 입어서 원래도 비쩍 마른 몸이 더욱 연약해 보이는 동생을 떠올린다. 죄책감이 가슴속 깊은 곳에서 그를 잡아끌지만 그는 단호히 잘라낸다. 카라는 그의 책임이 아니다. 냉정하게 들려도 그게 사실이다. 졸업 후 어떤 선택을 할지는 전적으로 그녀에게 달려 있다. 원한다면 카라도 떠날 수 있을 것이다. 그때 그녀를 이곳에 붙잡아둘 만한 것은 사실상 아무것도 없다.

어차피 카라를 완전히 혼자 두고 떠나는 것도 아니다. 그녀에게는 베스가 있다. 베스를 떠올리면 마이클의 생각은 원하지 않는 방향으로 흘러간다. 이를 드러내고 해맑게 웃던 동생의 친구가 언제부터 사춘기 욕망의 대상이 되었는지 정확히 알 수는 없지만 상황이 정말 이상하다. 물론 그는 아무 말도, 어떤 행동도 하지 않았다. 그녀는 고작 열네 살이고, 게다가 카라의 절친이다. 그는 다시 침대에 누워 잠시 상상에 빠져든다. 덕분에 시간이 조금 더 지나간다.

6시 37분⋯. 이제 세 시간도 채 남지 않았다. 학교로 걸어가 거대한 나무문이 열리며 그를 맞이할 때 그 앞에 서 있을 것이다. 갈색 봉투에 담긴 성적표는 알파벳순으로 가지런히 정리되어 강당에서 주인을 기다리고 있다. 마이클은 자신이 원하는 결과를 얻을 것이라는 것에 대해 일말의 의심도 하지 않는다. 그의 우수한 성적을 보고 최상위 대학들에서 서로 앞다투어 그를 데려가려 했다. 그는 자신이 명문대에서 찾는 이상적인 학생의 유형과 정확히 일치한다는 것을 알고 있다. 똑똑하고, 성실하며, 야망이 있다. 담임교사의 추천서 역시 한 치의 모호함도 없다.

마이클 페런스비처럼 집중력 있고 목표 의식이 강한 학생을 찾기란 쉽지 않을 것이다. 변호사가 되는 것은 아주 어릴 적부터 마이클의 꿈이었으며 그는 꿈을 이루기 위해 지금껏 꾸준히 노력해왔다.

무엇 때문에 그가 그토록 흔들림 없이 목표를 향해 나아가는지, 그 동기가 무엇인지 아무도 묻지 않았다. 아마도 그냥 텔레비전에서 본 장면 때문에 흥미를 가졌다가 더 나은 꿈이 생기지 않아 붙잡고 있는 것이라고 생각했을지도 모른다. 마이클도 자기 이야기를 남에게 잘 하지 않는 성격이라 변호사가 되고 싶은 이유를 굳이 밝힐 필요를 느끼지 못했다. 그의 동기는 순전히 개인적인 것으로, 말하자면 그만의 비밀이라고 할 수 있다.

아빠의 법률 서류를 발견한 그때부터 단 한 번도 망설이지 않았다. 모든 것을 이해하려면 그 서류를 먼저 이해해야 했다. 런던 킹스 칼리지 법학과에는 이미 그의 자리가 마련되어 있는 것이나 다름없다. 오늘 성적표를 받아 드는 것은 단지 형식적인 절차에 불과하다.

아빠는 그의 대학 입시에 거의 관심을 보이지 않았고, 그 역시 아빠가 관여하도록 두지 않았다. 학부모 설명회 안내장은 늘 학교 쓰레기통으로 직행했다. 애초에 대학에 다닌 적이 없는 아빠는 그게 무슨 의미가 있는지 이해하지 못한다.

"너한테 진짜로 필요한 건 착실하게 돈을 모을 수 있는 일자리다." 아빠는 말했다. "3년 동안 빚만 잔뜩 지고 이름 뒤에 몇 글자 붙이는 것보다 훨씬 인생에 도움이 될 거야. 남들 보다 앞서 나가야지, 마이클. 네 친구들이 지원금으로 술이나 퍼마시며 노는 동안 괜찮은 회사에 발부터 들여놓으라고. 밖에 나가서 돈을 벌어야 할 나이에 대학 같은 건 시간 낭비다."

마이클이 자신은 변호사가 되고 싶으며, 그러려면 법학 학위와 자격증이 필요하다고 설명할 수도 있었지만 그게 무슨 소용이었겠는가. 대신 그는 학교에서 지원서를 작성하고 아빠의 서명을 정교하게 흉내 내어 집에는 알리지 않은 채 그대로 제출했다. 이제 두 시간 후면 결과를 받고 마침내 집을 떠나는 여정을 시작하게 될 것이다.

더 이상 가만히 누워 있을 수 없어서 그는 몸을 일으켜 샤워를 하러 간다. 쏟아지는 물줄기에 머리칼이 해초처럼 머리에 엉겨붙는 걸 보며, 앞으로 이 욕실에서 몇 번이나 더 샤워를 하게 될지 생각한다. 스무 번쯤? 많아야 스물다섯 번? 세어볼 가치도 없다. 그는 수도꼭지를 돌려 뜨거운 물로 피부를 지지다가 더 이상 참을 수 없게 되면 다시 차가운 물로 돌려 몸이 충격에 비명을 지르게 한다.

"샤워를 대체 얼마나 하는 거야? 돈 없다고!"

마이클은 아버지가 소리치는 걸 듣고도 무시한 채 계속 샤워를 한다. 물을 다시 적정 온도로 맞추고 물줄기를 맞으며 가만히 서 있다. 낭비되는 물이 하수구로 흘러 내려가는 것을 바라본다. 수증기가 자욱해 얼굴 바로 앞에 손을 갖다 대도 잘 보이지 않는다.

"물을 당장 안 끄면 내가 너 정말…." 문 가까이에서 목소리가 들린다. 마이클은 느긋하게 수도를 잠근 뒤 수건으로 몸을 감싸고 문을 연다. 아빠가 문에 너무 붙어 서 있어서 하마터면 욕실 안으로 넘어질 뻔한다.

"정말 뭐요?" 마이클이 아빠를 밀쳐내고 복도를 가로질러 방으로 향한다.

"지금도 내가 널 무릎 위에 올려놓고 혼내지 못할 거라 생각하지 마라." 아빠가 경고한다.

"못 하실 것 같은데요." 마이클이 대꾸한다. "건드리기만 해요, 목을 꺾어버릴 테니까. 아니면 나뭇가지처럼 똑 부러뜨려버릴 거예요."

마이클은 즐거워하고 있다. 자유가 코앞에 있다는 것이 느껴진다. 그래서 더 무모해진다. 잠시 후 카라가 계단에 나타난다. 이제 막 잠에서 깨어난 것이 분명하다. 금발 머리가 후광처럼 부스스하게 부풀어 있다. 시끄럽다고 불평할 줄 알았는데 아빠와 마이클 사이의 신경전을 이미 감지한 모양이다.

"오빠, 그러지 마." 카라는 그가 행동을 자제하길 간절히 바라며 말하지만 오늘 마이클은 무적이다. 수건 한 장만 걸치고 있을 뿐이지만 아무도 자신을 막을 수 없다는 것을 안다.

"입 조심해." 아빠가 말한다.

"조심 못 하겠다면요?"

"그럼 길바닥으로 쫓겨나게 될 거다."

"그거 잘됐네요." 마이클이 말한다. "제가 필요한 것보다 단 1초라도 더 이 집에 있을 거라고 생각한다면 큰 오산이니까요."

그 말을 끝으로 마이클은 방으로 어슬렁어슬렁 돌아가 문을 쾅 닫는다.

"여긴 내 집이다." 아빠가 문 너머까지 들리게 소리친다. "그러니 넌 내 규칙을 따라야 해."

마이클은 속옷과 트레이닝 바지, 티셔츠를 차례로 입는다. 밖에서 카라가 아빠를 진정시키기 위해 애쓰는 소리가 들린다. 그는 문을 열고 여전히 소리 지르고 있는 아빠에게 성큼성큼 걸어간다. 이제 마이클은 아빠만큼이나 키가 크다. 다소 불편하게 느껴질 정도로 아빠에게 가까이 섰다. 그래야 의도를 확실히 전할 수 있다.

"이제 저한테 이래라저래라 할 수 있는 날은 끝났어요." 그의 숨결이 아빠의 얼굴에 부딪쳤다가 다시 코끝으로 되돌아온다. 그는 아빠처럼 고함치지 않는다. 대신 차분하고 냉정하게, 오해의 여지가 없도록 단어 하나하나를 명확하게 발음한다. "자그마치 12년 동안이나 아빠가 큰 소리로 고약한 말을 해대는 걸 견뎌왔어요. 왜 저한테 그런 식으로 말할 권리가 있다고 생각하는지는 이해가 안 되지만요. 특히 그런 짓을 저지르고 난 후에도 말이에요. 아빠가 저를 어떻게 할 수 있는 힘은 이미 오래전에 사라졌어요. 법적으로는 아빠일지 몰라도 저한테는 그냥 허울일 뿐이에요. 당신은 아빠라는 자리에 어울리지 않으니까요, 그때 이후로는. 어쩌면 처음부터 그랬을지도 모르고요."

마이클은 더 구체적으로 말해야 할지 고민했지만 그럴 필요는 없어 보인다. 방금까지만 해도 붉으락푸르락했던 아빠의 얼굴이 하얗게 질렸다. 갑자기 그가 작아진 듯하다.

"아, 무슨 일 있어요, 아빠?" 마이클이 말을 이어간다.

"혹시 제가 모른다고 생각했어요? 저 바보 아니에요. 진작부터 다 알고 있었는걸요. 그냥 떠날 준비가 될 때까지 기다렸던 거죠."

순간, 지금 이 자리에서 모든 걸 다 밝혀야 하나 하는 생각이 머릿속을 스친다. 비밀은 이미 쏟아져 나와도 이상하지 않을 만큼 무거워졌다. 그는 너무나 오랫동안 그 짐을 짊어지고 살아왔다. 그러나 그는 카라를 본다. 체크무늬 잠옷을 입고 낡은 카펫 위에 맨발로 서서 그들이 또 싸우는 게 싫어 미간을 잔뜩 찌푸리고 있다.

말하면 안 된다. 더 이상 아무 말도 해서는 안 된다. 한번 입 밖에 내면 되돌릴 수 없고, 카라까지 그 짐을 짊어질 필요는 없다. 그는 무슨 일이 있었는지 알고 있다. 이제 아빠도 그가 안다는 걸 안다. 하지만 카라는 영원히 몰라야 한다.

그녀가 의문이 가득한 표정으로 그를 바라본다. "무슨 말이야, 오빠?" 그녀가 묻는다. "뭘 안다는 거야?"

"난 여기서 나갈 티켓이 있다는 거." 마이클이 그녀의 질문을 교묘하게 피하며 대답한다. "가능한 한 빨리 런던으로 대학을 갈 거고, 네가 뭐라고 해도 어쩔 수 없어."

카라의 담갈색 눈에 눈물이 차오른다. 그녀는 오빠에게서 시선을 떼지 못한다. 엄마를 많이 닮았다. 해가 지날수록 더 닮아간다. 비록 한마디도 하지 않지만 아빠도 분명 그렇게 생각할 것이다.

"뭐라고?" 그녀가 묻는다. "간다니 무슨 말이야? 가면 안 돼, 오빠."

마이클은 아빠에게서 한 걸음 물러나 이제 더 이상 어리지만은 않은 동생을 끌어안는다. 카라는 맥없이 무너지듯 그에게 안긴다. 그녀의 몸이 떨리기 시작한다.

"미안해, 카라. 하지만 난 여기 더는 있을 수 없어. 너도 내가 언젠가 떠날 거란 걸 알고 있었잖아?"

"그렇지만 어떻게…." 카라가 울먹이는 목소리로 말한다.

"오늘이야. 지금 성적표를 받으러 갈 거고 3주 뒤면 런던에서 새로 시작할 거야. 다 준비돼 있어."

"가면 안 돼." 그녀가 다시 말한다. "나도 데려가."

그는 천천히 고개를 젓는다. "그럴 수만 있다면 데려갔을 거야. 진심이라는 거 너도 알잖아."

잠시 말을 잃었던 아빠가 다시 고함친다.

"그래, 네 그 잘난 대학 놀음에 내가 한 푼이라도 보탤 거라고 생각한다면…."

마이클은 카라를 놓아주고 아빠를 바라본다. 회복이 불가능할 정도로 완전히 부서져버린, 영원히 빠져나올 수 없는 거짓과 상처의 구멍 속에 스스로를 가둔 한 남자가 보인다. 마이클은 상관하지 않는다. 그는 돌아서서 계단을 내려가 잿빛 구름이 걸린 바깥으로 나간다.

학교 정문이 9시에 열렸을 때 마이클은 줄 맨 앞에 서 있다. 그는 클립보드를 들고 서 있는 교장 선생님을 무시하고 곧장 강당으로 걸어간다. 테이블에서 자신의 이름이 적힌 봉투를 집어 들고 트레이닝복 주머니에 넣는다.

"그거 안 열어보니, 페런스비?" 부교장 글레이저 선생님이 묻는다.

"괜찮아요." 마이클이 대답한다. "안 봐도 알아요."

그는 돌아서서 곧장 학교를 빠져나온다. 구름 사이로 작은 파란 하늘이 잠시 모습을 드러낸다. 마이클은 왼쪽으로 방향을 틀어 황야를 향해 걸어간다. 주머니에 들어 있는 종이에는 'A A A A'라고 적혀 있다.

34장

카라, 2018년

잠에서 깨어났는데 옆에서 고른 숨소리가 들려온다. 어찌된 상황인지 알아차리는 데 잠시 시간이 걸린다. 시미언의 가슴이 오르내릴 때마다 이불이 내 어깨 위에서 부드럽게 들썩인다. 나는 최대한 조심스럽게 자세를 바꾼다. 아직은 그를 깨우고 싶지 않다. 어젯밤 일을 되새기며 잠깐 이렇게 누워 있고 싶다. 다행히 기억이 하나도 흐려지지 않았다. 소파에서 침대로 옮겨 온 건 빠르긴 했지만 술김에 저지른 실수가 아니었다.

알람 시계를 확인한다. 오전 7시 15분이다. 이불 속에서 배가 꼬르륵거린다. 파스타와 치킨은 결국 냄비에 들어가지도 못했다. 나는 소리가 멈추게 하기 위해 배에 힘을 주며 그가 듣지 못하기를 바란다. 이번에도 예외가 아니다. 생각이 멋대로 흘러가며 좋아하는 남자와 함께 침대에 있는 이 순간에서 벗어나 '만약에'와 '혹시'로 뒤덮인 어두운 곳으로 나를 데려간다. 어젯밤 그를 방으로 데려올 때의 자신감은 서서히 사라지고, 이제 곧 내 아침 입냄새를 맡게 될 낯선 남자 옆에 누워 불안해하는 서른세 살의 여자로 돌아온다.

신들이 장난을 치기라도 하는 듯, 바로 그 순간 그가 몸을 뒤척이더니 눈을 번쩍 뜬다. 그의 잠든 얼굴을 바라보다가 들킨 게 부끄러워 뺨이 달아오른다.

"새해 복 많이 받아." 그가 한 손으로 눈을 비비며 늘어지게 기지개를 켠다. 이런 상황에서조차 내가 약간의 공간이 필요하다는 것을 알아챈 듯 나에게 손을 대지 않는다.

"새해 복 많이 받아." 내가 대답한다. "괜찮아?" 내가 듣기에도 목소리가 조금 냉랭하다. 그는 이불을 살짝 들고 자신의 벗은 몸을 내려다본다.

"아무 문제 없는 것 같네."

내가 민망하지 않도록 그가 다시 이불을 덮는다. 시간이 지나면 정말 이 남자에게 마음이 갈지도 모르지만 벌써부터 내가 거리를 두는 게 느껴진다. '조심해, 카라. 누구도 그 단단한 벽을 뚫고 들어오지 못하게 해.' 내 안의 목소리가 속삭인다. '이미 돌이킬 수 없는걸.' 그렇게 중얼거리는 순간에도 방어 본능이 조금씩 올라온다.

"이제 일어나야겠어." 내가 말한다. 목소리가 퉁명스러워 그는 아마 내가 그를 내보내고 싶어 한다고 느낄 것이다. 하지만 내 마음은 그런 게 전혀 아니다. "아빠 때문에." 사실이긴 하지만 어쩐지 변명처럼 들린다. "아빠가 아침에 일어나면 혼란스러워하는 편이라 아빠 방에 가 있어야 하거든."

시미언이 몸을 일으켜 앉는다. 나는 가운을 집어 들고 침대 밖으로 미끄러져 나온다.

"알겠어." 그가 말한다. "방해 안 되게 나갈게. 옷만 얼른 입고."

상황이 이렇게 흘러가면 안 된다. 그에게 그냥 침대에 있으라고, 아빠가 괜찮은지만 잠깐 보고 돌아오겠다고 말하고 싶다. 크루아상까지 사다 놨잖아. 그러나 내 입 밖으로 나온 것은 딱 한마디다. "그래."

얼굴을 쳐다보지도 않아 그가 실망했는지조차 알 수 없다.

"내 바지 좀." 그가 말한다.

그의 옷은 잘 개어진 채 의자 위에 놓여 있다. 나는 그것들을 집어 그에게 건넨다.

"저기…." 내가 말을 꺼내려 하자 그가 손을 들어 제지한다. "걱정하지 마. 이해해." 하지만 그는 이해하지 못한다.

그럴 리가 없다. 나조차도 내가 이해되지 않는다.

그는 어젯밤의 친밀함과는 대조적으로 예의를 차리듯 조심스레 이불 아래에서 바지를 입고 일어나 나머지 옷을 챙겨 입는다. 나는 시선을 내리깔지만 그의 가슴에서 배로 이어지는 짙은 털이 언뜻 보인다. 그가 내 손이 닿지 않는 곳으로 멀어지기 전에 지금이라도 뭔가 해야 한다는 생각이 든다.

"즐거운 저녁이었어." 내가 간신히 말을 꺼낸다.

내 착각일까, 그의 미소가 어쩐지 씁쓸해 보인다.

"나도." 그가 셔츠를 여미며 말한다. "정말 좋았어, 사랑받는 카라. 또 볼 수 있을까, 아니면 이걸로 끝이야?"

나는 움찔한다. 내가 그를 밀어낸다고 오해하지 않길 바라지만 말을 고르느라 잠시 머뭇거린 그 짧은 틈이 거절로 받아들여진 듯하다.

"아니, 그런 거 전혀 아니야. 그냥 곧 여행도 가야 하고, 또 아빠 문제도 있으니까…." 아니라고 말해보지만 나에게조차 공허하게 들린다. 왜 그를 만난 것이 내 인생에서 가장 좋은 일이라고 솔직히 말하지 못할까. 그는 어깨를 으쓱한다. "내 번호 적어둘게." 그가 말한다. "혹시 모르니."

그는 지갑에서 오래된 영수증을 꺼내더니 주위를 둘러보다 펜을 찾아 번호를 적는다. 그리고 종이를 살며시 내 베개 위에 올려둔다.

"카라! 카라!" 아빠가 방 안에서 나를 부른다. 나는 문 쪽을 흘깃 보고 다시 시미언에게 시선을 돌린다.

"가야겠다. 정말 미안해."

그는 고개를 끄덕인다. "가봐." 그가 말한다. "괜찮아, 카라. 이해해."

하지만 그는 이해하지 못한다. 전혀 이해하지 못한다. 내가 복도를 지나 아빠의 방으로 향하자 그도 조용히 뒤따라온다. 나는 돌아서서 작별 인사를 하려 하지만 그는 이미 아래층으로 내려가고 없다. 잠시 후 현관문이 열렸다가 부드럽게 닫히는 소리가 들린다.

아빠는 침대에 누워 천장을 바라보고 있다. 내가 다가가도 얼굴을 돌려 나를 보지 않는다.

"자, 일어나자." 내가 말한다. 평소 아빠에게 말할 때의 친절한 목소리가 아니다. 지금 나는 내 삶을 뒤흔들고 이 순간까지도 나를 괴롭게 하는 이 남자, 우리 아빠에게 아무런 애정도 느끼지 못한다. "새해 복 많이 받아요, 아빠." 나는 웃음기 없이 덧붙인다.

나는 팔을 아빠의 몸에 감아 그를 일으킨다. 축축한 잠옷이 가느다란 다리에 달라붙어 있다.

아침 식사를 마치고 아빠의 침구를 세탁기에 넣은 뒤 나는 옷을 갈아입으러 간다. 시미언의 연락처가 적힌 영수증이 아직도 내 베개 위에 놓여 있다. 나는 그 종이를 집어

든다. 그냥 전화해서 내가 바보였다고, 당신을 밀어내고 싶은 게 절대 아니라고, 내가 서툴러서 누군가 나한테 잘해줘도 어찌할 바를 모른다고 설명하고 싶다. 하지만 그러지 않을 것을 안다. 그래도 종이를 책갈피에 조심스레 끼워둔다.

35장

1월 2일 나는 미국으로 떠난다. 기차가 공항으로 출발했고, 나는 아빠가 나 없이 P 선생님과 집에 남아 있는 것과, 내가 어디로 갔는지 오빠가 알게 되면 뭐라고 할지에 대해서 생각하지 않으려 한다. 그리고 시미언, 특히 시미언을 떠올리지 않으려 한다.

공항에서 비행기를 기다리는 동안 내가 기억하는 대로 캡틴 하드독이 헝클어진 검은 머리에 선명한 파란 눈이 맞는지 확인하기 위해 구글에 검색해본다. 안타깝게도 작가인 에르제가 그린 캡틴 하드독은 눈이 아예 없고 눈이 있어야 할 자리에 살색 원만 있다. 역시 사람을 만화 캐릭터와 비교하려는 것은 적절하지 않은 것 같다. 나는 파란 눈에 대한 생각을 접기로 한다.

무사히 미국에 도착한 후 줄이 길게 늘어선 출입국 심사대를 겨우 통과한다. 공항 건물을 빠져나와 택시를 잡아타고 샌프란시스코로 이동하며 도시의 풍경을 처음으로 감상한다. 강의 수면 위로 가느다란 안개가 수증기처럼 피어오르고, 고층 건물의 꼭대기는 구름 속에 숨겨져 있다. 안개 사이로 캘리포니아의 상징인 금문교가 보인다. 예상했던 것보다 작다는 생각을 하다가 다리가 빨간색이 아니라 하얀색이라는 것을 깨닫자 얼굴이 달아오른다. 이 다리가 아니다. 역시 난 관광객이다. 택시 기사에게 아무 말 하지 않은 것이 천만다행이다.

몇 블록 더 가자 꼭대기가 안개에 가려진 붉은 다리가 나타난다. 질서정연하게 번호가 매겨진 부두를 지나면서 내가 샌프란시스코에 대해 아는 것은 대부분 《도시 이야기 Tales of the City》*를 읽으면서 얻은 정보라는 것을 깨닫는다. 어디 싱글들을 위한 밤 행사가 열리는 슈퍼마켓이 있지 않았나? 이 생각에 또다시 내 마음이 시미언을 찾아 방황한다. 내 삶에 더 이상의 복잡함을 받아들일 여유는 없다고 되뇌지만, 한편으로는 왜 내가 시미언 때문에 삶이 복잡해질 거라고 생각하는지 모르겠다. 지금까지 보아온 바로는

---

* 미국 작가 아미스티드 모핀이 쓴 소설 시리즈로, 샌프란시스코에 사는 인물들의 삶을 묘사한다.

시미언은 꽤 단순하고 직설적인 편이었다.

잠시 동안 그의 환한 미소가 내 마음속 방어벽을 넘어오도록 허락한다. 하지만 이내 그를 다시 밀어내고 문을 굳게 닫아버린다. 그의 번호가 적힌 종이는 잘게 찢어 부엌 쓰레기통에 버렸다가 축축한 티백 때문에 글씨가 뭉개진 뒤에야 마음이 바뀔까 봐 일단 잘 챙겨두었다. 지금 내 지갑 속 우표책과 아껴두었지만 쓰지 않을 것 같은 할인 쿠폰 사이에 안전하게 들어 있다. 물론 그는 이제 더 이상 내게 관심이 없겠지만 나는 종이를 꺼내 그의 번호를 휴대폰 연락처에 저장한다. 혹시 모를 일이니까.

다시 고개를 들자 33번 부두를 지나고 있다. 앨커트래즈로 가는 유람선 표지판이 눈에 들어온다. 섬을 살짝이라도 보고 싶지만 건물에 시야가 가린다. 상관없다. 이모를 찾지 못한다면 구경할 시간은 충분히 있을 것이다.

만을 따라가는 길에서 빠져나온 택시는 좌회전해서 시내로 들어간다. 그리고 얼마 안 가 호텔 앞에 멈춘다. 기사에게 팁을 건네고서 작은 여행 가방을 끌고 경사로를 올라 호텔로 들어간다. 나를 본 직원들이 미국인 특유의 열렬한 환영 인사를 건넨다.

내가 묵을 곳은 평범한 회사 사무실 같아 보이는 작은 방이다. 문을 열고 들어와보니 아무도 없는 빈방에 TV가 켜져 있다. 화면에는 샌프란시스코 만 사진이 떠 있다. 내

안의 영국인 기질 탓에 전기를 낭비하는 꼴을 가만히 두고 볼 수 없다. 나는 TV를 끄려 하지만 대기 모드 옵션밖에 찾지 못한다. 가방을 트윈 침대 중 하나에 던져놓는다. 아쉽게도 얇은 커튼 밖으로 보이는 풍경은 바깥 거리뿐이다. 그래서 TV 화면으로 바다의 경치를 보여주는 모양이다. 혼자 여행하는 젊은 여성이라 문제 제기를 하지 않을 것 같아서 전망이 좋지 않은 방을 준 듯하다. 항의할 수도 있지만 무슨 소용이 있겠는가.

나는 핸드백에서 장거리 비행의 흔적들을 꺼내 쓰레기통에 넣고 여행 가방에 달린 수하물 태그를 떼어낸 뒤, 안내 데스크에서 가져온 지도 한 장을 훑어보며 대략적인 위치를 파악한다. 이모의 갤러리가 매우 가까운 곳에 있어서 커피를 마시고 싶은 마음을 억누르고 길을 나선다.

예상했던 대로 호텔에서 나와 모퉁이를 돌자마자 바로 갤러리가 있다. 작고 소박하며, 짙은 파란색 배경에 고급스러운 글씨체로 상호를 적어 넣은 간판도 눈에 잘 띄지 않는다. 창가에는 캔버스에 그린 작은 추상화만 간단히 전시해두었다. 세 작품 중 어느 것도 이모의 작품은 아닌 것 같다. 밖에서는 내부를 짐작할 수 있는 단서가 거의 보이지 않는다. 입구는 마치 동굴처럼 어둡고 깊어 다소 위협적인 느낌을 준다.

길 건너편에 '커피 빈 앤 티 리프'가 보인다. 정겨운 흰색 분필로 적은 손글씨 메뉴판을 세워둔 카페가 상당히 괜찮아 보인다. 그냥 건너가서 커피 한 잔 마시며 주변을 둘러봐도 된다. 아니면 마음을 다잡고 곧바로 갤러리로 들어가 이모에 대해 물어볼 수도 있다. 나는 용기를 그러모은다. 커피나 마시러 지구 반 바퀴를 돌아온 것은 아니다. 이제 여기까지 온 마당에 주저할 게 뭐가 있는가. 여기서 무엇을 알게 되든 엄마에게 무슨 일이 있었는지 알아내는 데 도움이 될 것이다. 나는 쿵쾅쿵쾅 뛰는 심장을 달래며 갤러리 안으로 들어간다.

어두운 실내 어디선가 은은한 바닐라 향이 풍겨온다. 그제야 비행기에서 내린 이후 아무것도 먹지 않았다는 사실이 떠오른다. 그림들이 와이어에 걸려 있고, 조명이 강렬한 원형의 빛을 전체가 아닌 각 그림의 일부만 비추고 있다. 꽤 독특한 전시 방식이다. 불을 켜서 갤러리 전체를 밝히고 싶은 충동이 든다. 너무 답답해서 숨이 막힐 지경이다.

갤러리는 폭이 좁아서 길게 뻗어 있는 구조가 더욱 강조된다. 남다른 조명 배치 때문에 주변이 제대로 보이지 않아 언제든 공격받을 수 있을 것 같은 기분이 든다.

긴장을 풀기 위해 첫 번째 구역에 걸린 그림들을 둘러본 뒤, 이모의 작품을 찾을 수 있길 바라며 안쪽으로 들어간다. 갤러리 중간쯤에서 거대한 캔버스 하나가 내 시선을 사로잡는다. 유화 물감을 두껍게 덧바른 시커먼 바탕 위에 새

빨간 줄이 그어져 있다. 차마 오래 마주 볼 수가 없다. 불안하고 불편하며 마음이 안정되지 않는다.

"멋지지 않아요?" 옆에서 누군가 말한다.

돌아보니 지나치게 밝은 적갈색 머리의 여자가 서 있다. 타고난 머리색이라고는 볼 수 없는, 자연의 뜻을 거스르는 색이다. 그녀는 외모 가운데 가장 눈에 띄는 부분인 그 머리를 틀어 올렸는데, 언제든 풀려서 어깨 위로 다시 쏟아져 내릴 것 같다. 키는 나보다 15센티미터 정도 작고 체구도 아주 아담하다. 가녀린 쇄골이 연필만큼이나 가늘어 보인다. 말할 때마다 손이 작은 새처럼 팔락거려서 손가락에 낀 반지들이 조명 빛을 여기저기로 반사시킨다.

"아시겠지만 초기 작품 중 하나예요. 저희한테 온 것도 운이 좋았던 거죠. 아쉽게도 판매용은 아니고 잠시 대여한 거지만요."

"작가에게 대여한 건가요?" 내가 묻는다.

"절대 아니에요!" 그녀의 말에 마음속에서 움튼 희망이 꺾여버린다. "켐프 작가님은 절대 작품을 소장하지 않으세요. 완성하자마자 저희한테 보내서 판매하게 하시는걸요. 작품을 끝내면 다시는 보고 싶어 하지 않으세요. 전에 작가님이 말씀하시길, 그림을 그리면 마치 암 덩어리를 떼어낸 것 같대요."

내 얼굴에 거북함이 드러난 모양인지 그녀가 덧붙인다.

"저도 알아요. 끔찍하죠. 켐프 작가님 작품에 관심이 있으신 건가요?"

그녀가 긴 비행에 흐트러진 내 옷차림과 지저분한 운동화를 눈으로 훑자 시골 촌뜨기라도 된 기분이다.

"그렇다고 할 수 있죠." 내가 얼버무린다. "며칠 전에 이메일을…." 그녀가 혹시 기억하는지 넌지시 떠보려다가 말끝을 흐린다. 그냥 물어보면 되겠지만 왠지 입이 떨어지지 않는다. 잃을 게 너무 많아서 시작하기조차 쉽지 않다. 그녀는 아까와 달리 손을 움직이지도 않고 기대에 찬 표정으로 나를 바라보고 있다. 마음을 다잡고 다시 입을 연다. "실은 켐프 씨를 만나고 싶어서요. 여기 샌프란시스코에 사시는 것 맞죠?"

여자가 미소를 지우고 뒤로 살짝 물러난다. "혹시 기자세요? 작가님은 사생활을 무척 중요하게 생각하셔서 절대 언론 인터뷰는 하지 않아요. 저희도 물론 작가님의 사생활을 철저히 보호하고요." 그녀는 못마땅하다는 듯 콧소리를 내며 팔짱을 척 낀다.

"아, 아니에요!" 내가 급히 말한다. "그런 게 아니에요. 전 기자가 아니라 웨딩드레스를 만드는 사람이에요. 그래서 그분을 만나려는 건 아니지만요." 내가 두서없이 말하자 그녀는 약간 정신이 이상한 사람을 보듯이 나를 빤히 쳐다본다. "제가 켐프 씨를 찾는 이유는 혹시 제 친척일지도 모른다고 생각해서예요."

그녀가 한쪽 눈썹을 한껏 치켜올리며 입술을 비튼다. 이런 소리를 듣는 것이 처음은 아닌 모양이다. 나는 한 번뿐인 기회가 점점 멀어져가고 있다는 것을 감지한다. 지금 당장 말하지 않으면 그녀는 내가 입을 다물고 있는 동안 이야기를 꾸며내고 있다고 생각할 것이다.

"돌아가셨다고 들었던 저희 엄마가 사실 살아 계실지도 모른다는 걸 얼마 전에 알게 됐어요." 내가 말문을 연다. "엄마는 오빠와 제가 어릴 때 저희를 떠났고, 저는 그 이유를 알아보려 하는 중이에요. 이 문제를 풀어나갈 수 있는 유일한 실마리는 엄마의 언니가 화가인 우르술라 켐프라는 것뿐이고요. 아무래도 여기 켐프 작가님이 제가 찾는 분이 맞는 것 같은데, 제가 아는 한 저희 오빠를 제외하면 그분이 제 유일한 가족이에요."

아빠 이야기는 꺼내지 않는다. 이미 충분히 복잡하다.

"그분께 엄마에 대해 물어보려면 꼭 만나야 해요.. 제가 영국에서 출발해서 방금 미국에 도착했거든요." 내가 시계를 본다. "30분쯤 전에요. 제발 도와주실 수 없을까요?"

그녀는 여전히 의심스러운 표정이지만 팔짱을 푼다. "카라 페런스비 씨인가요? 작품 구매에 관심이 있다고 메일 보내신?"

나는 멋쩍어하며 고개를 끄덕인다. "거짓말을 좀 하긴 했죠." 나는 미안한 표정을 지으며 대답한다. "실은 이 편지를 켐프 씨에게 전해주셨으면 해요. 저는 금요일까지만 여기 있고, 그 후에는 영국으로 돌아가야 하거든요."

나는 가방을 뒤져 영국에서 책상 앞에 앉아 쓴 편지를 꺼내 그녀에게 건넨다. 손이 떨린다. 그녀는 편지를 내려다보고 다시 내 얼굴을 보더니 작은 진주 같은 흰 치아로 아랫입술을 깨문다.

"글쎄요." 그녀가 말한다. "켐프 작가님은 누군가를 연결해드리는 것에 대해 무척 엄격하셔서요."

나는 내밀고 있던 손을 좀 더 뻗어 편지가 그녀의 팔에 살짝 닿게 한다. "부탁드려요." 내가 말한다.

그녀는 편지를 다시 한번 보고 결국 받아 든다. "오늘 저녁에 가져가볼게요. 하지만 작가님이 읽어주실지, 아니, 받아주실지 장담 못 해요."

안도감에 그녀를 붙잡고 키스라도 퍼붓고 싶지만 참는다.

"정말 감사해요." 내가 말한다. "제가 묵고 있는 호텔 이름을 편지에 적어뒀어요. 그분 주소는 못 찾겠더라고요. 시도는 해봤지만."

"당연히 그러셨겠죠." 그녀가 말한다. "말씀드린 것처럼 작가님은 정말 사생활 보호에 철저한 분이라니까요. 딱 저만 믿으세요." 그녀는 자신감이 흘러넘치는 표정으로 환하게 웃는다.

"그럼 당신이 제 마지막 희망이네요." 나는 활짝 웃으며 그녀를 향해 손을 내민다.

"스카일러라고 해요." 그녀가 내 손을 두 손으로 꼭 잡으며 말한다. 미국인 특유의 과한 친근함을 보이는 것뿐이겠지만 그저 고맙기만 하다. "최선을 다해볼게요." 스카일러가 말한다. "내일 정오쯤 다시 오실래요? 혹시 소식이 있으면 알려드릴 테니까."

"고마워요." 안도감 때문에 목소리에 한숨이 섞여 나온다. "내일 여기서 뵐게요."

나는 편지를 두고 샌프란시스코 거리로 나가 내일을 기다리기로 한다. 이제 참을 수 없을 정도로 배가 고파져서 길 건너 카페에서 에스프레소와 사워도우 샌드위치를 사지만, 보기에는 먹음직한 것에 비해 맛이 그리 좋지는 않다. 몸이 느끼기에는 이제 초저녁쯤 되었을 것 같은데 캘리포니아의 하늘에는 여전히 해가 높이 떠 있다. 적어도 저녁때까지는 계속 돌아다녀야 한다. 그렇지 않으면 새벽에 잠을 이루지 못하고 양이나 세고 있을 테니까.

조금 기운을 차리고 샌프란시스코에서 관광객이 즐길 만한 것을 찾아 나선다. 인파를 따라 롬바드 스트리트로 가니 구불구불한 길만으로 교통 문제를 해결해냈다는 게 정말 감탄스럽다. 차들이 꼬리에 꼬리를 물고 이리저리 휘어진 언덕길을 천천히 내려온다.

다음으로, 유니언 스퀘어로 향하는 삐걱거리는 나무 케이블카에 올라타 프랑스 관광객들과 딱 붙어 선다. 시끌벅적한 사람들 사이에 서 있자니 그들 눈에 내가 이상하게 보이진 않을지 신경 쓰인다. 하지만 다시 생각해보니 사랑해주는 이 하나 없이 혼자 여행하는 여자를 누가 눈여겨볼까 싶다. 나는 이 넓은 세상에서 사실상 보이지 않는 존재나 다름없다. 만약 케이블이 끊어져 이 케이블카가 언덕 아래로 추락해 모두 죽는다면, 탑승자 중에 금발의 영국 여자도 있었다는 걸 누가 기억이나 해줄까? 아마 없을 것이다.

그래도 괜찮다. 인생을 혼자 살다 보면 혼자 여행하거나 아예 여행을 가지 않는 법을 익히게 된다. 물론 그동안 베스와 둘이 깔깔거리며 유럽의 주요 관광지들을 누비고 여러 해변에서 햇볕을 쬐기는 했다. 베스가 곧 신혼여행에서 돌아오면 내가 영국에 없다는 사실을 알게 될 것이다. 친구가 아무 말 없이 지구 반 바퀴를 건너가게 된 이유를 알아내려 애쓰는 베스의 모습을 상상하니 절로 미소가 나온다.

신혼여행을 생각하자 너무 앞서가는 일이지만 시미언을 떠올리게 된다. 그를 잊기로 마음먹었는데도 그에 대한 생각을 떨쳐낼 수가 없다. 지금 무엇을 하고 있는지, 내가 침대에서 쫓아내다시피 한 이후로 나를 다시 떠올린 적이 있는지 궁금하지만 의미가 없다. 나는 그를 밀어낸 것이나 마찬가지고, 그는 더 이상 내 곁에 있고 싶지 않다는 것을 분명히 했다.

내 바로 오른쪽에 한 커플이 서 있다. 여자보다 키가 큰 남자가 흔들리는 케이블카에서 여자가 넘어지지 않도록 뒤에서 팔로 감싸고 있다. 여자가 즐겁게 웃고는 제자리에서 몸을 돌려 남자에게 키스한다. 나는 시선을 돌린다. 내가 기억하는 한 내 인생에서 가장 좋은 기회를 날려버린 지금으로서는 그들의 행복한 모습을 도저히 보고 있을 수 없다. 다른 사람들의 사랑 이야기가 지금 내게는 너무 아프다.

유니언 스퀘어에 도착하자 나는 케이블카에서 뛰어내려 주변을 둘러본다. 여름에는 이 넓은 계단에서 햇살을 즐기려는 사람들로 붐빌 것이다. 하지만 오늘은 공기가 차고 높은 건물 사이로 바람이 매섭게 불어온다. 아무도 그리 오래 머물지 않는다. 나는 우두커니 서서 분주히 움직이는 세상을 바라보며 앞으로 어떤 일이 일어날지 생각해본다. 스카일러는 공감을 잘하는 편인 듯하다. 내 편지를 그냥 쓰레기통에 버리는 일 없이 분명 약속한 대로 이모에게 전달할 것이다.

어쩌면 내 편을 들면서 이모에게 내가 숨은 의도가 있는 기자가 아니며, 진심인 것처럼 보였다고 말해줄지도 모른다. 하지만 설령 그렇게 해준다 해도 결과에는 큰 차이가 없을 것 같다는 생각이 든다. 이모가 가족과, 세상 대부분과 단절한 채 살아가기로 결정했다면 굳이 왜 자신이 떠나온 시간 속에서 불쑥 나타난 나라는 낯선 사람과 대화하고 싶겠는가. 그렇지만 아주 조금은 호기심이 생기겠지. 얼굴을 본 적도 없지만 어쨌든 나는 그녀의 조카니까.

하품을 참기 어려워진다. 잠이 필요하다. 이곳 시간이 겨우 오후 6시밖에 되지 않았음에도 나는 저녁을 건너뛰고 침대 위의 새하얀 침구 속으로 파고든다. 나는 꿈조차 꾸지 않고 깊은 잠에 빠져든다.

36장

 저녁 식사 전에 잠자리에 든 벌로, 나는 터무니없이 이른 시간에 잠에서 깬다. 창문 아래 거리에는 적막이 감돌고 눈에 들어오는 작은 하늘 조각은 도시의 불빛 때문에 초콜릿색으로 물들어 있다. 다시 침대에 누워보지만 몸이 근질거려 오래 버티지 못한다. 일어나 샤워를 한 뒤 어제 입었던 것보다 조금 더 단정하고 깔끔한 옷으로 갈아입고서 로비로 내려간다. 야간 근무 중인 직원들은 시차 적응을 하지 못해 서성이는 관광객을 봐도 전혀 놀라지 않는다. 그들은 내가 호텔 조식값을 내고 싶어 하지 않는다는 것을 아는 듯 24시간 영업 중인 식당 쪽을 가리킨다.
 식당을 찾아가보니 전 세계에 체인점이 있는 가게다. 영화에서나 보던 미국에 와 있으면서도 진짜 미국을 경험할 수 없다는 것이 조금 실망스럽지만, 환하게 켜진 불빛이 반갑게 느껴진다. 가게 안에서는 이미 몇몇 손님들이 커피를 마시며 식사하고 있다. 나는 자리를 안내받고 바삭한 베이컨과 메이플 시럽을 곁들인 팬케이크를 주문한다. 음식이 나오자 이 정도 양이면 일주일은 먹겠다는 생각이 든다. 리필을 따로 요청하지 않아도 커피를 계속 따라준다. 미국은 정말 좋다.

"여긴 휴가로 온 거예요?" 웨이트리스인 샤를리즈가 묻는다. 나는 고개를 끄덕인다. "그럴 줄 알았어요. 아침 일찍 오시는 손님들 중에는 관광객이 많거든요. 시차 때문이죠?" 나는 또다시 고개를 끄덕인다. "그러면 앨커트래즈에는 무조건 가보셔야 해요." 샤를리즈가 한 손으로 내 커피잔을 채우고 다른 손으로는 팬케이크 접시를 치우며 말한다. "다른 덴 몰라도 거긴 꼭 가보세요. 제가 손님들한테 매번 추천드리는 곳이에요." 그녀는 자칭 관광 가이드 역할이 뿌듯하다는 듯 자부심에 찬 표정을 짓는다.

"고마워요." 내가 대답한다. "한번 가볼게요."

"근데 아침 일찍 가셔야 해요." 그녀가 덧붙인다. "사람들이 금방 몰리거든요. 일찍 가는 건 별로 상관없으시죠?" 그녀가 활짝 웃자 앞니 중 하나인 금니가 반짝댄다.

"청구서, 아니, 계산서 좀 주시겠어요?"

"금방 가져다드릴게요." 그녀가 자리를 뜬다.

갤러리에 들르기로 한 시간까지는 아직 일곱 시간이나 남아 있어서 앨커트래즈행 유람선을 탈 수 있을지 확인이라도 해보기로 한다. 첫 배는 오전 8시 45분에 출발한다. 표를 사겠다고 하자 매표소 직원이 고개를 저으며 혀를 차더니 내 이름을 대기자 명단에 올려준다. 결국 나는 배에 오른다. 배가 부두를 떠나 만으로 나아가자 흰 파도를 일으키는 거센 바람이 불어와 목도리를 더 단단히 여민다.

배에 혼자 오른 사람은 나뿐인 것 같다. 문득 시미언과 함께 여행을 왔다면 어땠을까 상상해보지만 곧바로 생각을 털어낸다. 그를 머릿속에서 지워야 한다. 그를 자꾸 떠올리는 것이 내게 아무런 도움이 되지 않는데도 도무지 멈출 수 없다. 대부분의 사람들은 안쪽 좌석에 앉아 있고, 나를 비롯한 강심장들만이 바깥으로 나와 섬을 사진으로 선명하게 담으려고 애쓴다.

유람선이 항구로 들어서자 깎아지른 절벽이 우리를 맞이한다. 연한 크림색의 감옥 건물이 바위 꼭대기에 우뚝 서 있다. 머리 위로 갈매기들이 울어댄다. 울음소리가 너무 애달파서 마치 그들 역시 이 음산한 바위섬에 갇혀 있는 것만 같다. 해안에서 볼 때는 섬이 금방이라도 닿을 듯 가까워 보였지만 실제로는 부두에 도착하기까지 15분은 족히 걸렸다. 탈출을 꿈꾸던 이들에게는 결코 수영해서 건너기만만한 거리가 아니었을 것이다.

앨커트래즈 투어에서는 과거 수감자들이 녹음한 음성 해설을 틀어주는데, 진한 감정이 배어 나오는 그들의 생생한 목소리가 마음을 울린다. 비좁은 감방 안을 들여다보지만 이곳에서의 삶이 어땠을지 짐작조차 되지 않는다. 몇몇 감방은 문이 열려 있어 안에 들어가 크기를 체감해볼 수 있지만, 왠지 누군가의 사적인 공간에 침입하는 느낌이 든다.

높은 벽과 감시탑이 위협적으로 내려다보는 운동장에 이르자 이 섬이 얼마나 폐쇄적인 곳인지 실감이 난다. 나는 멈춰 서서 거친 파도 너머 손에 닿을 듯 닿지 않는 샌프란시스코를 바라본다. 해설에 따르면 수감자들은 바다 건너 파티에서 울려 퍼지는 음악과 웃음소리를 들을 수 있었다고 한다. 이제 이곳에는 관광객들의 웅성거리는 대화 소리와 하늘 위를 빙빙 도는 갈매기들의 울음소리만이 남아 있다.

나를 육지로 데려갈 유람선이 작은 항구에 들어설 즈음 나는 이곳을 탈출하고 싶은 마음이 간절하다. 33번 부두에 가까워져 시계를 들여다본 뒤에야 답답함에서 오는 메스꺼움이 두려움과 설렘에서 오는 긴장감으로 바뀐다. 스카일러는 나에게 오후 12시까지 오라고 했었다. 지금은 11시 30분이다. 나는 갤러리까지 걸어가기로 마음을 정한다. 아직 날씨가 쌀쌀하지만 이른 아침 안개가 걷히고 하늘이 맑고 상쾌한 파란빛을 띤다. 나는 앨커트래즈를 마지막으로 한 번 뒤돌아본다. 햇살에 반짝반짝 빛나는 것처럼 보인다. 겉모습이 얼마나 사람을 속일 수 있는지 새삼 느낀다.

멀리서 보니 갤러리 안이 캄캄해 보인다. 순간 정신이 멍해지면서 스카일러가 나를 피하려고 문을 닫은 것이 아닌지 걱정된다. 나는 그녀가 문 뒤에 숨어서 내가 떠날 때까지 기다리는 모습을 상상한다. 하지만 이내 밝은 적갈색 머리칼의 그녀가 모습을 드러낸다. 나를 보자 그녀는 제일 친한 친구를 기다리고 있던 어린아이처럼 깡충깡충 뛰기 시작한다. 나는 마음이 꽤 뭉클해진다.

"야호! 카라 씨!" 그녀가 소리치지만 나는 아직 그녀에게 대답할 만큼 가까이에 있지 않다. 지나가는 사람들이 무슨 소란인가 하고 돌아보지만 별다른 일이 없자 관심을 거둔다.

"빨리 와요." 내가 가까워지자 그녀가 재촉한다. "어서요, 전할 메시지가 있어요." 밝고 환하게 미소 짓고 있는 그녀의 목소리는 진짜로 들뜬 것처럼 들린다. 나는 달려가고 싶은 충동을 겨우 억누른다. 심장이 너무 빨리 뛰어서 숨 쉬는 것이 힘들다. 속이 뒤집힐 것 같다. 긴장감이 얼굴에 고스란히 드러나 있을 게 분명하다. "괜찮아요." 내가 문에 다다르자 그녀가 말한다. "좋은 소식이거든요!"

나는 더 설명해주기를 기다리며 그녀를 가만히 바라본다.

"어제 편지를 켐프 작가님께 전달했어요." 스카일러가 내 팔짱을 끼고 갤러리 안으로 들어가며 말한다. "편지가 갈 거라는 이메일도 미리 보내드렸고요. 아마 그냥 무시하시지 않을까 생각했고, 제가 괜히 쫓아가면 일이 더 꼬일까 봐 감히 그러지 못했거든요. 그런데 오늘 아침에 답장이 와 있더라고요. 오늘 밤 카라 씨를 만나시겠대요. 주소도 받았어요. 잠깐! 내가 뭘 하는 거지? 여기, 직접 읽어봐요."

그녀는 나를 갤러리 뒤쪽 자신의 책상으로 끌고 가 노트북을 켠 뒤 이메일을 클릭한다. 이메일에는 이렇게 쓰여 있다.

편지 수신 완료. 승낙하겠음. 오후 6시 30분. 카포스. U. 켐프.

이모와 처음 나눈 소통은 그게 전부다. 나는 이유를 묻기 위해 스카일러를 바라본다.

"작가님 이메일은 늘 저런 식이에요." 그녀가 작은 코를 찡그리며 설명한다. "하지만 너무 잘되지 않았나요? 만나자고 하시잖아요. 제가 다 신나는걸요."

나는 뭘 기대했던 걸까? 좀 더 감정이 넘쳐흐를 것이라고? 호기심이라도? 아니면 아예 명료한 거절? 뭐가 되었든 이렇게 말 안 듣는 직원에게 지시하는 것처럼 답장할 줄은 몰랐다. 서운한 마음을 애써 누른다. 어쨌든 내가 바라던 것, 이모와의 만남을 얻어냈다. 뛸 듯이 기뻐해야 마땅한데 이상하게 기분이 들뜨지 않는다. 혼란스러운 기색이 얼굴에 나타났는지 스카일러가 내 어깨를 잡는다. 그녀가 갑작스럽게 가까이 다가와 본능적으로 움찔하지만, 이내 그녀와 대화를 나눌 수 있어 다행이라고 생각한다. 갑자기 내가 이 낯선 도시에 혼자 있다는 외로움이 강하게 밀려든다.

"너무 걱정 말아요." 그녀가 내 팔을 살짝 쓰다듬으며 말한다. "원래 사교성이 좋은 편은 아니시거든요. 연습이 부족하달까. 하지만 말만 그러시는 거예요."

"만나본 적 있으세요?" 나는 조금이라도 정보를 얻고 싶어 재빨리 묻는다.

스카일러의 볼에 홍조가 번진다. "네. 기분이 좋으면 꽤 말을 많이 하시기도 해요."

기분이 안 좋으면 어떻게 되는지 궁금하지만 지금 걱정하는 것은 의미 없다. "그럼 카포스는 뭐예요? 클럽인가요?"

스카일러가 다정한 눈빛으로 미소 짓는다. "식당이에요, 이탈리안 레스토랑. 나름 유명한 식당인데 작가님이 거길 고르신 게 놀랍네요. 분명 사람들이 볼 텐데."

"어쩌면 그게 계획일지도?" 나는 혼잣말로 중얼거린다. "공공장소에서 만나서 내가 조금이라도 이상하게 굴면 쉽게 떼어낼 수 있게." 그리고 말로 하지는 않지만 혹 내가 이야기를 부풀려 언론에 팔아먹으려 해도 증인이 충분할 것이라는 생각이 든다. 참 영리한 사람이다. "찾기 어렵지 않나요?" 내가 묻자 스카일러가 고개를 끄덕인다.

그녀는 책상 서랍에서 지도 하나를 꺼내 식당 위치를 알려준다. 호텔에서 그리 멀지 않다. 아마 걸어서도 갈 수 있을 것 같다.

"택시 타면 금방이에요. 기사님이 아실 거예요." 스카일러가 말한다. 그녀는 고개를 비스듬히 기울이며 흐트러진 앞머리 사이로 나를 바라본다. "내일 다시 와서 어떻게 됐는지 말해줄래요?"

나는 잠시 망설인다.

"네." 내가 확실히 대답한다. "그럴게요. 도와줘서 정말 고마워요, 스카일러. 덕분이에요. 내일 제가 나타나지 않으면 그분이 절 잡아먹은 줄 아세요." 나는 농담조로 말하지만 그녀의 표정은 그게 농담이 아닐 수도 있다는 듯 사뭇 진지하다.

앞으로 여섯 시간이 남았다. 구경할 만한 곳들이 아직 많지만 호텔로 돌아가 좀 쉬기로 한다. 방에 들어가자 머릿속이 윙윙거려서 잠이 오지 않는다. 그리 오래 머물지 않으니 애써 시차 적응을 할 필요는 없을 것이다. 나는 침대에 누워 천장을 응시한다. 옆방에서 누군가 언성을 죽여 말다툼을 하는데 낮게 속삭이듯 말하는 소리가 마치 고함을 지르는 것처럼 멀리까지 울린다. 베스가 여기 있었으면 좋겠다. 누군가와 대화를 나누고 싶다.

옆 침대에 가방이 놓여 있다. 나는 손을 뻗어 핸드폰을 꺼낸다. 시미언의 번호를 찾아 스스로를 말릴 틈도 없이 메시지를 입력한다.

-그날 일 말인데, 오해가 있었던 것 같아. 지금 샌프란시스코야. 이모가 이따 만나준대. 오는 길에 용기는 어디다 흘리고 온 듯.

문자를 보내고 나서야 시미언이 내 번호를 모르니 문자를 누가 보냈는지 알 수 없을 것이라는 생각이 든다. 나는 곧바로 문자를 하나 더 보낸다.

-나야. 카라.

잠시 후 예상보다 빨리 도착한 문자 알림음에 나는 화들짝 놀란다.

―사랑받는 카라! 우르술라 씨를 만난다고? 혹시 〈인어공주〉에 나오는 무서운 변신 마녀일까 봐 겁나는 거야?

그는 나를 웃게 만든다. 수천 킬로미터나 떨어진 곳에 있고, 내가 무례하게 굴었으니 다시는 나와 이야기하고 싶어 하지 않는대도 당연히 이해할 텐데 그는 여전히 나를 웃게 한다. 이모가 입이 섬뜩하게 일그러지고 피부가 퍼런 바다 마녀라고 상상하니 다가올 만남에 대한 두려움이 전혀 가시지 않는다. 언젠가 학교에서 토론을 시작하기 전에 선생님이 해주신 말이 떠오른다. 긴장되면 청중이 모두 벌거벗었다고 상상하라는 것이었다. 효과가 있을지 반신반의하며 이모를 디즈니 애니메이션에 나오는 바다 마녀로 바꿔 상상하자 다시 웃음이 나온다.

나는 재빨리 답장을 입력한다.

―혹시 모르니까 삼지창이라도 들고 가야겠네!

휴식을 취하는 대신 대서양을 사이에 두고 유치한 문자를 몇 시간이고 주고받으며 내가 왜 이러고 있는지 의아해한다. 하지만 역시 멈출 수 없다.

37장

 오후 6시가 되었다. 나갈 준비를 마치고 방문 옆 거울에 비친 내 모습을 바라본다. 호텔 조명이 너무 어두워서 정확히 어떤지는 알 수 없지만 이 정도면 만족한다. 시미언과 주고받는 점점 우스꽝스러워지는 문자 사이사이에 샤워를 하고 머리를 감고 말린 뒤 화장까지 했다. 헤어드라이어를 찾다가 옷장 속에서 발견한 여행용 다리미가 떠올라 블라우스에 잡힌 주름을 펴본다. 많이 달라진 것 같진 않지만 끝없는 기다림에서 또 15분을 줄였다.

 이미 식당까지 가는 길을 봐두었지만 위치를 다시 한번 확인한다. 걸어가는 데 20분쯤 걸린다. 거리는 여전히 사람들로 붐빈다. 도시를 구경하느라 몇 발짝 걷다 멈춰 서기를 반복하는 관광객들을 피하는 대신 집으로 향하는 회사원들에게 이리저리 치인다. 나는 거리를 가로지르며 밀려드는 사람들을 헤치고 식당으로 향한다. 도착하기까지 5분 정도 남았을 때 갑자기 천둥이 우르릉거리고 하늘에 구멍이 뚫린 듯 굵은 빗방울이 쏟아져 시야를 가린다. 우산이 없어서 순식간에 온몸이 흠뻑 젖는다. 정성스럽게 말린 머리카락이 이제 막 샤워하고 나온 것처럼 머리에 딱 달라붙은 것이 느껴진다.

폭우 속에서 화장이 얼마나 버틸지 생각하며 걸음을 재촉한다. 밴 한 대가 지나가자 웅덩이에 고인 얼음장처럼 차가운 물이 나를 덮친다. 처음에는 충격에 말문이 막혀 물고기처럼 입을 딱 벌리고 가만히 서 있는다. 아래를 내려다보니 상태가 처참하다. 화가 치밀어 운전자에게 소리를 지른다. 그는 내가 어떤 참사를 겪었는지 전혀 모른 채 멀어진다. 주변 사람들에게 동정을 기대하며 둘러보지만 누구도 신경 쓰지 않는다. 그들은 그저 물벼락을 피해 안도할 뿐이다.

나는 피해를 조금이나마 복구하려 애쓴다. 물기를 서둘러 털어낸다. 흙탕물이 코트에만 튀어서 블라우스는 멀쩡하다. 그런데 바지에는 검은 얼룩이 남았다. 어쩔 수 없다. 호텔로 돌아가 옷을 갈아입기에는 너무 늦었다. 이모가 나를 기다리다 지쳐 가버리기 전에 식당으로 돌아오지 못할 위험을 감수할 수는 없다. 그냥 태연하게 행동할 수밖에. 식당에 들어가면 바로 여자 화장실로 달려가 핸드 드라이어로 머리를 말리고 화장을 최대한 살려야 한다. 내가 상상한 첫 만남의 모습은 아니지만 세상이 끝난 것도 아니다.

식당은 바로 다음 모퉁이에 있다. 빨간 네온사인 불빛이 전면을 밝히고 있어 따뜻하고 아늑하다. 안을 들여다보려 하지만 조명이 너무 어둡다. 결국 들어가는 수밖에 없다. 심장이 너무 빠르게 뛰어 숨쉬기도 버겁다. 번진 마스카라를 한 번 더 헛되이 문질러보고 식당 문을 연다.

안으로 들어서자마자 웨이터가 나를 맞이한다. 얼른 화장부터 고치려던 계획이 물거품이 된다.

"어서 오세요. 어떻게 도와드릴까요?" 그가 묻는다.

"만나기로 한 사람이 있어서요. 우르술라 켐프라고."

이모가 유명한 사람이라서인지 아니면 단지 이름이 기억에 남아 있는 건지 알 수 없지만, 남자는 확실히 이모를 알고 있는 눈치다. "아, 켐프 씨요." 그가 한쪽 눈썹을 올리며 말한다. "이미 와 계십니다. 따라오세요."

내 모습을 확인할 여유도 없이 그의 뒤를 따라가며 축 처진 머리를 어떻게든 수습하려 노력한다. 식당 안은 느긋하고 편안한 분위기다. 벽돌이 노출된 벽에 천장에는 꼬마전구가 매달려 있다. 아직 시간이 이른데도 이미 커플들과 단체 손님이 대부분의 테이블을 차지하고 있고, 사람들의 대화 소리와 웃음소리로 가득하다.

카운터를 지나자 단추 장식이 달린 빨간 가죽으로 마감한 칸막이 좌석이 한두 곳 보인다. 나는 그중 한 곳으로 안내된다.

"이쪽입니다, 부인." 웨이터가 말한다.

평소 같으면 이런 형식적인 말에 코웃음을 쳤겠지만 지금은 다른 생각으로 마음이 분주하다. 자리 안쪽에 콕 박혀서 팔을 테이블 위에 올리고 있는 이모가 보인다. 그녀 앞에는 와인 병과 술이 반쯤 남은 잔이 놓여 있다. 내가 상상했던 것보다 나이가 더 들어 보인다. 머리가 하얗게 셌는데 윗머리만 조금 길게 남긴 채 뒷머리와 옆머리를 짧게 다듬은 모습이다. 나는 그렇게 짧은 머리를 할 수 없을 것 같지만 그녀에게는 정말 잘 어울린다. 그리고 야윈 얼굴에 주름이 많다. 특히 이마를 세로로 가로지르는 주름이 눈에 띄는데, 꼭 싸움에서 얻은 흉터처럼 생겼다. 또 늘 담배를 물고 사는 사람인 듯 입술이 오므라들어 있다. 그녀가 나를 훑어보자 나도 모르게 팔짱을 낀다.

"비가 많이 오네요." 그녀의 시선에 당황한 나는 꼴이 왜 이런지 설명해야 할 것만 같아 변명하듯 말한다.

"그렇더구나." 순수한 이스트 런던식 억양에 30년간 이곳에 산 흔적은 거의 느껴지지 않는다.

"하나 더 가져와요, 엔조." 그녀가 병을 가리키며 남자에게 말하자 여기서 얼마나 오래 있었는지 궁금해진다. 웨이터가 고개를 끄덕이고 빠르게 사라진다. 나는 흐트러진 모습으로 서서 처음 만난 이모를 멍하니 바라본다. "그렇게 넋 놓고 쳐다보지 마." 그녀가 다소 공격적인 어조로 말한다. "그리고 제발 앉아라. 나한테 시선이 집중되잖니."

나는 정신을 차리고 그녀의 맞은편에 앉는다. 그녀가 다시 입을 연다. 공격적인 투는 사라졌지만 그렇다고 목소리가 따뜻한 것은 아니다.

"얘 좀 봐라." 그녀가 술을 한 모금 마시며 말한다. "애니의 작은 아기가 이렇게 다 컸구나."

턱을 철사로 감아놓은 것처럼 입이 떨어지지 않는다. 입을 열 수 있다 해도 무슨 말을 해야 할지 떠오르지 않아 그냥 입을 다문다. 손에 뭐라도 쥐고 있고 싶어서 웨이터가 빨리 마실 것을 가져다주길 바란다.

"왜 왔니, 카라? 나한테 뭘 바라서?"

그녀의 직설적인 말때문에 긴장이 풀릴 기미가 전혀 없지만, 계속 입을 다물고 있으면 바보 같아 보일 것이다.

"안녕하세요, 우르술라 이모." 나는 간신히 말한다.

"그건 좀 아니야." 그녀가 말한다. "굳이 관계를 따지면 이모겠지만 나는 그 호칭을 듣고 싶지 않아. 그냥 이름을 부르렴."

엔조가 새로 가져온 와인을 맛도 보여주지 않고 곧바로

따른다. 나는 신경 쓰지 않는다. 무엇을 마시는지는 중요하지 않다. 뭐든 마셔야 한다. 나는 잔을 들어 입술에 갖다 댄다.

"뭐야? 건배는 안 해?" 우르술라가 묻는다. "'떠난 친구들을 위하여'는 어때?"

그녀가 나를 향해 잔을 흔들지만 나는 반응하지 않는다. 우르술라 켐프가 그리 마음에 들지 않을 것 같다.

"편지에서 말했듯이요." 나는 말을 시작한다. "저희 엄마 애니에 대해 몇 가지 물어보고 싶었어요."

"우리 애니." 그녀가 말한다.

그녀의 목소리에는 알 수 없는 감정이 스며 있다. 어딘가 차갑고, 악의는 없지만 다정하지도 않다. 상황이 전혀 계획대로 흘러가지 않는다. 그녀가 오랜만에 만나는 조카인 나를 보고 기뻐할지도 모른다고 기대했지만, 그런 따뜻함은 전혀 느껴지지 않는다. 그녀의 적대감이 우리 사이를 감옥의 철창처럼 가로막고 있다. 달리 방법이 없다. 내가 원하는 것을 얻으려면 그녀처럼 솔직하고 단호해야 한다. 점점 용기가 생긴다. 할 수 있다. 그녀가 차갑고 냉담하길 원한다면 나도 똑같이 해주면 된다.

내가 말을 막 시작하려 할 때 엔조가 메뉴판을 들고 나타난다. 우르술라는 성가신 파리를 쫓듯 그를 향해 손을 내젓는다. 그녀는 술만 마실 생각인 것 같지만 나는 배가 고파서 감사 인사를 건네고 메뉴판을 받아 든다. 물 한 병을 부탁하며 마르게리타 피자 가장 작은 것을 주문한다. 우르술라가 나를 보고 있는 것 같지만 눈을 너무 가늘게 떠서 확실히는 알 수 없다.

"애니에 대해서?" 엔조가 다시 물러난 뒤 그녀가 말한다. 무관심이 뚝뚝 흐르는 목소리다. "정확히 무엇을 알고 싶은 거지?" 그녀는 '정확히'라는 단어를 강조하며 음절마다 힘주어 발음한다. 나는 숨을 고르기 위해 잔을 집어 든다. 떨리는 손 때문에 와인이 흔들리며 잔에 빨간 물결이 생기지만 우르술라는 그것을 알아채고도 언급하지 않는다.

"최근까지만 해도 제가 두 살 때 엄마가 돌아가셨다고 알고 있었는데 지금은 살아 있을지도 모른다고 생각해요. 혹시 알려주실 것 없으세요?"

나는 그녀가 무엇을 이야기하더라도 마음이 쓰이지 않을 것처럼 담담하고 객관적인 말투로 묻는다.

"이제야 양심에 찔렸나 봐?" 그녀가 말한다.

"누가요?"

"네 아버지라는 그 오만한 멍청이 말이야."

이모의 말에 정신이 아찔하다. 아빠를 옹호하고 싶지만 그러면 우르술라가 우리 사이에 더 높이 벽을 쌓을 것이다.

"아빠가 말했냐는 거예요?" 나는 최대한 아무렇지 않게 대답한다. "아니에요. 제가 뭔가를 찾아서 의문이 생긴 거예요."

"그런데 아버지한테 대답을 못 들어서 여기까지 날아와 버르장머리 없는 어린애처럼 날 괴롭히는 거고?"

"아니요." 나는 그녀의 가시 돋친 말에 상처를 받았지만 침착하게 대꾸한다. "아빠와는 전혀 얘기하지 않았어요."

"네 비행깃값도 아끼고 내 수고도 덜어줬어야지. 아직도 자기만 옳다면서 거짓말이나 지껄이고 있는 건가?"

"물어볼 수 없는 거예요. 아빠는 건강이 안 좋거든요. 알츠하이머병이요. 자기가 누군지도 잘 모르는데 30년 전 일을 어떻게 말해주겠어요."

우르술라는 잔을 들고 와인을 빙글빙글 돌리다가 한 번에 다 마셔버린다.

"그것참 안타까운 일이네." 하지만 전혀 안타까운 목소리가 아니다. "조금만 더 괜찮은 사람이었으면 그런 일이 없었을 수도 있었잖아. 정신이 완전히 나갔다는 거지?"

내가 더 이상 참을 수 없는 분노가 치밀어 오른다.

"그렇게 말하지 마세요." 나는 날카롭게 말한다. "아빠는 정말 상태가 안 좋아요."

"오, 바로 방어하네." 그녀가 말한다. "정말 놀라워. 이런 상황에서까지 말이야."

그녀는 이렇게 쥐와 고양이처럼 서로 쫓고 쫓기는 대화가 즐거운 모양이지만 나는 점점 더 화가 난다.

"저기요." 나는 이를 악물고 목소리를 낮춰 말한다. "나는 당신을 만나러 이 멀리까지 왔어요. 당신은 나와 만나는 데 동의했고요. 아무도 강요하지 않았어요. 당신이 쓸모 있는 말을 해줄 수 없다면 저는 그냥 집에 가서 다 잊어버리면 돼요. 여기 앉아서 이런 유치하고 한심한 심리전 따위에 장단을 맞춰줄 생각은 없어요."

말을 다 끝마치기도 전에 이미 일을 그르쳤다는 것을 알 수 있다. 짐을 챙긴 우르술라가 살짝 휘청이며 자리에서 일어선다.

"그럼 우린 더 이상 할 말이 없네." 그녀가 말한다.

그녀는 가방을 열고 50달러 지폐를 테이블 위에 던진 뒤, 돌아보는 사람들의 시선에도 아랑곳하지 않고 문 쪽으로 성큼성큼 걸어간다. 내가 어안이 벙벙한 채로 방금 일어난 일을 곱씹으며 앉아 있는데 마침 피자가 나온다. 엔조가 그녀의 빈자리를 바라본다.

"가셔야 해서요." 내가 말한다.

그는 음식이 나오기도 전에 손님이 떠나는 것이 당연한 일인 양 어깨를 으쓱한다.

"맛있게 드세요." 그가 말하고 자리를 뜬다.

배고픔이 완전히 사라졌다. 피자 냄새만 맡아도 속이 울렁거린다. 나는 피자를 밀어두고 잔을 잡는다.

38장

호텔로 돌아오니 저녁 8시다. 아무것도 달라진 게 없다. 로비는 여전히 들고나는 투숙객들로 북적거린다. 여행 가방 바퀴가 타일 바닥 위를 구르는 소리가 들린다. 컨시어지가 지나가는 택시를 향해 소리친다. 호텔 구석에 모여 와이파이를 쓰는 투숙객들 얼굴 위에 푸르스름한 화면 빛이 비치고 있다. 그들에게는 단지 여행 중 또 한 번 찾아온 밤일 뿐이다. 하지만 내게는 세상이 무너져 내린 밤이다.

곧장 바에 가서 진토닉 몇 잔으로 이 감정을 마비시켜버리고 싶다. 하지만 사람들 속에 섞여 있는 동안 낯선 누군가 말을 걸어오는 일은 되도록 피하고 싶다. 나는 왼쪽으로 돌아서 엘리베이터로 향한다. 때마침 엘리베이터가 도착하자 나는 얼른 올라탄 뒤 다른 사람이 타지 못하게 닫힘 버튼을 빠르게 누른다. 엘리베이터가 올라갈수록 목구멍이 콱 막히는 기분이다. 눈가에 눈물이 맺힌다. 나는 마음의 고통을 잊기 위해 입 안쪽을 아플 때까지 세게 깨문다. 엘리베이터가 멈추고, 얼얼한 입안에 피 맛이 맴돈다.

단 몇 초라도 아끼기 위해 복도를 걸으며 카드 키를 더듬어 찾는다. 문 앞에 도착하자마자 재빨리 카드를 꽂고 안으로 들어가 문을 세게 닫는다. 순간 다리에 힘이 풀려 딱딱한 바닥에 털썩 주저앉는다. 눈물을 참을 생각조차 하지 않는다. 눈물과 콧물이 뒤섞여 달팽이 자국처럼 턱을 타고 흘러내릴 때까지 엉엉 운다. 시간이 지나 눈물이 마르자 문에 등을 기대고 앉아 가방이 인형이라도 되는 양 꼭 껴안은 채 한참을 있는다. 침대로 옮겨 갈 엄두조차 나지 않는다. 힘이 다 빠져버렸다.

이후 두어 시간 동안은 혼란스러운 감정이 나를 이리저리 휩쓴다. 처음에는 거의 유일하게 살아 있는 친척과 이렇게 참담하게 다투게 된 것이 몹시 당황스럽고 창피한 감정이 앞선다. 그렇게까지 무례하게 굴어야 했을까? 나는 대화를 머릿속으로 되짚어보며 그녀의 적대감을 다르게 받아들일 방법이 있었는지 생각해본다.

나는 평소 차분하며 쉽게 화를 내지도 않고, 아무도 건드릴 수 없는 곳에 감정을 꼭꼭 숨겨둔다. 나를 자극한 것은 아빠에 대한 잔인한 말들이었다. 아빠가 저지른 모든 일에도 불구하고 위기가 닥치면 나는 여전히 본능적으로 아빠의 편을 들고 싶은 것 같다. 분명 우르술라는 무언가 알고 있다. 하지만 이제 중요하지 않다. 그녀는 말해주지 않을 것이다.

그러다 그녀에게 분노를 느끼기 시작한다. 오랜 기간 연락이 끊겼던 조카를 만났는데 반쯤 취한 채 고래고래 소리를 지르며 무례하게 굴다니. 대체 자기가 얼마나 잘났다고 생각하는 거지? 아무리 자기 세계에 갇혀 있다고 해도, 특히 나처럼 사실상 낯선 사람에게 무례함을 보인 것은 변명할 여지없는 잘못된 행동이다.

이 분노가 축 처져 있던 나를 다시 일어서게 한다. 나는 방 안을 서성이며 거리를 내려다보다가 미니바를 뒤적이기 시작한다. 그러나 결국 그만둔다. 술을 한두 잔 더 마신다고 해서 생각을 정리하는 데 도움이 되지는 않을 것이다. 신중히 생각해야 할 문제다.

화가 잦아들자 이제는 슬픔만 남는다. 믿기 어려울 정도로 깊고도 깊은 슬픔이다. 기회를 놓쳐버려 너무도 애석하다. 엄마에 대해 알아볼 기회가 사라진 동시에, 성격은 격하지만 어쩌면 나와 잘 지낼 수 있었을지 모를 이모를 알아갈 기회도 없어졌다. 나는 한 번의 실수로 모든 것을 잃었고, 생각이 거기에 이르자 다시 울음이 터진다. 침대 위에서 몸을 동그랗게 말아 웅크린다. 바깥에서 네온 불빛이 비쳐 드는데도 커튼을 치지 않는다. 옷을 벗고 잠을 청해야 하지만 그대로 누워 있다. 손톱으로 상처 난 팔의 피부를 꾹꾹 누르며 반질거리는 흉터 위에 붉은 자국을 낸다.

핸드폰이 울린다. 나는 별 관심 없이 화면을 쓱 본다. 영국은 한창 새벽일 텐데 누가 나에게 연락하겠는가. 아빠 문제라면 P 선생님이 전화를 했을 것이지, 문자를 보내진 않았을 것이다. 성가신 광고 문자가 틀림없다. 그런데 뜻밖에도 시미언에게 온 문자다. 나는 침대가 뜨거운 것처럼 몸을 뒤집고 메시지를 확인한다. 그의 메시지는 간결하고 따뜻하다.

–어떻게 됐어?

고맙기도 하지. 이 시간에 잠도 안 자고 뭐 하는 걸까. 지금쯤 영국은 새벽 5시일 것이다. 갑자기 나는 그가 여기 함께 있으면서 나에게 괜찮다고, 괜히 마음 쓰지 말라고, 이모는 그저 심술궂은 술주정뱅이일 뿐이라고 말해주길 간절히 바란다. 내가 또다시 눈물을 쏟으면 나를 꼭 안아주고 말이다. 그리고 금문교로 가서 함께 떠오르는 해를 보고 아기자기한 카페에서 아침을 먹는 것이다.

그가 내 곁에 있다면 나를 품에 안고 세상의 모든 악으로부터 보호해줄 것이며, 나는 비로소 이 낯선 나라에서 느끼는 혼자라는 외로움과 두려움을 떨쳐낼 수 있을 것이다. 그는 내 억울함과 분노를 다 들어주고, 우리는 서로에게 꼭 안겨 편안하게 잠들 때까지 오래도록 사랑을 나눌 것이다.

하지만 내 인생에서는 그런 일이 절대 일어나지 않는다. 나는 답장 버튼을 눌러 그에게 똑같이 짧은 메시지를 보낸다.

-괜찮아. 고마워.

39장

애니, 1986년

"이번 주 아동수당 받았어?" 조가 묻는다.

애니는 심장이 철렁 내려앉는다. 어제 슈퍼마켓에서 돌아오는 길에 받으려 했지만 비가 억수같이 쏟아진 탓에 유모차 방수 커버를 제대로 씌울 수 없었다. 그렇게 순식간에 흠뻑 젖어서 날씨가 다시 맑아지면 돈을 받으러 갈 생각으로 일단 카라와 함께 집으로 달려왔다.

"아니, 미안해요." 그녀가 말한다. "잊어버렸어요. 월요일에 받아 올게요."

조는 읽고 있던 신문에서 눈을 뗀다. "음, 그건 곤란한데." 그가 미소를 지으며 말한다. 그녀는 자신이 이렇게 난처할 때마다 조가 짓는 저 미소만 보면 스스로 한없이 어리고 바보 같다고 느낀다. "오늘 그 돈이 필요해서." 그가 덧붙인다. "지금 잠깐 다녀올 수는 없어?"

애니가 시계를 본다. 오전 11시 45분이다. 우체국은 12시에 닫는다. 아이들에게 코트를 입히고 신발을 신긴 다음 카라를 유모차에 앉힌 뒤 집을 나서면, 우체국에 도착할 때쯤엔 이미 문을 닫았을 것이다.

"그럼, 당신이 애들 좀 봐줄래요?" 그녀가 엄지손가락을 깨물면서 말한다. "얼른 갔다 올게요. 시간이 딱 맞을 것 같아요."

아이들은 즐거워 보인다. 마이클은 텔레비전으로 만화를 보고 있고, 카라는 놀이용 울타리 안에서 나무 우체통에 여러 모양의 블록을 집어넣으며 놀고 있다.

"좋아." 조가 말한다. "받아 오고 나서 점심 준비하면 되겠다."

애니는 코트를 걸치고 아이들의 정수리에 뽀뽀를 한 다음 가방을 들고 집을 나선다. 밖은 화창하다. 태양은 높이 떠 있고, 내리쬐는 햇빛은 황금빛 희망을 머금고 있다. 아이들은 자전거를 타거나 공을 차며 거리를 누빈다. 십 대 몇 명이 모퉁이에 서서 거대한 카세트 플레이어에서 나오는 그레이스 존스의 음악을 듣고 있다. 애니는 고개를 숙이고 그 사이를 지나 우체국으로 서둘러 걸어간다. 마침내 우체국에 도착했을 때 시계는 11시 55분을 가리키고 있다. 그녀는 안도하며 안으로 들어가 짧은 줄 뒤에 선다.

잠시 후 또 다른 사람이 들어온다. 애니는 뒤를 돌아보기도 전에 조르지오 비벌리 힐스 향수의 강렬한 꽃향기를 알아차린다. 바브스가 크리스마스 때 이 향수를 선물로 받은 뒤로 다 쓸 때까지 매일 줄기차게 뿌리고 다녔기 때문이다. 줄이 한 칸 앞으로 움직인다.

"애니 맞지?" 향수를 뿌린 사람이 묻는다. 애니가 몸을 돌린다. "그럴 줄 알았어, 애니 켐프. 어떻게 지냈어? 건강해 보이네." 여자는 애니의 왼손을 들고 반지를 보며 감탄하다가 다시 내려놓는다. "결혼했나 보네. 아쉽다. 좋은 사람들은 너무 빨리 낚아채 간다니까."

비록 마지막으로 만났을 때 그녀는 아직 어린 소녀에 불과했지만 애니는 이 여자를 어디서든 알아볼 수 있을 것이다. 그녀는 애니가 셀프리지스에서 근무하던 시절 함께 일했던 동료 카트리나의 친구였고, 한때 그들은 밤에 같이 놀러 다니곤 했다. 조와 결혼하기 전의 일이다. 그때도 그녀는 여러 사람 가운데 단연 돋보일 만큼 매력적이었다. 플랫폼 부츠는 더 높았고 나팔바지도 더 넓었으며, 메이크업 역시 누구보다 대담했다는 것이 기억난다.

"틸리!" 애니가 환하게 웃으며 부르자 그녀도 미소로 화답한다. "그래, 나야!"

"안녕. 정말 오랜만이다. 넌 하나도 안 변했네." 정말 그랬다. 창백한 피부와, 그에 대비되는 긴 흑발, 진한 화장과 온갖 액세서리까지 모든 게 그대로다. "여긴 어쩐 일이야?" 애니가 묻는다.

"일 보러 갔다가 택시 타고 돌아오는 길에 우체국이 보이니까 그제야 엄마 생일 카드를 안 부쳤다는 게 생각났지 뭐야. 나도 참 못된 딸이라니까!" 그녀가 장난스럽게 자기 손목을 탁 때린다. 애니는 그제야 그녀의 팔에 새겨진 문신을 본다. 처음엔 놀랐지만 곧 그 대담함이 마냥 멋지게 느껴진다. 정교하게 새겨진 유니콘이다. 애니의 좁은 세상에서 문신은 뱃사람이나 창녀에게나 있는 것이었다. 그런데 이젠 틸리에게도 있다. "아무래도 제때 도착하긴 글렀지만 그래도 우편 소인이라도 보면 내가 노력한 건 알겠지. 나랑 술이나 한잔하러 가자." 그녀가 말한다. "오랜만에 수다 좀 떨어야지."

"아, 난 안 돼." 그녀가 말한다. "그냥 잠깐 나온 거라서. 지금은 조가 봐주고 있지만 집에 얼른 가서 애들도 봐야 하고, 점심도 준비해야 해."

"왜? 조도 자기 점심 정도는 차릴 수 있고, 애들도 자기 애들이잖아. 그 사람 애들 맞지?" 그녀가 장난기 어린 눈빛으로 덧붙인다. "옛 친구랑 잠깐 한잔하는 동안 남편이 애 좀 봐줄 수 있지 뭘. 가자."

"다음."

창구에 앉아 있는 남자가 애니를 부르고, 그녀는 가방에서 아동수당 책자를 꺼낸다.

"글쎄, 잘 모르겠는데…." 그녀가 틸리에게 말한다.

"다음!" 남자가 다시 외친다.

애니는 아동수당으로 받은 돈을 지갑에 조심스럽게 넣고 우체국 밖에서 기다린다. 잠시 후 틸리가 뛰어나와 애니의 팔을 잡아끌고 간다.

"가자. 잠깐만 있다가 가. 거절은 거절할게."

틸리라면 정말 그럴 것이다. 애니도 알고 있다. 그리고 사실 뭐가 그리 문제겠는가. 잠깐 한 잔만 하고 금방 돌아오면 된다. 조에게는 점심거리를 사러 다녀왔다고 말할 수도 있다. 어떻게 할지 고민 중인 애니는 동시에 혈관 속에서 작은 반항심이 꿈틀거리는 것을 느낀다.

"세상이 망하는 것도 아니잖아?" 틸리가 묻는다.

웃고 있는 틸리를 보자 애니는 카트리나가 처음 그녀를 소개했을 때 왜 마음에 들었는지 떠오른다. 틸리와 함께 가기로 결심하는 순간 해방감이 찾아온다.

"아직도 셀프리지스에서 일해?" 집과는 반대 방향으로 끌려가면서 애니가 묻는다.

"그럴 리가! 학생 때 잠깐 부모님 때문에 일했을 뿐이야. 지금은 BBC에서 일해. 〈워건Wogan〉* 자료 조사 담당이거

---

* 1982년부터 1992년까지 BBC1에서 방영된 영국의 텔레비전 토크쇼로, 테리 워건이 진행을 맡았다.

든."

애니가 깜짝 놀란다. "정말? 그럼 연예인들도 다 보는 거야? 테리 워건도 알아?"

틸리가 대수롭지 않다는 듯 손을 내젓는다. "연예인들을 많이 만나긴 하는데 대부분은 알 가치도 없어. 테리만 빼고. 테리는 진짜 신사 같아."

그들은 '코치 앤 호스' 펍에 도착한다. 틸리가 문을 밀고 들어간다. 애니는 잠시 머뭇거리다 틸리의 뒤를 따른다. 안으로 들어가자 햇빛이 밝게 비치던 바깥에 비해 매우 어둡다. 애니는 겨우 어둠에 적응한다.

"뭐 마실래?" 틸리가 묻는다. "내가 쏠게."

애니는 망설인다. 각 잡고 마실 수는 없다. 조가 냄새를 맡을 테니까. 이미 옷에 밴 담배 냄새를 어떻게 설명할지 걱정하고 있다.

"그냥 레모네이드 마실게." 그녀가 대답한다.

틸리가 얼굴을 찡그리며 비웃는다. "농담이지?"

"아냐, 진짜야. 할 일도 있고 오래 못 있으니까."

"알았어." 틸리가 뒤를 돌며 대답한다. 잠시 후 그녀는 레모네이드와 하이볼 한 잔씩을 들고 돌아온다. 틸리가 음료를 내려놓고 의자에 털썩 앉으며 말한다. "자, 다 말해봐."

그녀는 카트리나가 처음 소개했을 때와 마찬가지로 에너지를 발산한다. 그녀에게 닿으면 피부에서 불꽃이 튈 것만 같다.

"별로 할 말 없는데. 나 조랑 결혼했어. 기억나지?"

틸리가 인정하듯 고개를 끄덕인다. "좋네."

"그리고 애들은 둘 있어. 마이클은 여섯 살이고, 카라는 두 살."

틸리가 연극처럼 과장되게 하품하는 시늉을 한다. "너무 이른 나이에 너무 많은 걸 했구나." 그녀가 노래하듯 말한다. "아이들이라니. 믿기지가 않네. 난 아직 정착할 준비가 안 됐거든. 살면서 해봐야 할 게 너무 많아. 여행도 좀 더 해야 하고, 멋진 파티에도 다녀야지."

애니는 고개를 끄덕이지만 사실 틸리의 삶이 어떤지 상상조차 할 수 없다. 틸리가 영화배우와 음악가들을 마치 학교에서 아는 친구처럼 이야기하자, 애니는 입이 떡 벌어지지 않게 하려고 애쓴다. 틸리는 유명인들의 이름을 내세우며 자랑하거나 허세를 부리려는 것이 아니다. 그보다는 부와 명성이 삶의 일부가 되어, 다른 사람들에게는 그렇지 않다는 걸 잊은 것 같다. 애니는 틸리가 대화에 티나 터너를 자연스럽게 끼워 넣는 것이 전혀 이상하지 않은 척하고 있지만, 마음속에서는 대리 만족과 흥분이 들끓는다.

"그럼 너는?" 잠시 후 틸리가 묻는다. "아직 카트리나랑 예전 친구들 만나?"

애니는 고개를 젓는다. 아무도 만나지 않는 자신의 삶이 틸리의 화려한 삶에 비해 끔찍할 만큼 지루하게 느껴지지 않도록 하려면 어떻게 설명해야 할까? "아니. 결혼하고 나니까 조금씩 멀어지더라. 애들 때문에도 그렇고, 이제 사람들 만날 시간이 거의 없어."

그녀는 사랑스러운 아이들이 자랑스럽지만, 틸리와 이야기를 하다 보니 옛 친구는 자신이 내린 선택을 이해하지 못한다. 자신이 기회를 놓쳤고 너무 빨리 어른이 되었다고 생각하는 것이 분명하다. 아이들을 떠올리자 애니는 화들짝 놀란다. 시계를 확인하니 거의 1시다. 생각했던 것보다 훨씬 오래 자리를 비웠다. 이제 가야 한다. 지금 당장.

너무 급히 일어나는 바람에 의자가 쾅 소리를 내며 바닥에 쓰러진다. 가게 안에 있던 사람들 모두 이쪽을 쳐다본다. 그녀가 당황하며 의자를 다시 세우려고 몸을 숙이자, 틸리는 그들을 주목하는 사람들을 향해 넉살 좋게 경례하듯 손을 들어 보인다.

"이제 가야 해." 애니가 가방을 꼭 안으며 말한다. "조가 날 찾을 거야. 음료 고마웠어."

"별말씀을." 틸리의 말에 애니는 그녀가 자신을 붙잡으려 하지 않는 것을 알아챈다. 그러나 틸리는 이어서 말한다. "다음에 또 봐." 애니는 그녀가 그냥 예의상 하는 말이라고 생각하지만 틸리는 가방을 뒤적여 명함을 꺼내 애니에게 건넨다. "전화해." 그녀는 손가락으로 공중에 전화를 거는 시늉을 한다. "진짜로." 그녀가 진지한 눈빛으로 애니를 바라보며 덧붙인다. "꼭 전화해."

애니는 고개를 끄덕이고 밖으로 달려 나가 다시 환해진 주변 환경에 눈을 적응시킨다. 불안이 엄습한다. 조에게 왜 늦었는지 둘러댈 이유를 머릿속으로 생각하며 거의 뛰다시피 집으로 돌아간다.

현관 앞에서 머리를 정리하고 호흡을 가다듬는다. 그런 다음 열쇠를 꽂고 집 안으로 들어간다.

"다녀왔어요." 그녀가 일부러 밝은 목소리를 낸다.

아무도 대답하지 않는다. 조가 화난 것이 틀림없다. 그녀가 너무 오랫동안 외출했다고 나무랄 것이다. 애니는 마음의 준비를 하고 거실 문을 연다.

마이클이 그녀가 나갔을 때처럼 텔레비전 앞에 앉아 있다.

"안녕, 엄마." 그가 화면에서 눈을 떼지 않고 말한다.

카라의 놀이방을 들여다보지만 텅 비어 있다. 허둥지둥 방을 둘러보다가 딸이 소파 위 조의 가슴에 기대어 자고 있는 것을 발견한다. 둘 다 곤히 잠들어 있다.

40장

카라, 2018년

생체리듬이 제자리를 찾고 있는 건지, 아니면 그냥 지친 건지 몰라도 고개를 돌려 시계를 보니 벌써 아침 9시가 훌쩍 지났다. 거울을 보지 않아도 눈이 엉망이라는 것을 알 수 있다. 울어서 눈이 부은 탓인지 눈가 피부가 너무 팽팽하게 당긴다. 오늘 아침에는 선글라스를 써야겠다. 사실 이런 내 모습을 누가 본다고 해도 아무 상관없다. 여기 사람들은 아무도 나를 모르고, 내가 왜 눈이 부어 잠들었는지 관심도 없다. 스카일러를 제외하면.

그녀가 어두운 갤러리의 깔끔한 책상 앞에 다리를 꼬고 앉아, 그 낯가림이 심한 우르술라 켐프와의 역사적인 첫 만남 소식을 기다리고 있다는 생각을 하면 죄책감이 스친다. 참 대단한 만남이긴 했지. 나는 잠시 양심과 씨름한다. 만남이 대성공은 아니었다고 솔직히 말해야 한다. 그 자리를 마련하는 데 스카일러가 어떤 역할을 했는지 고려하면 그게 최소한의 예의다. 하지만 지금은 내 역할까지 포함한 이 형편없는 이야기를 그녀에게 다 전해야 한다는 생각을 마주할 수 없다. 나는 스카일러를 머릿속에서 밀어낸다.

굳이 상기하고 싶지는 않지만 어제 저녁을 먹지 않았다는 사실이 떠오르자 배고픔이 몰려온다. 아침을 먹을 생각으로 침대에서 벌떡 일어나 샤워실로 향한다. 아빠가 수도세를 내는 상황이라면 그렇게 오래 있지 못했을 시간을 훨씬 넘겨 뜨거운 수증기 속에 계속 서 있는다. 낯선 벨소리가 수증기 사이로 들려와도 무슨 소리인지 알아차리는 데 시간이 걸려 하마터면 전화를 받지 못할 뻔한다. 나는 수건을 대충 두르고 나와 카펫에 물을 뚝뚝 흘리면서 전화를 받는다.

"여보세요?" 내가 말한다.

"페런스비 씨 맞으신가요?"

"네."

"로비에 손님을 기다리는 분이 계셔서요. 이모님이라고 하십니다. 앉아서 기다리시라고 할까요?"

나는 방금 들은 내용을 이해하느라 잠시 아무 말도 하지 못한다. 우르술라가 나를 어떻게 찾았는지 의아해하다가,

내가 편지에 호텔 정보를 적어둔 것을 기억해낸다. 그녀가 왜 나를 찾아왔는지 궁금해진다. 내가 너무 오래 말이 없자 호텔 직원이 혹시 전화가 끊긴 게 아닌지 확인한다.

"죄송해요. 네, 거기서 기다리라고 전해주시면 제가 최대한 빨리 내려갈게요." 내가 겨우 말한다.

나는 전화를 끊고 수화기를 멍하니 바라본다. 카펫 위에 물에 젖은 발자국이 남아 있다. 이게 무슨 상황이지? 2차전을 하러 온 건가? 처음에는 아직 분노가 채 가시지 않아서 그녀를 무시해야겠다는 생각이 든다. 뒷문으로 몰래 빠져나가서 그녀가 영문도 모른 채 계속 나를 기다리며 애타게 하면 꼴좋겠지만, 엄마에게 어떤 일이 있었는지 알아내려면 그녀와 이야기를 나눠야 한다.

벌써부터 심장이 두근거린다. 나는 욕실로 돌아가 나갈 준비를 한다. 10분 후 엘리베이터를 타고 로비로 향한다. 오늘도 어젯밤처럼 머리가 젖어 있지만 이번에는 내 모습이 어떻든 신경 쓰지 않는다. 이제 우르술라를 위해 신경 쓸 필요가 없다.

로비에 도착해 그녀를 찾아 주위를 둘러본다. 처음에는 눈에 띄지 않다가 곧 야자수 화분에 반쯤 가려진 채 앉아 있는 그녀를 발견한다. 엄지손톱 주변의 살가죽을 이로 뜯거나 손끝의 거스러미를 물어뜯고 있다. 나는 그녀가 아직 내가 온 걸 모르고 있다는 게 재미있어 잠시 그 모습을 지켜본다. 그녀를 바라보며 혹시 나와 닮은 데가 있나 찾아본다. 어깨가 떨어지는 모양이나 턱선 같은 곳을. 그러나 겉모습은 닮은 구석이 거의 없다. 그녀가 혹시 여동생과 닮지는 않았을까? 이모의 주름진 얼굴 속에 엄마의 얼굴이 있진 않을까?

우르술라는 누군가 자신을 쳐다보고 있는 걸 느낀 듯 고개를 들었다가 나를 발견한다. 잠시 동안 우리는 아무 말 없이 서로를 응시한다. 나는 부어오른 눈이 신경 쓰이지만 그녀 역시 조금은 전날 저녁을 울면서 보낸 것 같다. 그렇다면 이 갑작스러운 등장은 일종의 속죄일까?

그녀가 손을 든다. 반갑다는 듯 높이 들어 올리는 것이 아니라 미안한 기색으로 약간만 든다. 나는 바로 반응하지 않는다. 그녀의 반쯤 웃는 미소가 살짝 흐려진다. 이제 그녀는 간청하는 듯한 표정을 짓는다. 나는 여전히 움직이지 않는다. 기차역에 서 있는 기분이다. 선택지가 두 개 있다. 지금 있는 자리에 가만히 서서 기차 문이 내 앞에서 닫히는 것을 지켜볼 수도 있고, 아니면 기차에 올라타 이 여정이 나를 어디로 이끄는지 가볼 수도 있다. 우르술라가 손을 무릎 위로 내리며 시선을 떨어트린다. 나는 한 걸음 다가간다.

우르술라에게서 어제저녁의 모습은 더 이상 보이지 않는다. 느긋하고 자신만만하던 태도는 온데간데없고 존재감도 훨씬 작아진 것 같다. 심지어 짧게 다듬은 머리조차 멋을 부린 게 아니라 건강 문제를 겪고 회복 중인 것처럼 보인다. 괴로움으로 밤을 지새우고, 상처 입고 자존심에 멍이 들었어도 나는 여전히 그녀에게 마음이 끌린다.

나는 한순간에 그녀를 용서한다. 위험하다는 것은 알고 있다. 그녀가 내게 똑같은 짓을 반복하지 않으리라고 누가 장담할 수 있겠는가? 하지만 화분 뒤에 몸을 숨기고 앉아 있는 모습에서 나는 그녀의 나약함을 본다. 그녀는 스스로를 보호하고 있으며, 나도 그 마음을 너무나 잘 안다.

내가 다가가자 그녀가 자리에서 일어난다. 어색하게 몸이 닿는 일이 없도록 약간 거리를 두고 걸음을 멈춘다. 화해의 키스는커녕 손으로 날려 보내는 키스도 안 된다. 나만큼이나 우르술라도 가벼운 접촉조차 불편해하는 것이 분명하다. 우리는 아무 말도 하지 않는다. 서로의 눈만 응시한다. 나보다 눈이 더 부어 있는 것 같기도 하지만 아침마다 늘 그런 모습일 수도 있다. 그때 우르술라가 피식 웃는다. 나는 반응하지 않는다. 아직은 아니다.

"우리가 첫 단추를 잘못 꿴 것 같구나." 그녀가 말한다. 나는 그녀를 똑바로 바라본다. "다시 시작해보는 건 어때?"

그녀가 사과 한마디 없다는 게 약간 신경에 거슬리지만 그래도 괜찮다. 서로에게 다시 기회를 주었으니 형식적인 예의는 넘어갈 수 있다. 미안한 마음이 있으니 여기까지 찾아왔을 것이다. 말로 표현하는 것이 그녀에게 너무 힘든 일일지도 모른다. 그래서 나는 미소를 짓는다. 사과가 없어도 내가 그녀를 용서할 수 있다는 걸 보여주기 위해 화사하고 눈부시게 웃어 보인다.

"좋아요." 나는 대답한다. "다시 시작해요."

그녀가 고개를 끄덕인다. 나는 그녀에게 어떤 변명도 듣고 싶지 않다. 어제 일에 대해서는 아예 언급조차 하지 않을 것이다.

"피셔맨스 워프에 빵집이 하나 있어." 그녀가 말한다. "사워도우도 맛있고 커피도 괜찮은데. 아침 먹으러 갈까?"

나는 그러자고 한다. 우리는 호텔을 나선다. 바깥 공기는 차갑지만 상쾌하고, 하늘은 샌프란시스코 특유의 아침 안개도 없이 진한 파란색이다. 새로운 시작에 딱 맞는 아름다운 날이다. 우리는 나란히 걸으면서도 서로 아무 말도 꺼내지 않는다.

빵집은 해안 바로 옆에 있다. 큰 유리창 너머에 다양한 모양과 색깔의 빵이 쌓여 있다. 하얀 앞치마를 두르고 위생모자를 쓴 여자가 조그마한 고슴도치 모양의 반죽을 만들고 있다. 완성된 고슴도치는 작은 군인들처럼 줄지어 서 있다. 우르술라는 나를 안으로 안내하고 복층을 가리킨다.

"자리 잡고 있으면 음식을 가져갈게. 뭐 먹고 싶니?" 부하 직원을 대하는 듯한 말투지만, 나는 이제 그것이 단지 그녀의 습관일 뿐이라고 생각해서 짜증이 나지는 않는다.

"카푸치노 마실게요. 빵은 그냥 알아서 주문해주세요. 그냥 보기 좋은 거 아무거나요."

예쁘지 않은 빵이 없는 곳이라 그녀는 어제 만났던 고압적인 여자로 돌아와 눈썹을 살짝 치켜올리며 어처구니없다는 눈빛으로 나를 쳐다본다. 하지만 끝내 별다른 말을 하지 않고 사람들이 줄을 서 있는 곳으로 향한다.

카페 안은 정장 차림의 직장인들과 관광객들로 북적인다. 한쪽 벽면 전체가 유리로 되어 있고, 그 뒤로 보이는 빵집은 흰 앞치마를 두른 사람들이 오븐에서 꺼낸 빵이 한가득 실린 카트를 분주히 밀고 다니며 한창 바삐 돌아가고 있다. 그들은 비록 조그맣지도, 주황색도 아니지만 〈찰리와 초콜릿 공장〉에 나오는 움파룸파 족을 연상시킨다. 천장에는 빵집에서 카페로 빵이 담긴 철제 바구니를 나르는 공중 레일이 빙 둘러져 있는데, 가만히 지켜보니 어디에서도 바구니를 비우거나 채우는 사람이 없는 것으로 보아 그냥 관광객을 위한 장식인 것 같다.

복층에 올라가보니 야외 공간과 샌프란시스코 만이 내려다보이는 빈 테이블이 있다. 만을 가르며 서 있는 다리도 보인다.

우르술라가 흰 컵 두 개와 페이스트리 두 조각이 놓인

쟁반을 들고 다가와 말없이 내 앞에 내려놓는다. "감사합니다." 나는 컵을 잡으며 말한다. 배를 채우기엔 페이스트리가 너무 작아 보이지만 허기는 면할 수 있을 것이다. "여기 좋네요." 나는 어떻게 말을 시작해야 할지 몰라 대뜸 말한다.

우르술라는 고개를 끄덕인다. 그녀는 페이스트리 하나를 작은 조각으로 잘게 자른 뒤 사탕처럼 하나씩 입에 넣는다. 나는 그냥 깔끔하게 반으로 잘라 그 절반씩 베어 문다.

"그래서 정리를 해보자면 이런 거잖아." 페이스트리를 3분의 1쯤 먹은 뒤 그녀가 말을 꺼낸다. "너는 네 엄마, 그러니까 내 동생이 죽은 줄 알았는데 최근에 그게 사실이 아니라는 걸 알게 되었다는 거지…." 그녀는 말을 곱씹으며 잠시 멈췄다가 다시 이어간다. "혹은 적어도 살아 있을 가능성이 있다는 걸 알았다거나. 그런데 네 아빠는 치매 때문에 질문에 대답할 수 없어서 네가 나를 찾아오게 된 거고. 대충 이 정도인가? 내가 빠뜨린 거 있니?"

감정은 전혀 없다. 가족사에 얽힌 복잡하고 슬픈 이야기가 아니라 단순히 사실을 나열한다. 하지만 이렇게 무심하게 거리를 두는 것이 상황을 쉽게 만들어줄 수도 있다. 이 감정 없는 정리가 모든 핵심을 담고 있다. 나는 목소리가 제대로 나오지 않을 것 같아 고개만 끄덕인다. 그녀가 진실을 말해주기를 기다리며 앉아 있는 동안 점점 더 가슴이 답답해진다.

"음…." 우르술라가 눈을 크게 뜨고 초조하게 기다리는 나와 똑바로 시선을 맞춘다. "네 엄마는 죽지 않았어. 아직 우리 곁에 있지. 신께서 그녀를 지켜주시길."

그녀의 말투에는 동생에게 쓸 시간조차 아까운 듯 경멸과 비웃음이 섞여 있다. 하지만 나는 그런 걸 신경 쓸 겨를이 없다. 방금 그녀가 한 말을 이해하는 것만 해도 정신이 없다. 엄마가 확실히 살아 있다. 다들 말했던 것처럼 돌아가신 게 아니다. 우리를 두고 떠난 것이다. 물론 엽서를 처음 발견했을 때부터 엄마가 죽지 않았을 가능성을 수도 없이 떠올렸는데, 이제야 비로소 진실을 알게 되었다. 오직 한 마디밖에 나오지 않는다. "왜…."

우르술라는 커피잔을 들고 커피를 빙글빙글 돌린다. 짙은 갈색 액체가 잔의 벽을 타고 가장자리 가까이까지 넘실거린다. 테이블에 넘쳐흐르기 직전에 그녀는 움직이던 손을 멈춘다. "카라, 너도 알잖니. 네가 알고 싶어 하는 걸 내가 지금 말해주면 다시는 되돌릴 수 없다는 거. 아무리 간절히 원해도 다시 모르던 상태로 돌아갈 수는 없어. 정말 들을 준비가 된 거야?"

내가 정말 많이 고민해온 문제다. 엽서를 찾은 그날 이후로, 태풍에 휘말린 장난감 배처럼 생각이 이리저리 흔들렸다. 가끔은 이 모든 걸 잊고 예전처럼 살아가는 게 낫겠다고 생각하기도 했지만, 내 마음은 그게 답이 아니라는 것을 알고 있다. 진실을 알아야 한다. 이제는 돌아갈 수 없다.

나는 단호하게 고개를 끄덕인다. "진심으로 저도 잘 알고 있어요." 내가 말한다. "하지만 여기까지 온 마당에 이제 달리 선택할 길이 없어요. 엄마가 정말 우리를 버렸는지 확실히 알기 전까지는 다음에 뭘 해야 할지도 생각해볼 수 없었어요. 그리고 이제 왜 그랬는지 알기 전에는 더 이상 나아갈 수가 없어요. 제발 말해주세요. 전부 다요."

나는 목소리에서 답답함이 새어 나오지 않도록 조심한다. 일이 잘되려면 침착함을 잃지 말아야 한다. 오늘 아침의 우르술라는 레스토랑을 뛰쳐나갔던 그때보다 훨씬 차분해 보이긴 하지만, 그녀가 또 자리를 박차고 나가게 해서는 안 된다.

그녀는 말해줘도 될지 고민하며 신중하게 나를 살피더니 천천히 고개를 끄덕인다. "그래, 네 마음이 정말 확실하다면. 널 보면 내 동생이 떠올라. 성격이 꽤 단호했거든."

그렇게 단호해서 어린아이들을 두고 떠나버렸냐고 따지고 싶지만 말을 목구멍 안으로 밀어 넣는다. 우르술라는 의자에 등을 기대고 잠시 눈을 감는다. 그리고 다시 입을 연다.

"너희 엄마와 나는 토트넘에 있는 침실 두 개짜리 작은 테라스 하우스에서 자랐어. 우리 가족은 넷뿐이었지. 우리 엄마, 네 할머니는 바느질로 헌 옷을 고쳐 시장에 팔았고 아버지는 자물쇠 수리공이었어. 자기 가게는 없었고. 무슨 조직 세계와 연루되어 있는 사람 밑에서 일했지만 아버지는 어차피 서열이 낮은 것 같았어. 나랑 애니는 나름 괜찮게 컸어. 엄마는 우리가 예쁘게 하고 다니도록 옷도 만들어주고 신발에 구멍은 없는지 늘 확인했어. 음식도 열심히 해주셨지. 정말 좋은 분이었어, 모든 걸 감안해도. 우리한테 최선을 다했거든. 하지만 아버지는… 완전히 달랐어."

그녀는 머리 위를 지나가는 빵 바구니들을 바라보며 잠시 말을 하지 않는다. 나는 그녀가 기억을 정리하고 있는 건지, 적절한 말을 찾고 있는 건지 알 수 없다. 나는 빵을 조금씩 먹으며 기다린다.

"다른 것보다 아버지는 늘 남을 괴롭게 하는 사람이었어. 처음엔 엄마를 괴롭혔고, 우리가 어느 정도 자라자 우리를 괴롭히기 시작했지."

"괴롭히다니요?" 나는 생각할 새도 없이 묻는다. 우르술라는 내가 끼어들어서 신경질이 난 것 같다. 자기 속도로 이야기를 이어갈 생각인 듯하다. "죄송해요." 앞으로는 그녀를 방해하지 않기로 한다.

"아버지는 주먹을 잘 썼어. 특별할 건 없지. 남자들은 다들 그러니까. 아버지는 퇴근 후 술집에 가곤 했고, 특히 경마에서 돈을 딴 날이면 술을 진탕 마시고 돌아와 엄마를 때리려 했어. 엄마는 대체로 아버지를 잘 다뤘던 것 같아. 다루는 법을 배워야만 했겠지. 아버지가 돌아왔을 때 먹을 음식이 준비되어 있는지 확인하고, 우리를 침대에 눕히거나 적어도 조용히 시켰어. 아버지가 정말 심하게 난리를 칠 것 같으면 몸을 숨겼고. 우리만 남겨두고 집 밖으로 나가진 않았지만, 위층으로 올라가거나 아버지가 돌아올 때에 맞춰 침대에 누워 있었어. 하지만 가끔은 그래도 주먹을 피할 수 없었어. 애니와 나는 한 침대에 쥐 죽은 듯 조용히 누워 아버지가 우리 존재를 잊길 바랐어. 보통은 아버지가 들어오는 소리가 나고 이어서 엄마가 말하는 소리를 들렸어. 엄마는 문제가 생길까 봐 이상할 정도로 밝은 목소리를 내곤 했지. 어떤 날은 아버지가 소리를 지르고 엄마가 흐느끼는 소리가 들렸어. 참 비참했지. 견디기 힘들었어."

그녀는 다시 말을 멈춘다. 얼굴이 잿빛으로 변하고 주름도 더 깊어진 것 같다. 나에게 이 이야기를 들려주는 것이 고통스러운 모양이다. 그녀가 안쓰럽다는 생각이 든다.

"커피를 좀 더 마셔야겠어." 그녀가 갑자기 말한다. "마실래?" 그녀가 잠시 쉬며 마음을 가다듬은 뒤 이야기를 계속해야 한다는 게 보여서 나도 고개를 끄덕인다. 그녀가 천천히 계단을 내려가 카운터로 가는 모습을 지켜본다.

그녀는 돌아와서 컵들을 조심스럽게 테이블 위에 놓고 고개를 숙이며 손으로 짧은 머리를 쓸어 올린다. 손가락이 길고 가늘며 손등을 가로지르는 정맥이 선명히 드러나 있는 것이 내 손과 비슷하게 생겼다. 그녀는 시선을 들지 않고 말을 이어간다.

"어쨌든 집에서는 늘 아버지의 주의를 끌지 않으려고 살금살금 돌아다니며 아버지를 화나게 할 만한 것은 없는지 확인하는 식이었어. 가끔은 나랑 엄마랑 애니, 셋이서 그냥 아버지를 두고 떠나고 싶다고 생각했어. 짐을 싸서 아버지가 찾지 못하는 곳으로 가고 싶었지만, 그때는 1970년대였으니까 갈 곳이 없었지. 어떻게 갈 곳을 찾는다고 해도 엄마는 공장에서 생활비가 될 만큼 돈을 벌지도 못했고. 애니와 난 학교를 졸업하면 무엇을 할지 구석에서 몰래 이야기하곤 했어. 일자리를 구하고 둘이서만 아파트를 함께 쓰기로 했지." 순간 얼굴에 애틋한 표정이 떠오르지만 그녀는 곧 눈을 가늘게 뜨고 입술을 굳게 다문다. "하지만 그렇게 되진 않았어."

우르술라는 말을 토하듯 내뱉더니 숨을 깊이 들이쉬며 끓어오르는 분노로부터 스스로를 다잡는다. "엄마 걱정은 별로 안 했던 것 같아. 그냥 나랑 애니만. 엄마는 애초에 아버지랑 결혼하면서 운명을 정했다고 생각했지. 엄마가 사람 보는 눈이 형편없었던 건 우리 탓이 아니지만 우리가 그 대가를 치러야 했잖아. 내가 아버지 때문에 처음으로 진짜 다쳤던 순간도 기억나."

그녀가 말하는 동안 나는 마치 거기에 없는 듯한 느낌이다. 그녀는 나와 눈을 마주치지 않고 먼 곳을 바라보며 이야기한다. 나는 숨소리조차 죽이고 가만히 앉아 있다.

"아버지가 나를 부엌 벽으로 내던져서 쇄골이 부러졌어. 엄마는 보고만 있었지. 애니는 나보다 어린데도 아버지를 말리려다 눈에 멍이 들었는데 엄마는… 엄마는 그냥 거기 서서 다 끝날 때까지 기다렸어. 나는 그 일 이후로 엄마를 완전히 용서하지 못했어."

사람들이 끊임없이 카페 안으로 줄지어 들어오지만, 마치 우리 둘만의 공간이 필요하다는 걸 다들 아는 것처럼 우리 근처 테이블은 여전히 비어 있다. 우르술라는 다시 이야기를 계속한다.

"단순히 폭력만이 문제가 아니었어. 아버지는 기본적으로 남을 통제하고 조종하려드는 인간이었거든. 항상 우리한테 아무 쓸모가 없다고 했어. 남들이 농담하듯 아버지는 우리에게 모욕을 퍼부었고, 우리는 한 번도 인정받은 적이 없었어. 못생겼다거나, 뚱뚱하다거나, 숨만 쉬어도 낭비라거나, 돈만 축낸다거나 따위의 소리만 들었지. 하지만 애니와 나에겐 서로가 있었어. 저건 다 헛소리니까 신경 쓰지 말자고 서로 위로해주곤 했지. 그런데 엄마는 점점 무너져가는 것 같았어. 해가 갈수록 더 작아지고 약해져서 아버지를 견디지 못했어. 나중에는 도발이라도 하는 것처럼 아버지가 집에 들어와도 숨지 않았고, 무슨 뒤틀린 방식인지 모르겠지만 마치 자기는 맞을 만하다고 믿는 것처럼 보이기까지 했어. 바로 그때쯤 애널리스가 네 아빠를 만났지."

우르술라의 목소리에 뭔가 변화가 생긴다. 입가 주름이 더욱 도드라지고 입술은 굳어진다. 그리고 엄마를 '애널리스'라고 불렀다. 나는 한 번도 들어본 적 없는 이름이다. 물어보고 싶지만 그녀가 이야기를 멈출까 봐 감히 끼어들지 못한다.

"꽤 괜찮은 남자였어, 네 아빠는." 그녀가 낮은 목소리로 말을 잇는다. "애니보다 여덟 살인가 아홉 살인가 많았지. 그땐 참 교양 있어 보였는데 지금 생각하면 얼마나 우스운지. 어쨌든 애니가 네 아빠의 매력에 넘어간 건 놀랍지 않아. 직업도 좋고 걸핏하면 돈을 과시했거든. 애니를 데리고 춤추러 가기도 하고, 집으로 데리러 올 때는 엄마에게 수작을 걸기도 했어. 엄마는 웃으면서 바보 같은 소리는 그만두라고 했지만 확실히 즐기는 것 같았고. 그는 심지어 아버지와도 잘 지내는 것처럼 보였지. 퇴근 후에 종종 맥주를 함께 마시러 가곤 했으니까."

백마 탄 왕자가 위험에 처한 엄마를 구하러 왔다는 동화 속 사랑 이야기처럼 들리지만, 우르술라의 표정이 그대로인 것을 보면 그녀는 그렇게 생각하지 않는 게 분명하다. 나는 그녀가 말하는 동안 얼굴을 주의 깊게 살핀다. 그녀의 입에서 말이 쉴 새 없이 쏟아져 나온다. 잠시 멈춰 숨 돌릴 틈조차 없다. 가능한 한 빨리 끝내고 싶어 하는 것 같다. 나는 꼼짝 않고 앉아서 한 마디 한 마디를 기억하려고 집중한다. 다시는 들을 수 없을 것 같다는 느낌이 들기 때문이다.

"그때 네 아빠가 청혼했어." 우르술라가 말한다. "뭔가 잘못됐다는 느낌이었지. 네 엄마는 열아홉이었지만 나는 스물두 살이었으니. 원래 내가 먼저 집을 떠나야 했는데 느닷없이 동생이 먼저 벗어날 기회를 잡은 거잖아. 나는 격분했어. 애니가 날 버리는 것 같았고, 우리가 세운 모든 계획을 짓밟는 것 같았지. 돌이켜보면 그때 내가 그러면 안 됐어. 애니는 어리고 뭘 잘 몰랐으니까. 내가 좀 더 이해하고 돌봐줘야 했는데 그러지 못했어. 그냥 나만 아버지 옆에 남겨두고 떠난다는 게 용서가 안 되더라. 내가 못됐었지."

이모에 대해 정말 아는 게 거의 없었다는 생각이 든다. 집에서 우르술라라는 이름을 들어본 적이 한 번도 없었다. 그나마 오빠가 어렴풋이 기억하고 있던 덕분에 그녀의 존재를 알게 된 것이다. 그녀의 이야기를 듣는 동안에도 마음이 계속 앞서 나가며 들은 것을 내가 알고 있는 것과 맞춰보려 애쓴다. 그녀가 하는 말을 놓치지 않으려면 현재에 집중해야 한다.

"어쨌든 애니는 결혼해서 네 오빠를 낳았고, 나는 별로 관심을 두지 않았지만 일단 처음에는 모든 게 순조로워 보였어. 그러다 네가 태어났지. 그때쯤엔 나도 미국으로 떠난 상태였는데 엄마 말이 애니가 어느 날 갑자기 집 앞에 나타났다고 하더라. 너희 둘을 데리고 가방에 짐을 한가득 챙겨 왔더래. 자기에게 못되게 했던 네 아빠를 떠나기로 했다면서. 엄마는 화를 냈어. 애니를 집 안으로 들이지도 않고 문 앞에 서 있게 했지. 아기조차 받아주지 않고. 그리고 애니에게 곧장 돌아가라고 했어. 엄마 말에 따르면 결혼한 여자는 무슨 일이 있어도 남편 곁을 지켜야 한다는 거야. 본인이 그렇게 오랜 세월 아빠한테 당하면서도 꾹 참고 살아왔으니 애니도 그럴 수 있을 거라 생각했는지 말이야. 그게 끝이야. 애니는 돌아서서 네 아빠에게 다시 가야 했어. 아마 엄마도 그 후로 애니를 다시 보지는 못한 것 같아."

우르술라는 입술을 깨물고 깊은 숨을 몇 번 들이쉰다. 나는 머릿속이 조금씩 정리되기 시작하지만 여전히 잘 이해가 되지 않는 부분이 있다.

"음, 저희가 할아버지나 할머니, 이모를 본 적이 없는 이유는 이제 알 것 같아요." 내가 천천히 입을 뗀다. "하지만 엄마가 오빠와 절 두고 떠난 이유는 아직도 설명이 안 돼요. 불륜 이후에 떠난 건가요?"

아빠가 정말 바람을 피웠는지 확신할 수는 없지만 한번 찔러볼 만하다. 내게 있는 것은 상자 속에 숨겨진 누가 어떤 답장을 보냈는지도 모르는 편지뿐이지만, 그게 엄마가 떠날 수밖에 없었던 상황을 설명할 수 있는 유일한 단서다.

"아!" 우르술라가 커피잔을 빙글빙글 돌린다. "발랄한 틸리."

틸리? T? 연애편지에서 본 그 T? 우르술라가 말을 잇기를 기다리고 있자니 심장이 미친 듯이 쿵쾅거린다. 기절하지 않기 위해 폐 깊숙이까지 숨을 크게 들이마신다.

"틸리가 엄마 친구였어요? 혹시 긴 검은 머리에 유니콘 문신이 있는 사람?" 나는 오빠에게 들은 것을 떠올리며 묻는다. 설마 같은 사람일까? 아빠가 엄마의 절친과 바람을 피운 걸까?

"맞아. 뭐, 네 엄마 친구라고 할 수 있겠지. 어떻게 보면." 우르술라가 코웃음을 치며 대답한다.

틸리가 어떤 사람인지는 몰라도 우르술라와 사이가 좋지 않았던 것은 분명해 보인다.

"그리고 그 사람이랑 바람을 피웠다고요?" 내가 묻는다.

갑자기 모든 게 한 번에 이해된다. 불쌍한 엄마. 학대나 다름없는 결혼 생활 속에서 아이 둘을 키우고, 세상에 단 하나뿐이라고 믿었던 친구는 남편과 바람을 피웠다니. 얼마나 외로웠을까. 친정에서도 거부당하고 말이다. 떠날 수밖에 없었을 것이다. 달리 무엇을 할 수 있었겠는가?

연결고리가 빠르게 생겨나서 이야기의 전개를 따라가기 힘들 정도다. 그런 연유로 엄마가 집을 나갔을 것이며, 아마 그래서 아빠가 너무 화가 난 나머지 복수하기 위해 엄마가 죽었다고 거짓말했을 것이다. 보나 마나 틸리와의 관계는 그리 오래가지 못했겠지. 엄마를 대신할 사람이 있었다면 내가 기억했을 테니까. 혹시 내가 기억하지 못했어도 오빠는 기억하지 못했을 리 없다.

하지만 그럼에도 엄마가 우리를 남겨두고 떠난 이유는 이해할 수 없다. 바람난 남편에게서 도망친 것이라면 아이들을 데려가야 하지 않나? 남편과 그의 불륜 상대에게 아이들을 맡길 리가 없는데. 도저히 말이 되지 않는다.

"그래."

우르술라가 커피를 다 마신 뒤 컵받침에 잔을 던지듯 내려놓는다.

"하지만 아빠가 바람을 피웠는데 왜 엄마가 떠났죠? 그냥 새 애인이랑 살라고 아빠를 집에서 쫓아내면 되는 거 아닌가요?"

우르술라가 날카로운 눈을 가늘게 뜨며 나를 바라보더니 천천히 고개를 젓는다. "틸리와 바람을 피운 건 네 아빠가 아니야. 그건 네 엄마였어."

41장

 어떻게 해야 할지 모르겠다. 주변은 평소와 다름없는데 내 머릿속만 진공상태가 되어버린 것 같다. 식기들이 부딪치고, 카운터에서 주문을 외치고, 철제 바구니가 덜컹거리며 레일을 따라가고. 하지만 우르술라의 말을 곱씹는 동안 그 모든 소리가 멎어버린 듯 귀에 들리지 않는다. 불륜을 저지른 사람은 엄마였다. 엄마가 나를 버리고 떠났다. 자신을 학대하는 아빠를 떠나는 것만이 고통을 멈출 수 있는 유일한 방법이어서가 아니었다. 아니, 엄마는 자기중심적인 욕망에 빠져서 나를 남겨둔 채 떠난 것이다. 너무 뻔해서 웃음이 나올 지경이다.
 엄마는 실크 스카프를 두르고 웬 허세 가득한 여자와 자신을 찾겠다고 떠난 것이다. 그들은 어디로 갔을까? 그리스의 외딴섬? 아니면 인도 고아의 휴양지? 얼마나 얄팍하고 자기밖에 모르는 사람이었던 걸까. 왜, 아이를 낳고 나서 '진짜 자신'을 잃어버렸다고, 밤낮없이 쌓여가는 기저귀와 새벽 수유에 치여 자신이 사라진 것 같다고 하소연하는 여자들 있지 않은가. 엄마가 그런 여자였다니. 자신을 찾는 여정을 마치면 우리를 데리러 돌아올 생각이었을지도 모르겠다. 하지만 뭐, 그런 일은 없었으니까. 결국 자유에 대한 갈망이 자기 자식에 대한 모성 본능보다 훨씬 강했던 것이다.

이제야 우르술라가 꼭 내막을 들어야겠냐며 미리 경고한 이유를 알 것 같다. 겨우 두 살 때 엄마에게 버림받았던 나를 보호하기 위해 애써 꾸며낸 위로가 바위에 부딪쳐 산산조각 나려 하고 있다. 갑자기 속이 뒤집힐 것 같다. 바깥 공기를 마시러 나가야겠다. 그냥 멀리, 아무 데로나.

테이블에서 몸을 일으켜 거의 넘어질 듯 계단을 내려간다. 줄 서 있는 사람들을 밀치고 비틀거리며 문밖으로 나간다. 바깥 공기는 배기가스 냄새와 비릿한 생선 냄새가 섞여 그리 상쾌하지는 않지만 다행히 차갑다. 필사적으로 숨을 들이마시자 몸이 안에서부터 차게 식는다. 나는 몸을 추스르며 빵집의 유리창에 기대선다. 하얀 앞치마를 두른 여자는 이제 고슴도치 대신 작은 샤워도우 곰돌이를 만들고 있다.

 나는 사람들에게서 벗어나 숨을 쉴 수 있는 공간을 찾고 싶다는 절박함으로 미친 듯이 달리기 시작한다. 거리는 태연히 제 갈 길을 가는 사람들로 붐벼서 그들을 헤치며 나아가다 결국 그나마 사람이 적은 차도 옆 배수로 쪽으로 달린다. 제 목숨을 아랑곳하지 않고 길 위를 내달리는 미친 여자를 본 몇몇 차들이 경적을 울린다.

 물이 주는 차분함에 이끌려 오른쪽으로 방향을 틀어 다리 쪽으로 향한다. 이내 도시 공원이 나타난다. 잔디 언덕이 보이고, 러닝이나 사이클링을 위한 오솔길이 굽이굽이 이어진다. 다리에 힘이 빠져 더 이상 한 발짝도 떼기 힘들어진 나는 아무도 없는 벤치를 찾아 몸을 던지듯 풀썩 주저앉는다.

 거친 숨을 몰아쉬고 있자니 그제야 우르술라를 빵집에 그대로 두고 나왔다는 사실이 떠오른다. 아마 두 번이나 벼랑 끝에서 되돌아오기는 어렵겠지. 분명 이번이 내가 이모를 마지막으로 본 순간일 것이다. 갤러리에 있는 스카일러를 통하지 않으면 그녀에게 연락할 수도 없다. 내 연락에 응할지 여부는 그녀에게 달려 있으며, 내가 이곳을 떠나 집으로 돌아가면 관계가 완전히 끊어질 것이다.

 문득 아주 깊은 외로움이 밀려온다. 아빠는 이제 내가 결코 닿을 수 없는 어딘가로 가버렸고, 내가 상상 속에서 그렸던 엄마는 알고 보니 끔찍한 악몽에 가까운 사람이었으며, 오빠는 이 한심하고 엉망진창인 가족사에서 완전히 발을 뺐다. 내 곁에는 아무도 없다. 울어야 한다. 이런 비극적인 상황에서는 당연히 그래야 한다. 하지만 더 이상 눈물도 나오지 않고, 그저 평생 안고 살아가야 할 묵직한 아픔만 가슴속에 남는다.

나는 만을 바라본다. 짙은 남색의 바다 위로 세찬 파도가 서로 엇갈려 부서지며 해안을 향해 밀려오고 있다. 다리를 지탱하는 두 개의 붉은 기둥이 맑고 푸른 하늘 아래 우뚝 서 있다. 저 다리를 건너 흔적도 없이 사라져버릴 수도 있겠다는 생각이 든다. 아무도 내가 어디로 갔는지 모를 것이다. 나를 그리워할 사람도 거의 없을 것이다. 이렇게 그대로 사라져버리면….

누군가 벤치 끝에 털썩 앉으며 내 생각의 흐름을 끊는다. 짜증이 치밀어 오른다. 비어 있는 벤치가 얼마나 많은데 하필 이런 순간에 굳이 내 옆에 앉는 거지? 일어나서 자리를 옮기려다 나를 방해한 것이 우르술라임을 알게 된다.

"헬스장을 더 자주 나가든가 해야겠어." 그녀가 숨을 헐떡이며 말한다. "아니면 담배를 끊든가."

그녀가 나를 쫓아온 것이다. 무작정 달리는 나를 뒤따라 달린 것이다. 어쩌면 나는 혼자가 아닐지도 모른다.

"카라, 들어봐." 그녀가 숨을 가쁘게 몰아쉬며 말한다.

"무슨 생각을 하고 있는진 모르겠지만 네가 오해한 것 같아." 나는 바다를 바라보던 시선을 그녀에게로 돌린다. 볼이 상기되고 차가운 공기 속에서도 이마에 송골송골 땀방울이 맺혀 있지만 눈은 날카롭게 빛난다. 내 눈처럼.

"내가 왜 샌프란시스코 절반을 가로질러 널 쫓아왔는지 모르겠다. 어린애 보는 것도 아니고." 기분 나빠해야 할지도 모르겠지만 지금은 그럴 기운조차 없다. "아마 네가 이렇게 투정을 부린 건 애널리스와 틸리 이야기 때문이겠지. 그래, 네 엄마가 여자랑 바람을 피웠어. 근데 그게 뭐? 여자들이 남자들보다 훨씬 나을 때가 많은 걸 어쩌겠니." 그녀가 말한다. "물론 네 엄마가 고른 여자는 예외일 수도 있지만."

나는 왜 이렇게 화가 났는지 설명하려다 그녀가 방금 한 말에 꽂혀 멈춘다. "그게 무슨 뜻이에요? 틸리한테 무슨 문제라도 있었어요?" 내가 묻는다.

"문제가 아닌 데를 묻는 게 빠를 거다. 태어날 때부터 부자였거든. 그것 자체가 문제는 아니야. 하지만 틸리는 없는 게 없었어. 아버지에게서 받은 신탁 기금이나 말 같은 것들이 있었고, 학교도 비싼 데를 다녔어. 뭐든 자기 방식대로 얻는 데 익숙했지. 원하는 게 있을 때 그냥 고개만 까딱하면 다 주어지는 거야. 게다가 틸리는 항상 충동적이었는데, 그 점이 네 엄마 마음에 들었던 것 같아. 알다시피 우리는 충동적으로 움직일 기회가 없었으니까. 다음엔 어디서 주먹이 날아올지 살피느라 바쁘기나 했지. 아마 결과를 걱정하지 않고 멋대로 행동하는 것이 재미는 있을지도 모르겠다. 몰라, 해본 적이 없으니. 하여튼 틸리는 기본적으로 버릇이 없었어. 자기 뜻대로 되지 않는 일이 있으면 원하는 대로 될 때까지 삐쳐버렸지. 그래서 대체로 늘 삐쳐 있었고."

무책임한 엄마에 대한 분노는 우르술라의 이야기에 몰입하면서 서서히 가라앉는다.

"그걸 어떻게 알아요?" 내가 묻는다. "집을 나가서 그 둘이 이리로 온 건가요?"

"바로 온 건 아니야. 틸리의 신탁 기금을 펑펑 쓰면서 호화로운 여행을 다녔어." 유럽 관광지들에서 보내왔던 초반의 엽서가 떠오른다.

"나랑 연락은 하지 않았어. 틸리가 철저히 막았거든. 네 엄마를 독차지하고 싶어서 가족들과 그 어떤 연락도 하지 못하게 했지. 하지만 결국 둘은 이곳에 왔어. 1980년대 샌프란시스코는 게이 문화의 중심지였으니까. 걔들이 진짜 레즈비언은 아니었어도 틸리가 여기 와서 그 속에 끼어보고 싶어 한 것도 무리는 아니었지. 사람들 입에 오르내리길 바랐던 틸리에게는 그저 지나가는 한때였어. 하지만 네 엄마에게는⋯." 그녀는 손을 비벼 따뜻하게 만든다. "음, 애니에게는 탈출구였지. 어쨌든 여긴 그냥 분위기 타러 온 거야. 나한테는 딱히 관심이 없었고, 아, 내 그림이 조금씩 주목받기 시작하면서 한 번 만난 적은 있어. 틸리가 내 인맥이면 자기가 속하고 싶은 세계로 들어가기 위한 발판이 되어줄 수 있겠다고 생각했거든."

우르술라는 입가에 반쯤 미소를 띠고 바다를 보면서 이야기를 들려준다. 마치 이제야 이야기를 즐기는 것처럼 보인다.

"하지만 둘 사이가 그렇게 좋지는 않았어." 그녀가 계속 말한다. "제대로 자리를 잡지도 않고 몇 년 동안 여행만 다니고 있었거든. 틸리의 돈도 바닥나기 시작했던 것 같아. 애니는 일을 해서 자기 몫을 내고 싶어 했지만 틸리가 허락하지 않았어. 그 말은 애니가 틸리한테 꼼짝없이 의존할 수밖에 없었다는 거지, 또다시. 모든 게 틸리한테 달려 있었어. 결국 애니를 휘두르는 존재가 남편에서 틸리로 바뀐 셈이지. 그리고 틸리가 애니에게 싫증을 느끼자 애니는 먹고살 길이 막막해졌어. 가진 게 아무것도 없었지. 소문으로는 둘이 헤어졌다는데 나는 둘 중 누구도 보지 못했어. 아마 영국으로 돌아갔겠지."

엄마가 틸리라는 여자를 따라 전 세계를 돌아다니는 모습을 상상해본다. 어쩌면 엄마는 정말 틸리를 유일한 탈출구로 여긴 것일지도 모른다. 우르술라의 말대로 엄마가 아버지의 학대로부터 벗어나기 위해 어린 나이에 아빠와 결혼했다면 나중에 자신이 큰 실수를 했다는 것을 깨달았을 수도 있다. 우리가 어렸을 때를 떠올리면 아빠는 폭군처럼 군림하며 엄격하고 때로는 무섭기도 했다. 하지만 우리는 어린아이였다. 엄마가 아빠를 두려워했을 것이라고는 믿기 어렵다. 하지만 매여 있었다면? 그건 이해가 된다. 엄마가 아빠와 살면서 누릴 수 있는 것보다 더 많은 것을 원했다면, 누가 알겠는가? 틸리가 도저히 거부할 수 없을 만큼 유혹적인 탈출구를 제공했을지도.

이 생각은 결국 나를 같은 문제로 돌려놓는다. 원점으로 돌아온 셈이다. 우리, 그러니까 오빠와 나는? 그녀는 엄마였다. 엄마로서 책임이 있었다. 삶이 기대만큼 풀리지 않았다고 해서 우리를 버려서는 안 되었다. 생각이 여기에 이르자 어떻게 할 새도 없이 분노가 터져 나온다. "하지만 엄마는 저희를 버렸잖아요. 전 겨우 두 살이었는데 엄마는 아빠가 완벽한 아빠와는 거리가 멀다는 걸 알면서도 절 두고 갔어요.. 어떻게 그렇게 그냥 사라져서 저희를 다시 만나려는 노력조차 하지 않을 수 있죠? 엽서 한 상자 보낸 거? 그게 부모 역할을 대신할 수 있다고 생각했다고요?"

우르술라는 정맥이 선명한 손을 내 코트 위에 올린다. 나는 처음으로 그녀의 얼굴에서 걱정에 가까운 표정을 본다.

"애니는 널 데려갈 수 없었어." 그녀가 말한다. "널 볼 수조차 없었고."

머리가 핑 돈다. "무슨 말이에요? 당연히 볼 수 있죠. 그냥 안 본 거잖아요. 더 나은 삶을 찾아 떠났으니까 한 번도 뒤돌아보지 않은 거잖아요."

"아니야, 카라. 네가 잘못 이해한 거다. 애니가 네 아빠에게 틸리에 대해 말하자마자 네 아빠는 변호사를 찾아갔어. 그리고 접근금지명령을 받았지. 법원에서 애니가 네게 다가가지 못하도록 금지명령을 내린 거야."

이건 너무 벅차다. 견딜 수가 없다. 더 이상 무엇을 믿어야 할지 모르겠다. 구역질이 나면서 아침으로 먹은 음식이 올라오는 것을 억지로 다시 삼켜버린다. 우르술라는 더 부드러운 목소리로 말한다.

"네 엄마는 널 버리지 않았어. 그래, 바람을 피운 것도 맞고, 네 아빠를 떠난 것도 맞지만 분명 널 데려가려 했어. 그때가 1980년대였다는 걸 잊으면 안 돼. 그렇게 오래전처럼 느껴지지 않아도 문화적으로는 지금과 완전히 달랐어. 에이즈가 막 알려지기 시작한 시기였지. 사람들은 두려워했어. 동성애 혐오가 만연했고 남자들끼리의 동성애만 배척한 것도 아니었어. 엄마가 두 명인 집? 말도 안 되는 일이었지. 그때는 그게 얼마나 충격적이었는지 상상도 못 할걸. 특히 아들이 있는 집이라면 아이를 키우는 데 남성 롤 모델이 꼭 있어야 한다고 믿었어. 물론 모두가 그렇게 생각한 건 아니지만 대부분이 그랬지. 네 아빠는 그저 고지식한 남자 판사를 찾아가 불륜을 저지른 레즈비언 아내가 엄마 자격이 없다고 설득하면 됐던 거야. 그리 어려운 일도 아니었겠지."

"그렇지만 엄마가 맞서 싸울 수도 있었잖아요?"

"어떻게? 네 엄마는 돈이 없었고, 틸리는 너나 마이클한테는 관심이 없었어. 비싼 소송비용을 대줄 이유가 전혀 없었지. 게다가 애니는 너희한테 미칠 영향도 걱정했어. 자기 애들을 버리고 다른 여자와 도망친 여자? 얘기가 밖으로 새면 신문사에서 그냥 지나칠 리 없었어. 애니는 상황을 더 악화시키지 않으려 필사적이었어. 어쩔 수 없이 법원에서 내린 금지명령에 따라 네 아빠에게 너희를 맡기는 것이 최선이라고 판단했지. 네가 안전한 곳에서 보살핌을 잘 받으며 자라고 있는 것을 알고 있었으니 선택의 여지가 없다고 느꼈지만 마음은 찢어졌어."

머리가 어지럽다. 아빠였구나. 아빠가 엄마를 몰아내고 다시는 돌아올 수 없게 했던 거구나.

"그럼 엄마는 지금 어디 있어요?" 내가 다급하게 묻는다.

우르술라는 고개를 젓는다. "솔직히 나도 몰라. 애니가 네 아빠와 결혼한 뒤로 멀어지기도 했고, 여기 나타났을 때도 틸리에 대한 내 생각을 분명히 했거든. 둘이 떠난 후에는 연락이 아예 끊어졌어. 한 번도 소식을 못 들었지."

"저랑 오빠한테 연락할 생각도 안 하셨고요?" 나는 내 분노가 향할 수 있는 유일한 사람을 겨누어 쏘아붙인다.

"연락해서 뭐?" 우르술라가 냉정하게 반문한다. "내가 뭘 할 수 있었겠어? 내가 끼어들 일이 아니잖니."

"저희가 잘 지내는지 확인하실 수도 있었잖아요."

"네 아빠는 괴물이 아니야, 카라. 우리 아버지랑은 달라. 애니와 마이클, 너에게 최선이라고 생각하는 대로 했을 뿐이야. 그리고 난 네 아빠가 정말 애니를 사랑했다고 생각해. 순간의 감정에 일이 꼬여버리긴 했지만. 자존심 때문에 이전으로 돌아갈 수 없다고 한 건가? 누가 알겠어. 어쨌든 혼자 너희를 키우겠다고 분명히 말했어. 우리 엄마가 돌아가셨을 때 내가 편지를 보냈는데 답장은 하지 않더구나. 그래서 너희가 나 없이 사는 게 더 나을 거라고 생각했지."

이 모든 이야기가 선뜻 이해되지 않는다. 사실과 감정이 한꺼번에 밀려와 처리할 힘이 없다. 나는 가만히 앉아 아무 말도 하지 않는다.

"좀 걷자." 우르술라가 벤치에서 일어나 코트 위로 가냘픈 몸을 문지른다. "너무 춥네."

계속 앉아 있을 수 없어 그녀를 따라간다. 그녀는 나를 찾아 달리다가 발목을 삐끗했는지 조금 절뚝거린다. 아마 그녀 나이에는 길거리를 달리는 게 흔치 않은 일일 것이다. 우리는 다리 바로 아래의 물가로 내려간다. 바닷속에 있는 무언가가 눈에 띈다. 처음에는 물 위에서 흔들리는 작은 갈색 공인 줄 알았는데, 자세히 보니 파도 속으로 잠수하는 매끈한 등이 보인다.

"저거 물개예요?" 내가 묻는다.

우르술라는 내가 가리킨 방향을 바라보다가 이내 시선을 거둔다.

"바다사자일 거야." 그녀가 대답한다. "만에 바다사자가 많거든."

이제까지 바다사자라면 멍한 눈의 물고기를 보상으로 받기 위해 워터파크에서 묘기를 부리는 모습만 보았다. 자연 속에서 헤엄치는 것은 무척 새롭다. 나는 한참 동안 물을 응시하지만 다시 나타나지 않는다. 시선을 돌리자 우르술라가 걸어온 길을 돌아가고 있다. 나는 뛰어서 그녀를 따라잡는다.

"어제 안 좋게 시작해서 미안하다." 그녀가 시선을 수평선에 고정한 채 말한다. "네가 이 멀리까지 나를 찾아와줘서 기뻐. 진심으로. 내가 연락했어야 했는데…." 그녀의 목소리가 잦아든다. 그녀는 나를 돌아보며 얼굴을 구석구석 살핀다. "나랑 닮은 부분들이 보이네."

우리의 손과, 그녀가 목을 꼿꼿이 세우는 모습이 먼저 생각나지만 곧 다른 생각이 떠오른다.

"저도 미대 나왔어요." 내가 말한다. "그것도 공통점이겠네요. 순수미술이 아니라 섬유를 전공했지만 켐프 유전자일 거예요. 아빠는 붓을 똑바로 잡지도 못하거든요."

"그리고 지금은 웨딩드레스를 디자인한다고?" 그녀가 묻는다. "어떻게 그 일을 하게 된 건지 말해줘."

천천히 도시 쪽으로 걸어가며 내 직업에 대해 설명한다. 나는 그녀의 작품에 대해서, 처음 성공했을 때는 어땠는지, 지금은 어떤 작업을 하고 있는지 묻는다.

"그런데 그 갤러리는 얼마나 이용하신 거예요?" 내가 묻는다.

"아, 오래됐지." 그녀가 답한다. "거기 사람들은 날 워낙 잘 알아서 내 작업 방식을 잘 이해해줘." 그녀가 살짝 웃는다. "내 반사회적 성향도."

"저한테 보내셨던 메일도 정말 남다르시던데요." 내가 말한다. "갤러리에서 보고 바로 도망 나올 뻔했어요. 근데 이렇게 얘기해보니 그 정도는 아니신 것 같아요."

우르술라가 내 어깨를 톡 친다. "이런!" 그녀가 말한다. "아무래도 평판을 지켜야 하니까. 갤러리에서 정말 잘해주고 있어. 스카일러는 참 착한 아이야. 항상 내 작업 공간을 마련해주고 새 작품이 충분히 쌓이면 전시회도 열어주지."

그녀의 표정이 바뀐다. 잠시 그리움에 잠긴 듯하다.

"점점 뜸해지긴 해." 그녀가 덧붙인다. "예전처럼 작업하지 않거든. 전처럼 몰입하지도 않고. 그림을 그리는 동력이 되었던 분노가 조금씩 누그러지고 있다고 할까." 그녀가 갑자기 심각한 표정으로 나를 바라본다. "아무한테도 말하면 안 된다?"

나는 순간 그녀가 진심이라고 생각했으나 이내 웃어 보이는 것을 보고 장난이었음을 안다.

"근데 진지하게 말하면 지금 작품을 덜 그리고 있는 건 새 프로젝트를 진행 중이라 제대로 정착하는 데 시간이 필요해서야. 새로운 방향으로 나가면서 대충 할 순 없지. 관객을 혼란스럽게 하면 안 되니까."

바람이 물 위로 휘몰아치는 동시에 내 옷 사이를 파고든다. 나는 몸을 덜덜 떤다.

"내일 집에 간다니 믿기지가 않아요." 내가 말한다.

"단 며칠 있자고 여기까지 오다니 그게 더 믿기지가 않는다." 우르술라가 말한다.

"그게, 아빠를 두고 온 게 마음에 걸려서요. 혹시 무슨 일이 생길 수도 있으니 오래 자리를 비우고 싶지 않아요."

"네 아빠가 혼자 집을 보는 건 아니지?"

"절대 아니죠! 그러면 재밌어지긴 하겠네요. 도와주시는 간병인이 있어요. 아주 차분하게 아빠를 잘 다루세요. 아빠가 요즘 누구랑 잘 지내는 게 쉽지 않지만 가능한 범위 내에서는 두 분이 잘 지내시는 것 같아요."

"네 오빠도 돕는 거야?"

물어볼 법한 질문이지만 사적인 일에 대해 그녀가 너무 캐묻는 것 같다는 인상을 받는다. 평소라면 이런 질문에는 답하지 않겠지만, 그녀가 모든 이야기를 솔직히 털어놓은 마당에 나도 솔직히 말하지 않을 수 없다.

　"오빠랑 아빠는 서로 좀 안 맞아요. 원래부터 그랬어요. 사사건건 부딪쳤죠."

　"너무 닮아서?" 그녀가 약간 비꼬듯 묻는다.

　"아니, 전혀요. 오빠는 아빠랑 하나도 안 닮았어요." 나는 이번 일에 대해 오빠가 내게 보여준 태도를 떠올린다. 관심도, 도움도 주지 않았고 격려 한마디 하지 않았다. 어쩌면 우르술라의 말대로 오빠는 내가 지금껏 생각했던 것보다 아빠와 닮았을지도 모르겠다. "음, 조금은 그럴지도 모르겠네요." 내가 말을 정정한다. "하지만 둘 사이에는 오빠가 어렸을 때부터 항상 뭔가 있었어요."

　"어쩌면 네게 털어놓은 것보다 더 많은 것을 기억하고 있기 때문일 수도 있잖아?" 그녀가 말한다.

　그런 생각은 한 번도 해본 적이 없다. 나는 기억나는 게 없는데 오빠는 소중한 추억이 많다며 항상 부러워하기만 했다. 하지만 그렇지 않을지도 모르겠다. 엄마에 대해 물었을 때 그가 했던 말이 떠오른다. '네가 모르는 게 많아, 카라.' 무슨 말이었을까? 오빠는 틸리를 기억하고 있었다. 접근금지명령에 대해서도 알고 있었을까? 그러면 많은 부분이 설명된다.

"오빠는 학교를 마치자마자 집을 나갔어요." 내가 계속 말한다. "대학에 간 이후로 다시는 돌아오지 않았죠. 지금은 변호사로 일하면서 런던에 살아요. 결혼했고, 쌍둥이 딸도 있죠. 행복하게 살고 있어요."

우르술라는 나를 바라보며 얼굴을 찡그린다. "넌 괜찮고? 아니, 그러면 네 아빠를 너 혼자 돌본다는 거잖아."

나는 그녀의 질문을 잠시 곱씹는다.

"네." 내가 대답한다. "괜찮아요. 누군가는 해야 할 일이에요. 전 아직 결혼도 안 했고 저희 집에서 그대로 사니까요. 뭐, 이젠 여러모로 사실상 제 집이나 다름없고요. 작업실도 있고 필요한 건 다 있어요. 편해요. 아빠한테도, 저한테도. 만나는 사람이 생기면 상황이 달라질 수도 있겠지만 일단 지금으로서는…." 시미언의 얼굴이 불쑥 머릿속에 떠오른다. 나는 떨쳐버린다. "그럼 우르술라는요?" 내 이야기를 그만하기 위해 주제를 돌린다. "싱글이에요?"

우르술라는 고개를 끄덕인다. "만나던 사람이 있었는데 잘 안됐지. 그 사람도 예술가였어. 데클란 머피라고. 들어본 적 있어?" 그녀가 기대 섞인 눈으로 나를 바라보지만 나는 고개를 젓는다. 그녀가 어깨를 으쓱한다. "벌써 오래전 일이야. 내가 처음 여기 왔을 때 만났고, 사랑에 빠졌다가 사랑이 식었지. 흔한 이야기야. 그 사람은 켈트인 특유의 불같은 성격에 성미도 급했어. 우리가 싸우는 거 들으면 깜짝 놀랐을걸! 장난 아니었어. 표 팔아도 될 정도였다고. 어쨌든 내 작품이 팔리기 시작하면서 나는 다음 단계로 나아갔고 다시 돌아보지 않았어."

아무리 그녀라도 너무 깔끔하다. 뭔가 숨기고 있는 것 같다. 무언가 떠오를락 말락 하지만 딱 집히지 않는다.

"그러면 그때 이후로 쭉 혼자셨던 거예요?" 내가 묻는다.

"혼자는 아니지. 아이가 있으니까." 우르술라가 씩 웃는다.

감이 온다. 켈트 혈통, 빨간 머리, 머피.

"스카일러!" 내가 거의 꽥 소리를 지른다. "그러면 스카일러 씨가…."

"내 딸이야."

듣고 보니 닮은 점이 보인다. 물론 나는 몰랐을 수밖에 없다. 스카일러를 처음 만났을 땐 우르술라가 어떻게 생겼는지 몰랐으니까. "그렇게 되면 스카일러 씨는…." 가계도를 그려본다.

"네 사촌이지." 그녀가 대답한다.

바로 받아들여지지 않는다. 가족이 거의 없는 채로 와서 이모와 사촌이 생겼다.

태양이 구름 뒤로 사라지고 기온이 급격히 내려간다. 나는 코트를 단단히 여민다.

"사촌이라니." 내가 되뇐다. "나한테 사촌이 있다니." 목이 메어와 울음을 참으려 이를 꽉 깨문다.

"그래서 말인데." 우르술라가 말을 잇는다. "오늘 밤이 네가 샌프란시스코에서 보내는 마지막 밤이니까 너희 둘 다 우리 집에 저녁 먹으러 오면 어떨까 하고 있었지. 특별한 건 없고." 그녀가 재빨리 덧붙인다. "나는 요리를 잘 못해. 아마 시켜 먹을 거야. 중국 음식 괜찮아? 여기 중국 음식 정말 맛있는데."

나는 말없이 고개를 끄덕이며 그녀가 내 표정에서 감사함을 읽을 수 있길 바란다.

"세상에, 바람이 무슨 북극에서 부는 것 같네." 내가 감정을 억누르느라 애쓰고 있는 모습을 모른 척하며 그녀가 천연덕스럽게 말한다. "미안하지만 이제 난 가봐야겠다. 오늘 오후에 처리해야 할 일이 좀 있어서. 여기, 내 주소." 그녀는 가방에서 노트를 꺼내 휘갈겨 쓴다. "6시쯤 어때?"

나는 쪽지를 받아 들고는 고분고분한 어린아이처럼 고개를 끄덕인다.

"오늘 오후 계획 있어? 현대미술관에 가보는 것도 괜찮아. 눈 크게 뜨고 잘 찾아보면 어딘가 내 작품도 있을 거야." 그녀가 윙크하며 덧붙인다. "엽서 하나 사. 그럼 6시에 보자."

우르술라가 떠나고 나는 홀로 남는다. 갈매기들이 먹이를 찾아 끝없이 머리 위를 맴돈다. 이제 정말 추워졌다. 다시 몸을 움직여야 하지만 그냥 서서 해안으로 밀려와 부서지는 파도를 가만히 바라본다.

42장

애니, 1989년

　기차가 천천히 로마로 들어선다. 애니는 창가 자리에 앉아 창밖 풍경을 바라본다. 이 시간에 깨어 있는 사람은 그녀뿐이라 이 평화가 사라지기 전에 한껏 만끽한다. 로마는 도시도 시골도 아닌 모습으로 멀리까지 펼쳐져 있다. 철길 양쪽에는 회색과 빨강의 보기 흉한 그라피티 낙서로 뒤덮인 허름한 아파트들이 높이 솟아 있다. 마구 그려진 그림과 어지러운 문자가 우르술라의 예전 작품을 떠올리게 한다. 끓어오르는 분노와 반항심에 규칙을 거부하는 듯한 모습이 닮았다. 여기 사는 사람들은 자기 집이 이렇게 불만의 표현들로 더럽혀진 것이 아무렇지도 않은 걸까?

　아직 아침 8시도 되지 않았지만 객실 안의 온도는 이미 애니가 감당할 수 있는 수준을 넘어섰다. 폐를 깨끗이 하려고 숨을 크게 들이마셔봐도 탁한 공기는 제 역할을 하지 못한다. 기차가 밤새 달리는 동안 창문을 활짝 열어두고 싶었지만, 그러면 역마다 멈추고 다시 출발하느라 너무 시끄러웠을 것이다. 어쨌든 애니는 더위 때문에 거의 잠을 이루지 못했다. 닭이 먼저인지 달걀이 먼저인지 모를 상황이다. 이제야 창문을 열기 위해 바닥에 쌓인 짐 위로 손을 쭉 뻗는다. 들어오는 공기가 딱히 시원하지는 않지만, 창문을 열기 전보다는 낫다.

로마에 얼마나 머무르게 될까. 그들은 마치 빅토리아 시대 부유층처럼 유럽을 여기저기 돌아보는 그랜드 투어 Grand Tour*를 하고 있다. 지금까지 틸리가 데려간 모든 곳이 좋았지만 당국의 적의가 노골적으로 드러나고 음식마저 형편없어 여행 내내 음울했던 상트페테르부르크만은 예외였다. 틸리는 철의 장막 안쪽을 들춰본다는 것이 얼마나 대담한 일인지, 그리고 관광객이 거의 가지 않는 곳에 있다는 것이 얼마나 특별한 경험인지 계속 이야기했다. 하지만 애니는 그 말들을 이해하지 못했고, 기차가 다시 국경을 넘어 서독으로 들어가자 안도감을 느꼈다. 독일도 낯설긴 했지만 더 안전하게 느껴지는 낯섦이었다.

* 17세기 중반부터 영국을 중심으로 유럽 상류층 귀족 자제들이 사회에 나가기 전에 프랑스나 이탈리아 등을 순회하며 문물을 익히던 여행을 일컫는 말이다.

이제 그들은 이탈리아를 종단하고 있다. 틸리의 계획에 따라 베네치아를 시작으로 피사와 피렌체를 거쳐 이제 로마로 향하는 중이다. 애니는 틸리가 또 다른 건물이나 그림을 보여줄 때마다 적절한 타이밍에 감탄할 준비를 하며 졸졸 따라다닌다. 틸리의 말에 따르면 로마는 고대 역사가 살아 숨 쉬고 약탈해 온 보물이 곳곳에 쌓여 있는 곳이다. 한 번씩 영국을 떠올릴 때면 애니는 감정을 숨기려고 입술을 질끈 깨문다. 되도록 아예 떠올리지 않으려 한다.

안내원이 복도를 지나며 이탈리아어로 소리친다. 애니는 무슨 말인지 알아들을 수 없지만 여행객들에게 일어나서 내릴 준비를 하라는 뜻일 것이라고 짐작한다. 기차가 나폴리까지 가기 때문에 로마의 플랫폼에 머무는 시간이 길지 않을 것이다. 그녀는 몸을 앞으로 숙여 잠들어 있는 틸리의 팔을 살짝 건드린다. 틸리는 잠시 뒤척이다가 바로 깨어난다. 그리고 눈을 꼭 감았다가 번쩍 뜨고는 금세 정신을 차린다. 틸리에게는 흑과 백뿐, 회색 같은 중간이 없다.

"도착했어." 애니가 안내원의 외침에도 불구하고 다른 승객들을 깨우지 않으려고 본능적으로 조심하며 속삭인다.

틸리는 좁은 기차 안에서 불편한 자세로 자느라 뻐근해진 등과 허리, 다리를 이리저리 움직인다. 허벅지를 주무르며 활기를 되찾은 그녀가 애니에게 미소를 보낸다.

"콜로세움은 꼭 봐야 해." 틸리가 눈을 빛내며 말한다.

"너도 정말 좋아할 거야. 벽에서 그 장엄한 분위기가 뿜어져 나오는 것 같아. 여긴 다 엄청나. 수천 년의 역사가 그냥 길에 널려 있다니까. 그 길을 얼마나 많은 사람이 걸었을지 상상이 돼?"

애니는 상상할 수 없다. 사실 틸리가 무슨 말을 하는지도 잘 모르지만 지금처럼 열정적으로 무언가를 이야기할 때면 그냥 듣는 게 최선이라는 걸 배웠다. 역사란 것이 애니보다 틸리에게 훨씬 더 큰 의미가 있는 것 같다. 학교에서 더 집중해서 들은 걸까? 틸리는 그들이 방문한 몇몇 장소에 진심으로 감동한 것처럼 보였다. 애니도 그 감동을 함께 느끼려 노력했지만 그냥 건물, 그것도 다 허물어져가는 건물로 보일 뿐이었다. 과거의 유물을 정말 꼭 보존해야 하나?

"로마 사람들은 이런 엄청난 유적지가 자기 집 앞에 있는데도 너무 심드렁하고 당연하게만 여긴다니까." 틸리는 말을 이어가며 담요로 쓰던 스웨터를 개서 다시 배낭에 집어넣는다. "아니, 비아 데이 포리 임페리알리Via dei Fori Imperiali*만 해도 말이야." 이탈리아어 단어들이 틸리의 입에서 마치 원래부터 알고 있던 듯 자연스럽게 흘러나온다. "그 길은 고대 로마의 중심지를 쭉 지나가. 손을 버스

---

* 이탈리아 로마 중심부에 있는 베네치아 광장에서 콜로세움까지 직선으로 연결되는 도로를 말한다.

창밖으로 내어 콜로세움을 만질 수도 있다니까. 말도 안 되지. 트럭이 윈저 성 바로 옆을 달린다고 하면 믿을 수 있겠어? 물론 완벽한 예시는 아니야. 윈저 성은 콜로세움에 비하면 어제 세워진 거나 다름없으니까."

그렇게 틸리는 홀린 듯 듣고 있는 애니에게 자신이 알고 있는 것을 늘어놓으며 다시 열변을 토하기 시작한다.

기차가 덜컹거리며 멈추자 객실에 있던 다른 여자가 잠에서 깬다. 그녀는 눈을 뜨고 플랫폼의 로마 표지판을 확인한 뒤 다시 눈을 감는다. 틸리는 배낭을 집어 들고 불편하다는 듯 눈을 뒤룩이며 여자가 쭉 뻗고 있는 다리를 엉거주춤 넘어간다. 그녀는 객실 문을 스르륵 밀어 열고 애니와 함께 기차 복도에 늘어선 혼잡한 행렬 속에 끼어든다. 여행객들은 서로 먼저 내리겠다며 밀치고, 안내원은 고래고래 소리를 지르며 크게 손짓을 하고, 머리 위 스피커에서는 알아들을 수 없는 안내 방송이 흘러나온다.

애니는 인조 가죽으로 된 낡은 여행 가방을 힘겹게 들고 틸리를 따라 플랫폼에 내려선다. 깔끔하고 실용적인 배낭을 택한 틸리는 애니가 겪는 불편함을 전혀 눈치채지 못한다. 영국을 떠날 때 틸리는 애니에게 자신과 똑같은 배낭을 사주겠다고 약속했다. '네가 집시처럼 다니는 꼴을 볼 순 없지.'

그녀가 말한 배낭은 아직 감감무소식이지만 애니는 묻

기가 꺼려진다. 틸리는 이미 여행 비용을 전부 대고 있다. 그녀는 신경 쓰지 않는 듯하지만 애니는 마음이 불편해서 꼭 필요한 경우가 아니면 돈 이야기를 꺼내고 싶지 않다. 또다시 다른 사람에게 경제적으로 의존하고 있다는 사실을 떠올리게 하는 일은 가급적 피하고 싶다.

틸리가 힘차게 플랫폼 끝을 향해 걸어가면서 다른 승객들이 모두 친구인 것처럼 손을 흔들며 '본 죠르노'라고 이탈리아어로 인사한다. 애니에게는 그녀가 전 세계에 친구가 있는 것처럼 보인다. 애니는 무거운 여행 가방을 양손으로 끌며 틸리를 뒤따르느라 힘이 든다. 아직 아침도 먹지 않았는데 벌써 등에 땀이 배어 나오기 시작한다. "혹시 수하물 보관소가 있을까?" 그녀가 틸리의 등 뒤에서 외치지만, 틸리는 듣지 못했거나 듣지 않기로 한 듯하다.

거리로 나오자 로마의 일상이 떠들썩하게 흘러가고 있다. 사방에서 경적이 울리고 스쿠터들이 성난 말벌처럼 붕붕거린다. 틸리는 큰길에서 벗어나 작은 식당에 들러 피자 한 조각을 사서 걸으면서 먹는다. 이 모험을 시작했을 때는 늘 식당에 앉아 음식을 먹었지 절대 거리를 돌아다니며 먹지 않았었는데 말이다.

얼굴이 누렇게 그을린 자그마한 아이들이 주위로 모여든다. 틸리는 손목을 한 번 튕겨 아이들을 쫓아낸다. 피사에서는 애니가 틸리의 가방에 슬쩍 손을 집어넣는 집시 여자를 발견하기도 했다. 애니가 영어로 소리치자 여자는 이탈리아어로 뭐라고 외치더니 결국 다른 관광객을 노리러 떠났다. 애니는 재빠른 대처로 위기를 막았다는 사실에 기뻤지만, 틸리는 외국 여행에서는 소매치기를 당하는 것이 당연하다는 듯 어깨를 으쓱했다. 하지만 그 일이 있고부터는 좀 더 조심스러워 보였다.

너무 더워서 숨쉬기가 거의 불가능하다. 영국을 한 번도 떠난 적이 없는 애니에게 정말로 더웠던 기억은 1976년 여름뿐이다. 지금의 더위는 그때보다 훨씬 심하다. 그나마 다행인 것은 이제 짐은 호텔에 맡겨두었다는 것이다. 인파를 뚫고 가방을 끌고 다녀야 했을지도 모른다는 생각만으로도 머리가 어지럽다.

"이제 트레비 분수로 갈 거야." 틸리가 의기양양하게 말하다가 애니가 아무런 반응도 보이지 않자 얼굴을 찌푸린다. "몰라? 영화 〈분수 속의 세 동전Three Coins in the Fountain〉*?" 애니는 멍하니 틸리를 바라본다. 틸리는 고개를 젓고 다정하게 웃는다. "프랭크 시나트라는?** 넌 어린 시절을 대체 어떻게 보낸 거야? 아무튼 전통에 따르

---

* 진 네글레스코 감독의 1954년 드라마 영화로, 우리나라에서는 '애천'이라는 제목으로 개봉했다.
** 앞서 말한 영화에 삽입된 프랭크 시나트라의 노래 〈분수 속의 세 동전〉에 대한 언급이다.

면, 분수에 동전을 던지면 우리가 다시 로마로 돌아올 수 있대."

지금 애니는 여기로 다시 오고 싶은 마음이 있는지 잘 모르겠다. 더럽고 냄새나고 너무 더워서 굳이 돌아오고 싶지 않지만 틸리에게는 말하지 않을 것이다. 그녀는 마치 집 근처를 걷는 듯 당당하게 걸어가는 친구의 뒤를 따른다. 그때 건물 한쪽 구석에 자리한 작은 가게가 보인다. 가게 앞 진열대에 엽서가 전시되어 있다. 그녀는 잠시 망설인다. 틸리가 분명 화를 낼 테지만 말해보기로 한다. "엽서랑 우표 살 돈만 좀 줄 수 있을까?" 그녀가 간청한다. "부탁이야."

틸리는 크게 한숨을 내쉰다. "뭐? 또?" 성가시다는 듯 물으면서도 피사에서의 아찔한 경험 이후 새로 산 허리띠 지갑을 뒤져 1천 리라짜리 지폐 몇 장을 꺼낸다. 그녀는 마치 스트립 클럽 웨이트리스에게 하듯 애니를 향해 돈을 흔든다.

애니는 돈을 받아 좁은 길을 건너 가게로 간다. 더러워진 손가락으로 진열대를 훑다가 익숙해 보이는 그림에서 멈춘다. 그림 속에는 나체인 남자가 토가를 입은 노인과 손가락을 거의 맞대고 있다.

틸리가 애니의 뒤로 다가와 서며 말한다. "〈아담의 창조〉야. 내일 데려가줄게. 시스티나 성당도 안 보고 로마를 떠날 순 없지."

애니는 이미 평생 보고도 남을 만큼 충분히 많은 성당을 봐서 또 다른 성당에 간다는 말에 크게 흥미가 생기지 않는다. 게다가 실오라기 하나 걸치지 않은 남자가 그려진 엽서가 적절한지도 의문이 든다. 그녀가 손을 계속 움직이다가 그 앞에 나체 조각상이 있는 화려한 흰색 건물을 담은 엽서를 고른다. 여기는 아무도 옷을 입지 않는 걸까?

"바로 그거야." 틸리가 흥분된 목소리로 말한다. "그게 트레비 분수야." 그녀의 목덜미에서 틸리가 내쉬는 숨이 느껴진다.

좀 더 자세히 살펴보니 앞쪽에 물이 조금 보인다. 분수라고 하기엔 별로 크지 않은 것 같다. 엽서를 계산대로 가져가니 검은 옷을 입은 아주 작고 얼굴이 쭈글쭈글한 여자가 그녀를 맞는다. 애니가 우표를 달라는 신호를 보내자 여자가 우표 하나를 꺼내준다. 애니는 그것을 잃어버리지 않도록 엽서에 붙인다.

다시 거리로 나오자 틸리가 애니의 팔짱을 끼며 가까이 끌어당기고 볼에 살짝 키스한다.

"행복해, 자기?" 그녀가 묻는다. 애니가 잠깐 멈칫하자 틸리는 그 짧은 순간을 놓치지 않는다. 그녀는 애니에게서 떨어지며 얼굴을 찡그린다. "가끔 네가 왜 여기까지 온 건지 모르겠어. 그렇게 끔찍하게 힘들면 언제든 돌아가면 되잖아. 내가 막는 것도 아니고."

"그런 거 아니야." 애니가 말한다. "정말 즐거워, 너도 알잖아. 그냥 좀 힘들 뿐이지…."

애니는 거기서 말을 멈춘다. 틸리에게 자신의 마음을 설명해도 의미가 없다. 이전에도 비슷한 대화를 해봤지만 아무 소용이 없었다. 그녀는 틸리가 우연히라도 엽서를 보고 또다시 꼬투리를 잡는 일이 없도록 가방 깊숙이 밀어 넣는다. 그녀는 깊은 숨을 내쉬고 환하게 웃는다.

"그래서 그 분수는 어디 있는데?"

틸리는 금세 눈 녹듯 화가 풀려 애니 옆에서 신나게 발걸음을 옮긴다.

"음, 내 기억이 맞다면…." 그녀가 말하며 길을 안내한다.

애니는 순순히 따라간다. 물론 틸리는 틀렸다. 그녀는 돌아갈 수 없다. 조가 막아놓았다. 그녀는 결코 돌아갈 수 없다.

43장

카라, 2018년

호텔로 돌아와 핸드폰을 확인한다. 베스에게 문자가 와 있어서 급히 확인한다.

-안녕. 잭슨 부인이야! (어색하지?) 나 돌아왔어! 신혼여행은 완전 최고였어. 호텔이 끝내줬지. 바닷가 예쁘고 음식 맛있고…. 부럽지? 하지만 내 완벽한 인생 얘기는 그만할게 ;-) 크리스마스랑 새해는 어땠어? 무슨 소식 없어? 얼른 보고 싶다. 언제 만날 수 있어?

'무슨 소식'이라니? 어디서부터 말해야 할지도 모르겠다. 나는 빠르게 답장을 적는다.

-안녕. 재밌었다니 기뻐. 너무 보고 싶었어. 난 샌프란시스코야! 말하자면 길어. 영국엔 모레 도착할 거야. 그때 다 얘기할게. 사실 로맨스도 조금 있고! 별일이 다 있었다니까. 빨리 보고 싶다.

나는 베스가 내 메시지를 읽고 그녀가 없는 동안 무슨 일이 있었는지 알아내려 애쓰는 모습을 상상하며 혼자 미소 짓는다. 답답해서 죽을 것 같겠지. 아래로 스크롤하며 나머지 새 메시지들을 훑는다. 그중 하나에 심장이 철렁 내려앉는다. 시미언이다. 메시지를 열기 전에 잠시 머뭇대다가 결국 버튼을 누른다.

-사랑받는 카라. 새로 생긴 이모랑 어떻게 지내고 있는지 궁금해서. 나중에 술 한잔? 아니면 저녁 먹으면서 얘기할까?

그도 참 끈질기다. 인정할 수밖에 없다. 잠시 그를 생각하다가 곧 지워버린다. 지금은 마음의 여유가 없고, 어차피 내가 그에게 좋은 상대가 될 수 없다는 것을 안다. 시미언 같은 멋진 남자는 내가 줄 수 있는 것보다 훨씬 더 많은 것을 받을 자격이 있다. 그냥 무시하고 우리 사이가 서서히 식게 두어야 한다. 지금껏 내 연애는 잘된 적이 없다. 내가 누군가와 가까워지는 데 서툴러서 결국 상대는 내 심장이 있어야 할 자리가 텅 비어 있는 것을 알게 된다. 우리 둘 다 상처받기 전에 내가 그냥 떠나는 게 맞다. 지금 조금 아픈 게 나중에 다 엉망이 되었을 때 갈기갈기 찢어지는 것보다 낫다.

우르술라의 집으로 향하는 택시 안에서 나는 마지못해 집에 가면 연락하겠다고 짧게 답장을 보낸다. 그가 숨은 작별의 뜻을 알아챌 수 있을지 궁금하다. 잠시 후 택시가 우르술라의 집 앞에 도착한다. 나는 다시 시미언에 대한 생각을 묻어둔다.

그녀의 집은 네모지고, 커다란 정사각형 창문이 나 있어 전체적으로 공장 같은 느낌이다. 외벽이 진한 회색으로 칠해진 것처럼 보이지만 반쯤 어두워서 그렇게 보이는 것일 수도 있다. 문을 두드리는 순간 와인이나 꽃을 가져왔어야 했다는 것을 뒤늦게 깨닫는다. 안에서 누군가 철제 계단을 짤깍짤깍 내려오는 소리가 들리더니 곧 문이 열리고 스카일러가 나타난다. 그녀는 나를 안으로 들이기도 전에 내 목을 팔로 감싸며 힘껏 껴안는다.

"카라!" 그녀가 나를 안은 채 소리친다. "우리가 사촌이래! 믿어져? 너무 좋다! 우린 완전 친한 친구가 될 거야. 안 봐도 알아." 영원처럼 느껴진 시간이 흐른 뒤 마침내 그녀가 나를 놓아준다. "들어와, 들어와." 그녀가 말한다.

아마 전망 때문이겠지만 거실이 위층에 있어 집이 거꾸로 된 것 같다. 스카일러가 앞장서서 계단을 올라가고 나는 발소리를 울리며 그녀의 뒤를 따라간다. 벽에 그림들이 걸려 있지만 우르술라 특유의 강렬한 붉은색은 눈에 띄지 않는다. 추상화인 것은 마찬가지인데 분위기가 한결 부드럽고 밝으며 색을 난도질하듯 격렬하게 붓질한 흔적도 없다. 이것이 그녀가 말하던 새 작품일까 궁금하다. 유화물감을 희석하는 데 사용하는 테레빈유 냄새가 공기 중에 떠다닌다.

복도에 들어서서 스카일러가 나를 거실로 안내한다. 아래층보다 천장이 두 배쯤 높고 거대한 창문이 한쪽 벽 전체를 차지하고 있는 압도적인 모습과 대조적으로 거실 가구는 소파 두 개와 커피 테이블 하나가 전부다. 우르술라는 와인 잔을 들고 한쪽 소파에 기대어 있다. 내가 모습을 보이자 고개를 살짝 숙이지만 일어나지는 않는다. 계단을 빠르게 올라온 탓에 약간 숨이 차 보이는데도 스카일러는 코트를 받아주겠다, 음료를 가져다주겠다, 집을 구경시켜주겠다며 내 주변을 분주히 맴돈다.

"제발 좀 진정해라, 스카일러." 우르술라가 말한다. "강아지도 아니고. 카라한테 숨 돌릴 틈은 줘야지. 가서 마실 거나 가져오렴. 와서 앉아라, 카라."

내가 앉을 수 있도록 그녀가 다리를 치워주지 않아서 다른 소파로 가서 가장자리에 걸터앉는다. 오늘 아침에 느꼈던 따뜻한 기운은 거의 느껴지지 않는다. 나는 갑자기 다시 필요할 때를 대비해 스스로를 지키려는 경계심이 스멀스멀 올라오는 것을 느낀다.

부엌에서 스카일러가 병을 여는 소리가 들린다. 우르술라는 눈을 가늘게 뜬 채 나를 바라볼 뿐 아무 말도 하지 않는다. 스카일러가 와인과 잔, 그리고 피스타치오 한 그릇을 쟁반에 들고 부산스레 돌아오자 안도감이 든다.

"뭘 좋아할지 몰라서 레드랑 화이트 와인 둘 다 가져왔는데 맥주나 탄산음료도 있으니까 말만 해. 그리고 안주도 좀 가져왔어. 아, 혹시 견과류 알레르기는 없지? 그럼 이건 바로 치워도 돼."

나는 고개를 저으며 스카일러에게 미소 짓는다. "아니, 알레르기는 없어. 화이트 와인이 좋겠다. 고마워."

"영국식 억양 진짜 좋다." 그녀는 나와 우르술라에게 와인을 넉넉히 따라주며 말한다. "고상하게 들린 달까. 영국 사람들은 다 너처럼 말하는 거야?"

"허튼소리 좀 그만해, 스카일러." 우르술라가 말한다. 목소리에 짜증이 묻어나지만 화가 난 건 아니다. "그리고 어차피 넌 이미 영국식 억양에 익숙하잖니."

"아, 엄마 억양은 예외예요." 스카일러가 대수롭지 않게 말한다. 그리고 우르술라를 무시한 채 나를 향해 말을 잇는다. "우리 사이에 뭔가 특별한 게 있다고 바로 느꼈어. 유대감 같은 거. 갤러리에 들어서는 순간 그냥 알겠더라고. 물론 우리가 사촌이라는 건 몰랐지만."

"세상에, 제발 그만 좀 떠들어!" 우르술라가 외친다.

하지만 나 역시 우르술라를 무시한다.

"무슨 말인지 알 것 같아." 내가 말한다. "나도 아마 기회만 주어진다면 우리가 친구가 될 수 있을 거라 느꼈거든."

"봐요, 엄마!" 스카일러가 우쭐한 듯 말한다. "카라도 느꼈대요. 다 엄마처럼 사람을 싫어하는 은둔형 인간은 아니라고요."

우르술라는 스카일러를 향해 손을 휙 내젓는다. "네 마음대로 생각해라." 그러면서도 입가에 살짝 미소를 띤다.

"그리고 엄마가 말하지 못하게 했어." 스카일러가 우르술라를 가리키며 말한다. "내가 엄마 딸이라는 걸 말이야. 사실 네가 우리 엄마가 이모인 것 같다고 말하는 순간 난 바로 알았거든. 아마 네 말이 맞을 거라는 걸."

나는 의아한 눈빛으로 우르술라를 바라본다. "왜요? 제가 부끄러우셨어요?"

"…아니." 그녀가 대답하지만 너무 뜸을 들여서 진짜인지 확신이 서지 않는다. "그보다는… 우리가 다 같이 행복한 가족 놀이를 시작하기 전에 머릿속을 좀 정리할 시간이 필요했어."

나에 대해, 우리 가족사에 대해 이야기하는 게 뭐가 그렇게 어려웠는지 묻고 싶지만 그래봐야 소용없다는 것을 안다. 지금까지 우르술라에 대해 조금이나마 알게 된 바로는, 그녀는 자기가 원하는 때에만 자기 방식대로 움직이는 사람이다.

그렇게 저녁이 흘러간다. 중국 음식을 시켜 먹으며 별로 중요하지 않은 이야기들을 나누는 것일 뿐인데도 오래된 친구들과 편하게 저녁을 보내는 것처럼 기분이 좋다. 자정쯤 나는 더 이상 하품을 참을 수가 없다.

"이제 가야겠어요." 내가 말한다. "금방이라도 잠들 것 같아요."

"무슨 잠이야." 스카일러가 말한다. "비행기에서 자면 되잖아."

하지만 우르술라는 고개를 끄덕인다. "그냥 보내라. 다음에 또 볼 테니까. 그렇지, 카라?"

"그랬으면 좋겠어요." 내가 대답한다. "그리고 물론, 두 분도 언제든 영국에 오고 싶으시면 환영이에요." 일어나는데 갑자기 눈물이 날 것만 같다. 울음을 참기 위해 현실적인 일에 집중한다. "택시 좀 불러주실래요?"

"내가 부를게." 스카일러가 말한다.

그녀가 자리를 비우자 나와 우르술라만 남는다. 우르술라가 의아한 눈빛으로 나를 바라본다. 나는 그녀가 무언가를 놓치는 일이 거의 없다는 걸 깨닫는다.

"괜찮니?" 그녀가 묻는다.

나는 고개를 끄덕인다.

"와줘서 기쁘구나." 그녀가 말한다.

"저도요." 내가 답한다.

호텔로 돌아가는 잠깐 동안 지난 사흘을 되돌아본다. 이모와 사촌이 생겼다는 것도 기쁘지만 그보다 더 중요한 것은 내가 누구인지에 대한 감각이 조금 더 뚜렷해졌다는 것이다. 어딘가 뿌리를 내린 듯한 느낌이 든다. 그러나 내가 알게 된 나머지 사실들은 전보다 받아들이기가 훨씬 어렵다. 이 모든 불행과 혼란의 책임이 아빠에게 있다는 건 이제 분명하다. 내가 엄마 없이 자라야 했던 것은 전적으로 아빠 탓이며, 게다가 엄마가 죽었다고 말했기 때문에 나는 성인이 된 뒤로도 수년을 허비했다. 거짓말만 하지 않았더라면 훨씬 더 일찍 엄마를 찾아볼 수도 있었을 텐데 아빠는 그 기회를 송두리째 앗아 간 것이다.

그렇다면 오빠는? 오빠는 이 모든 걸 얼마나 알고 있었던 걸까? 나는 항상 오빠가 기회를 얻자마자 도망친 것은 아빠와 잘 지낼 수 없었기 때문이라고만 생각해왔다. 하지만 그게 전부가 아니었다면? 오빠와 꼭 이야기해야 한다는 생각이 들면서 갑자기 그것이 내 혼란스러운 세상에서 가장 시급한 문제가 된다. 지금은 자고 있을 테니 당장 전화를 걸 수는 없지만 가능한 한 빨리 이야기해야 한다. 직접 만나서 얼굴을 보고 말이다.

호텔에 돌아오자 피곤하다는 느낌이 싹 사라진다. 나는 노트북을 켜고 맨체스터가 아니라 히드로에 도착하도록 비행 편을 바꾼다. 그다음, P 선생님에게는 원래 계획보다 몇 시간 늦을 것이라고, 오빠에게는 런던에 도착하면 만나자고 각각 이메일을 보낸다. 잠시 어디서 만나자고 할지 고민한다. 중심지에 위치해서 그가 사무실에서 오기 쉬우며, 다투지 않고 대화할 수 있는 곳이어야 한다. 그리고 걸으면서 대화할 수 있다면 오빠가 화나서 가버릴 가능성도 줄어든다. 나는 테이트 모던 미술관으로 정한다.

44장

영국으로 돌아가는 여정은 단순하지만 길게 느껴진다. 다가올 하루를 위해 최대한 에너지를 비축해두어야 하지만 아무리 잠을 청해보아도 머릿속이 조용해지지 않는다. 승무원들이 조명을 낮추고 플리스 담요와 작은 베개를 나누어주는데도 나는 작은 타원형의 창으로 밤하늘에 내린 검은 어둠만 바라본다.

왜 이 모든 일이 지금, 아빠의 상태가 너무 나빠져서 변명조차 할 수 없을 때 드러난 걸까? 언제든 엽서를 발견할 수 있었을 텐데. 이 끔찍한 비밀들을 풀 열쇠가 다락방에 있었지만 비밀이 있다는 것을 몰랐으니 찾아볼 생각도 하지 못했다. 내 삶은 늘 그랬듯이 작고 조용했다. 어떻게 내 삶이 거짓 위에 세워졌다는 것을 알 수 있었겠는가.

그리고 지금 머릿속이 온갖 질문들로 터질 것 같은데 그 답을 물을 곳이 없다. 아빠의 거짓말과 뒤틀린 논리, 그리고 아빠가 품었을지도 모를 의심이나 후회는 정신이 쇠약해지면서 그 끝없는 혼란 속으로 모두 사라져버렸다. 나는 아빠가 무슨 생각을 했는지 결코 알 수 없을 것이며, 그 사실을 받아들이는 법을 어떻게든 배워야만 할 것이다.

새벽을 향해 날아가면서 하늘은 벨벳 같은 먹빛에서 보라를 거쳐 눈부신 진홍으로 조용히 물들어 간다. 일출의 아름다움은 언제나 나를 들뜨게 한다. 태초부터 매일 반복되어 온 일이지만, 색들이 서로 스며드는 모습을 보는 것은 절대 싫증 나지 않는다. 그 아름다운 빛이 내 날 선 마음을 다독여준다.

잠시 동안 시미언을 떠올린다. 내가 한 번도 명확한 태도를 보이지 못했는데도 그는 계속 돌아온다. 그건 나를 조금은 좋아한다는 뜻일 것이다. 내가 지나치게 조심하는 걸까? 그냥 마음이 흘러가는 대로 두어야 할까? 남은 인생이 점점 재앙으로 치닫고 있는 상황에서, 잠시나마 쉴 수 있는 구석이 있는 것이 그렇게 나쁠까? 우리 사이가 어떤 사이인지는 몰라도 그가 다시 연락해온다면 죄책감이나 두려움 없이 즐기기로 결심한다. 이 모든 상황에도 불구하고 일출을 바라보고 있는 지금 가슴이 살짝 설렌다.

❋

 테이트 모던은 템스 강가에 우뚝 서서 위엄을 뽐내고 있다. 이 건물의 지난 역사*를 기억하는 이는 많지 않을 것이다. 세상은 변화와 새로움으로 가득 차 있다.

 오빠가 나를 보기 전에 내가 먼저 그를 발견한다. 그가 머리를 높이 들고 뒤로 코트 자락을 휘날리며 성큼성큼 걸어온다. 아빠와 너무 닮았다. 오빠는 전화 통화를 하면서 걸어오다가 나를 보자 갑자기 끊는다. 나는 이 혼란 속에서 오빠가 한 역할 때문에 화가 났다고 생각했지만, 막상 내 앞에 서 있으니 그 분노를 쏟아낼 수가 없다. 여전히 나의 오빠이자 보호자이며, 폭풍 속의 안식처이기 때문이다.

 "카라, 이게 도대체 무슨 일이야?" 그가 내게 다가오면서 말을 쏟아낸다. "나 정말 엄청 바쁘다고. 다 제쳐두고 널 만날 순 없어. 뭐, 결과적으로는 이렇게 나왔지만 정말 중요한 일이어야 해."

 "알고 있었어?" 나는 서두 없이 곧바로 묻는다. "엄마가 죽지 않았다는 것뿐 아니라, 우리를 만나지 못하게 하려고 아빠가 접근금지명령까지 받았다는 거 알고 있었냐고?" 나는 표정만 보고도 오빠는 알고 있었다는 것을 즉시 알아

---

* 테이트 모던은 1900년에 지어져 런던에 전력을 공급했던 뱅크사이드 화력발전소를 개조하여 2000년에 공공 미술관으로 개관되었다.

챈다. "왜 나한테 말하지 않았어?"

오빠는 5초 만에 20년은 늙어 보인다. 이마의 주름살이 깊어지고 피부는 창백해졌다가 곧 다시 붉어진다. 눈가에 반짝이는 눈물이 맺힌 것이 보이지만 볼 위로 한 방울도 흘러내리지 않는다. 그는 이를 꽉 깨물고 숨을 깊이 들이쉰 뒤 내가 예상한 대로 말한다. "좀 걷자."

우리는 미술관 안으로 들어가 중앙 통로를 따라 걷는다. 거대한 회색 공간이 우리 위로 솟아 있고, 발소리와 말소리가 어우러져 낮고 둔탁하게 울린다. 고요한 성당에 들어온 듯한 느낌이다. 사람들이 고개를 숙인 채 기도하는 모습을 볼 수 있을 것만 같다. 경사로 중간쯤에서 오빠가 갑자기 멈춰 서서 나를 바라본다.

"네가 생각하는 것과는 달라." 오빠가 말한다. "나도 기억나는 게 많지 않고, 내가 아는 것들은 오랫동안 나 혼자 퍼즐을 맞춘 거야. 아빠는 절대 말하지 않으셨거든. 그 다툼 있잖아, 마지막 다툼. 내가 대학 가기 전에 싸웠던 거. 그게 바로 그거 때문이었어."

"뭘 알고 있었던 거야?" 나는 이제 다 듣고 싶어 조급하게 묻는다.

"전에 말했듯이 나는 그 여자가 기억나. 엄마 친구."

"틸리?" 내가 묻는다.

그가 고개를 끄덕인다. "나는 그 여자가 싫었어. 우리한테 전혀 관심이 없었거든. 네가 말을 걸거나 만든 걸 보여주려고 해도 그냥 무슨 쓰레기 취급하면서 무시했지. 너는 아직 아기였는데도 너를 그렇게 무시해서 난 항상 화가 났어." 오빠는 내가 겨우 두 살일 때도 어떤 감정을 느꼈을지 알고 날 지켜주고 있었던 것이다. 가슴이 아려온다. "하지만 엄마는 좋아했어." 그가 말을 이어간다. "엄마는 그 여자를 나랑 다르게 봤거든. 결국 그 여자는 엄마 세계의 중심이 되었어. 우리보다 더 중요했던 것 같아. 그렇게 남의 둥지를 침범한 뻐꾸기처럼 우리를 밀어냈지. 그 여자는 항상 엄마 옆에 있으려고 했어. 처음에는 아빠가 집에 오기 전에 사라졌는데 언젠가부터는 아빠가 와도 가지 않았어. 마치 엄마한테서 절대 떨어지지 않을 것처럼."

마이클은 다시 경사로를 걸어 내려가기 시작하고 나는 어린아이처럼 그 뒤를 따라간다. "그리고 어느 날 밤 엄청난 싸움이 벌어졌어. 엄마가 아빠에게 소리를 지르고 있었지만 무슨 말을 하는지는 들리지 않았지. 문을 쾅쾅 닫는 소리가 많이 났어. 나는 침대에서 빠져나와 계단에 앉았어. 그런데 현관에 여행 가방이 하나 있더라고. 그래서 휴가를 가는 줄 알았지." 그는 숨을 깊게 들이쉬고 희끗희끗한 머리를 손으로 쓸어 넘긴다. "어떻게 엄마가 우리 네 명의 짐을 가방 하나에 다 챙길 수 있었는지 이해가 안 됐어." 그가 절레절레 고개를 젓는다. "그런데 틸리가 나타났고, 엄마는 그 여자와 함께 떠났어. 그게 끝이었지. 다시는 엄마를 볼 수 없었어."

마이클은 지쳐 보인다. 평정을 유지하는 데 온 힘을 다 쏟고 있는 것 같다. 하지만 나는 신경 쓰지 않는다. 이제 모든 것을 알아야 한다.

"작별 인사 같은 건 안 했어?" 내가 묻는다. "그냥 그대로 나간 거야?"

"엄마도 다시 돌아오지 못할 거란 걸 몰랐던 것 같아. 틸리와 함께 떠나면서 다음 날 우리를 데리러 올 거라고 생각했겠지. 그런데 아빠가 자물쇠를 바꾸고 나서 변호사에게 갔고, 결국 그렇게 된 거야. 당시에는 이해하지 못했고 나중에 다 알아낸 거지."

"그런데 절대 만나면 안 됐다고? 어떻게 그럴 수가 있어? 아니, 우리 엄마였잖아."

"그게 아빠가 원했던 바였는지는 잘 모르겠지만 운이 좋았던 것 같아. 사건을 맡은 판사가 '나쁜 놈들은 전부 목매달고 채찍질하라'는 식으로 아주 극단적인 사람이었거든. 레즈비언은 악마의 자식이고, 무슨 일이 있어도 그들에게 아이를 맡길 수 없다고 생각했어. 내가 법원 서류도 읽어봤어. 국립 기록보관소에서 찾아봤거든. 아빠가 판사를 직접 점토로 빚어냈다고 해도 이보다 더 호의적인 판결은 받을 수 없었을 거야."

믿을 수가 없다. 오빠가 법원 서류를 읽었다고? 나는 사건이 있었다는 사실조차 이제 막 알았는데, 오빠는 그 빌어먹을 서류를 다 읽었다고! 하지만 이제 와서 따질 수는 없다. 우리는 앞으로 나아가야 한다.

"우르술라 말이 엄마는 법정 다툼을 할 돈이 없었고, 틸리는 그 돈을 대주지 않았다고 했어." 내가 말한다.

"그거 말 되네. 틸리는 자기밖에 모르는 인간이었으니까. 그냥 재미로 한 거지. 우리가 얼마나 상처받을지는 생각조차 안 했을걸. 넌 겨우 두 살이었어, 카라. 무슨 일이 일어났는지 전혀 몰랐지. 네가 아는 건 엄마가 더 이상 곁에 없다는 것뿐이었어. 꼬박 몇 주를 울었는지 몰라. 우리가 요크셔로 이사한 뒤에도 계속 울었어. 아빠는 참을 수 없었던 것 같아. 그때부터 서재로 숨어들기 시작했지. 도움도 받지 않았어. 누군가가 진실을 알아내서 불쌍한 홀아비 행세를 더 이상 못 하게 될까 봐 걱정했겠지. 그래서 부족하나마 내가 너를 돌봤어. 네가 울면 안아주고 말이야. 그러다 어느 날부턴가 넌 더 이상 울지 않았지."

숨이 턱 막힌다. 어떻게 아빠가 우리에게 이런 짓을 할 수 있었을까? 두 살짜리 아이에게 엄마는 세상의 전부다. 그런 존재가 하룻밤 새 사라져버린다면 그 아이는 얼마나 깊은 상처를 입게 될까. 그리고 그런 동생을 어떻게든 돌보려 했던 오빠는 또 어떨까. 아, 세상에… 불쌍한 마이클. 아빠를 향한 순수한 증오의 파도가 나를 덮친다. 어떻게 우리 둘을 그런 고통 속에 밀어 넣을 수 있었을까.

그러다 문득 또 다른 생각이 스친다. "그럼 오빠는 엄마가 죽지 않았다는 걸 알고 있었네. 계속 알고 있었던 거야?" 그가 고개를 끄덕인다. 그의 눈이 제발 이해해달라고 애원하고 있다. 이 비밀이 그에게 얼마나 무거운 짐이었는지 그 눈을 보고 이해한다. "그런데 왜 나한테 말하지 않았어?"

"그럴 수가 없었어." 그의 목소리가 떨린다. "넌 이미 너무 큰 상처를 받았잖아. 그런데도 그 모든 걸 이겨내고 네 삶을 만들어냈어. 그래서 네가 더 이상 다치지 않게 하려고 했던 거야, 카라."

그의 시선이 내 손으로 떨어진다. 나는 멀쩡한 손으로 다친 손을 잡고서 주름진 흉터를 문지른다.

"무슨 뜻이야?" 내가 묻는다.

오빠는 다시 깊은 한숨을 쉰다. 모든 것을 털어놓는 일이 그에게 얼마나 힘든지 알 수 있다. 숨을 내쉬는 그의 몸이 부들부들 떨린다. "엄마가 떠난 지 대략 여섯 달쯤 됐을 때였어. 아빠는 일클리 집의 정원에 있었지. 오래된 강철 쓰레기통에 모닥불을 피우고 종잇조각 같은 걸 태우고 있었어. 넌 이미 잠자리에 들었지만 물이 마시고 싶어서 침대에서 기어 나와 아래층으로 내려온 거야. 그랬다가 아빠가 정원에 있는 걸 보고 따라 나간 모양이야. 네가 작은 분홍색 잠옷을 입고 있던 게 기억나. 잠옷 아래로 잠자리용 기저귀 윤곽이 보였지. 발에는 아무것도 신지 않았고."

마이클은 침을 꿀꺽 삼키고 계속 말한다.

"아빠는 네가 오는 소리를 듣지 못했어. 불 속으로 이것 저것 집어넣는 데 정신이 팔려 있었거든. 네가 도착했을 때는 엄마의 스케치북을 불길 속으로 던지려 하고 있었지. 엄마는 항상 그림을 그렸거든. 혹시 기억나? 엄마가 어떻게 그림을 그렸는지? 넌 그걸 다시 꺼내려고 손을 불 속에 넣었어…." 마이클은 더 이상 참지 못한다. 그의 어깨가 떨리기 시작하더니 이내 거친 숨이 섞인 흐느낌이 터져 나온다. "널 막을 수가 없었어." 그가 말한다. "너무 늦었지."

오빠는 나를 껴안으며 어깨에 얼굴을 묻는다. 수십 년간 묻혀 있던 감정이 폭발하며 그의 온몸이 들썩이자 사람들의 시선이 우리에게 쏠린다. 나는 그를 있는 힘껏 꼭 껴안고 감정이 전부 흘러나오도록 둔다. 나는 그에게, 엄마에게, 심지어 아빠에게조차 화를 낼 수 없다. 그들 각자는 저마다의 뒤틀린 방식으로 옳다고 믿는 일을 했을 뿐이다. 모두가 나를 지키려 했던 것이다.

"괜찮아." 나는 마이클에게 속삭인다. "이해해. 오빠 잘못이 아니야. 그 어떤 것도 오빠 잘못이 아니야. 난 오빠를 원망하지 않아. 어떻게 그럴 수가 있겠어?"

그가 얼굴을 들어 올리고 내 눈을 깊이 들여다본다. 우리가 마지막으로 이렇게 가까이 마주한 게 언제였는지도 기억나지 않는다.

"진심이야?" 그가 간절하고 절박한 눈빛으로 묻는다. 그에게는 나의 용서가 절실하다. 어린 시절부터 마음의 짐을 짊어지고 살아온 것이다. 비행기 안에서 느꼈던 분노는 모두 사라져버렸다. 오빠에 대한 많은 것들, 늘 보였던 거리감과 런던으로 도망쳐 아빠와 나에게 무관심했던 태도가 이제야 전부 이해가 된다. 처음으로, 내가 그렇게 어렸던 것이 오히려 다행이라는 생각이 든다. 그동안 나는 오빠가 예전에 우리에게 있었던 일들을 기억할 만큼 나이가 많은 게 부러웠다. 오빠가 그때의 기억을 평생 잊으려 애쓰며 살아온 줄은 꿈에도 몰랐다.

"물론." 내가 대답한다.

"이제 어떻게 할 거야?" 그가 묻는다.

솔직히, 나도 모르겠다. 집에 돌아가서 지난 며칠 동안 알게 된 모든 일을 정리해야 한다. 지금으로서는 그 이상은 생각할 수 없다.

"아무것도." 내가 말한다. "아무것도 안 할 거야."

나는 블랙프라이어스 역에서 오빠와 헤어진 뒤 킹스 크로스로 가서 집으로 향하는 기차를 탄다. 잠을 거의 못 잔 데다가 새롭게 알게 된 사실들 때문에 진이 완전히 빠진 상태다. 지금은 그저 집에 가고 싶을 뿐이다.

45장

 택시가 집 앞에 다다른 순간 무언가 잘못되었다는 것이 느껴진다. 늦은 시간이니 거리가 조용한 것은 당연하지만 어쩐지 집에 무슨 일이 생긴 것 같은 불길한 예감이 든다.

 택시비를 내기 위해 덜덜 떨리는 손으로 영국 동전을 찾으려 지갑을 뒤적이지만 잡히는 건 쿼터 동전뿐이다. 택시가 떠나자 이번엔 집 열쇠를 찾기 시작한다. 분명 잘 챙겨 두었다고 생각했는데 도통 손에 잡히지 않는다. 불과 며칠이지만 마치 몇 년이나 세월이 흐른 듯 느껴진다. 집으로 돌아온 나는 예전의 카라 페런스비가 아니다.

 마침내 열쇠를 찾아 문을 연다. 집 안에는 숨 막히는 정적이 무겁게 내려앉아 있다. 그러나 곧 위층에서 누군가 조심스럽고 차분하게 움직이는 소리가 들린다. 나는 최대한 조용히, 그러나 들릴 정도로 소리내어 부른다.

"P 선생님, 거기 계세요? 저예요. 별일 없나요?"

계단 위에서 P 선생님이 모습을 드러낸다. 단정하게 근무복을 갖춰 입고 허리에 흰색 비닐 앞치마를 두르고 있다.

"오셨어요, 카라 씨." 그녀가 인사한다. "여행은 잘 다녀오셨어요?"

"네." 나는 짧게 대답하고 다시 묻는다. "무슨 일 있어요? 아빠한테 무슨 문제라도 생긴 건가요?"

"안타깝게도 아버님 상태가 별로 좋지 않아요." 그녀가 담담히 말하면서 계단을 내려오기 시작하지만, 나는 이미 성큼성큼 위로 올라가고 있다. "의사 선생님이 다녀가셨어요. 폐렴 같다고 하시더군요. 다른 지병도 있으니 크게 놀라운 일은 아니래요." 나는 그녀를 스치듯 지나쳐 곧장 아빠 방으로 달려간다. 그녀가 뒤에서 소리친다. "어차피 더 일찍 돌아오실 수도 없었으니까 괜히 걱정 끼치고 싶지 않았어요."

하지만 분명 더 일찍 올 수 있었다. 비행 일정을 바꾸지만 않았더라도, 오빠를 만나지만 않았더라도….

아빠의 방 안은 어둑하고, 머리맡에 놓인 스탠드가 침대 위쪽만 희미하게 비추고 있다. 공기는 고요하고 답답하며 코를 찌르는 소독약 냄새가 다른 냄새를 모두 덮고 있다.

침대 옆 의자에는 펼쳐진 책 한 권과 안경이 놓여 있다. 아마도 P 선생님이 곁을 지키고 있었던 모양이다. 링거대가 아빠를 지키는 파수꾼처럼 서 있고, 튜브가 가슴 위로 뱀처럼 뻗어 있다. 나는 무슨 일이 벌어질 것만 같은 두려움을 느끼며 침대 쪽으로 다가간다.

아빠는 눈을 감고 누워 있지만 잠든 건지 아닌지 알 수 없다. 호흡이 거칠고 대략 세 번쯤마다 한 번씩 아예 숨을 쉬지 못한다. 내가 떠나 있던 단 나흘 만에 몸이 어린아이처럼 쪼그라든 것 같다. 피부는 우유처럼 창백하고 간간이 쿨럭일 때면 기침하는 것조차 버거운 듯 지치고 힘없는 소리가 난다.

나는 절박한 마음으로 P 선생님을 바라보며 무언가 안심할 만한 말을 해주길 기대한다. 그녀가 다가와 내 어깨에 살며시 손을 올린다.

"언제부터 이랬나요?"

"어제부터요. 그 전까지는 아무 문제 없었거든요. 저녁에 의사 선생님을 불렀는데 제가 곁에서 돌봐줄 수 있으니 병원에 안 가고 집에 계셔도 된다고 하셨어요. 항생제 효과가 곧 나타날 거예요."

나는 아빠를 바라본다. 너무도 쇠약해진 모습에 이 늙고 망가진 껍데기 속에 내가 알던 그 아빠가 있다는 것이 믿기지 않는다. "정말 병원에 안 모셔도 될까요?" 나는 조용히 묻는다.

P 선생님은 침대보를 다듬으며 미세한 주름을 곧게 편다.

"그건 카라 씨가 결정할 일이에요. 하지만 병원에서도 제가 여기서 하고 있는 것 이상으로 더 해줄 건 없을 것 같고, 옮기는 것보다 그대로 두는 편이 훨씬 덜 고생일 거예요. 그냥 편하게 해드리면서 날이 밝으면 다시 상태를 봐야 할 것 같아요. 상태가 악화되면 언제든 구급차를 부르면 되니까요."

갑자기 어린아이가 된 듯한 기분이 든다. 누군가가 대신 최선의 선택이 무엇인지 알려주면, 그래서 내가 아무 결정도 하지 않아도 되면 좋겠다.

"혹시… 때가 된 걸 수도 있을까요?" 내가 묻는다.

나는 아무런 준비도 되어 있지 않다. 물론 언젠가는 아빠가 돌아가실 것을 알고 있지만, 이렇게 갑작스러울 것이라고는 생각하지 못했다. 나는 그녀가 전문가로서 어떤 의견을 줄지 기다리며 P 선생님을 바라본다. 내가 어떤 대답을 듣고 싶은지조차 모르겠다.

"아직 그 단계는 아니에요." 그녀가 마치 수간호사나 걸 가이드Girl Guide* 단장을 떠올리게 하는 말투로 말한다. "일단 좀 지켜봐요."

---

* 소녀들을 위한 국제적인 사회교육 단체로, 현재는 '걸스카우트'로 명칭이 바뀌었다.

나는 침대 옆에 앉았다가 곧 다시 벌떡 일어난다. "제 가방! 길에 가방을 두고 왔어요."

"제가 가져올게요." P 선생님이 침착하게 말한다. "그리고 오빠분께도 연락드려야 하지 않을까요?"

그건 전혀 생각지도 못했다. "그렇죠. 지금 몇 시예요?"

"새벽 1시 30분이요. 아침에 전화하시는 게 나을 수도 있겠네요."

"아니요. 지금 전화할 거예요. 뭐라고 말하죠?" P 선생님이 나를 바라본다. 아무 말도 하지 않지만 그 의미는 분명하다. 아무 소식도 없는데 왜 굳이 오빠를 지금 깨우냐는 눈빛이다. "아니, 그냥 아침에 전화할게요." 내가 말한다. "그게 좋겠어요. 아빠도 잠에서 깨면 상태가 좀 나아질지도 모르고, 그러면 오빠를 걱정시킬 필요도 없겠죠."

게다가 한밤중에 전화를 걸면 아이들을 깨울 수도 있다. 칭얼대는 아이들이 없어도 이렇게나 벅찬데 말이다.

P 선생님이 나를 방에 남겨두고 계단을 내려가는 발소리가 들린다. 그리고 현관문을 여닫는 소리, 복도에 내 가방을 내려놓는 소리가 이어진다. 나는 몸을 숙여 아빠의 얼굴을 가만히 쓸어본다. 종잇장처럼 얇은 눈꺼풀이 파르르 떨린다. 아빠가 천천히 눈을 뜨고 나를 향해 미소 짓는다. 마치 정말로 나를 알아보는 듯한 진짜 미소를 지어 보인다. 이 연약한 사람이 참 많은 이들을 아프게 했지만, 그의

움푹 팬 뺨을 어루만지는 지금 이 순간만큼은 분노를 느끼기 어렵다.

지난 며칠 동안 알게 된 충격적인 진실이 평생 쌓여온 사랑을 모조리 밀어낼 수는 없다. 아빠는 자기 나름의 잘못된 방식이긴 하지만, 나를 사랑했으니까. 그 모든 거짓말은 나를 보호하기 위한 것이었으며, 아무리 어리석은 선택을 했더라도 아빠는 자신이 옳다고 믿었을 것이다. 오빠는 아빠에 대한 생각이 확고하지만, 내가 반드시 오빠와 같을 필요는 없다. 아빠를 끝내 완전히 용서하거나, 아빠가 한 일을 이해하게 될 수 있을지는 모르겠다. 하지만 그 선택을 했던 아빠는 이미 사라졌다. 지금 침대에 누워 있는 노인은 그와 전혀 다른 사람이다.

아빠가 입을 열지만 목소리는 나오지 않는다. 그렇게 작은 움직임조차 너무 힘들어 보인다.

"말하지 마요, 아빠." 내가 말한다. "힘을 아껴야지. 게다가 이 평화롭고 고요한 순간도 꽤 좋거든요." 나는 그의 손을 꼭 잡으며 눈가에 고인 눈물이 그에게 보이지 않길 바란다.

"착하구나." 입술이 움직이는 것을 보지 못했다면 알아챌 수 없을 정도로 너무나 작은 목소리다. "착하구나."

"좀 쉬어요."

나의 말에 아빠의 눈이 다시 감긴다. 나는 너무 지쳐 있다. 상체를 기울여 아빠의 가녀린 손 옆에 엎드린다. 아빠의 고르지 못한 숨소리에 내 호흡을 맞춘다.

P 선생님이 내 팔을 살짝 건드리며 깨운다. 잠시 어리둥절했지만 곧 내가 어디에 있고 왜 여기 있는지 기억해낸다.
"깜빡 잠들었나 보네요. 지금 몇 시죠?"
"새벽 5시가 다 되어가요." 그녀가 대답한다.
아주 짧은 침묵 뒤에 그녀가 말한다. "정말 유감이에요, 카라. 아버님께서 돌아가셨어요." 그녀의 말이 내 안에 스며드는 데 잠시 시간이 걸린다.
"편히 가셨어요." 그녀가 말을 잇는다. "주무시다 그대로 떠나셨으니."
나는 아빠를 바라본다. 희미한 빛 속의 아빠는 예전 모습 그대로인 것처럼 보인다. 하지만 자세히 들여다보자 전혀 움직임이 없다. 얼굴은 이미 가면처럼 굳어 있고 뺨에 손을 대니 차갑다.
"하지만 전 잠깐 눈만 붙인 거라고요. 돌아가셨을 리 없어요. 괜찮았잖아요. 저한테 말도 했는데…." 수많은 말이 떠오르지만 아무 말도 입 밖으로 나오지 않는다. 아빠가 대답하거나 이해할 수 없다는 것은 알지만 이모와 오빠로부터 알게 된 것들을 다 말해주고 싶었는데 이제는 너무 늦었다. "돌아가셨을 리가 없다고요." 나는 다시 말하지만 눈앞의 현실이 이미 모든 것을 말해준다.

P 선생님이 내 팔꿈치를 붙잡고 데리고 나가려 하지만 나는 꼼짝도 하지 않는다. 왜 그런지 모르겠지만, 아빠를 혼자 두면 안 될 것 같은 기분이 든다.

"카라 씨, 구급차를 부르고 의사에게 연락해서 사망 확인을 받아야 해요." 그녀가 부드럽게 말한다. "그리고 오빠분께 전화를 드려야 하지 않을까요?"

오빠는 아무것도 모른다. 아빠가 위독할지도 모른다는 말도 하지 못했는데 이제는 너무 늦었다.

내 마음을 읽은 듯 P 선생님이 덧붙인다.

"오빠분이 바로 런던에서 출발했어도 여기까지 제시간에 도착하진 못했을 거예요. 너무 갑작스러웠잖아요."

"네." 나는 그녀의 말에서 어떻게든 위안을 찾으려 한다. "정말 갑작스러웠어요. 우리도 전혀 몰랐죠?"

나는 이 알 수 없는 감정이 점점 죄책감으로 변할까 두려워 그녀를 간절한 눈빛으로 바라보며 내 말이 맞다고 해주길 기다린다.

"그럼요." 그녀가 말한다.

우리 둘 다 그것이 진실이 아님을 알지만, 나는 물에 빠진 사람이 나뭇가지를 붙잡듯 그 말에 매달린다. 그리고 그녀가 방 밖으로 이끄는 대로 따라간다. 아래층에서 수화기를 들고 오빠에게 전화를 건다. 왠지 집 전화를 써야 할 것만 같은 기분이 든다. 유선전화가 우리 사이를 진짜로 연결해줄 것처럼 느껴진다. 나는 계단에 앉아 번호를 누른다. 마리안이 거의 바로 전화를 받는다.

"여보세요?" 그녀가 말한다.

이른 아침에 전화가 걸려와서 놀란 목소리다.

"마리안, 저 카라예요."

단 세 마디로 모든 것이 전달된다.

"아." 그녀가 조용히 말한다.

"오빠 있나요?"

"네." 그녀가 대답한다. "딱 맞춰 전화했어요. 잠깐만요." 그녀가 수화기를 내려놓고 마이클을 찾으러 간다. 무슨 말을 하는지는 들리지 않지만, 수화기를 다시 드는 소리와 함께 오빠의 목소리가 들린다.

"카라?"

"아빠 가셨어." 내가 말한다.

너무 돌려 말해서 오빠가 제대로 이해하지 못했을지도 모른다고 생각하며 더 분명히 말해야 하나 고민한다. 하지만 이어진 오빠의 말을 들으니 그럴 필요 없을 것 같다.

"언제?"

"방금. 자고 있었는데, 그러다가…."

"원인은?"

"폐렴." 내가 대답한다.

"넌 괜찮아?"

나는 고개를 끄덕인다. 비록 오빠가 나를 보지 못해도 알 수 있을 것이다.

"내가 해줄 일은 없어?" 그가 묻는다.

"모르겠어. P 선생님이 계시니까 괜찮을 것 같아. 뭘 해야 할지 아실 거야."

"알겠어." 그가 조용히 말한다. "그럼 오늘 중에 자세한 일정이 잡히면 다시 얘기하자. 장례식 때 갈게. 아니면 그 전에 내가 미리 가 있을까?"

오빠가 필요하냐고? 물론 필요하다. 어렸을 때처럼 다 괜찮을 것이라고 속삭여주길, 나를 꼭 안아주고 눈물이 마를 때까지 농담을 던져주길 바란다. 이 세상에서 중요한 것은 우리 둘뿐이라고, 다른 사람은 아무 상관 없다고 말해주길 바란다. 하지만 이제는 더 이상 사실이 아니다. 오빠에게는 마리안과 아이들이 있다. 결국 이 세상에 나만 홀로 남았다.

"아냐." 내가 대답한다. "난 괜찮아. 이따 또 전화할게. 미안해, 오빠."

"아니야, 카라." 그가 조용히 말한다. "나중에 이야기하자."

오빠는 수화기를 내려놓고, 나는 혼자가 된다.

46장

 부엌에 걸린 하얗고 커다란 시계의 바늘을 따라 시간이 착실히 흐르고 있지만, 나는 전혀 의식하지 못한다. 차를 끓이고는 식탁 위에 차갑게 식도록 내버려둔다. 아마도 이 무감각함은 충격 때문일 것이다. 하지만 어디서 오는 충격인지는 잘 모르겠다. P 선생님은 전화 몇 통으로 내가 해야 마땅하지만 도저히 감당할 수 없는 모든 실무적인 일들을 조용히 능숙하게 처리한다. 사람들이 집으로 오고, 결국 아빠는 집을 떠난다. 나는 아무것도 하지 않는다. 그저 앉아 있을 뿐이다. 그동안 혼자서 나를 길러준 아빠의 죽음으로 인한 슬픔과, 그 아빠가 내게서 엄마를 빼앗아 내가 부모 중 한 사람의 사랑밖에 받지 못하게 했다는 분노 사이에서 어찌할 바를 모르겠다. 어느 것이 더 고통스러운지 따져보는 것조차 너무 아파서 모든 감정을 잠가두고 천천히 숨만 쉰다. 들이쉬고, 내쉬고.

점심시간쯤 되었을까, 다시 초인종이 울린다. 나는 일어나지 않고 P 선생님이 문을 열어 간다. 복도에서 낮은 목소리들이 들리고 잠시 후 햇볕에 그을린 베스의 얼굴이 문틈으로 나타난다.

"카라." 그녀가 차분한 목소리로 말한다. "최대한 빨리 달려왔어."

처음에는 베스가 와준 것이 세상에서 가장 자연스러운 일처럼 느껴지지만, 곧 그녀에게 무슨 일이 있었는지 말하지 않았다는 것을 깨닫는다. 그간 있었던 일을 오빠에게만 말했을 뿐이다.

"어… 어떻게?" 내가 묻는다.

"P 선생님이 전화 주셨어." 그녀가 설명한다. "정말 유감이야, 카라."

학교에서 아이들이 놀릴 때 흙이 진 내 손을 꼭 잡아주던 베스, 내 생애 첫 파티에 함께 가준 베스, 무슨 일이 있어도 항상 내 곁을 지켜준 베스가 방을 가로질러 달려와 나를 꼭 끌어안는다. 그 한순간이 지금껏 참아왔던 눈물을 쏟게 한다. 마침내 얼굴이 일그러지며 울음이 터져 나온다.

나는 내 옆에 앉아 어깨를 감싸안는 그녀에게 몸을 기댄다. 봄날 빨래 같은 깨끗하고 상쾌한 향이 난다. 나를 힘 있게 안아주는 그 한 사람 안에 엄마, 언니, 친구가 모두 있는 것 같다.

"괜찮아, 괜찮아." 그녀가 등을 쓰다듬으며 말한다. "마음껏 울어."

얼마나 울었는지 더 이상 눈물이 나오지 않자 베스는 차를 준비해주고, 우리는 분위기를 바꾸기 위해 거실로 가져간다.

"자, 신혼여행 얘기나 좀 해봐." 내가 말한다.

베스는 내 슬픔 앞에서 즐거웠던 기억을 풀어놓기 멋쩍은 듯 배시시 웃는다.

"정말 좋았어." 그녀가 말한다. "호텔도 완벽했고, 해변도 아름다웠어. 열대 해변에서 살라고 하면 살 수도 있을 것 같아. 일기예보를 볼 필요도 없이 매일매일 따뜻하고 화창한 곳에 산다고 상상해봐."

"금방 지루해할 것 같은데." 내가 말한다. "끝없는 파란 하늘? 아마 가져간 속옷이 다 떨어지기도 전에 우중충한 하늘이 그리워질걸. 그리고 넌 아마 끝없이 펼쳐진 수평선도 싫어할 거야."

"황야는 그리울지도 모르겠다." 그녀가 말한다.

우리는 잠시 말없이 앉아 완벽해 보이는 삶이 실은 얼마나 결점투성이인지 생각해본다.

지금 베스에게 시미언에 대해 말해줘야 할 텐데 왠지 모르게 망설여진다. 그녀가 흥분해 달려들면 감당할 힘이 없기 때문이기도 하고, 또 시미언과 내가 지금 어떤 관계인지 명확하지 않아서이기도 하다. 돌아온 뒤로 그와 연락한 적은 없다. 이런저런 일들 때문에 뭐 하나 제대로 할 시간이 거의 없었다. 하지만 그랬기 때문만은 아니다. 이대로 끝나게 하지 않겠다고 비행기 안에서 결심한 뒤로, 시미언이 나에 대한 마음을 바꾸었을까 봐 두렵다. 우리가 말을 섞지 않는 한, 그가 여전히 나에게 관심이 있다고 스스로를 속일 수 있다. 죄책감이 들지만 시미언 이야기는 나 혼자 간직하기로 한다.

그때 베스가 불쑥 말한다. "나 집을 팔고 싶지 않은 것 같아."

우리가 나누던 대화와 아무런 연관이 없는 말이라, 시미언이 조용히 내 머릿속에서 사라진다.

"그렉은 이제 결혼했으니까 내가 살던 집을 팔고 그 돈으로 미래를 위해 투자하자고 하는데 난 꼭 그래야 할지 모르겠어."

"글쎄, 네 집이잖아." 내가 논리적으로 말한다. "네 마음대로 해도 되는 거 아니야?"

"네가 보기에도 그게 맞는 것 같지?"

그녀의 말에 숨어 있는 날카로운 가시가 내 손끝에 닿을 만큼 선명하게 느껴진다.

"뭔데? 결혼 생활에 문제가 생겼어?" 내가 묻는다.

"아니." 그녀가 한숨을 내쉬며 겨우 말한다. 나는 눈썹을 치켜올리고 머리를 갸웃하며 그녀를 바라본다. "그냥…." 나는 기다린다. 재촉해도 소용없다. 베스는 알아서 말을 꺼낼 것이다. "그렉이 좀 통제하려는 경향이 있잖아, 알지?"

'상상도 못 했는걸?' 나는 속으로 놀라기만 하고 입은 단단히 다문다. 베스가 그렉에 관해 안 좋은 이야기를 꺼내는 것은 정말 드문 일인데, 결혼한 지 한 달도 안 된 시점에서 그런 말을 들으니 더더욱 놀랍다. 나는 공감하며 고개를 끄덕인다.

"오해하지 마." 그녀가 말을 이어간다. "그게 좋을 때도 있어. 방에 들어서서 분위기를 장악하면 나는 아무 생각 없이 그냥 맡기면 되거든. 그렉은 주변을 자기 방식대로 움직이게 하는 게 있어. 사실 꽤 인상적이지. 일종의 존재감이라고 할까. 분위기 같은 거." 나라면 그렇게 표현하지 않겠지만 입을 계속 다물고 그녀가 설명하게 둔다. "하지만 그 집은 내 거야. 보증금도 대출금도 내가 열심히 저축해서 혼자 다 감당했다고. 알잖아, 너도."

"당연하지." 내가 맞장구를 친다.

"그 사람한테는 아무것도 아니겠지. 의사 월급에 이런저런 거 다 합치면 그렉한테는 그리 큰돈이 아닐 수 있다고.

하지만 나한텐 정말 큰돈이야. 아직 놓을 준비가 안 됐어. 아직은."

"그런데 그렉한테 말은 해봤어?"

그녀는 고개를 번쩍 치켜들고 반항하는 아이처럼 말한다. "내가 바보 같대. 유지보수를 하는 것도 곧 부담이 될 거라고, 지금 개발업자에게 팔고 자산을 현금화하자고 하더라."

그렉이 베스의 입을 통해 말하는 것 같다. '자산을 현금화'하자는 말이 베스의 입에서 나오다니 믿을 수가 없다.

"그래서 이제 어떻게 할 거야?" 내가 묻는다.

베스가 나를 바라보며 한쪽 눈썹을 치켜올린다. 지난 몇 주 동안 보지 못했던 반짝임이 그녀의 눈에 돌아와 있다. 그 눈빛이 오래된 친구처럼 반갑게 느껴진다.

"그 사람 말대로 하진 않을 거지?" 내가 비꼬듯 웃으며 말한다. 마치 그 옛날, 그렉도 없고 이 모든 복잡한 일도 없던 시절처럼, 음모를 꾸미는 악동 같은 공모자들이 된 기분이다.

"응." 그녀가 단호하게 말한다. "그럴 생각 없어. 내 집이잖아. 결혼했다고 그 사람이 하는 말마다 다 동의해야 하는 건 아니니까. 집을 계속 갖고 있는 것도 합리적인 결정이야. 자산가치도 오르고 있고, 임대하면 대출금도 무리 없이 낼 수 있어."

"맞아, 맞아." 내가 말한다. '그리고 만약 일이 어그러져도 도망칠 곳이 남아 있겠지'라고 생각하지만 입 밖으로 내지는 않는다.

"어쨌든 내 얘기는 됐고." 베스가 내 쪽으로 몸을 비스듬히 기울이고 눈을 똑바로 바라본다. "너는 어때? 아버지 일은 정말 안타까워."

베스가 도착한 지 몇 분도 채 되지 않아서 나는 아빠가 세상을 떠났다는 사실을 거의 잊고 있었다. 그런데 그녀가 그 이야기를 꺼내자, 누군가 극적인 효과를 노리고 던진 말처럼 어딘가 어색하게 다가온다.

"아직 실감이 안 나." 나는 간신히 말한다.

"그럴 수밖에 없지. 예상할 수 있던 것도 아니었잖아. 당연히 충격이었을 거야. P 선생님이 아버지가 폐렴이었다고 하신 거지?"

"의사가 그렇게 말했대." 나는 고개를 떨군다. "내가 여기 있었어야 했어."

그 말을 내뱉고 나서야 비로소 내가 지금 느끼는 감정을 깨닫는다. 나는 건드리지도 말아야 했을 무언가를 찾는답시고 지구 반대편까지 가느라 아빠를 혼자 내버려두었다. 그리고 그 결과가 이것이다. 내 세상은 더 이상 예전과 같지 않고 아빠는 이제 없다.

베스는 전혀 동의하지 않는다. "바보 같은 소리 하지 마."

그녀가 다정하게 말한다. 다시금 눈에 뜨거운 눈물이 차오른다. "언제든 일어날 수 있는 일이었어. 아버님은 몸이 좋지 않으셨잖아, 카라. 오래전부터 아프셨지. 네가 여기 있었든 없었든 폐렴에 걸리셨을 거야. 자책하지 마. 나부터 네가 그러고 있게 두지 않을 거니까."

그녀가 옳다는 것은 알지만 그렇다고 죄책감이 덜어지지는 않는다.

"그럼 혹시…." 그녀가 말을 멈추고 고개를 들어 천장을 본다. "아직 여기 계셔?"

그녀가 너무 진지해서 나도 모르게 웃음이 새어 나온다. 나는 이 우울한 집에 어울리지 않는 웃음을 터뜨린다. "아니, 아빠는 이미 데려갔어. 내가 이렇게 웃고 있는 걸 알면 별로 좋아하지 않았을 거야."

나는 아버지가 세상을 떠난 지 얼마 안 된 상황에서 웃고 떠드는 것에 대해 이야기한 것이지만 베스는 정색하며 말한다. "맞아, 우리가 너무 즐거워하는 건 좋아하지 않으셨잖아." 그녀가 손으로 입을 막으며 눈을 크게 뜬다. "맙소사, 정말 미안해. 돌아가신 지 얼마나 됐다고 벌써 이렇게 안 좋게 말하고 있네."

맞는 말이긴 하다. 우리는 항상 아빠가 화가 나서 분노를 쏟아낼 것이 두려워 조용히 놀아야 했다.

"우리가 떠드는 소리 때문에 일에 집중할 수 없다며 아빠가 집에 못 들어오게 했던 거 기억나?" 내가 묻는다.

"응." 베스가 신나게 고개를 끄덕인다. "엄청 추웠고, 비가 억수같이 쏟아졌지. 집에 갔더니 우리 엄마가 무지 화내셨어. 발끝까지 흠뻑 젖고 파랗게 질렸었거든."

"그랬어? 난 몰랐네."

"응. 엄마가 너무 화를 내서 그때 일이 기억에 남아 있어. 너희 집에 무슨 일이 있는지 모르겠지만 아버님은 뭐가 진짜 중요한지 제대로 구분할 필요가 있다고 했었지. 앗." 그녀가 몹시 놀란 듯 말을 멈췄다가 덧붙인다. "또 그랬네. 미안해. 우리 엄마가 20년 전에 어떻게 생각했는지는 아무 상관없어."

"괜찮아." 내가 말한다. "아마 맞는 말이었을 거야." 베스의 엄마가 아빠에 대해 뭐라고 했는지 궁금하다. 아빠의 양육 방식을 다른 시각에서 본 적이 없고, 비교할 만한 대상도 없기 때문이다. "또 뭐라고 하셨어?"

베스가 미간을 찌푸린다. 뭘 말하고 뭘 말하지 말아야 할지 고민하는 게 분명하다.

"글쎄." 그녀가 머뭇거리며 말문을 연다. "어려운 상황에서 최선을 다하셨다고 생각했던 것 같아." 내 눈을 쳐다보고 있던 그녀의 시선이 우리 사이의 탁자로 내려간다. "하지만 가끔 너랑 오빠한테 조금 소홀하신 것 같다고도."

그녀는 혹시 말이 지나쳤는지 걱정하며 나를 바라본다.

그렇게 아랫입술을 깨물고 초조하게 나의 반응을 기다린다.

"그렇게 볼 수 있었겠다." 내가 말하자 베스의 얼굴에 안도감이 번진다. "아빠가 우리를 살뜰히 살피는 편은 아니었으니까. 까다로운 면도 있었고 손님들에 대한 배려도 없었어. 최소한 일관성은 있었네. 겉과 속이 똑같아서."

성인이 된 지금 생각해보면, 아마 아빠는 아이를 돌보는 데 서툴렀던 것 같다. 하루아침에 혼자가 되어, 누구의 도움도 없이 두 아이를 혼자 길러야 했으니까. 그리고 엄마가 틸리를 따라 집을 나갔다는 충격도 견뎌내야 했고.

어쩌면 아빠가 우리에게 화를 낸 게 그리 놀라운 일은 아닐지도 모른다. 엄마가 혼자였더라도 아마 똑같이 화를 냈을 것이다. 사실 아빠가 화를 내는 것은 허세에 불과했다. 아빠는 한 번도 우리를 진짜 다치게 하지는 않았다. 그는 그저 최선을 다했을 뿐인데, 그 최선이 그다지 옳은 방향이 아니었던 것인지도 모른다.

"우리한테 꽤 화를 내긴 하셨지?" 베스가 말한다. 내 반응 덕분에 조금 더 마음 놓고 이야기하는 듯하다. "난 엄청 무서웠어."

"그랬어?" 내가 묻는다. 하지만 물론 이미 알고 있었다. 집에 손님이 거의 없었던 이유 중 하나이기도 했다. 아빠가 기분이 나쁜 날에 마주친 친구들은 우리 집에 다시는 놀러 오고 싶어 하지 않았으니까. 페런스비 집에 따뜻한 환대 같은 것은 없었다.

"아빠가 예전에는 어땠는지 잊고 있었던 것 같아." 나는 곰곰이 생각하며 말한다. "너무 오랫동안 얌전하고 뭐가 뭔지 모르는 그림자 같은 모습만 보다 보니까 그 모습이 내 머릿속에서 원래의 아빠를 대체해버린 것 같아. 아빠가 아프고 난 뒤를 생각하면, 한때 그렇게 무서운 사람이었다는 게 상상이 잘 안 돼."

"무서우셨지." 베스가 조용히 말한다. "있잖아, 정말 멍청한 생각인 것 같으면 말해줘. 저녁에 우리 둘이 나가서 밥 먹고 오는 건 어때? 오랜만에 제대로 얘기 좀 하게."

"나 완전히 기진맥진이야." 내가 머리를 저으며 말한다.

그녀는 다시 걱정스러운 표정을 지으며 방금 한 제안에 대해 사과하려는 듯한 기색을 보인다. 나는 재빨리 생각을 바꾼다. 어차피 뭐 달리 할 일이 있나? 혼자 여기 앉아서 우는 거? 나는 베스가 사과하기 전에 말을 끊는다.

"근데 오후에 잠깐 누우면 좀 잘 수 있을 것 같아. 그래, 그게 좋겠다, 베스. 고마워."

"그럼 내가 식당 예약할게. 8시 괜찮지?"

나는 하품을 참으며 고개를 끄덕인다. "벌써 기대된다."

베스를 문까지 배웅하고 돌아서니 코트를 입고 손에는 여행 가방을 든 P 선생님이 복도에 서 있다. 어디 가는 걸까 싶다가, 아빠가 돌아가신 지금 굳이 남아 있을 이유가 없다는 것을 깨닫는다.

"카라 씨, 그럼 전 이제 가볼게요." 그녀가 말한다.

무슨 말을 해야 할지 모르겠다. 그녀가 떠나야 한다는 사실이 마치 기차에 치이는 것처럼 나를 강타한다. 너무나 당연한 일인데도 그녀가 갈 것이라는 생각을 한 번도 해본 적 없는 나는 그녀를 잡고 싶다. 나에게는 그녀가 필요하다. P 선생님이 우리와, 나와 함께 있는 것에 너무 익숙해져버렸다. 누군가와 자연스럽게 이야기를 나누는 것이 사실 내겐 전혀 평범한 일이 아니었는데 말이다.

하지만 그녀에게 우리는 그저 또 하나의 일거리일 뿐이다. 그녀는 늘 다음 곳으로 옮겨 다닌다. 돌보는 가족과 잘 지내는 것은 그저 덤일 뿐 결국 그녀는 생활비를 벌기 위해 일하는 것이다. 그녀는 전문가다. 아마 우리가 전혀 마음에 들지 않았더라도 나와 아빠에게 친절했을 것이다.

나는 감사의 마음을 표현하려 애쓰지만 말이 뒤엉켜 제대로 나오지 않는다. "정말… 너무 감사했어요." 나는 더듬거리며 말하기 시작한다. "선생님이 안 계셨으면 어쩔 뻔했는지 모르겠어요. 덕분에 정말 모든 게 달라졌어요. 아빠도 분명히 감사하게 생각했을 거예요.. 다음 일도 잘되길…." 그녀가 두 팔을 활짝 벌리자 나는 그 품에 안긴다. "정말 많이 보고 싶을 거예요." 울음이 목구멍까지 차오른다.

"아유, 그런 소리 말아요." 그녀가 말한다. 평소 그녀가 보여주던 차분함에 살짝 금이 간 듯한 목소리다. "연락할게요. 장례식 때도 올 거고요. 혹시 필요한 게 있으면 언제든 전화해요. 앞으로 몇 주 동안은 다른 일을 새로 안 맡을 거니까."

그녀는 안고 있던 나를 조심스레 놓아준다. 그러고는 문을 열고 밖으로 나간다. 한 번도 뒤돌아보지 않고 길을 따라 걷는다.

47장

핸드폰 알람이 날카롭게 울리는 소리에 눈을 뜨니 밖은 이미 어둠에 잠겨 있다. 나는 습관적으로 아빠의 기척을 살피다가 이제 그럴 필요가 없다는 것을 떠올린다. 집 안은 적막하다. 나 혼자다.

침대 옆 스탠드를 켜고 자리에서 일어난다. 마치 숙취라도 있는 듯 아직 머리가 멍해 낮잠이 과연 좋은 생각이었을까 싶다. 이런 식으로 지내면 시차 적응은 영원히 하지 못하겠지만, 문득 그런 것은 그리 중요하지 않게 느껴진다. 내가 원한다면 낮밤을 완전히 바꿔서 살아도 된다. 이제는 내 생활이 어떻게 돌아가든 신경 쓸 사람이 아무도 없으니까.

샤워하고 옷을 입은 뒤 베스를 만나러 가기 위해 계단을 내려간다. 무언가에 이끌려 아빠의 방 문틈으로 머리를 들이민다. 딱지가 진 상처를 건드리는 것 같다. 아플 것을 알면서도 어쩔 수 없다. 방은 깔끔하고 침대도 새 시트를 깔아 정리되어 있다. 소독약과 가구 광택제 냄새가 난다. P 선생님은 참 고마운 사람이다.

식당에 도착하니 베스가 이미 와 있다. 우리가 좋아하는 와인 한 병을 주문해두고 통통한 녹색 올리브를 한 그릇의 절반쯤 먹은 상태다.

"나 늦었나?" 내가 앉으며 묻는다.

"아니, 내가 일찍 왔어. 너 혼자 앉아 있어야 할까 봐 걱정됐거든. 그렉은 축구인지 럭비인지 무슨 경기를 보느라 내가 나온 것도 모를걸. 올리브 먹을래?" 그녀가 그릇을 건네며 묻는다. 그리고 와인 한 잔을 따라준다. "건배할까?"

나는 잔을 들어 그녀의 잔과 살짝 부딪친다. "아빠를 위해." 내가 말한다. 우리는 동시에 한 모금 마신다.

식당은 바쁜 것에 비해 직원의 수가 좀 부족해 보인다. 우리 테이블을 담당해야 할 웨이트리스는 손님의 시선을 애써 피하며 다른 요청을 받기 전에 자신이 해야 할 일을 묵묵히 처리하고 있다. 우린 상관없다. 급할 것도 없으니.

"그래, 샌프란시스코까지는 왜 달려간 거야?" 베스가 묻는다. 나는 인터넷에서 우르술라를 찾아낸 이야기와, 그녀와 엄마가 함께 찍힌 사진을 발견한 이야기를 해준다. "그럼, 아버님이 어머니가 돌아가셨다고 말한 게 거짓말이라는 걸 확실히 알았다는 거지?" 그녀가 묻는다.

"글쎄, 확실히는 아니었어." 내가 말한다. "하지만 모든 단서를 맞춰보니 점점 그럴 가능성이 커지더라고. 그래서 우르술라를 꼭 만나야 했어. 직접 얼굴을 보고 물어보려고."

"용감했네." 베스가 눈을 크게 뜨며 말한다. "예상치 못한 사실을 알게 될까 두렵지 않았어? 나 같으면 너무 겁났을 거야. 그럴 때 있잖아, 한편으로는 알고 싶은데 다른 한편으로는 전혀 알고 싶지 않은."

베스의 이런 점이 좋다. 항상 내 마음을 정확히 꿰뚫어 보는 것 같다. 나는 모든 이야기를 구구절절 쏟아내기 시작한다. 갤러리에 갔던 일, 스카일러를 만난 일, 이메일을 기다리던 일, 그리고 처참했던 첫 만남까지.

"완전 나쁜 년이었네!" 그녀가 말한다. "나였으면 뒤쫓아가서 할 말 다 했을 것 같은데." 하지만 우리 둘 다 베스가 정말 그럴 리 없다는 것을 안다. 그러고 나서 나는 다음 날 그녀가 나를 찾아온 일과 내가 그녀를 용서한 이야기를 들려준다. "그래서 뭐라고 했어? 내 말은, 어머니에 대해서?"

우리는 첫 번째 와인 병이 거의 비어가는데도, 이제는 다 먹어버린 올리브 외에는 음식은커녕 메뉴판조차 받지 못했다. 하지만 둘 다 크게 신경 쓰지 않는다.

"좀 복잡해." 내가 말한다. "알고 보니 엄마가 다른 여자와 도망쳤고, 아빠는 엄마가 부모 자격이 없는 여자라고 몰아서 우리를 볼 수 없게 법원에서 접근금지명령을 받아냈더라고. 그리고 오빠는 그걸 다 알고 있으면서 한마디도 안 했지."

그게 다다. 거칠게 요약한 내 불쌍한 인생 이야기. 베스는 입을 떡 벌린 채 앉아 있다. 웨이트리스가 마침내 우리 테이블로 다가오지만, 베스는 조바심이 나서 급히 손짓하며 그녀를 돌려보낸다.

"세상에." 충격을 받은 베스가 말한다. "세상에! 그럼 지금 어디 계셔, 너희 어머니는? 아직도 그 여자랑 계셔?"

"하느님만 아시겠지. 우르술라는 엄마가 틸리랑 헤어졌다고 생각하지만, 사실 1990년대 이후로 소식을 못 들었대. 어쩌면 진짜 죽었을 수도 있지 뭐."

"정말 난리네." 베스가 말한다. "근데 엽서를 그만큼 보내셨잖아."

"응, 그런데 내가 열여덟 살이 되면서 끊겼어. 지난 15년 간 아무런 흔적이 없는 셈이야."

"계속 찾아볼 거야?"

나는 깊은 한숨을 내쉰다. 때마침 와인 때문에 머리가 핑 돈다. "모르겠어. 지금은 어떻게 해야 할지 감이 안 와. 아빠 일이며 다른 일들도 처리할 게 너무 많고. 그래도 우르술라한테 한 가지 알아낸 건 엄마 이름이 앤이 아니라 애널리스였대. 그래서 내가 기록을 못 찾은 거였나 봐."

"애널리스. 예쁘다. 카라처럼." 상황이 아무리 나빠도 베스는 항상 긍정적인 면을 찾아낸다. 웨이트리스가 다시 오자 이번에는 주문을 한다. 그녀는 적지 않고 머릿속에 기억한다. "주문이 주방까지 제대로 전달될 확률이 얼마나 될까?" 베스가 말하며 우리 잔을 다시 채운다.

"고마워, 베스. 항상 내 옆에 있어줘서." 내가 말한다.

"그게 절친이 하는 일이잖아?" 그녀는 내가 괜찮은지 확인하듯이 고개를 갸웃하며 나를 바라본다.

또다시 감정의 파도가 울컥 밀려온다. 베스가 손을 뻗어 내 손을 잡는다. "울어, 카라. 다 내보내."

하지만 더 이상 눈물은 나오지 않는다. 눈물이 다 말라버렸어도 마음은 여전히 아프다.

음식이 나왔다. 우리가 주문한 그대로다. 눈앞에 놓인 음식을 보고서야 내가 얼마나 배고팠는지 깨닫고는 허겁지겁 맛있게 먹는다.

"말해줄 게 있어." 베스가 말한다. 히죽거리는 표정에서 좋은 소식임을 알 수 있다. 내 이야기가 끝나기를 기다렸다가 말하려 했던 것도 느껴진다.

"오, 그래?" 내가 도피누아 감자그라탕을 한입 가득 머금은 채 말한다.

그녀의 히죽거림은 활짝 웃는 얼굴로 바뀌고 눈에는 장난기가 가득하다. "나 강아지 샀어, 코카푸. 완전 귀여워. 초콜릿 브라운 색에, 코는 작은 단추 같고 털도 세상에서 제일 부드러워. 이제 겨우 8주 된 아기 강아지야. 주말에 오기로 했어. 이름은 삼손으로 지으려고."

그녀는 신이 나서 꺅 소리를 내고, 장난기 가득한 눈빛으로 나를 바라본다.

"그런데… 내가 알기론… 그렉은 개 싫어하지 않아?"

"응, 아주 싫어하지. 지저분하고 냄새나고 집 안에 진흙 발자국까지 남기니까. 하지만 나는 개를 너무 좋아하고, 그렉은 나랑 결혼했잖아. 그럼 익숙해져야지!"

나는 터져버린 웃음을 멈출 수가 없다. 사람들이 돌아보지만 우리가 너무도 즐거운 시간을 보내고 있는 것이 분명해지자 미소를 짓는다. 그렉 때문에 베스를 걱정했던 내가 생각이 얼마나 짧았는지. 그녀는 그를 다루는 법을 정확히 안다. 그는 그녀를 자기 뜻대로 움직이려 하겠지만, 마치 힘센 황새치와 씨름하는 어부처럼 싸움을 피할 수 없을 것이다. 누가 이길지는 아무도 모른다. 어부일지, 황새치일지.

48장

 장례식을 앞둔 며칠은 매우 조용하다. 찾아오는 사람도, 위로해주는 사람도 없다. 혼자 있는 것을 감사하게 여기면서도, 한편으로는 아빠와 내가 세상에서 차지하는 자리가 얼마나 작은지 새삼 느낀다. 소식이 알려지면서 애도의 뜻을 담은 카드를 몇 장 받지만, 아빠를 위해 진심으로 슬퍼할 사람이 있을까? 연락이 끊긴 직장 동료들, 아마 아빠가 기억조차 못할 센터 친구들, P 선생님 정도?

 나는 일로 마음을 달랜다. 봄에 결혼하는 신부들을 위한 웨딩드레스를 마무리해야 해서 할 일이 많다. 작업실에 자리를 잡고 라디오를 켠다. 음악이 낮게 울리는 소리와 재봉틀 소리가 익숙하게 어우러져 위안이 되지만, 사실 집 안을 채운 침묵을 가리는 가면일 뿐이다. 아빠나 엄마, 심지어 시미언에 대해서도 생각하지 않으려 애쓴다. 하지만 계속 핸드폰을 확인하며 문자가 왔는지 살핀다. 한두 번 시미언에게 메시지를 보내려 하지만, 집에 돌아오자 그와 잘해보겠다는 마음이 모두 사라진 듯해 결국 보내지 않고 지워버린다.

오빠와 마리안, 그리고 아이들은 장례식 전날 이른 저녁쯤 도착할 예정이다. 세세한 부분까지 꼼꼼히 챙기는 마리안에 따르면, 저녁을 먹고 올 것이라고 한다. 아이들을 데려올지 말지에 대해 논의가 있었지만 마리안의 입장은 단호했다. 그래서 결국 아이들도 할아버지에게 작별 인사를 하기로 결정했다고 한다. 솔직히 앞으로 그녀 쪽 가족의 장례식에 참석할 일이 많을 테니 선례를 만들려는 것은 아닐까 하는 생각이 든다. 하지만 결국 그녀의 동기가 무엇이든 상관없다. 그저 내가 더 이상 혼자가 아니라는 사실이 기쁠 뿐이다.

나는 침대 시트를 갈고 수건을 정리하며 바쁘게 움직인다. 아빠의 방은 비워두기로 하고 그냥 문을 닫는다. 바로 얼마 전 죽음의 흔적이 남은 침대에서 누가 잠을 자고 싶어 하겠는가.

냉장고가 그간의 이야기를 들려준다. 문을 열어보니 반쯤 마신 와인 한 병, 플라스틱 우유팩, 가장자리가 녹색으로 변한 치즈가 있다. 내가 그간 토스트와 초콜릿으로 근근이 버텨왔기 때문이다. 식료품을 채우고 있자니 다시금 일상으로 돌아왔다는 느낌이 든다. 오빠의 차가 도착하는 소리가 들릴 즈음에는 미리 벽난로에 불을 피워둔 덕에 집 안이 따뜻하고 안락하다.

나는 이제 내 집이 된 현관 앞에 서서 오빠네 가족을 맞이한다. 아이들이 먼저 차에서 나와 상황에 맞는 침통한 표정을 짓는다. 아마 마리안에게서 적절한 예절에 대해 배운 모양이다. "안녕하세요, 카라 고모." 아이들이 합창하듯 말한다. "할아버지가 돌아가신 거 정말 안타까워요."

나는 몸을 수그려 내 허리께에 서 있는 아이들을 두 팔로 끌어안는다. "고마워, 얘들아." 내가 말한다. "정말 슬프지만 할아버지는 몸이 많이 안 좋으셨거든. 그래서 돌아가신 게 어쩌면 더 나을지도 몰라."

두 아이는 충분히 경건하게 시간을 보냈다고 판단할 때까지 잠시 서 있다가 눈을 빛내며 나를 올려다본다.

"이제 구경하러 가도 돼요?" 장례식 예절은 모두 잊은 채 제자리에서 폴짝폴짝 뛰며 아이들이 묻는다.

"얘들아! 얘들아! 방금 엄마가 뭐라고 했지?" 마리안이 소리친다. "카라 고모가 많이 슬프시니까 너희 둘이 강아지처럼 뛰어다니는 건 안 돼. 진정해라."

나는 두 아이를 다시 품에 꼭 안은 채 마리안에게 말한다. "괜찮아요. 사실 정말 좋아요. 집이 너무 조용했거든요. 혼자 있으니까 좀 심심했어요. 어서 들어오세요. 오는 길은 괜찮으셨나요?"

집으로 들어오면서 아이들은 신나게 수다를 떨고 마리안은 오는 길이 어땠는지 자세히 이야기한다. 조용한 사람은 오직 마이클뿐이다. 그는 여행 가방 하나를 들고 호텔 짐꾼처럼 가족들의 뒤를 따라온다. 나는 그냥 기다린다. 준비가 되면 오빠가 말을 할 것이다. 마리안에게 고개를 끄덕이며 미소 짓지만, 사실 그녀의 말에는 집중하고 있지 않다. 내 모든 관심은 오빠에게 향해 있다.

그는 다른 사람들과 거리를 두고 조심스레 주변을 살핀다. 문턱을 넘으며 잠시 머뭇거리는 모습이 마치 위험 신호를 찾아 코를 킁킁대는 동물 같아 보인다. 이전에는 이런 모습을 본 적이 없었다. 혹시 내가 우리 가족사를 새로 알게 되면서 오빠의 행동을 전과 다르게 받아들이는 것은 아닌지 의문이 든다.

"예전 집 그대로네." 그가 비꼬는 것이 아니라 정말로 추억에 잠긴 목소리로 말한다. "어떻게 할 계획이야, 카라? 팔 거야 아니면 계속 살 거야?"

그의 직설적인 질문이 놀랍지는 않다. 나는 오빠를 잘 아니까.

"계속 살려고." 내가 답한다. "적어도 당분간은. 이사하려면 정리할 게 너무 많을 것 같아. 그냥 여기 남으면 문만 닫고서 잊어버리고 있어도 되잖아."

마리안이 바랜 카펫과 누렇게 변색된 벽을 살펴본다. "그냥 조금만 손보면 되겠는걸요." 그녀가 살갑게 말한다.

이제야 집이 얼마나 낡고 지쳐 보이는지 눈에 들어온다. 아빠를 돌보고 일에 집중하느라, 특히 P 선생님이 깔끔하게 정리해주고 있을 때는 집의 허물을 보지 못했다. 어디선가 몰려온 슬픔의 파도가 나를 무너뜨린다. 마리안은 부드럽게 내 어깨를 감싸고 부엌으로 이끈다. 차를 마시면 마음이 진정될 것 같다는 생각이 들기도 전에 그녀가 주전자 스위치를 켠다.

"죄송해요." 흐느낌이 잦아들자 내가 말한다. "저도 모르겠어요…."

"사과하지 마세요." 그녀가 말한다. "자연스러운 거예요. 아직 얼마 안 됐으니까 시간이 필요하죠." 부드럽고 차분한 목소리를 들으니 따뜻한 목욕물에 몸을 푹 담근 것 같다.

"하지만 이럴 줄은 몰랐는데…."

마리안이 차를 준비하다 말고 나를 바라본다.

"뭘요?" 그녀가 묻는다. "이렇게 속상할 줄 몰랐다고요? 무슨 일이 있었든, 아버님이 무엇을 했든 안 했든, 어떻게 변했든, 여전히 카라의 아버지였어요." 그녀가 위로하며 내 등을 문지른다. 슬픔 속에서도, 그녀가 무슨 말로 나를 위로할지 미리 준비했다는 것을 알 수 있다. 오빠가 얼마나 이야기했을지 궁금해진다. 그는 보이지 않는다.

마리안이 차를 따르는 동안 쌍둥이들이 쿵쾅거리며 계단을 내려오는 소리가 들린다. 아이들은 부엌에 들어서기도 전에 재잘대기 시작한다.

"다락방에서 자도 돼요?" 아이들이 묻는다.

"하지만 고모 방 옆방으로 준비해뒀는걸." 나는 최대한 진지하게 말한다. 아이들의 작은 미소가 살짝 사라지는 것이 보인다. "그래도… 엄마랑 아빠가 괜찮다고 하시면 매트리스를 다락방으로 옮겨도 될 것 같네."

"얘들아!" 마리안이 입을 떼며 아이들을 쏘아본다.

"괜찮아요." 내가 말한다. 그리고 아이들에게로 시선을 돌린다. "그렇지만 먼지는 좀 털어야 될 거야." 나는 다락방 상태를 떠올리며 덧붙인다. 상자가 있는 방이 아닌, 좀 덜 어수선한 방을 생각하면서. "그리고 매트리스를 옮기려면 힘센 팔도 준비해야겠지?"

나는 아이들을 따라 계단을 올라가며 오빠를 소리쳐 부른다. 그가 조용히 아빠의 방에서 나오지만 표정은 볼 수 없다.

"아빠! 다락방으로 매트리스 옮기는 거 도와주세요!" 에스메가 소리치며 자기 옆을 지나는 마이클의 팔을 자라와 함께 붙잡고 끌고 간다. 그는 웃으며 끈질기게 잡아 끄는 딸들에게 몸을 맡긴다.

"그럼 매트리스를 하나만 올리고, 너희가 머리를 맞대고 자는 게 어때?" 그가 제안한다. 아이들은 잠시 서로를 쳐다보다가 고개를 끄덕인다.

우리 넷은 힘을 합쳐 삐걱거리는 나무 계단 위로 매트리스를 올린다. 그 과정에서 자라의 아이팟이 주머니에서 빠져나와 계단 아래로 달그락거리며 떨어진다. 그 순간, 음산한 과거의 울림이 공기를 가른다. 나는 오빠를 바라본다. 오빠가 화를 낼지도 모르겠다고 생각하지만 그는 딸을 살짝 흘겨보고는 이내 얼굴에 미소를 띄운다.

"덜렁이!" 마이클이 말한다. "케이스가 있어서 다행이다. 아이팟 괜찮지?"

자라는 매트리스를 놓고 아이팟을 집어 든다. 그리고 화면을 주의 깊게 살펴본다.

"괜찮아요." 자라가 크게 외친다. "걱정 안 해도 돼요."

"앞으로는 좀 더 조심히 다뤄라." 마이클이 말한다. "망가지면 다시 안 사줄 거야."

우리는 삐걱거리는 계단을 올라 쌍둥이들이 조금 전까지 놀다 온 다락방으로 들어간다. 공기 중에 먼지가 둥둥 떠 있다.

"정말 여기서 자고 싶다고?" 내가 말도 안 된다는 듯 묻는다. "엄청 더럽잖아."

"잘래요!" 아이들이 동시에 말한다. "우리 자도 돼요, 카라 고모?"

나는 시선을 오빠에게 돌린다. 그는 아주 미세하게 고개를 끄덕인다.

"그럼, 정말로 괜찮다면…." 내가 말한다. "그래도 내가 보기엔 너희 미쳤어! 가서 이불도 가져오고 조그만 전등이라도 있나 한번 보자."

아이들은 매트리스에 몸을 던지고는 잠자는 척한다. 오빠와 나는 다시 아래층으로 내려간다.

"좋네." 그가 조용히 말한다. "맘에 들어. 도움이 돼."

대충 꾸린 아이들의 침실이 조용해지자 오빠는 벽난로에 불을 지핀다. 잠시 후 마리안까지 우리 셋은 소파에 앉는다. 차와 디저트를 담은 쟁반이 카펫 위에 놓여 있다. 나는 시내의 고급 빵집에서 요크셔 스콘의 일종인 팻 라스칼을 사두었다. 스콘 위에 올려진 반질반질한 체리가 보석처럼 빛을 낸다.

카펫에 뭔가 반짝이는 것이 있어 자세히 살펴보니 크리스마스 때 썼던 반짝이 조각 두세 개가 떨어져 있다. 내가 샌프란시스코에 있는 동안 P 선생님이 여기 있던 크리스마스 장식을 모두 정리했다는 것을 그제야 깨닫는다. 이곳에 없는 그녀가 얼마나 그리운지 모르겠다.

그렇게 우리 세 사람은 다른 주제는 철저히 피한 채, 벽난로의 불이 꺼질 때까지 런던 생활에 대한 이야기를 주고 받는다.

49장

보통 가족들은 장례식을 앞두고 샌드위치를 만들고, 음악을 확인하고, 막판 지시를 내리느라 바쁘게 움직이는 법이다. 하지만 아빠의 장례식을 준비하는 우리는 그렇지 않다. 나는 지역 신문에 부고를 내어 사망 사실과, 다른 필요한 정보를 모두 알렸다. 조문에 대한 언급은 없다. 혹시 몰라 여분의 빵 두 덩이와 얇은 햄 한 봉지를 산다. 크리스마스 때 남은 셰리주와 와인도 있다. 맥주는 없지만 장례식이 끝나면 오빠는 바로 운전해 돌아갈 예정이니 필요하지 않을 것 같다. 아빠를 잘 보내주고 싶지 않은 것은 아니다. 단지 우리만 있을 것이라 많은 준비가 필요 없을 뿐이다.

하지만 그 말이 완전한 사실은 아니라는 것을 안다. 아빠가 한 일을 알게 되기 전, 여섯 달 전에 돌아가셨다면 나는 분명 더 정성을 쏟았을 것이다. 여전히 장례식에 올 사람은 없었겠지만 그래도 조금 더 품위 있게 치렀을지도 모른다. 혹은 아닐 수도 있다. 실제로는 어땠을지 알 수 있는 방법은 없다.

전날 밤 오빠 부부와 내가 잠자리에 든 후에도 계속 위층에서 뛰어다니던 두 아이는 새벽이 되기도 전에 일어난다. 아이들이 화장실로 내려가는 발소리를 낼 때 나도 이미 깨어 있다. 천장을 바라보고 누워 다른 사람이 집 안에서 내는 소리에 즐거이 귀를 기울인다. 혼자 사는 데 익숙해지려면 시간이 좀 걸릴 것 같다.

"뭔가 도와드릴 건 없을까요?" 아침 설거지를 마친 뒤 마리안이 묻는다.

"아마 없을 것 같아요." 내가 답한다.

그녀가 무언가 말하고 싶어서 말을 꺼낼 순간을 신중히 재고 있는 것이 느껴진다. 하지만 나는 쉽게 기회를 주지 않는다. 이 소박한 장례식에 대한 내 속마음을 너무 깊이 들여다보게 하고 싶지 않다. 파헤치기 시작하면 무엇을 발견할지 몰라 두렵기 때문이다. 그래서 나는 집 안을 오가며 물건을 이리저리 옮기는 등 없는 일을 만들어 바삐 움직인다. 문 두드리는 소리가 들린다. "장례식장 직원들일 거예요." 나는 계단 아래로 소리친다. "문 좀 열어줄래요? 금방

갈게요."

문이 열리는 소리가 들리고, 뒤이어 낮고 조심스러운 목소리들이 오간다. 무슨 말을 하는지는 들리지 않지만 알고 싶지도 않다. 나는 그대로 위층에 숨어 있기로 한다. 잠시 후 오빠가 나를 부르는 소리가 들리고 더 이상 피할 수 없다.

"카라, 준비됐대. 이제 가야 하지 않을까?"

물론 가야 하지만 나는 여전히 망설인다. "금방 내려갈게." 아래층을 향해 외치지만 몸은 움직이지 않는다.

마리안이 아이들에게 코트를 입히는 소리, 딸랑거리는 열쇠 소리, 현관문이 삐거덕대며 열리는 소리가 들린다. 집에 남을 수만 있다면 뭐든 할 수 있을 것 같다. 모든 게 끝날 때까지 숨어 있고 싶다. 지난 며칠 동안 애써 눌러온 감정들이 터져 나올까 두렵고, 울기 시작하면 멈출 수 없을 것만 같아 겁이 난다.

계단을 올라오는 소리를 듣지 못했건만 어느새 오빠가 내 옆에 서 있다. 그는 체념한 듯한 표정으로 나를 바라보더니 팔을 내밀어 내가 가야 할 방향으로 이끈다.

"가야 돼, 카라." 그가 내 손을 살짝 쥐며 말한다. "가자. 괜찮을 거야. 이 시간만 견디면 다시 조금씩 일상으로 돌아갈 테니까. 베스도 오기로 했어?"

나는 베스를 완전히 잊고 있었다. 그녀가 곁에 있을 것이라는 생각에 마음이 한결 놓인다.

"응, 올 거야." 내가 말한다.

"좋아. 그럼 가자. 다들 기다리고 있어."

나는 오빠에게 이끌려 계단을 내려가 차로 향한다. 겨울 해가 하늘에 은색 동전처럼 떠 있다. 장례식 날이라면 비가 오거나 최소한 흐려야 하지 않나? 몇 주 만에 하필 오늘따라 날씨가 화창하다.

장례식 차량은 크고 아주 검다. 마리안과 아이들은 이미 뒷줄에 앉아 있다. 장의사가 차문을 닫기 위해 인내심 있게 기다리는 동안 마이클과 나도 몸을 숙여 차에 올라탄다. 장의사의 검은 외투 소매에 얼룩이 묻어 있다. 아기가 토한 것처럼 보이는데 이 근엄한 사람이 아기를 돌보는 모습을 상상하다가 하마터면 소리 내어 웃을 뻔한다. 그는 내가 얼룩을 본 것을 눈치 채고 경찰처럼 팔을 뒤로 뺀다. 그 모습이 더 웃기다. 나는 입술을 깨물며 내가 어디 있는지 상기하려 애쓴다.

화장터는 멀지 않다. 차를 타고 가는 동안 아이들은 최대한 조용히 앉아 있지만, 쌍둥이끼리만 통하는 언어로 서로 속삭이는 소리가 들린다. 화장터에 도착하자 이전 장례식의 참석자들이 막 나가고 있다. 머리부터 발끝까지 검은 옷을 차려입고 고개를 숙인 채 서로에게 기대어 천천히 걸어가는 모습이 제대로 된 장례식 행렬처럼 보인다.

우리는 차에서 내려 빈 방으로 조용히 들어간다. 적어도 스무 줄은 되는 벤치가 교회 신도석처럼 늘어서 있다. 중간 정도 자리에 주간보호센터 승합차를 운전하는 브라이언과, 나는 모르지만 아빠와 함께 센터를 다니는 듯한 노인들 몇몇이 앉아 있다. 그들이 단지 다과를 먹으러 온 건 아닐까 하는 생각이 스친다. 실망하지 않도록 따로 마련된 조문이나 상례 절차가 없다고 알려줄까 잠시 고민하지만, 그러면 장례식이 시작되기 전에 떠날지도 모른다.

그들의 반대편 앞쪽에 베스가 앉아 있다. 그녀가 가진 가장 어두운 색깔의 옷을 입었지만 햇볕에 그을린 피부가 장엄한 분위기와 어울리지 않아 다소 어색해 보인다. 그녀는 우리가 들어오는 것을 보고 활짝 웃은 뒤, 나와 마이클 가족 옆에 자리를 잡는다. 우리는 한 줄의 절반을 채운다.

그리고 그게 다다. 아빠를 위해 모인 조문객 전부다. 음악이 흐른다. 약간 찬송가 같은 느낌으로, 내가 아는 곡은 아니다. 아빠라면 아마 알았을 것이다. 오르간이나 피아노를 찾아보지만 어디에도 없다. 녹음된 소리임이 분명하다. 아빠에게 의미 있는 곡을 선택했어야 한다는 날카로운 죄책감이 또 한 번 나를 찌른다. 그게 어떤 곡인지 모른다는 생각은 무시한다.

장의사들이 관을 천천히 앞으로 옮겨 아마도 화장로를 가리고 있을 옅은 회색 커튼 앞에 조심스럽게 놓는다. 참나무 관 위에는 흰 백합 한 다발이 놓여 있다. 내가 주문한 걸까, 아니면 꽃이 없다고 동정해서 누군가 그냥 놓아준 걸까. 모르겠다.

예배자가 나와 시계를 확인하며 정확한 시간에 시작할 준비를 한다. 아빠는 수많은 찬송가를 알면서도 신을 믿지 않았으니 기도도 없고 성경 구절 낭독도 없다. 이런 자리에 신이 없다는 것이 이상하게 느껴진다. 종교적 의식이 없으면 장례식이 왠지 무효인 듯한 느낌이다. 하지만 이게 아빠가 원했을 방식이다. 추도 연설도 없다. 오빠와 나는 누가 한마디를 할지 논의했지만 그냥 필요 없다고 결론 내렸다. 무슨 말을 하겠는가. '여기 우리 삶에서 어머니를 빼앗고 그녀가 죽었다고 말한 아버지가 잠들어 있다'라고?

그래서 소재가 부족한 탓에 예배자는 할 말이 많지 않다. "오늘 우리는 조셉 페런스비, 마이클과 카라의 아버지이자 에스메와 자라의 할아버지에게 작별을 고하기 위해 모였습니다. 그가 평안히 잠들기를 바랍니다."

그는 갑작스러운 발언을 하는 사람이 없는지 둘러본 뒤 고개를 끄덕인다. 커튼이 열리며 관이 천천히 시야에서 사라진다. 에스메가 질문을 하지만 마리안이 조용히 시킨다. 그게 전부다. 아빠가 떠났다. 나는 슬프다기보다 멍하다. 오빠의 장갑 낀 손을 잡는다. 그가 내 손을 부드럽게 감싸는 순간 연쇄 반응이 일어난다. 목울대가 후끈거리더니 얼굴이 일그러지며 눈물이 흘러내린다. 오빠가 갓 세탁한 손수건을 건네주지만 나는 코트 주머니에 준비해둔 휴지를 쓴다. 반대편에서 베스가 조심스레 내 어깨에 머리를 기댄다. 나는 두 사람 사이에 끼어 안전하다는 느낌을 받는다.

우리는 한참 동안 그렇게 앉아 있다. 브라이언과 노인들이 자리에서 일어나 떠나는 소리가 들린다. 그중 누군가가 장례식에 별게 없다며 중얼거린다. 나는 일어나서 와준 것에 감사 인사를 해야 한다는 것을 알지만 움직이고 싶지 않다. 마치 내 생각을 읽기라도 한 듯 마리안이 자리에서 일어나 그들에게 다가가 말을 건넨다. 그들이 안타깝다고 말하는 소리가 들린다. 나와 마이클, 그리고 베스는 그냥 그 자리에 남는다. 아이들은 서로 속삭인다.

"이제 움직이자고." 몇 분 후 마이클이 말한다. "가기 전에 서류 같은 거 작성해야 하나요?" 그가 근처에 서 있던 장의사에게 묻는다.

나는 풋 하고 웃음을 터트리며 그를 바라본다. "정말 오빠답다." 내가 말하자 그는 영문을 모르겠다는 듯 눈썹을 치켜올린다. "다 됐어." 내가 덧붙인다. "그냥 가면 돼. 아까 그 차로 집까지 데려다줄 거야."

우리는 일어나서 나가기 시작한다. 방 한쪽에 놓여 있는 스피커에서 녹음된 음악이 다시 흘러나온다. 듣고 있지만 여전히 무슨 곡인지 모르겠다. 아마 특별한 의미 없이 단지 장례식을 위해 작곡된 곡인 것 같다. 이렇게 밋밋하고 특징

없는 곡을 만들어 생계를 유지하는지 사람이 실제로 있는지 궁금해진다.

우리가 앉았던 자리에서 두 줄 뒤에 머리를 숙이고 앉아 있는 한 사람만 있을 뿐 이제 방이 전부 비어 있다. 우리가 다가가자 그녀가 고개를 든다. 익숙한 P 선생님의 얼굴이 보인다. 그녀가 올 것이라고 확신했으면서도 완전히 잊고 있었다. 그녀를 집으로 초대해 오빠를 정식으로 소개하고, 다시 한번 감사 인사를 하고, 가능하면 연락을 이어갈 수 있도록 주소를 얻고 싶다.

"와주셔서 정말 감사해요." 내가 말한다. "집에 들르실 수 있으면…." 나는 말을 멈춘다. 마이클이 갑자기 그대로 굳어버렸다. 얼굴이 창백해지고 놀란 듯 입이 벌어진다.

"엄마?" 그가 말한다.

50장

나는 오빠를 보고 다시 P 선생님을 본다.

"아니, 오빠. 이분은 안젤라 파팅턴 씨야. 내가 얘기했지, 아빠 돌보는 걸 도와달라고 고용한 간병인분. 진짜 대단하셨어. 나 혼자서는 절대 감당 못했을 텐데…."

오빠는 여전히 멍하니 바라보며 고개를 저을 뿐이다.

"엄마." 그가 또 말한다.

P 선생님도 나만큼 혼란스러워 보인다. 오빠는 통로를 따라 그녀에게 성큼성큼 다가간다. 나는 도저히 갈피를 잡을 수 없다. 왜 오빠는 P 선생님을 우리 엄마라고 생각하는 걸까? 나는 그녀가 혹시라도 엄마라면 나에게 분명 말했을 거라는 것을 안다. 우리 집에 그렇게 오래 살면서 나

에게 말하지 않았을 리 없다. 도무지 이해가 안 된다. 우리와도 전혀 닮지 않았다.

순간, 끔찍한 순간, 그의 말이 맞을지도 모른다는 생각이 스친다. 어쩌면 P 선생님도 나에게 거짓말을 하고 있는 걸까, 다른 사람들처럼? 그러나 그 생각은 금세 사라진다. 오빠가 틀렸다. 그냥 안다. 오빠는 P 선생님을 지나쳐 달려 나간다. 그리고 어두운 코트 차림을 한 작은 몸집의 누군가가 복도로 사라진다.

나는 그저 입을 벌린 채 서 있다.

"쫓아가요." P 선생님이 말하며 나를 부드럽게 문 쪽으로 밀어준다. 내가 여전히 움직이지 않자 그녀는 더 세게 밀며 말한다. "가서 무슨 일인지 알아봐요."

나는 오빠를 따라 문밖으로 나가보지만 그는 물론 그 여자도 보이지 않는다. 고개를 이리저리 돌리다가 왼쪽 작은 방 근처에 서 있는 오빠를 발견한다. 회색 울 코트를 걸친 그가 문을 가려서 그 너머가 잘 보이지 않지만, 안에 여자가 있을 것이라 짐작한다. 그는 마치 토끼를 쫓는 사냥개처럼 그녀를 몰아넣고 있다.

"오빠, 무슨 일이야?" 내가 다가가며 묻는다.

그는 움직이지 않는다. 나는 그의 넓은 어깨 너머를 보기 위해 발끝으로 선다. 방 안은 다양한 꽃병에 꽂히거나 장식대에 놓인 꽃들로 가득하지만 모두 조화다. 주로 실크로 만들어졌고 몇 개는 그나마도 플라스틱이다. 아마 가족들이 준비한 꽃이 없을 때 쓰는 것일 테다. 어떤 가족이 관에 꽃 한 송이조차 놓지 않을까 궁금해하다가 주문하지 않은 백합을 떠올린다.

여자는 구석까지 밀려 더 이상 움직일 수 없다. 검은 옷을 입고 있는데 옷이 조금 크고 자주 빨아 탈색된 듯하다. 키는 나와 비슷하지만 더 말랐고 쇄골의 부드러운 곡선이 특히 눈에 띈다. 여자는 팔을 가슴 위로 교차시키고는 한 손으로 얼굴을 가리고 있다. 나는 여자에게서 익숙한 무언가를 찾으려 하지만 아무것도 보이지 않는다.

오빠가 방 안으로 한 걸음 들어서자 그녀는 뒤로 더 물러난다.

"엄마?" 그가 거의 들리지 않을 정도로 작게 말한다. "엄마, 맞지?"

그녀가 오빠의 눈을 바라보며 고개를 끄덕인다.

내 세상이 흔들린다. 오빠는 주저하지 않는다. 그는 이 낯선 사람에게 곧장 다가가 팔을 벌려 끌어안는다. 그녀는 뭔가 다른 반응을 예상했는지 몸을 움츠리고 고개를 더 숙이지만, 곧 오빠가 마치 금방이라도 사라질까 걱정스러운 듯 조심스레 안는다. 오빠의 어깨가 떨리지만, 그녀는 여전히 그의 가슴에 가만히 머리를 묻고 있다.

나는 어떻게 해야 할지 모르겠다. 30년의 세월이 흘렀음에도 그들 사이의 유대감은 여전히 견고하다. 나는 아무 감정도 느끼지 못한다. 이 여자에게는 친숙하게 느낄 만한 것이 아무것도 없다. 길에서 우연히 스쳐 지나가는 사람들만큼이나 낯설다. 이제 그녀는 마이클에게서 몸을 떨어트리고 손가락으로 그의 얼굴을 쓸다가 손톱의 평평한 면으로 귀 모양을 따라 선을 그린다.

"엄마가 나 어릴 때 항상 이렇게 했잖아." 오빠의 말에 그녀가 미소를 짓는다. "내 귀가 차가울 때 하는 걸 가장 좋아했지."

오빠는 더 이상 삼십 대의 어른 남자가 아니다. 그는 일곱 살 어린 시절로 되돌아간 듯하다. 그녀의 무릎에 앉을 수만 있다면 아마 그렇게 할 것 같다. 그녀는 그의 머리를 쓰다듬는다. 앞머리를 뒤로 넘겨주다가 회색 머리카락 위에서 손을 멈춘다. 그들은 하나가 된 듯하다. 마치 내가 아예 존재하지 않는 것처럼 느껴진다.

나는 더 이상 참을 수 없다. 속이 메슥거린다. 신선한 공기가 필요하다. 도망쳐야 한다. 문간에서 몸을 돌리자 예배당 밖으로 따라 나온 마리안이 바로 뒤에 서 있어 거의 부딪칠 뻔한다.

"무슨 일이에요? 괜찮아요, 카라?" 그녀가 외치는 소리를 뒤로하고 나는 건물을 벗어나 정원으로 달려간다.

나는 갓 눈을 뜬 새끼 고양이처럼 비틀거리며 걷는다. 장례식 차량이 입구에 서 있고, 운전사는 담배를 손에 들고 보닛에 기대어 있다. 내가 보이자 그는 재빨리 담배를 떨어뜨리고 발끝으로 비벼 끄며 차 지붕에 놓인 모자를 집어 든다.

"갈 준비 되셨나요?" 그가 달려 지나가는 나에게 묻지만 대답하지 않는다.

나는 돌계단을 내려가다 발을 헛디뎌 움푹한 정원으로 넘어질 뻔한다. 화단에 심었던 여름 식물들은 모두 시들어 이미 갈색으로 죽어 있다. 잔디밭 한가운데에는 거대한 버드나무가 앙상한 가지들을 잔디 위로 축 늘어뜨린 채 서 있다. 여름이었다면 푸른 잎이 무성한 가지들이 만들어주는 그늘 속에 숨어 보호받을 수 있을 것이다. 어린 시절이라면 얼마나 좋아했을까. 나는 가지들 사이로 들어가 표면이 거친 나무 기둥에 이마를 기댄다. 천천히 숨을 들이쉬고 내쉬며 심장이 다시 고르게 뛰기를 기다린다. 여기 말고 다른 어디에라도 있을 수 있다면….

"카라?" 어깨에 부드러운 손길이 닿는다. "괜찮아요?"

나는 P 선생님의 목소리라는 것을 알지만 눈은 뜨지 않는다.

"정말 충격이 크시겠어요." 그녀가 말한다. "미리 연락을 했어야 하는데 이렇게 예고 없이 갑자기 나타나버렸으니 기분이 좋지 않은 게 당연하겠죠."

기분이 좋지 않다니. 그녀의 표현 방식이 얼마나 마음에 드는지 모르겠다. 모든 것을 그렇게 절제해 표현하는 방식이 좋다.

"그 사람 어디 있어요?" 나는 몸을 돌리지 않고 묻는다.

"오빠분과 안에 있어요. 당신을 만나고 싶어 하는데 원하지 않으면 안 가도 돼요. 지금은 아무것도 할 필요 없어요."

"집에 가고 싶어요." 나는 말한다.

"그럼 그렇게 해요. 다른 사람들과 함께 가고 싶지 않다면 제 차로 같이 가요." 나는 고개를 끄덕인다. 당장 모두와 함께 끼어 앉을 생각만 해도 속이 울렁거린다. "자, 이쪽으로 가요." 그녀가 말하며 내 어깨에 팔을 감싼다.

P 선생님이 나를 이끌고 계단을 올라 주차장 쪽으로 향한다. 뒤에서 마이클이 부르는 소리가 들리지만 돌아보지 않는다. 그녀가 다른 손으로 그에게 손짓하는 것이 느껴진다. 신경 쓰지 않는다. 그냥 떠나고 싶다. P 선생님은 차 문을 열고 내가 깨질까 두렵기라도 한 것처럼 조심스럽게 자리에 앉힌다.

"안전벨트 매요." 그녀의 말에 나도 어린 시절로 되돌아간 듯한 기분이 든다. 나는 버클을 더듬거리다가 이내 벨트를 내 몸에 맞춰 딸깍 소리 나게 잠근다. 그녀는 주변을 배려하며 천천히 운전하지만, 다른 가족들을 지나칠 때 속도를 더 늦추지 않는다. 감사하다. 차가 움직이는 동안 나는 고개를 숙이고 있지만 그들이 서 있는 모습이 보인다. 그들은 침울한 작은 무리를 이루고 있다.

집에 도착해 안으로 들어오니 춥고 어둡다. 하늘에 구름이 잔뜩 끼어 이제 곧 비가 내릴 듯하다. 아직 점심시간도 되지 않았지만 밤이 머지않은 것처럼 느껴진다. P 선생님이 전등을 켜고 중앙난방 스위치를 올리자 보일러가 우르릉거리며 작동하기 시작한다.

"앉아서 쉬어요. 내가 맛있는 차를 끓일게요."

그녀는 나를 거실로 데려간다. 나는 완전히 무감각해져 그저 이끄는 대로 움직인다. 그러고는 언제라도 벌떡 일어설 듯 소파 가장자리에 걸터앉는다. 아빠가 앉던 의자는 내 맞은편에 비어 있다. 분노의 파도가 밀려온다. 어떻게 아빠가 나에게, 우리에게 이런 짓을 할 수 있었지? 도대체 어떤 비뚤어진 마음을 가지면 그런 거짓말을 해도 된다고 생각하는 거지? 아빠는 그 오랜 세월 동안 비밀을 안고 살면서 한번도 마음을 바꾸지 않았다. 내가 어렸을 때는 그럴 만한 이유가 있었다고 해도, 어느 정도 자란 뒤에는 진실을 말할 수도 있었을 텐데 말이다.

아마 두려웠을 것이다. 내가 무슨 말을 할지, 어떻게 반응할지 몰라서, 아니면 내가 오빠처럼 도망칠까 봐 두려웠던 것이다. 그리고 병이 시작된 후로는 더 이상 자신의 기억을 믿을 수 없었을지도 모른다. 그리고 어느 날 아빠는 그냥 잊어버렸을 것이다. 마치 그런 일이 없었던 것처럼. 나는 영영 모르고 살았을 수도 있다. 오빠는 나에게 절대 말하지 않기로 결심했던 게 분명하니까. 어떻게 감히 나에게 그런 짓을 할 수 있었지? 나는 치밀어 오르는 분노를 주체하지 못해 턱이 굳고 주먹이 꽉 쥐어진다.

그리고 오늘 죽었다고 생각했던 엄마가 나타났다. 오빠의 반응으로 보아 그녀가 올 줄 몰랐던 것 같지만, 이제는 더 이상 무엇을 확신할 수 있는지도 모르겠다. 견고하다고 믿었던 모든 것이 무너져버렸다.

P 선생님이 들어와 뜨거운 차 한 잔을 내 손에 꼭 쥐여준다. "설탕을 듬뿍 넣었어요." 그녀가 말한다. "아무래도 충격을 받았을 테니까. 다른 사람들도 곧 돌아올 거예요. 다들 오기 전에 도와드릴 건 없을까요?" 나는 고개를 젓는다.

"그럼, 부엌을 좀 정리해볼게요." 그녀는 그렇게 말하고서 자신이 가장 잘하는 일을 하러 간다. 그녀가 그냥 내 곁에 있어주길 바란다. 나에게 늘 주는 그 평온함이 간절하다. 그녀에 대한 감정과, 방금 아빠의 장례식에 나타난 그 여자에 대한 감정의 대비가 이보다 더 뚜렷할 수 없다.

문득 깨닫는다. 우리 집에 머물며 아빠를 돌보도록 고용한 간병인인 P 선생님이, 내가 지금껏 알고 지낸 그 어떤 사람보다 훨씬 더 '엄마' 같은 존재가 되어 있었다는 것을. 그녀는 내가 무엇을 필요로 하는지 직감적으로 안다. 그리고 나에게 해야 할 말과 하지 말아야 할 말을 구분할 줄도 안다. 지난 몇 달 동안 그녀는 자상하고, 다정하고, 든든하게 내 곁에서 힘이 되어주었다. 옆에 있는 것만으로도 위로가 되는 그녀는 내가 기억하는 한 엄마라는 존재에 가장 가까운 사람이었다. 그런데 내가 겨우 그것을 깨달은 이 시점에, 그녀는 내가 아무런 감정도 느낄 수 없는 여자 옆에 나를 남겨두고 떠날 것이다. 생각만으로도 너무나 슬프다.

현관문이 열렸다가 닫히는 소리, 복도에서 속삭이는 목소리가 들린다. 이윽고 거실 문이 열리며 오빠가 들어온다.

"카라, 괜찮아?" 그는 내 발치에 무릎을 꿇른다. 그러고는 두 손으로 내 얼굴을 살며시 들어 올린다. 그의 눈이 붉게 물들어 있다. "엄마를 이리로 데려왔어." 그가 거의 속삭이듯 말한다. "우리 얘기 좀 해야지."

내가 대답할 틈도 없이 그 여자가 문가에 나타난다. 아까보다 자세가 좀 더 꼿꼿하고 어깨도 덜 움츠리고 있다.

"내가 다 설명할 기회를 주렴. 부탁이야." 그녀가 말한다. "그다음에 나가라고 하면 나갈게."

나는 오빠를 바라본다. 그는 고개를 살짝 끄덕인다. 그때 복도에서 마리안의 목소리가 들린다. "얘들아, 가자. 베스 아줌마랑 부엌에 가서 마실 걸 좀 찾아볼까?"

"우리 아지트 보여줘도 돼요?" 자라가 묻는다.

"나 아지트 정말 좋아해." 베스의 목소리가 크게 들렸다가 점차 희미해진다.

51장

 그 여자, 그러니까 엄마가 아빠의 의자에 앉는다. 나는 그녀의 뻔뻔함에 움찔한다. 아빠가 화장된 지 아직 한 시간도 지나지 않았는데 말이다. 하지만 그녀는 그게 아빠의 의자인 줄 모를 테니 그냥 넘어간다. 오빠는 내 옆에 그대로 앉아 있다. 우리가 나란히 앉아 있는 모습이 마치 면접관처럼 보이는데, 지금 상황에 나름 어울리는 것 같기도 하다.

 여자가 손가락 마디를 깨물며 긴장한 기색을 보이자 내 마음도 조금 누그러지기 시작한다. 그녀도 얼마나 고통스러울지 짐작은 간다. 물론 그렇다고 해서 모든 게 용서되는 건 아니지만.

 그녀가 아이가 기침할 때처럼 작고 여린 소리로 목을 가

다듬는다. "가장 먼저 네가 알아줬으면 하는 건 그때 일어난 일 때문에 내가 얼마나, 정말 얼마나 깊이 미안해하고 있는가 하는 거야." 그녀가 내 눈을 똑바로 바라보며 말한다.

마음이 다시 굳어버린다. 미안하다고? 그녀가 미안하단다. 나를 30년 동안 버려둔 엄마가 이제 와서 미안하다고 한다. 그것도 자기가 한 일에 대해 미안한 게 아니라 '일어난 일'에 대해 미안하다고. 나는 손톱으로 손바닥을 꾹 눌러 손톱이 살을 파고드는 아릿한 통증에 집중하면서 입을 간신히 다문다.

"사랑해." 그녀가 말한다. "널 사랑하는 마음은 한 번도 멈춘 적이 없어. 내가 그런 선택을 한 건, 정말로 네가 가장 덜 상처받을 거라고 믿었기 때문이야."

나는 귀를 의심한다. "당신이 무슨 짓을 했는지 알기나…."

내가 말하려 하자 마이클이 고개를 저으며 막는다. "쉿, 카라." 그가 말한다. "엄마 얘기를 들어보자."

나는 등을 의자에 기대며 팔짱을 단단히 낀다.

"그날 밤 내가 떠난 건 맞아. 틸리의 생각이었어. 조셉에게 더 이상 마음대로 휘둘리지 않겠다는 걸 보여주기 위한 일종의 시위였지. 하룻밤 정도는 분노를 삭이게 두고, 아침에 그 사람이 진정되면 내가 돌아가서 너희를 데리고 나와 함께 떠날 생각이었어. 틸리가 우리 셋이 함께 살 수 있는 곳을 마련해줄 거라 믿었고, 네 아버지와는 이런저런 문제를 차차 정리할 수 있을 거라고 생각했지. 하지만 지금 생각해보면 틸리는 뜻이 달랐던 것 같아…."

두 볼이 붉게 물든 그녀가 시선을 떨군다. 틸리에 대해 어느 정도 들은 나로서는 오빠와 내가 그녀의 계획에 끼어 있었을 리 없다는 것은 너무도 명백해 보인다. 그런데 어떻게 엄마는 그걸 보지 못했을까? 사람이 너무 절박하면 안전한 곳에 닿기 위해 얼마나 멀리 뛰어야 하는지도 모른 채 믿음 하나만으로 뛰고 마는 걸까?

"하지만 모든 게 틀어졌어." 그녀가 말을 잇는다. "그날 밤 네 아빠가 자물쇠를 바꿔버렸고 다음 날 나를 들여보내주지도, 전화를 받지도 않았어. 난 몇 시간이고 문을 두드렸어. 안에서 네가 우는 소리가 들렸는데도 그 사람은 문을 열지 않았어. 우편함에 대고 네 이름을 불렀지만 집에 라디오를 너무 크게 틀어놔서 네가 내 목소리를 들을 수 없었지. 집 밖으로 나온 이웃들은 구경만 할 뿐 아무도 나서서 도와주지 않았어. 나는 하루 종일 그 자리에 앉아서 네 이름을 부르며 울부짖었단다."

그녀는 숨이 가빠 보이지만 눈물을 흘리지는 않는다. 나는 그녀가 말하는 일을 상상할 수 없고 나와 관련된 일이라는 사실조차 믿기 어렵다. 오빠를 바라보니 볼에 눈물이 흘러내리고 있다. 나는 그가 아마도 이 일을 기억하고 있거나, 무의식적으로 감춰두었던 기억을 처음으로 떠올리고 있다는 것을 알아챈다.

"그때 경찰이 개입했어." 그녀가 말한다. "조셉이 신고했고 경찰이 와서 소란을 피웠다는 이유로 나를 유치장에 끌고 갔지. 기소는 되지 않았지만, 내가 집으로 돌아왔을 때 네 아빠는 변호사를 만나 접근금지명령을 받아놓았어. 너희도 그건 알고 있었지?"

마이클이 고개를 끄덕인다.

"그러니까 내가 너희에게 가까이 가기만 해도 감옥에 갈 위험이 있었던 거야. 틸리가 그러더라, 내가 감옥에 갇히면 너희에게 아무 도움이 안 될 거라고. 나도 동의했지만 멀리 떨어져 있는 건 너무 힘들었어. 틸리는 네 아빠를 정말 싫어했고, 나에게도 그에 대한 증오심을 심어주었는데 그게 그리 어려운 일은 아니었어. 그 사람이 내 소중한 아기들을 빼앗아 갔는데도 난 막을 방법이 전혀 없었으니까."

그녀가 잠시 숨을 고른다. 왠지 그녀가 저지른 일을 용서하고 싶은 마음이 생긴다. 그렇다고 화가 다 가신 것은 아니다. 그녀가 다시 말을 이어간다.

"그때 틸리가 잠깐 상황이 진정될 때까지만 여행을 다녀오자고 제안했어. 그래서 유럽으로 가서 잠시 돌아다녔지. 결국 내가 예상했던 것보다 오래 머무르게 되었지만."

나는 콧방귀를 뀐다. 엽서를 봤으니까. 그들은 몇 년 동안이나 사라져 있었다. 그녀에게 따지려다 오빠가 발끝으로 내 발을 살짝 건드려 그냥 말을 삼킨다. 그녀는 심호흡을 한 번 하고서 이야기를 계속한다.

"이해해야 해." 그녀는 거의 들리지 않을 만큼 작은 목소리로 말한다. "평생을 누군가한테 '넌 쓸모없어, 아무것도 못할 거야'라는 말을 들으면, 결국 그걸 믿게 돼. 나는 그를 위해 정말 열심히 노력했지만 뭘 어떻게 해도 그에게 충분하지 않았어. 그가 좋아하는 음식을 만들면 지겹다고 했고, 새로운 걸 시도하면 마음에 안 든다고 불평했어. 그가 퇴근해서 돌아왔는데 집이 정리되어 있지 않으면, 마치 하루 종일 빈둥거리며 그가 벌어 온 돈을 낭비하는 게으른 주부처럼 느끼게 했어. 물론 낭비할 돈이랄 것도 없었지만. 식비만 주고 그게 끝이었거든. 신발이나 새 옷처럼 너희한테 필요한 게 있으면 매번 허락을 받아야 했지. 나 자신을 위해 쓸 수 있는 건 거의 아무것도 없었어. 내가 그런 것들을 필요로 한다는 사실조차 몰랐으니까. 심지어 나는… 개인적인 용품을 살 돈도 없었어."

마지막 말을 하며 그녀가 볼을 붉힌다. 나는 그녀가 묘사한 상황을 곱씹는다. 누군가에게 경제적으로 의존하고 있는 상태에서 그가 손에 돈을 쥐여주지 않아 굴욕을 느낄 수밖에 없는 삶이라니 상상조차 되지 않는다.

"그 사람은 내가 그를 이용한다고 농담을 하곤 했고, 어느 순간 나도 그 말을 믿기 시작했어. 그리고 그는 내 친구들이 집에 오는 것도 싫어했어. 신혼 때까진 나도 친구가 많았는데, 친구들이 놀러 오면 그가 무례하게 굴어서 결국 친구들이 변명을 대며 더 이상 오지 않게 됐지."

그녀가 말하는 아빠의 남을 통제하려는 성향이나 은근히 공격적인 성격은 우르술라가 아빠에 대해 말했던 것과 비슷하다. 나는 어젯밤 베스가 그녀의 엄마가 우리 집에 대해 어떻게 생각했는지 말해준 것을 떠올리며 그제야 엄마의 이야기가 다른 조각들과 맞아 들어가는 것을 느낀다. 하지만 아무리 그녀의 입장이 되어보려 해도 여전히 우리를 아빠에게 맡기고 떠났다는 사실을 받아들일 수 없다.

"그는 매일같이 나를 몰아붙였어." 엄마가 말을 잇는다. "하루도 빠짐없이 내가 얼마나 쓸모없는 사람인지 조금씩 주입했지. 내 자존감은 이미 아버지 때문에 거의 무너진 상태여서 조가 나를 더 끌어내리는 데 그리 큰 노력이 필요하지도 않았어. 항상 의식적으로 그런 건 아니었을지도 모르지만, 내 안의 불꽃이 점점 희미해지다가 언젠가 완전히 꺼져버릴까 봐 너무 무섭더라."

그녀는 고개를 들어 이해해달라는 듯한 간절한 눈빛으로 우리를 바라본다. 조금은 알 것도 같다. 우르술라가 어렸을 때 아버지가 그들을 어떻게 대했는지 들려주었다. 엄마는 아빠를 만나기 훨씬 전부터 이미 상처받은 사람이었다.

"변명하려는 게 아니야." 그녀가 말을 잇는다. "그냥 사실을 말하는 것뿐이지. 아까도 말했지만 누군가가 너에게 계속해서 넌 아무 쓸모도, 가치도 없는 인간이라고 말하면 결국 스스로도 그렇게 믿게 돼. 그 사람도 화가 나면 늘 그랬어, 내가 형편없는 엄마라고. 그리고 어느새 나도 그 말이 맞다고 느끼기 시작했지. 나는 구제 불능이고 자식에게 아무 도움이 되지 않는 사람이라고 생각했어."

그녀가 아랫입술을 떨면서 말을 시작한 이후 처음으로 감정을 드러낸다. "바로 그때 틸리를 만났어." 목소리 톤도 바뀌고 거의 미소를 짓는 듯 보인다. "사실 결혼하기 전에도 만난 적은 있었어. 친구의 친구였거든. 그런데 우체국에서 우연히 마주친 거야. 틸리가 나 같은 사람을 기억할 거라곤 상상도 못 했는데 나를 바로 알아보더라. 그러고는 억지로 술 한잔하러 가자고 끌고 갔지. 나는 귀가 시간이 늦어질까 봐 너무 걱정이 되었는데, 틸리는 거절을 받아들이지 않는 사람이었어. 그게 바로 틸리였지. 원하는 게 있으면 그냥 해버리는 사람. 틸리는 마치 거센 파도처럼 내 삶 속으로 밀려 들어왔어. 멋진 직업에 돈도 많았지. 그녀 덕분에 세상이 다시 즐겁게 느껴졌어. 아마 그녀가 얼마나 위험한 사람인지 알아챈 모양이었는지 조셉은 그녀를 견디지 못했지. 하지만 틸리는 전혀 개의치 않았어. 다른 친구들이 그를 두려워했던 것과 달리, 그녀가 그에게 당당하게 맞설 수 있다는 게 너무 좋았어. 그녀 덕분에 나도 용기를 얻었으니까. 그렇게 시간이 지나면서 내가 선택할 수 있는 사람이란 걸 느끼기 시작했어."

문이 열리며 에스메가 뛰어 들어오고, 마리안이 그 뒤를 따른다. 에스메는 손에 그림을 들고 있다. 지금 우리가 있는 이 집을 닮은, 세모 모양의 지붕이 높이 솟은 집 앞에 자기 가족들이 서 있는 그림이다. 그리고 조금 떨어진 곳에 긴 흰색 드레스를 입은 사람이 하나 서 있는데 아마 나인 것 같다.

"카라 고모." 에스메가 말한다. "그림 그렸어요." 아이가 그림을 내민다. 내가 혼자 서 있는 모습을 보고 있자니 가슴을 찌르는 고통이 밀려온다. 어린아이의 그림 속에 내가 누구인지, 그리고 내가 잃은 모든 것이 명확하게 담겨 있다.

"에스메." 마리안이 말한다. "나가자. 아빠랑 고모는…." 마리안이 내 표정이 굳어 있는 것을 보고 묻는다. "괜찮아요, 카라?"

말문이 막혀 가만히 있는 나를 대신해서 오빠가 고개를 끄덕인다. 마리안은 떼를 쓰는 에스메를 방 밖으로 데리고 나간다.

"그래서…." 나는 이전에 느꼈던 분노를 되새기며 말한다. 어쩐지 분노가 고통보다 다루기 쉬운 것처럼 느껴진다. "당신은 우릴 버리고 '자기 자신'을 찾으러 틸리한테 간 거잖아요." 내 손가락이 공중에서 단어 사이사이에 쉼표를 그리듯 움직인다.

우르술라가 해준 이야기를 떠올리면 내가 한 말은 사실도 아니고 공정하지도 않다. 엄마가 즉각 자신을 변호하지 않아 나는 부끄러움에 휩싸인다. 당장이라도 내가 겪은 일에 분노를 폭발시키고 싶지만, 지금 내 마음은 우리 셋이 잃어버린 것들에 대한 너무도 깊은 슬픔으로 가득 차 있다.

"그렇게 말하면 안 되지, 카라." 오빠가 말한다.

하지만 그가 애써 옹호할 필요가 없다. 얼굴만 봐도 그녀가 얼마나 큰 대가를 치러야 했는지 읽을 수 있으니까.

"어떻게 될지 정말 몰랐어." 그녀가 말한다. "나는 그냥 내 입장을 네 아빠에게 분명히 보여주고 싶었어. 나도 내 생각이 있고 그가 예상하지 못한 일도 할 수 있다는 걸 보여주려 했던 것뿐이야. 그래, 내가 틸리를 사랑한다고 생각했던 건 맞아. 하지만 그 짐을 챙긴 것 때문에 결국 너희들의 인생에서 완전히 밀려나게 될 줄은 꿈에도 몰랐어. 그날 밤 너희 곁을 떠난 건 내 인생에서 가장 큰 실수였어."

그녀가 운다. 굵은 눈물이 소리 없이 볼을 타고 줄줄 흘러내린다. 그녀는 닦으려 하지 않는다. 그대로 흘러내리게 둔다.

52장

애니, 2018년

완벽한 엄마란 과연 무엇일까? 나는 이 문제에 대해 수년간 고민해왔다. 엄마라면 누구나 자신이 저질렀다고 생각하는 실수 때문에 무거운 죄책감을 느낄 때면 이와 같은 고민을 마주할 것이다.

완벽한 엄마는 자신의 삶을 희생하면서까지 모든 관심을 자녀에게 쏟는 사람일까? 그렇다면 일과 가정 사이에서 균형을 찾으며 딸들에게 본보기가 되면서도, 아이들이 태어나기 전 자신이 누렸던 삶의 작은 일부라도 지켜내려 노력하는 여성은 어떨까?

완벽한 엄마는 아이들이 실수를 하도록 내버려두어야 할까, 아니면 잘못된 곳으로 걸음을 내딛지 않도록 언제든 달려들어야 할까. 세상을 더 쉽게 받아들이일 수 있게 진실을 왜곡해야 할까, 아니면 처음부터 냉혹할 정도로 솔직해야 할까. 산타, 이빨 요정, 부활절 토끼 이야기는 어린 시절을 풍요롭게 하는 전설일까, 아니면 언젠가 신뢰를 무너뜨리는 거짓말일까.

아이를 키우는 방식은 셀 수 없이 많다. 어느 길이 옳다고 누가 단정할 수 있을까. 엄마들은 스스로 답을 찾아야 한다. 매 순간 아이에게 가장 좋다고 판단되는 것을 선택해야 한다. 하지만 이러한 선택은 수많은 다른 요인에 의해 영향을 받을 수밖에 없다. 자신의 어린 시절, 경제적 상황, 배우자의 의견, 정신적 강인함 등 다양한 요인이 존재한다. 게다가 엄마들의 선택은 현실의 제약에 따라 달라질 수도 있다. 이상적인 상황에서라면 다른 선택을 했을지도 모르지만 말이다. 결국 인생은 타협의 연속이니까.

그럼에도 불구하고 세상의 모든 엄마를 움직이게 하는 한 가지는 아이를 위해 최선의 노력을 다하려는 본능이다. 실수하고, 후회하며, 인생이라는 회전목마를 한 번만 더 타고 싶어 할 수도 있지만, 엄마들은 자신이 아이를 위해 하는 그 선택이 자신이 할 수 있는 최선이라고 진심으로 믿는다.

단 하루도 일이 지금과 다르게 전개되었기를 바라지 않은 날이 없다. 나는 인생이라는 포커 게임에서 '만약에' 카드를 손에 피가 날 정도로 내고 또 냈다. 만약 내가 조셉과 결혼하지 않았다면, 만약 그가 날 괴롭히게 두지 않았다면, 만약 틸리와 함께 떠나지 않았다면, 만약 법원의 결정을 받아들이지 않았거나 아이들이 성인이 된 뒤에도 멀리 떨어져 있지 않았다면…. 만약 그중 단 하나라도 다른 방향으로 흘러갔다면….

하지만 조셉과 결혼하지 않았다면 마이클과 카라를 세상에 데려오지 못했을 것이고, 나는 언제나 그 지점에서 이 끝없는 물음을 멈춘다. 그 아이들은 내 인생이 의미가 있는 가장 큰 이유이자 내 삶의 전부다. 지금까지 그들과 함께할 수 있는 행운은 없었지만, 그들은 항상 내 마음속에 있었다.

그러니 나를 비난하고 싶다면 비난하라. 내 선택을 비판하고, 만약 내 자리에 있었다면 당신은 어떻게 했을지 말해보라. 하지만 성급히 판단하기 전에 기억하라. 비록 제조사와 모델은 다를지라도 엄마는 결국 모두 같은 엔진으로 움직인다는 것을. 우리 모두는 그저 아이들에게 최선을 다하고 있다고 믿으며 살아갈 뿐이다.

53장

카라, 2018년

마리안이 음식을 준비했다. 예상치 못했던 일은 아니다. 위기 상황에서 마리안이 하는 일은 언제나 사람들을 보살피는 것이니까. 배가 고프진 않지만 다른 사람들을 따라 부엌으로 간다. 내가 생각했던 햄 샌드위치는 어디에도 없다. 대신 식탁 위 커다란 그릇에 케저리* 비슷한 음식이 있고, 또 다른 그릇에 진한 토마토소스를 곁들인 파스타가 있다.

"집에 있는 재료로 그냥 해봤어요, 카라." 마리안이 걱정과 자부심이 섞인 표정으로 말한다. "괜찮을까요?"

"좋아요." 나는 중얼거리듯 답한다. "고마워요."

---

* 인도에서 유래한 영국식 아침식사 요리로, 훈제 생선, 쌀밥, 삶은 달걀, 카레 분말 등을 섞어 맛을 낸다.

그렇게 우리는 마치 늘 함께 식사했던 가족인 양 식탁에 둘러앉는다. 베스와 P 선생님은 어색하게 주변에 서 있다. P 선생님과 베스가 우리를 위해 자리를 비켜주겠다고 말하지만, 나는 단호히 그들을 붙잡는다. 그들이 옆에 있어야 한다. 지금 나는 감상적인 가족 상봉 따위엔 관심이 없다. 아직은.

식사하는 동안 아이들이 재잘거리는 소리가 30년 동안의 공백을 메워주는 듯해서 고맙기까지 하다. 오빠도 대화를 이어가려 노력하지만 나는 아무 말도 할 수 없다. 지금 여기에 있는 것만으로도 내 모든 기운이 소진되고 있다. 그러다 갑자기 더는 견딜 수가 없어진다. 나는 벌떡 일어나며 말한다. "미안해요. 그냥… 잠깐만…."

나는 말을 마치지 않고 복도로 나가 코트를 집어 든다. 뒤에서 누군가가 따라가야 할지 서로 묻는 소리, 마이클이 그냥 내버려두라고 말하는 소리가 들린다. 현관문을 닫고 나오지만 따라오는 사람은 없다.

하늘은 심상치 않은 기운을 풍기지만 비가 오지는 않고 어두운 빛만 고르게 내리비칠 뿐이다. 강 쪽으로 내려갈까, 아니면 황야 방향으로 올라갈까? 현관 앞에서 망설이다가 결국 황야 쪽으로 방향을 정한다. 가지를 낮게 드리운 나무와 무성한 덤불 때문에 계곡 길이 오늘따라 너무 좁게 느껴져 답답하고 숨이 막힌다. 공간이, 숨을 쉴 수 있는 확 트인 공간이 필요하다.

나에게 뭔가 문제가 있는 게 틀림없다. 다른 사람들은 방금 들은 이야기를 아무렇지 않게 담담히 받아들였다. 충격적인 가족사를 반 시간쯤 듣고 나서 곧바로 이어지는 가벼운 점심식사라니. 디저트는 뭐냐고? 대체 어떻게 그렇게 침착할 수 있는지 이해가 안 된다. 게다가 오빠는? 내 마음은 갈기갈기 찢어지고 있는데, 왜 오빠는 이 모든 것을 아무렇지 않게 받아들이는 걸까?

나는 생각에 너무 몰두한 나머지 시미언의 집을 지나고 있다는 것도 인지하지 못한다. 옆으로 난 울타리 문을 통과할 생각도 하지 못하고 소가 넘어갈 수 없게 깔아둔 쇠창살 길을 성큼성큼 건너 언덕 위로 올라간다. 개를 산책시키러 왔거나 달리기를 하러 온 사람들의 것으로 보이는 차가 몇 대 주차되어 있지만 막상 주변에는 아무도 없고, 누군가가 지르는 소리만이 정적을 가르며 울려 퍼진다. 그 소리가 내 이름을 부르고 있다는 사실을 알아차리는 데는 얼마간의 시간이 걸린다.

"카라! 카라, 기다려." 고개를 돌려보니 시미언이 나를 따라 언덕을 올라오고 있다. 부츠 끈은 풀려 있고 겉옷도 제대로 다 입지 못해 한쪽 소매가 부러진 날개처럼 뒤로 펄럭인다. "언제 돌아왔어?" 그가 묻는다. "여행은 잘 다녀왔고?" 지금 내 혼란스러운 삶과는 너무 거리가 먼 질문이라 그가 정말 나에게 묻는 건지 의문이 들어 혹시 다른 사람이 있나 어깨 너머로 뒤를 돌아본다.

"샌프란시스코!" 그가 씩 웃으며 말한다. "기억 안 나?" 새해 전날 밤과 그다음 날 아침 이후로 너무 많은 일이 일어나서 그때 시미언과 함께했던 것이 마치 다른 세상 이야기 같다. 그때의 나는 이제 존재하지 않으니 틀린 말도 아니다. 그가 나를 따라잡더니 허리를 굽혀 부츠 끈을 묶는다. "잠깐만." 그가 말한다. "내가 이렇게 신발 끈도 안 묶고 돌아다니면 우리 할머니가 무덤 속에서 벌떡 일어나실 거야."

나는 이 남자를 거의 모른다. 우리는 하룻밤을 함께 보냈을 뿐이고, 그 후로 내가 그를 밀어냈는데도 나를 올려다보는 그의 맑고 푸른 눈에는 분노도 원망도 없다. 나는 그의 목에 팔을 감고 최대한 가까이 몸을 밀착시킨다. 그는 처음엔 놀란 듯하더니 이내 두 팔로 나를 단단히 감싼다. 우리는 시간이 멈춘 것처럼 한참 동안 아무 말도 하지 않는다. 마침내 내가 몸을 떼자 그는 장난기 어린 웃음을 지으며 나를 바라본다.

"오, 안녕? 돌아온 걸 환영해." 그가 말한다. 나를 보고 반가워하는 표정에 눈물이 날 것만 같다. "그래, 우리 사랑받는 카라, 요즘은 어때?"

"복잡해." 나는 눈물을 겨우 참으며 대답한다. "이야기를 끝내기도 전에 콧물 범벅이 될 수도 있어."

"그럼 맨 처음부터 말하는 게 좋겠네." 그가 내 손을 꼭 감싸쥔다.

우리는 언덕을 올라 황야 쪽으로 걸음을 옮긴다. 나 자신도 놀랍다. 나는 억겁의 시간 동안 혼란과 회의, 의심의 소용돌이에 갇혀 있었지만, 시미언이 나타나자 새로운 내가 될 수 있는 가능성이 비치는 듯하다. 나는 그 가능성을 붙잡으려 한다.

나는 걸으면서 모든 것을 이야기하고, 그는 중간중간 확인하려고 말을 끊을 뿐 귀 기울여 들어준다.

"지금은 다들 우리 집에서 점심을 먹고 있어." 내가 말한다. "세상에서 가장 평범한 일인 듯이."

"글쎄, 어쩌면 정말 그럴 수도 있지." 그가 말한다. "시간이 지나면 말이야."

세상이 다시 정상으로 돌아올 수 있을지 확신이 서지 않는다. "오빠는 다 아무 문제 없어 보이더라. 처음부터 예상이라도 한 것처럼."

"그랬을지도 몰라." 시미언이 조심스레 말한다. "그러니까 어머님이 사실 돌아가시지 않았다는 걸 그동안 알고 있었다면, 나타나길 기다리고 계셨을 수도 있겠지. 그리고 이제 나타나신 것도 이해가 돼. 네가 어머님이었어도 아버님이 돌아가실 때까지 모습을 감추지 않았겠어?"

그런 생각을 해보지는 않았지만 맞는 말인 것 같다. 오빠는 나에게 상처가 될까 봐 엄마를 찾아 나서지 않았을 테지만, 내가 엽서를 발견한 순간부터 스스로 진실을 알아내리라고 예상했을 것이다. 내가 몇 시간 만에 소화해야 했던 일에 대비할 시간이 지난 몇 달 동안이나 있었던 셈이다.

그 무엇도 받아들이기 어렵다. 어떻게 생각해야 할지, 느껴야 할지 전혀 모르겠다. 어떤 것도 머릿속에 선명하게 떠오르지 않는다. 지금 중요한 건 오직 이 순간, 황야에 서서 새들이 지저귀는 소리를 들으며 얼굴에 스치는 바람을 느끼는 이 순간이다.

시미언이 마치 늘상 해오던 일인 듯 내 손을 꼭 잡는다. "용서할 수 있을 것 같아?" 그가 묻는다. "오늘 당장은 아니더라도, 당분간은 아니더라도, 언젠가는?"

내가 엄마를 용서할 수 있을까? 나는 그녀가 이야기를 들려주며 보였던 어두운 눈빛 속 슬픔을 떠올린다. 테이트 모던에서 본 오빠의 눈물, 우르술라가 생생하게 묘사했던 그들의 험난했던 가정환경. 모두들 큰 고통을 견디며 살아왔지만, 나만은 다른 이들이 나를 위해 겪은 일을 짐작조차 못한 채 편안하고 행복하게 살았다. 하지만 엄마 없는 어린 시절과 평생 이어진 거짓말…. 지금의 나는 그 상처를 떨쳐낼 여력이 없다.

시미언과 나는 스와스티카 바위에 다다른다. 이 바위는 평평한 사암에 스와스티카를 새겨 넣은 청동기 시대의 유적으로, 나는 바위를 둘러싼 철제 난간에 기대어 눈으로 그것의 윤곽을 따라간다.

"파시스트들의 손에 들어가기 전에는 스와스티카가 행운의 상징이었다는 거 알고 있었어?" 시미언이 묻는다.

바위에 정교하게 새겨 넣은 무늬는 수천 년간 비바람에 씻겨 희미해졌지만 여전히 너무도 아름답다. 그래서 20세기의 참혹한 역사와 그것을 연결 짓는 것이 불가능하게 느껴진다.

"어쩌면 오늘이 너한테 길조가 되는 날일 수도 있어, 카라. 뭔가 좋은 일이 시작되는 날일지도?"

그의 말이 공중에서 맴돌며 우리 사이에 여운을 남긴다. 나는 그의 손을 꼭 잡는다. 그가 맞을지도 모른다. 짙은 구름 사이로 해가 서서히 모습을 드러낸다. 오래 기다려온 환한 햇살이 마침내 들판을 따스하게 비춘다.

에필로그

 집을 팔았다. 바로 팔지는 않았다. 사람들이 말하길, 상을 당한 직후에는 서둘러 결정을 내리지 않는 게 좋다고 해서 나도 한동안 시간을 두었다. 하지만 3층짜리 큰 집에서 혼자 사는 것이 금세 불편해졌고, 특히 집안일을 도와줄 P 선생님이 없으니 더욱 부담스러웠다. 그래서 결국 집을 내놓았고 몇 주 만에 팔렸다. 부동산 중개인이 '완벽한 가족용 주택'이라고 소개하는 말에 나는 눈썹을 살짝 치켜 올렸다.

 다락방에 있는 물건들은 정리하지 않았다. 한때 정말 정리하려고 했던 적도 있지만, 결국 의미가 없다는 생각이 들어 그만두었다. 아빠가 놀라울 만큼 꼼꼼하고 완벽하게 라벨을 붙여둔 덕분에 상자를 열지 않고도 전부 이베이에 올릴 수 있었다. 라벨로 내용물이 확인되지 않는 것은 그냥 쓰레기장으로 보냈다. 작은 하늘색 천사 인형이 몇 번 생각나긴 했지만, 만약 다락방에 있었다면 이제는 다른 물건들과 함께 사라졌을 것이다.

애니(마이클처럼 '엄마'라고 부르는 게 잘 안 된다)는 장례식 이후로 집에 꽤 자주 왔다. 나와 어떻게 지내야 할지, 어떻게 행동해야 할지 모르는 것 같았고, 솔직히 말하면 나도 그녀를 편하게 해주지는 못했다. 처음 몇 번은 애니가 오는 날에 맞춰 베스도 집으로 불렀다. 평생 죽었다고 생각하며 살아온 사람과 둘만 남겨졌을 때 생길 어색한 침묵을 피하고 싶었기 때문이다.

아무튼 애니와 나는 한동안 서로를 피해 다녔지만 이제 옛날이야기만 꺼내지 않으면 관계가 그럭저럭 괜찮은 것 같다. 우리는 다투지 않는다. 나는 애니와의 관계에 관한 한 굉장히 성숙하게 행동하고 있다. 서로의 과거를 들춰봐야 별 도움이 되지 않는다. 그냥 놔두는 편이 훨씬 낫다. 나는 그녀가 내 곁에 없는 동안 무엇을 했는지 알 필요가 없다는 것을 깨닫게 되었다. 그래서 우리는 현재와 미래에만 집중한다.

애니가 우르술라를 보러 다녀온 뒤로, 우리는 우르술라와 스카일러에 대해 이야기하거나 샌프란시스코 이야기도 주고받을 수 있다. 우르술라가 나에게 이메일을 보내 애니와의 만남에 대해 전해주기도 했다. 예전에 받았던 이메일에 비하면 요즘은 좀 더 말이 많아진 편이지만, 사실 크게 달라진 것은 없다. 스카일러는 애니 이모를 만나 무척 기뻐했다고 한다. 우르술라는 그다지 반가워하지는 않은 듯했는데 모든 상황을 고려하면 그리 놀랍지 않았다. 두 사람 모두 나와 오빠, 오빠의 가족들을 만나러 이쪽으로 여행을 올 계획이라고 한다. 나도 정말 기대된다. 우르술라에게 얼른 내 드레스들을 보여주고 싶다. 아마 그녀라면 나의 예술적인 면모를 누구보다 잘 이해해줄 것이다.

애니가 우리 삶에 다시 들어온 지 얼마 되지 않아, 오빠 집 근처 아파트 단지에 매물이 나와 그녀는 그곳으로 이사했다. 오빠가 직접 말한 적은 없지만 아마도 집을 사준 것 같다. 옛날 집을 처분하면서 생긴 오빠 몫의 돈을 썼을지도 모르지만 나는 묻지 않았다. 모두에게 아주 잘 맞는 선택이었다. 애니는 아이들 돌보는 것을 즐기는 것 같고, 나는 원하면 언제든지 그녀를 만나러 갈 수 있다.

현관문이 쾅 닫히는 소리가 난다. 곧이어 시미언이 소리친다. "나야. 우리 공주님은 어때?" 그가 물건을 한 아름 안고 문 앞에 나타난다. "이거밖에 없더라고. 좀 작지 않을까 걱정했는데, 작은 게 큰 것보다 낫겠다 싶어서. 잘 고른건가? 다른 게 나을 것 같으면 다시 갔다 올게. 그리고 이건 그냥 내 바구니에 들어오더라고."

그가 나에게 윙크한다. 이전에는 없던 짙은 그림자가 눈가를 덮고 있지만 늘 싱글벙글이다. 그는 흰색 옷걸이에 걸린 작은 분홍색 드레스를 들어 보인다. 러플과 장식이 잔뜩 붙어 있어 전혀 실용적이지 않지만 귀엽고 사랑스럽다.

"아직 드레스 입히기엔 애가 너무 작아." 내가 말한다. "겨우 입혀놓으면 금방 잘 시간이 될걸?"

그가 코를 찡그린다. "아는데, 그래도 참을 수가 없었어. 한 번만 봐줘." 그가 다가와 우리 옆에 앉는다. 잠시 집중이 흐트러진 릴리는 젖에서 입을 떼고 위를 올려다보다가 곧 다시 빨기 시작한다. 시미언은 그녀의 작은 발을 손에 쥐고 발뒤꿈치를 살살 쓰다듬는다.

"기저귀를 채우면 괜찮을 거야." 내가 말한다.

그가 웃는다. 시미언은 훌륭한 아빠가 될 것이 분명하다.

"차 드실 분?" 부엌에서 P 선생님이 소리친다. 이제 나는 그녀를 앤지라고 부르지만 마음속에서는 언제나 P 선생님일 것이다. "젖 먹이다 보면 항상 목마르잖아." 그녀가 덧붙인다. 맞는 말이다.

시미언이 내 머리에 키스한 뒤 그녀를 도와 마실 것을 챙기러 가며 기저귀 봉지를 발로 굴린다. 배가 찼는지 릴리가 입을 떼자 나는 움찔한다. 아이는 깊고 파란 눈으로 잠시 나를 바라보다가 곧 잠이 든다. 장밋빛 작은 입술에 만족스러운 듯한 미소가 번져 있다. 단지 입술이 간지러워서 지은 표정일지도 모른다.

"걱정 마." 나는 검은 곱슬머리의 작은 몸을 품에 꼭 안고서 속삭인다. "엄마 여기 있어."